염
상
섭
문
학

젊은 세대

| 일러두기 |

1. 이 책은 1955년 7월 1일부터 11월 21일까지 ≪서울신문≫에 총 153회(미완) 연재된 것을 저본으로 삼았다.

2. 현행 한글맞춤법을 원칙으로 현대의 어휘에 맞추어 읽기 쉽게 수정하였으며, 작품 분위기에 영향을 주는 것은 원본 그대로 두었다. 대화체, 방언의 경우 당시의 표현을 존중하였으며, 다만 당시의 명백한 오자는 바로잡았다.

3. 원본에서 한자를 병기하여 쓴 경우, 문맥상 이해가 되지 않는 것을 제외하고는 한글로만 표기하였다.

4. 외래어표기법에 따랐으나 작품의 분위기에 영향을 주는 것은 원본 그대로 두었다.

5. 문장부호의 경우 읽기에 좋도록 정리하였으며 특히 반복되는 줄표, 쉼표 등의 경우에는 대체로 생략하였다.

6. 판독이 불가능하거나 탈락된 부분은 '□'로 표기하였으며 짐작할 수 있는 조사 등의 경우에는 적절하게 넣었다.

7. 대화에 사용된 『 』, 「 」 등은 각각 " ", ' '로 고쳐 적었으며 강조 표현 등은 ' '로 통일하였다.

염상섭 장편소설

젊은 세대

해설 양문규(강릉원주대)

글누림

廉想涉氏

金基昶氏

近日 連載

小說（長篇）

젊은世代

廉想涉 作
金基昶 畵

전면소설이 끊어지고나서부터 긴천하고 재미
있는 소설을 물색해오던 본지는 문단의거장 (巨
匠) 염 (廉想涉) 선생의 장편소설 (長篇小說)
『젊은世代』를 근일중으로 연재하게되었읍니다.
그리고 삽화에는 동양화가의 이채 (異彩) 인 김
(金基昶) 회백이 담당하여주십니다.

...작자의 말...

대우 四, 五십의 중년층의 눈에는 二, 三십의 청년이 젊은세대다. 젊은세대가 늘
은세대가 없고 젊은것같이 희망에 찬 시절은 없다. 그러기에 젊은세대가 늙
간도 철한것이다. 그러나 늙은세대를 앞세우기전에 우리보다 크고 축원
은세대의 눈에는 七, 八십된 환갑노인이 젊은으로
...중략과축망을...

세대는 무엇을 생각하고 어떤생활을 하는가를 보고싶다. 시대의 격
동 (激動) 에따라 한세대에서 한세대로 옮아가는 파도기 (過渡期) 는
어떠한것인가를 바라보고도싶다. 무엇, 이렇게말하면 일반독자는 듣기에 어려운
것, 흑은 모르나, 결국은 늙은세대와 젊은세대가 사는 어디서나 보는 가정
생활을 그려보는것이다.

...畵家의 말...

나는 揷畵專門家는 아니다 그
러나 揷畵에關心은 가지고 있었다. 每日나오는 조그
마한畵面 그것도 한개의『그림』이면 좋탑없다 小說
의內容을 살피면서도 獨特한個性의 畵面도 되고
록 努力해 보고싶었다. 여기에는 印刷技術과 紙質의
關係도 없잔할다. 多幸히 서울신문은 모든 우수한
技術이 구비되어 있으므로 努力해 보련다.

차례

작자의 말

　육칠십 된 노인으로 보면 환갑노인이 젊은 세대요, 사오십의 중년층의 눈에는 이삼십의 청년이 젊은 세대이다. 젊은 것같이 좋은 것이 없고 젊은 것같이 희망에 찬 시절은 없다. 그러기에 젊은 세대가 늙은 세대에 바라기보다는 늙은 세대가 젊은 세대에 바라는 것이 크고 축원도 간절한 것이다. 그러나 축원과 촉망을 앞세우기 전에 우리보다 젊은 세대는 무엇을 생각하고 어떤 생활을 하는가를 보고 싶다. 시대의 격동에 따라 한 세대에서 한 세대를 옮아가는 과도기는 어떠한 것인가를 바라보고도 싶다. 무어, 이렇게 말하면 일반 독자는 듣기에 어려운 것 같을지 모르나, 결국은 늙은 세대와 젊은 세대가 사는 어디서나 보는 가정생활을 그려 보는 것이다.

젊은 세대

후취 논래

1

"오죽 팔자가 사나워야 후취루 들어갈꾸! 게다가 시어머니가 있구 장성한 자식이 셋이나 있는 다 늙은이한테루 누가 가려 들겠기에……"

이것은 근 이십 년을 살아왔건마는 그래도 영감에게 들어 보라는 폭백이기도 하였다. 지금은 중마님이 되었어도 화순이가 이 영감에게 시집올 제는, 이 봄에 S고등여학교 삼학년에 올라가는 영애가 세살잡이로 다 자란 것 하나밖에 없었던 것이다. 실상은 상처 자리가 아니고 이혼한 뒷자리였었다.

"허지만 중이 제 머리 깎던가. 아무래두 친구끼리 주선을 해 줘야 하겠는데 마땅한 자국 없을까?"

동재는 이번에 국민학교를 졸업하는 맏아들과 겸상을 받고 앉아서, 반주를 몇 잔 해 가며 아까 사무실에서 이야기 났던 것이 생각나기에 꺼낸 말이었다.

"골라 보면 없지두 않겠지만 어중돼서……염체가 처녀장가야 바라지 않겠죠?"

윗목에서 딸들을 데리고 밥을 먹으며 동재의 댁[妻] 화순이는 이리 고개를 돌리고 웃어 보인다. 늙어는 가되 아직도 사십 전이니 젊다.

"처녀두 처녀 나름이지, 삼십 넘은 올드미스면야…… 아니, 그 김희숙 여사는 어떻게 됐누? 요새는 영 볼 수두 없으니……."

하며 남편도 마주 웃는다. 술이 몇 잔 들어가니 전등불 밑에 얼굴이 불콰한 것이 듬직한 신수가 한층 더 훤해 보인다. 마흔이 넘도록 아직 지점장도 못 되고 지점장 차석쯤밖에 안 되었으나 H은행에 이십 년 간 근속으로 좀 있으면 본점의 과장이 될 것이다.

"희숙이가 어떻게 눈이 높기에요. 눈이 높아서 결국 때를 놓친 것이지만……."

화제의 인물인 희숙이란 화순이의 육촌 동생으로 삼십을 바라보는 여학교 선생님이다.

"자식 안 달린 과부댁이면 똑 알맞겠건마는……. 어쨌든 우리로서는 의리가 있지 않은가!"

"나두 그런 생각 없지 않아요. 가만 계세요. 중년 상처는 어렵다 하지만 설마 색시 없어 장가 못 갈까!"

하고 아내가 웃으려니까

"에이, 어머니는! 중매마누라같이 선선히 큰소리만 하시네."

하고 큰딸이 웃는다. 약간 흉을 보는 말소리이기도 하다. 큰딸이란 화순이가 이 집에 들어와서 세 살 적부터 길러낸 영애 딸이다. 스무 살,

시집갈 나이도 되었지마는 난리 통에 늦어서 내년이나 졸업이다.

"너 어머니는 원체 발이 넓으니까, 허구한 날 왼종일 사무실 속에 갇혀 있는 나와는 다른 자유부인이거던."

하고 부친이 껄껄 웃으니까

"아이, 어쩌면! 어머니를 자유부인이라서."

하며 작은딸이 놀라는 소리를 친다. 부친을 흘겨볼 듯이 하며 모친의 역성을 펄쩍 드는 것이었다.

"호호호 아무려면 어떠냐. 무어라시든 듣구만 있으렴."

모친이 휘갑을 치며 웃으니까 괜찮지만, 어떻게 들으면 큰딸과 부친은 어머니를 헐어대는 것 같아서 순애는 발끈했던 것이다. 이름을 어머니의 이름 자 한 자를 따서 순애라고 지은 것을 보아도 화순이가 이 집에 들어와서 처음 난 딸이다. 이 봄에 여학교를 나오면 형을 따라서 고등학교로 올라갈 모양이다. 국민학교를 졸업한다는 상기는 밥상에서 물러나자

"벌써 일곱 시야. 숙제해야지."

하고 고단한 듯이 몸을 비꼬아 기지개 켜는 시늉을 하고는 저의들 공부방인 건넌방으로 건너간다.

"숙제두 중하지만 애 밥 좀 내려서 해라."

모친이 뒤에 대고 소리를 쳤다. 날마다 똑같은 소리를 하는 것이지마는 날이 저물도록 과외공부를 시켜 보내면서도 숙제는 여전히 밤잠도 제대로 잘 수 없을 만치 안겨 보내는 것이었다.

공부에 시달리는 아들아이가 돌아오기를 기다려서 상을 받는 부친이

반주까지 자시니 이 집 저녁밥은 언제나 늦었다.

2

"공부두 중하지만 저러다 병날까 봐 무서워서……."

저(箸)를 지은 화순이는 상에서 일어나서 남편의 상 앞으로 와 앉았다.

"어린것들을 몰아 놓고 무슨 놈의 경쟁인지? ……어쨌든 먹는 거나 잘 가려 멕여요"

"애, 이 찌개, 좀 데 오라구 해라."

화순이가 남편의 상에서 찌개 냄비를 집어 드니까 순애가 냉큼 일어섰다. 어머니를 닮아 살기도 있고 폭실하니 예쁜 맛이 있는 아이다. 형은 엉덩이가 질긴 것은 아니지만, 집안 살림에는 아랑곳을 안 하려 들고 제 생활과 집안살이와는 저만치 거리를 두고 바라보는 성미였다. 성미가 까다로운 편이요 신경질인 것을 혼자서 감추고 지내느라니 남 보기에는 더 쌀쌀하여 보였다.

"우리 중학교 적의 이삼년 정도나 되는 걸, 소학교 어린것에게 목이 메게 틀어박아 놓고 재 중학교 보낸다고 들볶아치니."

동재의 입에서는 처음 듣는 불평이었다.

"하지만, 우리 상기는 공부를 잘 한답시구, 첫찌 둘찌를 다툰다 해서, 경쟁이 제일 심한 데루 보내 준대두 걱정예요 그런 데서 미끄러지는 날이면 이십만 환 삼십만 환 돈 보따리를 들구 헐레벌떡 좇아다녀야 할 테니……."

"그런 돈이나 있기에!"

동재는 사실 두 아이가 새로 윗학교에 입학을 하고 큰딸이 진급하는데 양복을 또 새로 만들어 달라고……부담이 많아서 끙끙 앓는 것이었다.

"그래두 난 이번에 아무래두 교복을 새루 해야 돼요. 일 년만 입구 나면 순애가 입게 되지 않을 거예요"

큰딸 영애가 또 다지는 것이었다.

"에그, 난 싫어. 누가 언니 대추만 입는다기에! 치수두 안 맞는……."

순애가 질겁을 하며 도리질을 한다.

"듣기들 싫어. 해 주게 되면 해 주는 거지……."

하고 부친이 언성을 높였다. 한배 속에서 나온 형제라도 이런 반지빠른 아이들을 다루기가 힘이 드는데, 입으로만 어머니라면서 속에는 딴 생각이 든 큰아이를 어거하기가 힘이 들었다.

"교복이 좀 낡았달 뿐이지, 벌거벗을 지경인가! 동생들 학교 들여보내는데 얼마나 들지 그게 위선 급하지."

모친은 큰딸을 나무랐다.

"내가 은행에 다닌다니까 내 몸이 온통 지폐뭉치같이 보이는 게구나. 그래야 지폐 떼미를 눈요기만 할 뿐이지 난 아무 수가 없다!"

하고 동재는 한잔 김에, 아내의 편을 들듯이 이런 소리까지 하며 허허 웃다가

"참 김택규 군의 둘째 놈두 이번이 졸업이래."

하고 말을 돌린다.

15

"아, 그렇구면 상기하구 한 해에 났지. 갠 어딜 보낸대요?"

"그 사람두 그렇게 기를 쓰는 축은 아냐. 쑬쑬한데 소리 없이 들어보내면 그만이라지."

첫손 꼽는 학교라고 법석을 해야 별수 없지 않으냐는 말눈치였다.

김택규란 이때까지 이야기한 상처꾼의 늙은 신랑감 말이다. 화순이의 친정과는 택규의 부친과 세교가 있어 피차에 어려서부터 같이 자라다시피 한 사이다. 그래저래 화순이가 시집을 와서도 택규의 집과 왕래가 있어, 두 집에서 한 해에 아들을 함께 났던 것까지 지금 기억하고 있는 터이지마는, 그뿐만이 아니라 실상은 동재와 화순이의 혼인이, 택규가 나서서 어울려 놓았던 것이었다. 그러기 때문에 택규를 속현(續絃=재취하는 것)시키는 데 의리가 있지 않으냐고 동재가 열심으로 아내에게 부탁을 하는 것이었다.

아이들이 물러가고 상을 물린 뒤에, 남편만 새로 데워 온 찌개에 마악 밥을 뜨려니까, 어느 틈에 소리도 없이 들어와서 축대까지 올라온 손이,

"영감 계슈?"

하며 낄낄 웃는 소리가 마룻전에서 난다.

3

약간 주기를 띠인 부푼 목소리가, 이때까지 이야기 하던 김택규다.

"아, 김 군인가, 늦게 웬일야? 어서 들어오게."

주인이 방에서 소리를 치는 동안 화순이는 불을 환히 켠 마루로 나

서며

"어서 올러오세요. 오래간만에 뵙겠군요."

하고 반갑게 맞는다. 생글생글 웃는 눈찌가 진정으로 반기는 기색이다.

"오랜만에 아주머니께 문안두 드려야 하겠지만 그보다두 더 반가운 소식이 있어 달려왔습니다. 허허허."

하고 택규는 안방으로 들어서며 모자를 벗어서 던지고 앉는다. 어려서부터 같이 자라나다시피 한 처지니 누님, 오빠 하고 지낼 것 같으나 의식적으로 피해서 그런지 다만 친구의 부인이요 남편의 친구로 대하는 것이었다. 그러면서도 친숙하기로는 친정오라버니 같고 옛날 소꿉동무 같기도 한 것이다.

"과장 영감, 한턱내요."

"영감은 무슨 쭉 째진 영감야. ……우리 선뜻선뜻한 맥주나 해 볼까?"

동재는 별안간 과장 영감이란 말에 귀가 반짝 띄고 내심으로는 반색을 하며 딴청을 하는 것이었다.

"아주머니! 한턱 단단히 내세야 합니다. 허허허."

생각하였더니보다는 꽤 술이 돈 모양이다.

"네. 내죠. 쉬 국수를 멕이신다니 감축해서래두 한턱내죠."

화순이는 발을 멈칫하고 웃어 보이며 또 말을 붙이려는 것을, 손님 대접의 시중이 바쁘니 그대로 나와 버렸다.

"이번 이동발표(移動發表)가 의외로 빠르다는구면. 헌데! 우리 은행 창설 이래 전례에 없는 대발탁(大拔擢)이 있는데! 그것이……하하하, 인사과장 영감! 앞으로 잘 지도해 주세요"

하고 택규는 진담인 듯도 하나 취기에 실없은 듯이 손을 내밀며 악수를 청한다.

동재는 청하는 악수니 손을 붙들면서 좀 쑥스러웠다.

"그 무슨 객설야?"

"객설이 뭐야. 남 돈 들여가며 수집한 적확한 정본데!"

하고 택규는 핀잔을 준다. 본점의 누구누구를 만나서 주머니떨임으로 한잔 먹으며 나온 이야기였다는 것이다.

요전에 은행장이 바뀌면서 인사이동이 있을 것은 누구나 짐작한 일이요 모여 앉으면 숙설대던 것이지마는, 정말 인사과장이라면 의외다.

"딴소리! 김 두취 밑에서 일도 해 본 일이 있지만, 그 앞에 기고 나는 놈이 얼마나 있다구……."

동재는 코웃음을 쳤다. 김 두취란 신임 은행장을 부르기 쉬우니 하는 말이다.

"음, 김 두취가 총무부장 시대에, 이 형 인사과에 있었지 않았나?"

"음!"

"그거 봐. 그때 잘 봤던 거 아닌가?"

"어림없는! 이 시대가 어느 시대라구, 잘 뵈구 말구가 있어?"

"인사의 공정을 기하여, 제일 파당적 색채가 없는……."

"이거 왜 점점 더 어림없는 수작만 하는 거야?"

맥주가 들어왔다.

"자, 맥주루 머리를 식히라구."

작년에 선사로 들어왔던 맥주를 남겼다가 겨울에도 먹는 동재였다.

"인사과장 됐다는 길보(吉報)를 가지구 오니까, 이마 덜 식은 소리 말라구 맥주를 안기는군요"

하고 택규가 허허허 웃으니까,

"인사과장이면 뭘 해요 술병이나 들어올 뿐이지 생기는 것이 있어야 말이죠"

하고 화순이는 눈이 번쩍해지면서도 이런 소리를 하고 웃는다.

"허! 이 아주머니두 공짜루 살아보시겠다는군! 허허허. 공짜두 나이롱 과자보다 더 체하기 쉽습니다."

하고 택규는 또 너털웃음을 터뜨린다.

4

"자, 그깐 얘기 집어치우구, 김 군 장가갈 의논이나 하지. 온 길에 우리 마누라한테 색시 하나 구해 달라구 부탁이나 단단히 해 놓게."

동재가 말을 돌렸다. 신기가 좋았다. 뜬소문인지는 몰라도 인사과장의 하마평(下馬評)에까지 오른 것이 출세할 길조 같아서 마음이 욱신욱신하게 좋았다.

"이거 난처하구먼! 다 늦게 장가 보내줍쇼! 하고 고개를 숙이는 수도 없고, 그렇다구 난 싫어 싫어 하며 도리질을 할 용기두 없구……허허허."

택규는 조그만 체수 보아서는 옹졸한 축은 아니지마는 오늘 이렇게 신기가 좋아서 허허허거리는 것은 술기운도 술기운이려니와, 아까 점심때 친구들이 추거대면서 재취장가 보낼 의논들을 할 때부터 청춘이 다시 돌아온 듯이 오랜만에 기분이 명랑해졌던 것이다.

"호호호, 댁에는 대사가 연달아 있겠는데 이 중매를 위하세요. 한데 메누님두 어서 보세야 하지 않습니까. 메누님감이라면 얼마든지 구해 오겠습니다만."

하고 화순이는 비싸게 구는 소리를 하며 웃었다.

"뭐 그 앤 아직 그리 급할 거 있나요……."

무심코 나온 말이나, 그 말이 우스워서 주인 부부는 간간대소를 하였다.

"아니, 일 년이나 혼자 지내니까 집에 들어가서두 불편해 못 견디겠어. 딸린 시중꾼이 있어야지."

택규가 급한 사정을 하니까

"그는 그렇죠 벌써 일 년이 됩니다그려. 그래 대상은 지내셨에요?"

하고 화순이가 감개 깊은 낯빛으로 말을 받는다.

"소리 없이 지냈겠습니까? 이번에두 그 절에 가서 간략히 지내려는데 와 주세야 합니다."

내월 초생이라 한다. 소상 때도 동재 부부는 함께 가서 지내 주었었다.

"가다뿐이겠습니까. 인제는 마지막 섭섭하시겠습니다."

"섭섭이 뭐야. 아이들 거성이나 벗겨 놓고 어서 장가가기가 급한데 시원섭섭하겠지."

동재가 놀린다. 부재모상(父在母喪)이라, 지질히 입은 거상도 아니나 벌써 벗기게 되었다.

"그래두 대상이라두 지내 주시구, 아이들 거성을 벗긴 뒤에 의지할
사람을 구할까 하시니 지금 세상에 무던하시지 뭐요 당신은 내가 죽으
면 그러시겠어요?"

"하하하……이거야, 이런 고마울 데가 있나! 중매 아주머니한테 이런
칭찬을 들었으니 인젠 마음 놨습니다."

택규는 맥주를 몇 통이나 마시더니 활짝 취하는 눈치였다.

"허지만 돌아간 이는 지하에서 마누라를 원망할지 모르지. 남, 대상
제사도 받기 전에 색시 중매 든다구."
하고 동재가 취안이 몽롱해서 껄껄 웃으니까, 아내는 맞받아서

"아니, 우리 아들딸 잘 길러 줄 얌전한 사람을 구해 달라구 부탁을
하던데!"
하고 깔깔 웃는다.

"됐어! 됐어! 아주머니만 믿습니다."
하고 택규는 흥분해서 껄껄댄다.

이날, 택규가 혼주(混酒)를 해서 그런지 저녁밥도 못 먹고, 잠이 온다
고 주석에 쓰러져 버렸다.

이튿날 이른 아침이었다. 건넌방에서 제일 먼저 일어난 영애가 수도
앞에서 세수를 하고 나서 마악 수건질을 하고 섰으려니까, 식모가 문을
활짝 열어 놓고 엎드려서 비질을 하는 틈새로 누가 중문 턱에 획 들어
서며

"안녕하십니까."

하고 인사를 한다. 영애는 벌써 정진이의 목소리인 줄 알아듣고, 자리 옷인 채 가슴을 헤치고 세수를 하던 끝이라 깜짝 놀라며 멈칫하였다.

5

"네, 들어오세요"

근시안인 영애는 세수 끝에 안경을 벗었기 때문에 눈을 째붓하며 쳐 다보다가 흘어진 옷가슴을 여미며 인사를 하였다. 입가에 떠오르는 웃 음은 감추어 버렸다.

"어제, 집의 아버니, 여기 오시지 않았에요?"

조용한 이른 아침이라 정진이는 문턱에 그대로 서서 목소리를 죽여 물었다. 자그마한 아버지보다는 홀싹하니 살갖이 희고 야쁘장한 모습 에 반가운 웃음기를 띤 얼굴이다. 쌀쌀한 초봄이라, 검정 겨울 바지에 연회색 겨울 잠바를 입었다.

영애는 손에 수건을 든 채 무심코 웃어 보이며,

"네, 예서 주무세요. 안방에 계세요"

하며 반쯤 고개를 안방 쪽으로 돌려 보였다.

"아, 그러세요? 그런 걸……."

정진이는 비로소 얼굴의 긴장이 풀리며 뜰 안으로 들어섰다.

"어머니!"

영애는 손님을 내버려 두고 들어가는 수도 없고, 무슨 불의의 침입자 가 달겨들어서 울상이나 된 듯이 질겁을 하는 소리를 쳤다. 그러나 속 으로는 그런 것도 아니었다. 어려서부터 보고 자랐고, 저번 소상 때만 해도 절간에서 한나절을 같이 지내지 않았나! 다만 커 가고 지각이 들수록 점점 더 설면설면해지고 데면데면해 갔을 뿐이었다.

"응, 웬일야? 이렇게 일찌거니. 아버니 모시러 왔군. 여기 계신 줄 어떻게 알구서?"

딸들과 건넌방에서 잔 화순이는 큰딸이 들어가서 이르는 것을 듣고, 부리나케 매무시를 하고 마루로 나오며 반가워하는 낯빛이었다.

"나가 주무시는 일이 없는데 안 들어오시기에, 통행금지에 걸리시지나 않았는지 애가 씌어서 우선 예부터 달려왔죠."

"응, 좀 약주가 취해서 오셨는데, 그만 늦으셔서…… 좀 올라오지."

그러나 올라와야 자리도 걷지 않은 방에 들어앉을 데도 없었다.

"깨시면 예서 같이 진지 잡숫구 출근하실 테니까, 맘 놓구 가두 좋지."

정진이가 주저주저하는 것을 보고 화순이가 권하니까

"아니, 깨실 때까지 좀 기다려 뵙구 가죠."

하고 정진이는 건넌방 쪽으로 마루 끝에 앉는다.

"하하하, 참 효자구먼!"

하며 화순이는 방석을 내다가 자기는 뜰로 내려와 세수를 하였다.

"아, 너 어쩨 왔니?"

한 식경이나 되어서 잠이 깨어서 세수를 하러 나온 택규는 마루 끝에 앉은 아들이 반색을 하며 일어서는 것을 보고 놀란다.

"아버니께서 너무 얌전하셔서 이런 때는 집안 식구들 걱정을 시키시는 거죠."

화순이는 안방에 들어가 자리를 개키며 웃음엣소리를 하였다.

"으, 걱정이 돼 왔구나. 넌 가거라. 너 아비는 나하구 예서 바루 출근할 거니."

동재도 내다보며 알은체를 하였다.

"아니, 이왕 재가 왔으니 난 갈 테야."

택규는 술이 깨니까, 어젯밤에 연해 터뜨리던 '허허허'가 쏙 들어가고 새침하니 깔끔하고 얌전한 얼굴이다.

벌써 어느 틈에 밥들을 먹고 난 영애 형제는 책가방을 들고 내려서다가 뜰에 내려선 택규에게 인사를 꼬박꼬박 하고 나갔다.

"아냐. 넌 어서 가거라."

동재가 마루로 나서며 또 한마디 하는 바람에, 정진이는 여기저기 인사를 꾸벅꾸벅 하고 나왔다.

6

전차 종점에를 나오니까 일렬 나란히 한데 여남은 사람 걸러서 영애 형제가 책가방을 늘어뜨리고 오두커니들 섰다.

정진이는 모른 척하고 뒤에 섰었다. 저의들도 알면서 알은체를 안 하고 앞만 바라보고 섰는 눈치다. 그러나 결국 전차에 오르니까 복작대는 속에서 가운데로 밀려서 코를 맞대고 서게 되었다.

"또 갈아타셔야 하니까 전차 통학이 어렵죠?"

얼굴을 맞대고서 잠자코 있을 수 없으니, 정진이가 말을 붙였다.

"뭘요! 그래두 일찍 나오면……"

하고 영애는 생긋해 보이며 옆의 남자들이 어떻게 볼까 보아 살짝 상기가 되는 것을 깨달았다.

"순애 씬 요새 시험이겠지? 이번이 졸업요?"

동생들이 시험공부에 법석인 것이 생각나서 이번에는 순애에게 인사로 말을 걸었다. 순애는 웃어만 보인다. 형제가 미인 축에 들 만치 그리 예쁠 것은 없으나, 살갗이 곱고 상냥스러운 얼굴들이다. 진탁 외탁을 반반씩 해서 그런지 한 배에서 나온 형제라 해도 곧이들을 것이다. 다만 영애는 저 어머니가 그랬던지 신경질로 깔끔한 데가 있고 결곡해 보였다. 근시안이기 때문에 맑은 테의 안경을 썼으나, 여자에게는 안경이 안 어울리건마는 학생이니까 그런지 상큼한 신경질인 얼굴에 도리어 어울려 보였다.

"앤, 지금 졸업시험 보는 중예요."

어려서부터 알건마는, 이렇게 수작을 붙여 본 일이 별로 없어 그런지, 영애는 도리어 서슴지 않고 대꾸를 하는 것이었다.

"영애 씨두 올이 졸업이시죠?"

"아뇨"

옆 사람에게도 아니 들리게 소곤소곤하는 이야기가, 아무것도 아닌 지나는 말이건마는 두 남녀에게는 유쾌하고 신기한 한때요 수작이었다.

대답을 채 아물리지도 못해서 종로 4가에 와서 차가 서니까, 와짝 몰려나오는 바람에 뿔뿔이 헤어졌다.

서대문 가는 차를 갈아타려고 이쪽 정류장으로 건너와 서서 영애는 정진이를 눈으로 찾았다. 어떤 줄에 섰나? 하고 돌려다도 보다가

'아, 여기서 효제동으로 걸어 들어갔겠군.'

하고 짐작이 들며 인사도 못 하고 헤어진 것이 좀 섭섭한 듯도 하였다.

아무 의미도 없다. 언제 그렇게 친한 새도 아니다. 그래도 어쩐지 까닭 없이 기분이 명랑하였다.

저녁때 집에 돌아와 보니까, 제천아주머니가 와서 안방에 있었다. 영애는 몇 번 보았을 뿐이니 안방에 건너갔던 길에 고개만 꼬빡해서 인사를 하였다.

"돈두 벌어야 하겠지만, 어서 영감을 얻어서 몸을 담아야지."

영애가 안방에서 나오며 듣자니 어머니가 이런 소리를 하였다. 제천아주머니는 동대문시장에서 옷장사인가 피륙장사를 한다는 것이었다.

"미쳤다구 새삼스레 영감을 해 가? 편안히 나 벌어 나 먹구 살지."

제천아주머니는 화순이보다도 젊어 보였다. 장사 터로 떠돌아서 그런지 얼굴은 살기가 빠지고 감숭하나, 조촐한 몸매라든지 조금도 천한 데가 없고, 얌전한 여염집 살림꾼 같다.

"가만있어. 사람이 의지가 있어야지. 나 하라는 대루 해요."

화순이는 오늘 일부러 동대문시장에 가서 장사가 끝나거든 오라고 일러서 불러온 것이다. 재바른 화순이는 전부터도 택규를 보면 제천아주머니를 늘 생각하였지마는, 어제 이야기가 나고 보니 당장 가서 끌어온 것이다.

"무얼, 나 하라는 대루 하라는 거요?"

제천아주머니는 도깨비에 홀린 듯이 그래도 당길심이 있는 듯이 웃는다.

"자, 저녁이나 먹구, 같이 자며 천천히 이야기하자구."

7

제천아주머니는 화순이가 상처꾼의 신랑감을 추어 가며 들려주는 이야기를 상긋상긋 웃어 가며 듣기만 할 뿐이요 검다 쓰다 말이 없다. 중매 들어 줄게 시집가라니 조금도 듣기 싫은 이야기는 아니나, 잊었던 생각을 들쑤셔 놓아서 심란해지기부터 하는 것이다. 깨어진 그릇을 다시 주워 모으는 수도 없지마는, 이런 이야기가 날 때마다 서른도 못 되어서 헤어진 전남편 생각이 떠오르면서 한편으로는 신푸녕스런 생각이 드는 것이었다.

문제는 간단했던 것이다. 아이 못 난다고 첩을 얻기에 그 꼴이 보기 싫어서 헤어지고 나니 난리가 났다. 어쨌든 남편이 싫어서 헤어진 것이 아니니 분이 식으니까 가다가다 문득문득 지낸 일이 머리에 떠오르는 것이었다. 또다시 코빼기도 못 보던 남자를 남편이라 해서 몸을 맡기고 시중을 들고 하기는 싫었다. 헤어질 때 조금 얻은 돈으로 부산에 내려가면서부터 장사에 차차 눈이 트이고 재미를 붙여서, 그럭저럭 살 만도 하고, 적어도 모시고 있는 친정어머니가 돌아갈 때까지는 누가 무어래도 듣지 않겠다는 생각이다.

"내가 명희같이 홀가분한 처지면야 뭣하자구 보따리를 끼구 장거리에 나설꾸. 탐탁한 자국이면 몸을 턱 담구 들어앉는 거지."

명희란 제천아주머니 이름이다. 여학교에서 이태 아래였지만, 한 반

동무의 일가 아이래서 잘 알았던 것이 부산에 피난 내려갔을 때 시장 속에서 우연히 만난 것이 새로운 인연이 되어 이렇게 서로 찾아다니게 된 것이다.

"그건 무엇하자구 바람이 나라는 거요. 나 벌어 나 살면 고만이지, 그 식구가 우글우글한 데 들어가서 식모살이를 해요."

어디를 가나 자기가 아이를 낳기나 하면 모르지마는, 커 가는 남의 자식들만 드센 속에서, 어떤 노인인지 시어머니를 받들어 가며 시집살이를 또다시 하다니 말이 됐는가?고 명희는 생각하는 것이다.

"딴소리 말어. 어머니 돌아가시면 외로워 어떻게 살려구? 나이 어린 오래비쯤 군대에서 돌아오기루 장가나 들여 달라구 보챌 테지 별수 없어?"

딴은 그렇기도 하였다.

"아, 남이 다 길러 논 자식들이 어머니라구 딸치, 조금 있으면 메느리 보지, 칠십 줄에 든 시어머니라야 얼마나 살겠다구, 어쨌든 식모가 시중을 드는데 무슨 고된 일이 있겠다구……."

그렇게 말하면 그도 그럴 듯하였다.

"누가 식모살이를 들어간답디까. 일이 고되구 말구가 문젠가. 입으루만 에미라 하구 뜻이 안 맞으면 또 물른달 수두 없는 노릇이요……."

여자로서 자식을 못 낳는다는 것은 병신구실이요 평생을 외롭게 살라는 것 같아서 다시 시집을 가느니 어쩌느니 아무래도 엄두가 안 났다.

"잘 생각해 봐요 어머니께두 의논하구."

하며 화순이는 영감의 테이블 서랍에서 앨범 하나를 꺼내서 뒤적뒤적
하더니 주인과 택규가 함께 박인 사진을 명희의 코밑에 들이대고

"이게, 그인데……인제 마흔댓은 됐어두 한참이지."

하고 자꾸 보라 하니, 명희는 좀 열적기도 하였지마는, 길에서나 전차
속에서나 지날결에 보는 남자거니 하고 받아 보았다. 그리 신수가 환히
핀 얼굴도 아니지만 눈에 서투르지도 않다고 생각하였다.

주인사내가 들어오는 기척에 일어서려니까 동재가 안방으로 마주 들
어오며

"아, 오래간만이군요 돈 많이 버세요?"

하고 소탈히 말을 걸었다.

"네, 인제 한 아름 안구 가서 예금하겠에요 호호호"

명희는 다시 붙들려서 저녁을 먹고 가는 길에, 모레 저녁에 꼭 오라
는 신신당부를 받았다.

"안 오면 내가 데리러 갈 거니까, 날 수고 안 시키려거던 꼭 와야 해
요"

간선

제천아주머니는 모레라고 약속한 날 화순이 집에를 다시 왔다. 안방에는 주인과 택규가 앉아서 도란도란 이야기를 하고 있으나, 기실은 제천아주머니, 명희를 기다리고 있는 것이었다.

"어떻게 자연스럽게 교제를 시켜 보지."

동재는 아내의 서두는 것을 보고 웃으며 이런 소리를 하였던 것이다.

점잖은 처지요 명희도 나이 지긋하니, 어떻게 서로 체면을 세우면서 자연스럽게 교제를 시킬 수 있을까? 화순이는 은근히 애도 썼다.

"응, 기특해라! 오라는 대루 와 주니!"

화순이는 호들갑스럽게 맞아들여서 안방으로 데리고 들어갔다. 현관에도 축대에도 남자의 구두가 놓인 것이 눈에 띄지 않기에 마음 놓고 올라선 명희는 주춤하지 않을 수 없었다.

도둑 신칙을 하느라고도 구두를 감추었는지 모르지마는, 명희가 왔다가 남자의 기척이 나면 금시로 뺑소니를 칠까 보아 조심조심 마련을 해 두었던 것이다.

"아이, 어서 오세요."

아랫목에 앉았던 동재가 반허리를 일으키며 정중히 맞으려니까, 옆으로 앉은 택규는 말끔히 치어다보던 눈을 비킨다.

"괜찮어, 우리 일가 양반야. 인사들이나 하세요 우리 같은 D학교 나온 동창예요."

주인댁이 앉기도 전에 서둘러대었다.

소리 없는 인사가 꾸벅꾸벅 서로 교환되었다.

"잠깐 앉았어요. 저 방은 시험공부 땜에 아이들이 법석이구."

차라도 들여와야 하고 저녁 대접을 하려니 그 분별 때문에 분주하게 부엌으로 내려갔다.

"매일 시장에 나가시기에 고단하시겠습니다."

"뭐 습관이 돼서요. 나가서두 앉었기만 하니까요."

여자가 장사를 한다는 것을 흉으로 여기기커녕 생활력이 왕성하다는 자랑도 되는 시대니, 동재는 거침없이 이런 화제를 꺼내는 것이었다.

"댁이 예서 꽤 멀대죠?"

"그럼요. 인왕산 밑 사직골예요."

"네, 좋구면요. 사직공원 근천가요?"

"바루 매동학교 앞예요."

두 남녀의 대화는 경쾌하였다. 택규는 가만히 들으면서 시장에 나가는 여자라 역시 똑똑한 품이 다르다고 생각하였다.

"이 친구는 근 이십 년 한 사무실에서 책상을 나란히 해 지내 오는 사람입니다. 그리 시스럽게 생각지 말구 나같이 알아주세요"

동재의 말에 택규는 웃었다.

'나같이 알아 달라는 어떻게 알아 두라는 건구? ……'

하고 속으로 웃으면서도 어쩐들 명희가 첫눈에 들어서

"우리 나가지!"

하고 동재에게 눈짓을 했다.

"뭐 곧 저녁상이 올러올 텐데."

"저녁은 저녁이요, 오늘은 내가. 한 잔 내지. 아주머니 이리 좀 올러오세요" .

하고 부엌에다 대고 소리를 쳤다.

"왜 그러세요? 시중이 늦어 호령이신 게로군."

화순이는 웃으며 방으로 들어섰다.

"어서 옷 입으세요 저번에 와서 그렇게 폐를 끼치구 갔는데 또 오늘……. 이번에는 내 저녁 좀 잡숴 보세요. 그 외엔 아무 의미 없습니다. 허허허."

하고 택규는 옷 갈아입으라고 마루로 피해 나간다.

2

여간해서 '내 술 한 잔 먹세' 하고 앞장서 본 일이 없는 택규가 이렇게 큰소리치고 나선 것은 저번에 술이 취해서 자고 이튿날 아침대접까지 받은 대거리로만이 아닌 것은 물론이다.

"어떡허시려우?"

화순이는 남편의 의향부터 물었다.

"뭐 있어?"

"신통치 않아요. 고기 한 근 사다 놓은 것밖에……"

"그럼 나가지. 큰맘 먹구 한턱낸다는 건데."

하며 동제의 눈은 무심코 윗목으로 비켜 앉은 명희에게로 갔다.

"미안하구면. 집에서 저녁을 먹겠더니."

화순이는 눈치만 보고 앉았는 명희에게 말을 걸며, 의걸이를 열고 저고리만 후딱 하나 갈아입고 스프링을 걸치며 나선다.

"난 갈 테야. 내 걱정은 말어요"

명희도 따라 일어섰다.

"이건 무슨 딴청야. 정작 주빈이!"

하며 화순이는 웃으며 나무랐다.

"언니두 그 무슨 소리야. 내 그이 초대받아 왔나? 초면에 그건 뭐야."

명희는 좀 뾰로통해 보였다.

"초면에 낯 가리구 부끄럼 탈 땐 다 지내신 것 같은데!"

동재는 부리나케 넥타이를 매며 싱글한다.

"아직두 초면에 부끄럼을 탈 나이니 '복행'이지 뭐유."

화순이가 요새 학교아이들의 말버릇을 입내 내서 이러한 소리를 하고 두 여자는 깔깔 웃었다. 초면에 거북하고 뻑뻑한 기분을 부드럽게 하자는 것이었다.

큰길로 빠져 나와서, 버스나 전차를 타려는지 택규가 앞장을 서서 종점으로 끌고 가기에, 이러한 때 기분에 맞지 않는다고 생각한 동재는 마침 지나는 택시를 붙들어 강명희부터 오르라 하여 네 식구가 탔다.

"김 군이 장가를 가면 내가 다 늙게 이렇게 들러리를 서야 하는 판이지?"

말이 너무 노골적이어서 좀 점잖지 않게도 들렸으나 택규는 천연히

"응, 이 형한테는 주례를 해 달랄 작정인데."

하고 말을 받았다.

명동 입구에서 차를 내려서 가끔 점심 먹으러 다니던 중국요릿집으로 들어섰다. 은행원들이 점심도 먹으러 다니고 가다가다 조그만 연회도 하여 단골로 생각하는 집이다. 그래서 그런지 남녀 두 쌍의 손님이라 해서 그런지 대접이 융숭하였다. 이층 구석 제일 얌전한 방을 차지하였다.

"아니, 피로연을 하게 되면 은행장 이하 꼭 청할 사람만 청해서 이런 중국요리루 하지?"

동재는 시치미 떼고 이런 소리를 한다. 다 된 것으로 안다는 의사 표시를 하여 어서 엉구어 버리자는 호의에서 나온 것이기도 하다.

"이 냥반이, 당신이 장가를 가시나 웬 마련이 이렇게 많으셔?"

명희가 놀림이나 받는 듯싶어서 거북해 하는 눈치를 보고 화순이가 말을 가로 맡으니까, 동재는 껄껄 웃으며

"그러지 않아도 당신이 이혼에 합의만 해준다면, 이번엔 연애결혼을 한번 해 볼 작정인데……헤헤……. 김 군, 팔자 좋아! 부럽지 뭔가!"

하고 또 실없는 소리를 한다.

"에그, 이 망녕 늙은이. 이혼장에 도장은 찍을께 애인이나 얻어 와요."

3

동재 부처가 의취 좋게 농담을 하는 것을 보고 택규나 명희나 유쾌도 하고 부럽기도 하였다.

"자식들이 커 가니까 장가니 연애니 입을 벌릴 염치두 없지만, 연애 한 번 못 해 봤다는 건, 딴은 헛산 거야."

주판과 장부 속에서만 반생을 보냈을 이 사람의 입에서도 이런 소리가 나온다.

명희는 자기더러 들어 보라는 것 같기도 해서 괴란쩍었다.

"이거, 남 얌전한 색시들, 바람나겠군요 남자 양반이 그럴 제야 사랑을 목숨으로 아는 여자들 마음은 더 할 거 아녜요."

하며, 화순이가 웃으니까 남편이 선뜻 받아서

"매우 동정합니다. 이번에는 내가 도장을 찍어 드리기루 하죠."

하고 웃어 버렸다. 좌석이 좌석이니만치 이런 객설이라도 하며 요리 나올 동안을 기다리는 수밖에 없었다.

"그러구 보니 우린 벌써 늙지 않았나! 이런 헷소리나 하구. 허허허."

요리가 들어오니까 출출한 판에 서로 권하며 한참 말들이 없다가 택규가 또 한마디 내놓는다. 명희는 이야기에는 참례를 안 하고 넌짓넌짓이 택규란 사람을 뜯어보고 있었으나, 음식이 벌어지니까 도리어 무료에서 벗어난 것이 다행한 듯이 화순이가 권하는 대로 예사롭게 달게 먹는다.

"무에 늙으셨다는 거예요? 옛날 노인처럼 엄살 마세요. 일본책에 '인생은 사십부터'란 것이 있대서 말이 아니라, 칠십까지만 사신다 해두 앞으루 삼십 년 아니겠어요! 인제부터 사실 텐데 무슨 소리세요?"

화순이가 젓가락을 여전히 놀리며 탄한다.

"어유, 칠십까지 지루해서 어떻게 살라구! 하하하."

택규의 눈길은 무심코 명희에게로 갔다.

"마흔다섯까지 사시기엔 지루하지 않으셨에요?"

모두들 허허허 웃었다.

"이 도장을 찍겠다는 양반보다 다섯이 위이시며 십 년은 젊어 보이시는데 무에 걱정예요."

사실 피부나 혈색이 남편도 좋지마는 택규는 나이 위면서도 훨씬 좋은 편이었다. 그러나 명희는 이것도 중매의 말솜씨거니 싶어서 듣기 좋을 것은 없었다.

음식이 맛깔스럽고 배반(杯盤)이 낭자하였다.

"참 나야말로 원님 덕에 나발 불었다. 어느 혼인집엘 가두 이렇게는 얻어먹을 수 없으니까."

"그러기에 피로연은 여기서 하자는 거야."

동재가 웃었다. 잘 먹어서 그런지 이 혼인은 다 된 혼인이라고 축복하는 것이오, 명희가 오늘 오란 대로 온 것을 보면 알조라고 생각들 하는 것이었다. 택규는 신바람이 나서 좋아하였다.

그러나 세음을 해 온 쪽지를 받은 택규는 좀 낯빛이 달라지며 아래로 내려가더니 조금 있다가 올라와서 동재를 손짓으로 불러낸다. 여자들도 대강 눈치를 채었지만 동재는 다시 들어와서

"핸드백 가지구 나왔소?"

하고 돈을 쓰겠다는 눈치로 묻는다.

"안 가지구 나왔는데, 왜 셈이 모자라요?"

"글쎄……세금이니 뭐니 해서 의외루 비싸구먼."

동재의 망단해 하는 소리에, 명희가 가방을 들고 나며

"얼마 부족해요? 잘됐군요 나두 외상 안 먹구 내 몫은 아주 단결에 치르구 갑니다."

하고 웃으며 돈을 꺼낸다.

4

"그만큼 단굴루 다녔으니 돈 천여 원쯤에 그럴 수가 있나."

택규가 요릿집에서 나오며 명희 앞에 겸연쩍기도 하고 화가 나서 중얼대었다.

"요새 물가란 하룻밤 새에 달라지는 것이니까 체격 그러기가 일쑤지. 사람의 지혜와 돈이란 요긴할 때 '예 있소' 하고 대령하고 있었던 듯이 나서야 감칠맛이 나고 생색이 나거든. 그 이천 환이 자네 집에 매어 논 금송아지보다 값이 나가지 않았나!"

친한 친구끼리면 이런 것쯤 다시 뇌까릴 것도 아니지만 동재는 명희에게 생색을 내고, 언제나 시장에 나가는 장사꾼이거니 하고 동무 앞에서도 기가 죽어 하는 이 여자를 한번 추겨 세워 주고 싶은 생각에 꺼낸

37

말이었다.

사실, 택규부터도 신붓감이 동대문시장에를 나간다는 말을 들었을 때는

"응, 과부댁 장돌뱅이로군."

하며 장래 출세를 하려는 자기에게는 가당치도 않다는 말눈치이었던 것이다.

이런 계제에 택규가 좀 넉넉했더면 선을 본 신붓감을 후딱 태워 가지고 가서 집도 배워 두고 하였으면 좋으련마는 이천 환에서 떨어지는 것은 팁으로 주어 버리고 두 남자가 똑같이 궁에 빠졌다.

을지로 입구에서 명희를 전차에 태워 보내고 이편 일행은 버스를 탔다.

"어때요? 장래 ××은행 두취 부인으루 떨어질 건 없죠?"

버스 간은 붐비지 않아서 세 사람은 나란히 앉으며 가운데 앉은 화순이가 입을 벌렸다.

"장래 은행장 부인이 골라잡은 게 범연할라구."

동재가 먼저 대꾸를 하며 웃으니까

"그러신 줄은 압니다만 초면에 너무 창피스럽게 돼서. 아니, 선보러 가서 색시 돈 취해 쓰다니 유사 이래 처음일걸!"

하고 택규도 껄껄 웃는다.

"그러기에 대은행가가 되실 소질이 있다는 거지! 염려 마세요 퇴짜는 맞지 않으실 거니."

화순이의 말에 택규는 안심한 듯이 벙글 또 한 번 웃었다.

이튿날 은행에서 택규는 점심시간이 되니까 부리나케 빠져나와 동대문행 버스를 탔다. 아침에 효제동 집에서 나올 제 동대문시장을 찾아들어 가서 하룻밤 잔 이천 환 빚을 갚으려 했으나 출근시간이 너무 늦을 것 같아서 그만두었던 것이다. 돈 갚기가 급한 것이 아니라, 밤사이에 잊어버리게 된 그 얼굴을 어서 다시 보고 싶고 어떤 눈치인지 궁금해 못 견디겠다. 첫 장가도 이렇게 맞선을 보고 어른들이 나서서 주선을 하고 하였는데, 그때에는 이렇지도 않았던 것을 생각하고 택규는 혼잣속으로

'나이 먹으니까 지각이 더 나서 그렇단 말인가? 자신이 없어져 그렇단 말인가? ……'

하며 이 혼담이 잘못하다가는 파의나 되지 않을까 보아 겁을 벌벌 내는 자기를 웃었다.

동대문시장에를 늘 드나들어 손샅같이 아는 택규는, 포목이며 여자 옷을 지어서 파는 점방만 모인 골목을 금시로 찾아 들어섰다.

"어구, 선생님! 여길 어떻게 오세요?"

좌우 쪽을 샅샅이 뒤져 들어가던 택규가, 거기 붙고 거기 붙고 한 한 평쯤 되는 어느 점방 앞에 딱 서니까 명희가 깜짝 놀라며 일어선다.

5

"아, 여기시군요. 어젠 실례했습니다. ……빚 갚으러 왔습니다. 하하하."

하고 택규는 명랑하였다.

한때 한가로운 점방들이며 오락가락 하는 아낙네들은 힐끗힐끗 보며 젊은 과부댁이 바람났나? 하는 생각부터 하는 것이었다.

"온 천만에! 좀 앉으세요"

인사가 그렇지만 않을 터전도 없었다. 옆으로 비켜 앉았는 늙은 마님은 모친인지 말끔히 치어다보고 있다.

"잠깐 나가시죠."

"웬걸요 점방을 비구 자리를 떠날 새가 있나요"

명희는 조용조용히 대거리를 했다.

"잠깐 갔다 오렴."

마님이 간신히 들릴 목소리로 권하였으나 명희는 못 들은 척하고 있다가 노인과 택규가 서로 알은체를 하려는 기미를 보자

"우리 어머니세요"

하고 마지못해 인사를 시켰다. 마님은 반기는 낯빛으로 그저 '네, 네' 하고 말수 없이 대꾸를 하였다. 안존하니 곱닿게 늙어 가는 육십 노인이 옷장수를 하느니만큼 좁은 저자거리의 와글와글 법석을 하는 속에 조촐히 차리고 점방을 보고 앉았는 것이었다.

당자가 아니 나서는 것은 그럴 법한 일이로되, 그 모친이 웃는 낯인 것이 택규에게 큰 희망을 주었다.

'당자가 도리질을 하는 것을 어머니가 달래는 것인지? 당자도 싫은 것은 아니라 어머니 땜에 시집 못 가겠소, 하는 것인지? ……'

택규는 이런 혼자생각을 하였다. 데리고 나가서 점심이나 대접하고 돈을 갚느라면 자연 여자의 눈치를 알겠기에 화순이를 통하지 않고 한

번 만난 여자를 대담히 직접 찾아온 것인데, 모친은 호의를 가지고 옆에서 권하건마는 명희는 막무가내다.

택규가 하는 수 없이 그 자리에서 이천 환 넣은 봉투를 꺼내 놓으니까

"그건 뭘 시급히……."

하고 인사를 한 명희는,

"미안합니다. 이천 환 빚 받으러 나간 동안에 만 환 벌 것 못 벌면 어쩝니까!"

하며 비로소 상긋 웃어 보인다. 어디까지나 장사꾼의 말이다. 택규는 명희가 이만치나 실없은 소리를 가벼이 거는 것이 유쾌하고 고마울 지경이었다.

택규가 점잖게 인사를 하고 돌쳐선 뒤에 명희 모친은 첫눈에 퍽 마음에 드는 듯이

"인물두 좋구, 나이두 그만하면 걸맞구, 아 직업 좋겠다! 그만하면 됐는데 단지 하나가 아이들이 많다는 거지!"

하고 혼잣소리를 하는 것이었다.

"어머닌 그저 가만 계세요. 남편 해 가면 돈 생기나요 밥이나 얻어먹자구 들어가는 식모살이밖에 더 돼요!"

명희도 모친의 말이 틀리다는 것은 아니다. 그러나 자기 생각도 옳다는 것이다.

툭 터놓고 말하면 시집도 가고 싶고 돈도 벌고 싶다. 이왕 시집을 갈 양이면 외로운 친정어머니까지 받아들여 주고 큰 호강은 바랄 수 없어

도 편히 앉혀 놓고 먹여줄 데가 소원이다. 택규가 잠깐 본 인상으로도 좋고 인물은 놓치기가 아깝다. 그러나 늙은 시어머니가 있다는 집안에 친정어머니를 끌고 들어갈 수가 있나? 편안히 앉혀 놓고 먹일 집안인 가! ……명희는 놓치기는 아까워도 단념이라는 것이다.

6

이날 저녁때에는 화순이가 역시 점방으로 들렀다. 어떤 의향인가를 알려 온 것이다. 화순이도 오는 길에 이천 환을 들고 와서 내놓는다.

"넣어 둬요. 벌써 받았는데."

하며 명희는 꾸어 간 임자에게서나 받아 가지고 온 듯이 인사를 하는 것이 우스워서 생글하였다.

"왔던 게로군. 잽싸기두 해라."

"점심때 와서 부득부득 나가자니, 날 뭘루 알구 그러는지? 요리접시나 멕이구 점심이나 사 주구 하면 넘어가리라는 수작인지."

명희는 토라진 소리를 하였다. 딴은, 사이에 든 자기도 제쳐 놓고 직접 찾아다니기에는 너무 일다. 낯이 익어지고 길이 들기까지 기다려야 할 것이다.

"아, 점심 사 달라구 조르구 다녔으면 흉이지만, 사 주마는 것까지 시비할 거야 뭐 있나!"

하고 화순이는 웃어 버렸다.

"그 돈두 그이 취해 준 게 아니니까 모른다구 안 받으려다가, 너무 그랬다간 무안해 할까 봐 받았지."

"이를 어쩌나! 아주 안경 밖에 났구먼. 늙은 홀아비는 체면도 없이 쫓아다니는데, 중간에서 나만 죽어날 판이로군."

옆 간에서 들을까 봐서 소곤소곤 웃어 가며 주고받는 수작이었다.

"어제만 해두 그렇지. 누가 선 뵈러 갔나. 어머니께서 자꾸 서두시기에 그래 볼까두 하였지만, 아무리 생각해 봐야 오래비가 제대돼 나와서 장가를 들고 어머니께서 자리를 잡으세야 나두 마음 놓구 나서지를 않겠수. 그래야 내 도리두 서구, 남이 서방에 미쳐 어머니 버리구 달아났다구 욕은 안 할 거 아뉴?"

"암, 옳은 말야. 나두 무리루 강권하는 건 아냐. 허지만 어머니께선……."

"아니, 가만있에요. 무리루 강권하는 건 아니라면서, 어젠 내가 안 가면 언니가 또 애를 써 오시겠기에 그런 사정 이야기나 하러 간 건데, 막 강제루 선을 뵈구 돈까지 뺏어 가구 하하하……어쨌든 이 나이에 선을 뵈구 다니다니 말유."

명희는 무슨 칭원은 아니지만, 의외로 남자 편이 서두니까 겁도 나서 퇴짜를 하는 책임은 자기에게 있지 않다는 것을 밝혀 놓는 것이었다.

"아냐. 도시 이러니저러니 할 게 아냐……."

하며 이때껏 손님 대거리를 해서 보내고 난 모친이 이리로 돌아앉는다.

"……애 말두 옳긴 옳아. 허지만 언제 졸연히 제대가 돼 나올라구. 그것두 다 길이 있어야 한다는데 우리 같은 사람야……또 이태 삼 년 썩는 동안에 이 앤 점점 늙지 않나! 그러니 내 걱정은 말구 어서 한 살이라두 젊었을 때 갈 사람은 가라는 거요, 난 지금이라두 재봉틀 한 대만 있으면 얼마든지 내 벌이는 하는 거구 예서 제서 오라는 데루 들어가서 종용히 있게 되면 몇 푼 벌이두 안 되는 이 생활을 붙들구 종일 복작대는 길가에 앉았는 것보다는 얼마나 낫겠다구! 인젠 나두 지치구 이 바닥에서 인멀미가 나서……."

이 마님은 그래도 아들이 돌아오면 며느리 볼 만한 밑천은 붙들었으니 그 이상 더 욕심은 부리지 않겠다는 것이다.

"아주머님 말씀두 옳은 말씀예요."

"그러니, 그 자식이 돌아와 장가를 가기루 그놈 내외 멕여 살릴 것까지야 어떻게 벌어 논단 말요 메누리를 얻기로 그 손에 얼마나 편히 앉어서 덕을 보겠다구……."

7

모녀가 서로 위하고 아끼는 정리가 화순이에게는 부러웠다. 은행에 다닌다면 돈을 바리로 실어 들이지는 않더라도 생기는 것이 많을 텐데, 저의들만 잘 살고 별로 덕을 보는 것이 없어서 화순이의 모친은 늘 불평인 것이다. 쌀 한 가마니에 천 환을 하나 만 환이 넘으나 매삭 쌀 한 가마니씩은, 해방 이후 십 년을 두고 궐하는 일이 없이 꼬박꼬박 대어 보내는 것만 해도 무던한 일이요, 이것저것 아무래도 흘러가는 것이 쏠쏠하건마는, 늘 부족한 생각인 모친이 화순이에게는 마음의 짐이 되는 것이었다.

귀한 딸을 길러서 나이 먹은 재취 자리에 줄 제야 덕이라도 보자는 것이지, 하는 것이 모친의 생각이다. 거기다가 비하면 네 마음대로 너 잘 될 데로만 가 달라고 빌다시피 하는 명희의 어머니가 얼마나 고마울까!

만일 택규가 일찍 장가를 가지 않았더라면 당연히 그리로 시집을 갔을 것이라는 생각을 하면 모친은 택규 같은 노랭이 사위한테 더구나 덕을 못 보아서 어쨌을꾸 하는 생각도 새삼스레 난다.

그러나 나이가 여덟 살 차이나 되어서 어려서는 어른 아이같이 웃음엣소리도 곧잘 하던 택규다. 이런 것 저런 것을 생각하면 택규의 재취 장가를 꼭 자기 마음에 드는 자국에 소개하고 싶어 애를 쓰는 화순이다.

자기네 결혼에 중매를 서 준 택규이기 때문에 남편도 의리가 있지 않으냐고까지 하였지마는, 화순이는 화순이대로 자기의 마음에 드는 동무를 들여보내서 서로 오락가락하며 재미있게 지내고 싶은 생각이다.

화순이는 저녁때 한창 붐비는 점방에 오래 앉았기도 안됐고 집의 저녁마련이 있으니 일어서 버렸다. 옷 흥정과 다르니, 이런 저자거리에 앉아서 쉽사리 끝장이 날 이야기도 아니었다.

"언니, 미안해요 이 문제는 다시 들춰내지 말구 쓱싹해 버려 줘요."

명희가 따라 나서며 부탁이다.

"가만있어요 내게 맡겨 둬."

명희는 더 다시 잔소리는 안 하고 헤어져 들어갔다.

화순이는 돌아오는 길에 시장에 들러서 반찬거리와 몇 가지 안줏감을 마련해 가지고 들어왔다. 으레 택규가 무슨 하회나 들을까 하고 올 것 같기 때문이다.

벌써 안방에는 두 남자가 채를 잡고 앉아서 숙설거리다가, 남편은 방에 들어서는 화순이를 보고

"요새 사무가 또 하나 늘어서 분주하시구려?"

하며 웃으려니까, 옆에서 택규가

"미안하군요"

하고 인사를 한다.

"미안이나 마나 다 틀렸에요. 한 번 잠깐 만난 남자가 이튿날부터 왜 엉금엉금 찾아다니느냐구, 자기를 무시했다구 노발대발이던데……."

택규는 헤에 웃는 수밖에 없었다.

"아 벌써 어느 틈에 문안을 갔었어? 아아, 아무리 염체 빠진 노털이지만 좀 창피하구나. 그리구 내게는 시치미 뚝 떼구."

동재가 놀려 준다.

"아아냐. 어제 일이 하두 께름칙하기에 빚 갚으러 갔었지."

"그래, 노신랑이 입이 벌어져서 서두르기루 흠 되나. 헌데 무어래?"

동재가 두루마기를 벗고 와서 앉는 아내를 치어다본다.

"참 정말, 어머니 땜에 할 수 없다는 거예요."

택규는 낯빛이 변하며 머쓱해졌다.

8

"김 선생이 밉다 곱다가 문제 아녜요. 아주 헌앙하게 생기신 점잖은 양반이구 칭찬을 하던데요……."

화순이는 무관한 새라 벌써부터 찾아간 것을 핀잔 준 끝에 실토를

해 놓고 나니, 택규가 의외로 풀이 죽어 하는 꼴을 보기도 가여워서 위로 삼아 추켜세우는 소리를 한마디 하고는, 명희의 말하던 사정과 심경을 쫙 이야기하였다.

"그거 그럴 거지. 어쨌든 잘됐구먼! 군대에 간 애가 나와서 장가들 때까지 연애하지. 그러나 또 그놈이 나와서 연애를 하고 실연을 하고 법석을 하다가 장가를 가기까지 기다리자면 지루는 할 거야."

하며 남편이 싱글싱글하니까,

"이 냥반이 왜 이리 시룽시룽하셔? 남 참닿게 얘기 하는데 샘이 나서 이러시나?"

하고 화순이는 웃으면서도 쏘아 주었다.

"아니, 자네 말두 옳아. 하지만 내 사정이 급한걸. 내가 어서 자리를 잡고 앉아야, 내년쯤은 메누리를 봐야 할 거니까."

"허허허. 자식 팔구 장가가려네그려."

"아닌 게 아니라 그래. 어머니께서 손주메누리 못 보구 돌아가실까봐 애를 쓰시는 데야. 구식 생각 같지만 인정에야 구식, 신식이 있나."

이야기는 어느덧 딴 데로 번졌다.

"그 애가 벌써 그렇게 됐나?"

"벌써 스물넷, 이번이 졸업야. 작년 가을에 학병(學兵)에까지 다녀왔으니까, 인젠 중학교 교사로만 들어앉으면 한시름 잊는 거지."

택규의 이 이야기를 들으면서, 동재는 큰딸 영애의 생각을 하였고, 화순이는 '순애가 내년쯤 고등학교를 나왔댔으면.' 하는 생각을 하였다. 부부 사이건마는 이 두 딸에 대한 생각이 달랐다. 그래도 택규의 아들,

정진이를 탐내는데 보는 눈은 같았다.

"아, 그럴 거 뭐 있나. 그런 사정이라면 다른 데를 하나 구해 보지. 지금 전쟁미망인두 수두룩하지 않은가!"

동재가 아내의 의향을 묻는 듯이 쳐다본다.

"전쟁미망인은 뭐 길에 떨어져 있는 줄 아시나 봐."

하고 화순이는 또 핀잔을 주며 일어나서 부엌으로 급히 내려갔다. 안주 다루는 것을 저녁밥 하는 식모에게만 쓸어맡겨 둘 수 없기 때문이다.

밥상이 올라오고, 건넌방에서 공부하던 순애도 나와서 부엌 심부름을 하였다.

"아주머니, 어쨌든 나 한번 만나보게 해 주세요"

술이 몇 잔 돌아가니까, 택규는 혼자 궁리궁리하다가 부탁을 한다.

"아니, 인젠 길을 터 놨는데 언제나 가시면 될 거 아녜요"

"아니, 그랬다가 또 핀둥이나 맞구 뒤통수를 치구 오면 어쩌라구."

깔깔들 웃었다.

"여자란 무언지? 종용히 점잖게 있던 사람이 하룻밤 새에 번민이 생기구 체면이 깼이구……"

동재는 또 허허허 웃었다.

"아, 정을 알면 멀쩡한 사람이 미치진 않겠기에! 김 선생님, 그러지 말구 내가 매파나 뚜쟁이는 아니지만, 또 하나 선을 봬 드릴게, 그리 급히 서두르지 마세요"

화순이는 자신 있이 달랜다.

두 번째 간선

1

"순애야 내 앨범 좀 가져오너라."

선은 얼마든지 보아도 좋다는 듯이 택규가 대꾸도 없이 앉았으니, 하던 말끝이요, 술좌석의 좌흥을 도울 생각으로 우선 사진으로 선을 또 하나 보여 주겠다는 것이었다. 내 앨범이란 시집올 때, 친정에서 가지고 온 고물이다.

화순이는 앨범을 받아서 펄떡펄떡 넘기더니

"이거 보세요"

하고 택규의 눈앞에 내민다.

"보긴 보게마는, 사진 임자의 의사도 들어 보지 않고 사진 선을 뵈다니, 이건 인권유린이요 인격무시야."

동재가 한마디 웃음엣소리를 했다.

"딴은 그래. 하지만 그저 배관(拜觀)만 하지."

하고 택규도 웃으며 앨범을 받아서 골똘히 들여다보고 있다.

그 사진은 일전에 남편이 택규의 혼담을 꺼낼 때 맨 먼저 화제에 오르던 희숙이의 사진이다. 투피스를 입은 상체만 박인 것이었다. 앨범은 낡았어도 사진은 그리 오랜 것이 아니다.

"누구예요?"

택규는 동글납작한 상판이 영리해는 보이나 집에 들어와서 살림을 맡아 보아 줄 사람 같지 않아서, 자기와는 격에 맞지 않는다고 생각하였다.

"우리 육춘 동생예요. 지금 ××여중학교 영어선생인데 인젠 멀미가 나서 그만두구 나오겠대요."

택규는 영어선생이란 말에

"허."

하고 또 한 번 사진을 들여다보았다. 이지적(理知的)인 매서운 눈초리가 쌀쌀해 보이고 자기의 솜씨로는 어거하기 어려울 것이라고 생각하였다.

"어때요?"

"어떻구 말구, 잘못하면 인권유린, 인격무시가 될 거니까……."

하며 택규는 껄껄 웃었다.

"요새 홀아비는 호강하는구나. 남의 집 색시 선을 맘대루 보구, 당자두 모르는 새에 퇴짜를 하구."

동재는 무슨 악의가 있어 비꼬는 것이 아니라, 얼근해질수록 심심하니 농담을 하는 것이었다.

"그렇다구 여자의 지체가 떨어진 건 아녜요 전쟁 후에 여자가 사태가 나서 그런 것두 아니겠죠 김 선생님 원체 눈이 높으세서……."

"어구, 이건 무슨 당치 않은 말씀이세요 난 너무 과분해서 엄두가 안 날 뿐인데……."

택규의 말도 진국이었다.

사진만 보고 이야기지마는 영어선생님은 시집보다도 미국 가지 못해 할 것이니 감히 엄두가 아니 나는 것이요 인물로 말해도 명희에게 마음이 끌렸다.

"이왕 수고하시던 끝이니 내일 한 번만 더 다녀와 주세요"

그만쯤 한 문제면 직접 만나서 의논하면 해결할 도리가 나설 것이니 명희를 만나서 셋이 이야기를 해 보자는 것이다.

"그래, 사람은 지내봐야 알지만 살림꾼으로는 강 씨가 월등 낫지."

동재도 찬성이었다.

이튿날 은행의 파사 시간을 맞추어 화순이는 택규를 데리고 시장으로 가서 대지르고 명희를 불러내었다.

"뭐? 내가 그이를 왜 또 만나! 의논은 무슨 의논……."

하고 명희는 펄쩍 뛰다가, 저편 동구에 택규가 섰는 것을 보고는 찔끔하는 기색이다.

2

택규는 저만치서 오는 두 여자가 눈에 띄자 외면을 해 버렸다. 두 여자라기보다도 명희의 하얀 얼굴과 날씬한 몸매만 보고도 어쩐지 마음이 설레며 반가웠다. 오랫동안 보아 온 얼굴 같다.

51

"아, 바쁘신데 저무두룩 와서 미안합니다."

택규는 입가에 웃음이 떠오르며 모자를 조금 쳐들어 인사를 하였다.

"저자 터에 손님이 와 주실수룩 좋죠만……."

명희는 늙은이 모양으로 불그레한 밀양직 치마에 회색 스웨터를 입은 장사꾼의 차림차리를 좀 부끄럽게 생각하며 주춤 마주섰다. 저보다도 수줍어하는 기색이 없어 당돌한 태도다. 택규는 그것이 자기에게 대하여 여자다운 감정을 갖지 않았다는 것을 표시하는 것 같아서,

'전연 가망이 없지 않은가?'

하고 또 약간 실망도 느끼고 겁도 났다.

다방도 조용치가 않고 조선 음식점도 분주하니, 역시 만만한 중국요릿집으로 들어갔다.

"술 석 잔 얻어먹기에 힘두 든다! 그래 또 좀 생각해 봤어?"

화순이는 방에 들어서며 혼잣소리를 하며 웃었다. 어쩐지 자기 입장이 어설프고 우스워지는 것 같아서 하는 말이었다.

"누가 고생을 사서 하랍디까?"

명희도 가벼이 웃으면서 핀잔을 주었다.

보이에게 분별을 하고 뒤미처 들어오던 택규는 명희의 입가에 상긋이 웃음기가 남아 있는 것을 보고 좋아하였다. 그런데도 무슨 길조가 있는가 싶어서다. 일 년 동안 근신을 한 중년 상처꾼이 막연하던 혼담이 나온 통에 잠자던 정서(情緖)가 갑자기 눈을 떠서 그런지, 이십 대의 젊은 애처럼 감정이 예민해지고 신경이 빨라졌다.

"원쳰 언제 제대가 되는 거야?"

명희의 오라비 이야기가 나온 모양이다.

"언제구 말구 필요하니까 붙들구 늘어지는 거지."

명희의 오라비 명식이는 9·28 직후에 통신대에 들어가서 일선으로만 돌다가 지금은 판문점 가까이 휴전선에까지 들어와 있다는 것이었다.

"아 참 군대에 간 남자 동생이 있다죠? 어떻게 운동을 해서 나오게 해야죠."

택규는 담배를 피우며 말참견을 하였다.

"격전지로만 따라다닐 때 봐서는 인제는 고되지두 않다니 그대루 내버려 둘까 봅니다."

남은 제대운동이라도 해 주마고 자청을 하고라도 나설 호의를 가지고 한 말인데 긴할 거 없다는 수작이니 택규는 머쓱해지지 않을 수 없었다.

"올에 몇 살인데?"

화순이가 말을 이었다.

"스물넷이지. 무슨 마련 없이 데려내 오기만 해두 걱정야. 대가린 커대지구 술 담배 먹지, 중학교두 끝을 못 마치구 가서 오 년을 놔뒀으니 공부를 다시 시킬 힘두 없지만 공부를 계속할 수가 있나! 후방에 와 보면 안 끌려간 중학 동창 애들은 벌써 대학을 나와서 쭉쭉 빼고 다니니 심통이 나서 아이가 성미만 빙퉁그러지구."

명희의 말은 장사에 닳아서 그런지 또랑또랑 매서운 데가 있었다. 택규는 옆에서 가만히 들으며 그 매서운 데에 겁도 나나 좋기도 하였다.

"그래두 어서 끌어내다 공부를 시켜야죠"

택규가 대꾸를 하였다.

3

"허기야 취직을 시킨들 갈 데가 있겠어요, 번들 몇 푼이나 벌겠어요"

명희가 누그러지는 어기(語氣)로 대답을 한다.

"그러니, 김 선생님 길 많겠다, 얼른 끌어내다가 공부시키게 해 주세요."

이것은 화순이의 청이었다.

"그거야 어렵지 않지만, 딴 마련이 있으시다니?"

택규는 선선히 큰소리를 쳤다.

"마련이란 별 게 있겠어요 옛날에는 첩지를 팔았다더구먼마는 대학엘 간댔자 돈만 처들이구 졸업장 한 장 사 들구 나올 거요, 사죽은 성하지만 누가 당장 써 주길 하겠어요? 그러니 집 칸이라두 장만해서 들여앉힐 마련이나 해 놓고 제대를 시키려는 작정예요."

명희의 말은 어디까지나 타산적이요 택규의 친절한 수작도 귓가로 들린다는 듯이 냉랭하다.

당신에게 구할 것은 아무것도 없소, 하는 콧대 벗은 수작이니, 집 한 채를 내가 마련하리다, 오라비의 학비를 맡으리다 하고 나선다면 이야기가 될까……그렇기로 무슨 흥정이 아니니 당장 맞대해 놓고 할 말도 안 되고 또 택규의 형세에 거기까지 힘이 뻗지는 못하였다.

"돈을 얼마나 벌어났는지? 어머님 집 장만까지 해드리구 시집가는 효녀는 처음 보지만, 그러자면 다 늙어 버릴 거 아닌가!"

하고 화순이가 웃으니까

"그런대두 허는 수 없지 않은가!"

하며 명희도 해죽 웃는다. 쌀쌀한 표정이요 다바진 소리만 하다가도 그 웃는 모습은 귀염성스럽고 붙임성이 있었다.

음식 접시를 쑤시면서 둘이서 속살대는 데에 귀를 기울이며, 택규는 혼잣속으로, 아무래도 집 한 채를 조건으로 붙이는구나 싶어서 불쾌도 하고, 아무려면 이만큼 똑똑한 여자가 아무리 고대광실이기로, 집 한 채와 자기 몸을 바꾸겠다고 야비하게 덤벼들까 싶은 생각도 든다. 택규는 그런 여자로 보고 싶지 않았다. 그만치 택규는 어느덧 이해타산에서 한걸음 넘어서 명희를 다만 '여자'로 보거나, 자기 입으로는 무슨 소리를 하든지 돈만 아는 장사치로 보고 싶지는 않다. 살림이나 잘 거두어 줄 사람이면 어떤 여자든지 좋다고 하던, 평범한 늙은 상처꾼의 생각이 명희를 본 뒤로는 스러졌다. 아무 수단을 써서라도 기어코 이 여자를 붙들고야 말겠다는 애욕이 벌써 마음속에 자라 가는 것을 자기도 어찌 하는 수 없었다.

"선생님, 혼자 심심하신데 어서 약주 드세요 내 한 잔 쳐 드릴게."

둘이만 속살거리고, 택규는 혼자 먹먹히 앉혀둔 것이 미안해서 화순이가 술병을 들고 났다.

"아, 난 괜찮아요 좋은 이야기면야 얼마든지 비밀회담을……. 내가 들어 안 될 얘기면 먼저 물러가랍쇼?"

하고 택규가 껄껄 웃으니까.

"아구, 쟁패가 달아나면 어쩌라구! 이번엔 우리를 정말 '이노코리(요 릿집에 붙들여 앉히는 것)'를 시키시려는군?"
하고 화순이가 질겁을 하며 깔깔대었다. 명희도 상그레 웃으며 한눈을 팔듯이 마주앉은 남자를 곁눈질로 쳐다보다가 눈길이 마주치자 택규는 여자의 웃는 눈찌가 은근하고 자기를 보아주는 것만 고마워서
"하! 신용을 단단히 잃었군!"
하고, 심기가 좋아서 또 한 번 웃음을 터뜨렸다.

<u>4</u>

웃음은 좋은 거다. 깔깔들 웃고 나니, 좌석의 거북하던 공기가 개이고 기분들이 화창해졌다. 그렇지 않기로, 택규는 혼자 덤덤히 앉았다고 무료할 것은 조금도 없었다. 두 여자가 소곤대고 앉았는 것을 바라보며 술잔을 기울이는 것도 심심치 않고 집에서 혼자 밥상을 받고 앉았는 것보다 훨씬 운치가 있다.

실상은 급한 생각에 친정어머니의 문제를 터놓고 의논해 보자고 온 것이지마는, 다시 생각하니 만난 지도 며칠 안 되는 사람의 생활을 깊이 건드리는 것은 남을 얕보는 경솔한 일이기도 하다.

결국에 어머니를 떼 놓고 올 의논을 하자는 것이니,
"늙은 어머니를 원수지만을 대고, 시집갈 내가 아니라니까요!"
하고 대들면, 그 꼴이 무에 될꾸 싶어서 어설피 무슨 말을 꺼내기가 무섭기도 하였다. 잘못하다가 최후의 결렬이 올까 봐서 겁을 벌벌 내고 앉았는 택규였다.

"김 선생님, 정작 살림꾼을 하나 얻어 드릴까요?"

별안간 마주 앉은 명희의 입에서 나직하니 이런 말이 나오는 것을 듣고 택규는 너무나 의외의 소리에 얼굴이 붉어지며 미처 대꾸를 못 하였다. 그것은 조롱으로밖에 아니 들렸다.

"매파는 여기 있으니 그런 염려는 말라구."

화순이가 얼른 말을 받아서 휘갑을 쳤다.

"정말예요. 부산 가서 사귄 과부댁인데 나보다두 젊구 얌전하건 만······."

"시장에서 만난 친구로군?"

"아니. 나 같은 장돌뱅이는 좀체 맘을 잡구 살림꾼으루 들어앉기가 어려워요. 맘이 달뜨진 않았다 해두 첫째 돈맛을 알아서······. 좀이 쑤 셔서 엉뎅이를 붙이구 들어앉었나요."

옳은 말이었다. 택규가 이 여자에 대해서 은근히 걱정하던 것이 그 점이었다. 그러나 제 입으로 이런 소리를 하는 것은 뜻이 있어 그런 것 이었다.

"자기선전은 한다더구먼마는, 이건 자기 흉하적을 하구······. 그래야 그 수에 넘어가진 않어!"

화순이가 직통을 쏘아 주었다.

"흉하적이구 말구 사실인 데야 어쩌나!"

하고 명희는 해죽 웃으며 택규를 정면으로 쳐다보았다. 여자가 웃으며 치어다봐 주니 택규는 고마웠다. 입으로는 무슨 소리를 하거나 반가운 웃는 낯이었다.

"그래, 그 과부댁이란 거, 얌전은 하지만……어떻다는 거야?"

"아이가 달렸어. 많지는 않어. 단 하나!"

이런 때의 명희는 여학생 티가 그저 남아 있는 듯이 샐없은 맛이 있어도 보인다.

"에이! 그럼 젊은 과부댁이 아이를 한 다스나 끼구 서방을 맞어 다녀야 할깜."

하며 화순이는 택규를 건너다보았으나 못 들은 척하고 앉았다. 제이 후보에는 영어선생도 있는 판인데 아이 달린 과부댁쯤 귓가로도 아니 들리었다.

요릿집에서 나와서 명희를 혼자 떼어 보내기가 아까워서 택규는 무어 살 거나 있는 듯이 앞장을 서 다시 시장 속으로 들어왔다. 명희를 점방까지 배웅하려는 것이다.

장거리를 이만침 들어오려니까

"어이, 저기, 정진이 큰아드님 와 있어요."

하고 화순이는 놀라는 소리를 치며 앞선 택규에게 다가서며,

"잘됐다! 이건 부자 분이 선을 보러 다니나!"

하고 명희가 듣지 않게 속삭이며 웃었다.

⑤

정진이가 명희의 점방으로 들어가는 골목 모퉁이에 서서 길이 메어지게 오고 가는 사람들을 눈여겨보는 양이 무엇을 사러 온 것이 아니라 정녕 누구를 기다리고 있는 눈치다.

"쟤가 왜 왔을구?"

택규는 형편이 거북도 해서 눈살을 찌푸렸다.

"부자가 같이 선보러 다닌다구 소문 나겠에요."

하고 화순이는 또 속삭이며 웃었다.

"너, 어째 여기 왔니? 뭐 사러 왔니?"

정진이도 알아보고 다가오니까 택규가 먼저 말을 붙였다. 네 사람이 길을 피해서 우둑 섰다.

"아까 할머니께서 뒷간 다녀 나오시다가 졸도를 하셨어요."

"응? 그래서?"

택규는 눈이 동그래졌다.

"진 내과에서 와서 주사를 놓구 하여 인제는 정신이 말짱히 드셨는데, 자꾸 아버니를 찾으시는군요……."

그래서 퇴근시간 뒤까지 기다리다 못해 찾아 나섰다는 것이다.

"우리가 여기 있는 줄은 어떻게 알구서?"

물어보나 마나, 저번처럼 자기 집으로 쬐 달아 가서 알고 왔을 것이다.

"댁으루 갔드니 큰 학생이 일러 주드군요."

할머니가 편치 않대야 무어 쫓겨 가는 일이 아니니, 정진이는 여기까지 이야기하고는 가벼운 웃음을 머금으며 화순이의 뒤에 섰는 명희를 비로소 건너다보았다.

'퍽 젊은데! ……'

장래 어머니가 될지 모르는 사람이니, '이쁜데!'라고까지는 속으로라도 생각지 않았다.

"어서 가자."

명희를 들여보내고 셋이 돌쳐나왔다.

"그래두 용하게 찾았구먼!"

화순이가 다시 말을 거니까, 정진이는 부친의 뒤를 따라가며 싱긋해 보였다.

부친이 선을 보러 다니거나 아랑곳없고, 할머니가 금시로 돌아갈 것 같아서 아버지를 찾아오라는 것이겠지마는, 정진이는 무슨 정성이 뻗혀서 화순이 집으로 뛰어간 것은 아니다. 혹시나, 하는 생각도 없지는 않았지마는 부친을 거기서 만난다는 것보다도 정진이에게는 정진이대로의 볼 일이 따로 있었던 것이다.

그 집에를 갈 언턱거리가 생겼으니 어엿이 가서 그 큰 학생을 만나서, 어른들 없는 집 속에서 기를 펴고 한참 수작을 하고 온 길이다.

영애를 사랑을 한다거나 못 보면 그리운 것은 아니나 그 집에 갈 일만 있으면 가서 만나도 보고 놀고 싶었다.

"아버님 좋은 데 가셨어요 흐흐...... 집의 어머니하구 선보러 가셨는데 아무리 급해두 거기까진 쫓아가지 마세요"

영애는 학교에서 와서 식모에게 들은 대로 웃음엣소리처럼 대거리를 하다가, 그동안에 할머니가 돌아가시면 어쩌느냐고 자꾸 물어대는 수에 영애는 동대문 안 저자 터를 가르쳐 주었던 것이다.

화순이는 두 딸을 데리고 동대문시장에 나오면 으레 명희에게 들러서 쉬어도 가고 두 아이의 조선옷도 맞추어 가서 영애는 명희의 저자 터를 잘 안다.

시장에서 빠져 나와 헤어지려니까

"아니, 나두 마님 좀 가 봬야죠"

하고 화순이도 정진이 부자를 따라섰다.

6

안방 아랫목에 자리보전을 하고 누웠는 노마님은 그저 그만하였다.

"아주머니, 이게 웬일이세요?"

"늙으면 그렇지. 젊은것들 고생시키지 않게 어서 가야지."

마님의 말소리는 또렷하다.

"그게 무슨 말씀예요. 더 사세야죠 인제 메누님 보시구, 손주메누님 보시구……앞으로 증손주까지 보세야죠."

어려서부터 정말 친아주머니나 되는 듯이, 아주머니 아주머니 하고 지내온 화순이는, 며느리 없는 살림을 일 년이나 맡아 가지고 애를 쓰다가 넘어진 칠십 줄의 이 마님을 진정으로 위로하며 앞에 앉았다.

"머리가 휑하지는 않으세요?"

아들이 앞에 앉은 화순이의 뒤에 서서 물으니까,

"응, 염려 없어, 어서 가서 옷이나 벗구 편히 쉬라구."

택규가 옷을 벗으러 자기 방인 건넌방(상처 후에는 이 방을 쓴다)으로 건너가니까, 옆에 섰던 정진이가 불쑥

"도대체 영양부족예요. 이 집엔 한 달에 고기 한 근 들어와 보는 일이 없으니 진지두 잘 못 잡숫는 할머니 입에 무에 들어갈 것 같애요?"

61

하고 부친에 대한 불평을 늘어놓는다.

"그럼 아버니께 돈을 달래서 맛있는 걸 해드릴 일이지."

화순이가 웃으며 대꾸를 하니까

"한 번 닫히면 열릴 줄을 모르는 아버지 금곤데요"

하고 정진이가 웃는다. 어머니 없는 살림이라, 아이들을 거두어 먹이는 데도 말이 아닌 데다가, 택규가 여간해서 돈을 텅텅 내놓을 리 없으니 자라는 아이들은 먹는 데 게걸대는 것이었다.

"그런데, 어떻게 이렇게 한데 모였누?"

누웠는 마님은 아들과 화순이가 함께 온 것이 미심쩍었다.

"메누님 선 보러 갔었에요"

"응, 그래! 어디 마땅한 게 있어?"

누웠는 마님은 눈이 번쩍해 하였다.

"네. 조금만 참으세요 얌전한 메누님 들어앉혀드릴께요"

하고 화순이는 웃었다.

"그래! 급해. 참한 게 와 줬으면!"

"염려 마세요 조리나 잘 하세요"

하고 화순이가 일어서려니까 봉희가 차를 한 잔 예반에 받쳐 들고 들어온다.

"잘 있었니? 아이, 난 시간이 없어 갈 테야."

화순이는 일어선 길에 다시 앉을 수도 없어 마루로 나왔다. 봉희는 샐쭉해서 다반을 들고 섰다. 봉희는 정진이의 바로 아래인 누이동생이다. 순애와 같은 중학에 있다가 벌써 고등학교 일 년에 다닌다. 식모는 있지마는 할머니의 기력이 시원치 못하니, 이 집안 살림의 중심이 자연이 열여덟 살짜리 아이에게로 집중이 되었다. 그래서 그런지 일 년 동안에 퍽 점잖아지고 몸도 튼튼해졌다.

밖은 벌써 뉘엿뉘엿 저물어 갔다.

"정진아, 길이 소삽한데 전찻길까지 모셔다 태워 드려라."

건넌방에서 나온 부친의 분부였다.

"상관없어. 어서 들어가."

하고, 화순이는 뒤따라 나오는 정진이를 돌려보내려다가,

"그래 정진이 눈엔 어때?"

하고 함께 걸으며 말을 돌렸다.

"뭐요?"

"아까 본 그 여자 말야."

"하하하. 그걸 내게 왜 물으세요."

"그래두, 누가 들어오든 새어머니루 한 집에서 살 사람 아니야……. 아버니께선 정진이 장가를 어서 보내시려구, 당신(자기)부터 서두시는 건데!"

하고 화순이가 웃으니까

"온, 당치 않은! 왜 날 팔구 장가 가실려누?"

하며 정진이는 기가 차다는 듯이 하하하 웃는다.

어머니

1

이동재 내외는 세 아이 입학시험에 쫓아다니기에 한참 동안 눈코 뜰
새가 없었다. 그래야, 출근하는 동재보다는 화순이가 줄곧 따라다녀야
하겠으니,

"아이, 뼛골 빠져 못 살겠다."
고 잔소리는 하면서도, 한 재미이기도 하였다.

그런 중에도 순애의 여자고등학교 시험이나 막내 홍기의 국민학교
입학은 수월한 셈이었고, 제일 애가 씌우고 어른까지 힘이 부쩍부쩍 쥐
어지는 것은 상기의 중학교 시험이었다. 육학년이 되자, 일 년 내 과외
공부로 삼동에도 어두워서야 파해 가지고 와서는, 저녁 밥상에서 물러
나기가 무섭게 또

"숙제, 숙제."
하고 책상머리로 돌아앉아서 전깃불 나갈 때까지 밤이 이슥토록 잠을

못 자는 것을 보면 가엾고 화가 나서

"그래, 이런 놈의 교육제도가 어디 있더람!"

하고 내외끼리 짜증을 내며, 개머루 먹듯 그대로 외우게만 하는, 아니 외울 새도 없는 그런 목이 메게 틀어박는 비빔밥 교육이 어디 있느냐고 군소리가 많았던 것이나, 그래도 그 공부 덕에 첫째로 졸업을 하고, 경쟁이 그렇게 심하다는 중학교를 소리 없이 쓰윽 들어가고 나니, 남매를 앞세우고 방(傍)을 보러 갔던 동재 부처는, 좋아서 떠드는 아이들보다도 서로 마주 보며 헤에 하고 입이 벌어질 수밖에 없었다.

"성진이는 어떻게 됐니?"

하며 화순이는 어른 애가 우글거리는 속에서 성진이 형제를 찾으려고 휘휘 둘러보았다. 시험 치는 동안 늘 정진이가 동생을 데리고 왔던 것이다. 모두가 어머니가 데리고 와서 끝까지 시중을 들어 주고 데리고 가는데 성진이는 선머슴끼리 와서 우물우물하는 것이 쓸쓸해도 보이고 가엾어 보였었다.

"김성진이, 일백십칠, 붙었에요"

상기가 방을 다시 보고 와서 기운골 차게 신이 나서 외쳤다.

"음."

하고 동재 내외는 반색을 하였으나, 정진이 형제는 눈에 아니 띄었다.

교문께까지 나오려니까 사람 틈에서

"사모님!"

정진이의 굵은 목소리가 난다.

"응, 둘이 다 합격이 돼서 얼마나 좋으냐."

화순이의 말에 정진이 형제는 웃으면서도 눈물이 핑 도는 것 같았다. 어머니 아버지에 누이까지 따라온 상기가 부러워도 보이고 돌아간 어머니 생각이 나서 그런 눈치였다.

"거기, 어디 좀 들어가 쉬어 가자꾸나."

동재는 신기가 좋은 바람에, 아직 점심은 이르지마는 두 아이를 위하여 어디로 데리고 가서 이야기도 하고 놀다가 점심들을 먹여 보내려 하였다.

"에그, 난 싫어요 난 가요."

성진이가 기겁을 해서 손짓을 하며 혼자 달아나 버린다. 어린애라도 그 복잡한 심리를 형만은 알아차리고 총총히 인사를 하고, 같이 가자고 소리를 치며 뒤따라갔다. 동재 부처는 남매를 데리고 요릿집에서 점심을 먹이면서도 어머니 없는 정진이 형제가 마음에 걸렸다.

점심을 먹고 나온 화순이는 은행으로 가는 남편을 보내고 나서, 아이들을 끌고 시계점부터 골라 들어갔다. 상기가 중학교에 들어가면 시계와 만년필을 사 주기로 약속해 두었던 것이다. 일 년 동안 과외 공부로 고생한 값으로도 사 줄 만하였다.

학생시계에 만 환, 파카 만년필에 삼천오백 환 들었다.

2

으레 합격될 줄 알고 돈 마련을 해 가지고 나왔으니까 그렇겠지마는, 당장으로 동생만 턱턱 사 주는 것을 보니 순애는 조그만 성진이가 번쩍거리는 시계를 떡 차고 나서는 것이 좋기도 하면서 샘도 났다. 순애

가 중학교에 들어갔을 때 남은 금시계들을 차고 다니는데 허름한 거라도 좋으니 하나 사 달라고 졸라야

"이왕 사면 어른이 돼서두 찰 만한 걸 사야지 그까짓 장난감 같은 값싼 건 사서 뭘 하니. 사면 너만 사니, 언니두 사야지."

이런 이유로 순애는 삼 년 동안 내내 시계 맛을 못 보았던 것이다. 좋은 것이면 몇 만 환이나 하는지 그런 것을 둘씩이나 사 줄 수 있는 집안 형세인지 그런 것을 분명히 아는 순애도 아니지마는 언니까지 사 주어야 한다는 것이 큰 이유이었던 것은 분명하였다.

어머니는 이 집에 들어와서 네 살부터 길러냈다니 기른 정이 있어 그렇겠지마는, 그렇게 층하를 하지는 않았다. 성미가 곱살스런 영애도 어머니를 잘 따른 셈이었다.

그래도 옷 한 가지를 해도 똑같지는 않았다. 돈이 쑥쑥 드는 자국이면 아무래도 순애가 앞을 섰다. 생활비를 텅텅 내놓는 거 아니요 자라목에서 요리조리 배비를 하는 것이니 자연 그렇기도 하겠지만, 그럴 때마다 언니는 말은 안 해도 샐쭉해 하고 어머니는

"좀 부족해두 큰 게 참아야지. 넌 시집갈 제 모아서 해 주맜구나."
하고 달래는 것이었다.

그럴 때마다 순애는 언니보다 앞질러 하고 무어나 낫게 차례에 오는 것이 좋기는 하지마는 영애가 몽총하니 말도 없이 호젓해 하는 기색을 보면 가엾었다.

'왜 그럴구? 같은 아버진데…….'

순애가 자기가 영애 같았더라면? 하는 생각에 언니가 가엾고 세상이

쓸쓸해 하는 영애의 감정에 제풀에 끌려 들어가는 것이었다.

그러나 지금 순애는 일만 몇 천 환인가 하는 팔뚝시계를 차고 파카 만년필을 아직 입고 있는 육학년생 저고리에 꽂고 의기양양해서 어머니와 나란히 서서 휘젓고 가는 뒤를 따라가며 이상한 생각이 획 들었다.

'나두 이 어머니가 낳지 않고, 언니하고 한 어머닌지 모르겠다!'

이런 생각이 드는 순간, 순애는 절망의 구렁에 떨어지는 것 같고 울고 싶었다.

"넌 뭘 하느라구 뒤에서 꾸물꾸물하니?"

어머니는 큰길로 나서며 뒤를 돌아다보며 멈칫 섰다. 순애는 제 공상에 팔려서 반항적인 기분도 섞이어 자연 발찌가 늘어졌던 것이다.

"어머니, 나두 이번엔 고등학교 들어갔으니 시계 사 주세요. 만년필두 사백 환짜리 일제(日製)가 다 망가졌는데……."

어머니의 옆으로 다가오며 순애는 안 나오는 말을 죽자고나 하고 한마디 하였다. 토라진 생각에 다시는 조르지 않으리라고 마음먹었던 것이지마는, 그렇게 되면 마음으로 어머니를 떨어져 가는 것이 되니 무서운 노릇이다. 또 한편으로는 정말 우리 어머닌가 아닌가를 시험해 보고 싶어서 꺼낸 말이기도 하였다. 시험해 본 결과가 어떨까를 생각하면 그것 역시 무서운 일이기도 하였다.

"너희들 넷의 학교 낼 것만도 얼마가 될지 생각해 보렴. 아버지께 네가 말씀해 보렴. 좀 참어. 뭐 그렇게 시급하냐."

3

순애에게는 어머니의 말이 오늘은 유난히 쌀쌀하게 들렸다. 저녁때 부친이 돌아와도 물론 동생같이 사 달라고 암상을 내거나 하지는 못하였다.

어머니가 시계며 만년필을 아버지한테 내어 보이며 자랑삼아 떠들썩하는 것을 보고는 또 다시 샘도 났으나 부친이 만년필을 받아 보고

"호, 내 것보다두 훌륭하구나!"

하고 만족한 웃음을 띠어 보이면서도 순애더러

"응, 너두 고등학교에 들어갔으니 하나 사 주지."

한다든지 해야 하겠는데 알은체가 없는 것이 섭섭하고

'아들만 위주지, 딸은 소용없나!'

하며 분해 하였다. 그래도 저녁밥상에 고기며 생선이며 이것저것 떡 벌어지게 잔치가 벌어진 데는 좋아서들 하며 맛있게 잘 먹었다.

그래도 자리에 들어가 누워서 순애는 무슨 생각을 골똘히 하다가

"언니!"

하고 옆에서 자리 속에 엎디어 잡지를 보고 있는 영애에게 말을 걸었다.

"뭐?"

영애는 책에서 눈을 안 뗀 채 대꾸를 하였다.

"어머니 시집 오셨을 제, 언닌 네 살이었대지?"

"별안간 그건 무슨 소리야?"

형은 비로소 고개를 돌리며 핀잔을 주었다.

69

"아니, 그때 난 두어 살쯤 됐을 거야."

순애는 쓸쓸한 웃음을 머금어 보인다.

"얜, 미쳤나? 그건 무슨 객쩍은 소리야?"

영애는 눈이 동그래져서 반듯이 천정을 쳐다보며 누웠는 동생의 곁뺨을 노려보다가

"아, 알았다. 넌 시계를 안 사 줘 그러는구나!"

이런 소리는 하기에도 듣기에도 거북하였다.

"뭘, 아냐."

그렇다면 이때껏 형을 차별대우하였다는 말이 되니 순애는 도리질을 하였다.

영애는 멀뚱히 무슨 혼자 생각에 팔려서 책 위에 눈을 떨어뜨리고 있다.

"언니, 언제나 그러구 있는 걸 보면 망향병(望鄕病)에 걸린 것 같애!"

"넌 망향병이 무언지나 아니?"

"남만 업신여기네. 어머니의 품은 사람의 첫째 고향인가 봐!"

"호호호 애, 신통진 소리 한다!"

영애는 웃다가

"사실 그럴지 모르지. 어머니의 젖꼭지는 인류의 구원한 고향이랄까!"

하며 한숨 섞인 웃음을 또 한 번 구슬피 픽 웃었다.

"내 고향두 언니 고향하구 같은지 모르지."

순애는 전에 없이 형에게 마음이 쏠리는 우애를 느끼었다.

"그런 쓸데없는 소리 말라니까."

영애는 또 쏘아 주었다.

그런지 며칠 동안은 순애는 몽총하니 말수도 없이 풀이 죽었었다. 모친에게도 눈치만 살살 보며 설면해 하였다. 어머니는 어머니대로 그 눈치를 빤히 아느니만치 얄밉게도 보였다.

"에이, 각 에미 자식 데리구 에미 노릇하기두 어려워. 인젠 돈 당신이 가지구 조리차를 하세요. 돈은 자라목을 가지구 어떻게 세 아이 네 아이 치다꺼리를 한단 말요. 후취 자리는 아예 갈 거 아냐."

화순이는 남편에게 이러한 푸념도 하였다.

4

말이 그렇지, 일요일밖에 집에 붙어 있지 않는 남편이 허구한 날 돈타령인 네 아이의 학교 뒷바라지를 맡아 할 수는 없다. 이번에도 새로 입학하는 세 아이, 진급하는 큰아이 합해서 네 아이의 학비를 대중쳐 타 놓고 누구보다도 중학교 들어간 아이와 학교라곤 난생 처음 가는 막내둥이의 두 형제부터 치다꺼리를 해 주고 나니 돈이 태부족이다.

중학교에서 받는 시설비(施設費)를 시(市)에서 삭감을 하였다 하여 학부형을 모아 놓고 그 삭감당한 만큼 부족한 액수는 기부형식(寄附形式)으로 보충을 해 주어야 하겠다고 간청을 하니 자식들이 입학만 된 것을 과거(科擧)나 한 것처럼 한참 좋아하는 학부형들은 이런 때 돈 안 쓰고 언제 쓰겠느냐는 듯이 활수 좋게 만 환씩을 기부하였다. 화순이도 만 환을 더 얹어내고 보니 애초에 학교에서 받겠다던 액수보다도 사오

천 환 더 붙어간 셈이라 좀 앵한 생각도 나나, 그것은 고사하고 이것저것 예산보다 훨씬 더 들어서 두 계집애 학비가 졸아든 것이었다.

"옜다. 늬나 우선 내라. 순애는 나중 아버지께 더 타서 보태 주지."
하고 영애의 몫부터 내놓았다. 하루 이틀 먼저 준대야 별수가 있는 것은 아니지마는 기분이다. 양복을 해내라고 조르는 것을 못 해 주는 대신 학비 내고 용이라도 쓸 것을 어서 주자는 것이요, 고등학교에 처음 들어가는 순애는 갑절이나 되니 뒤로 민 것이다.

순애는 또 심사가 났다. 동무들은 벌써 다 등록을 하고 배지를 사서 달고 새 책을 받아 오고 했는데, 이것은 여자고등학교의 입학을 동생의 국민학교 입학만치도 여겨 주지 않는 모양이니 화가 난다.

"언니, 내일 뭘 사러 가우? 나두 탔더면 같이 다니는걸."

"그러자꾸나. 너두 내일 모레면 주실걸."

영애는 도리어 제가 먼저 타고 동생이 뒤떨어진 것이 미안한 생각까지 들었다.

"언니, 네 살 적 생각 나우? 어머니 얼굴 생각 나?"

이날도 자리 속에 들어가서 순애는 넌지시 '마음의 고향'을 더듬어 보는 말눈치였으나, 영애는 그런 소리를 듣는 것이 질색이었다.

"앤, 요새 왜 이 모양야? 듣기 싫어."

영애는 형제간이라도 무안스러울 만치 소리를 빽 질렀다. 순애는 다시는 아무 말 없이 돌아 드러누워 버렸다.

전등불이 나간 뒤에 캄캄한 속에 누워서 영애는 세 살 때 떨어진 어머니의 얼굴을 그려 보았다. 잠이 들면 꿈에 보이려니 하였더니 아니

보였다.

실상은 세 살 때 떨어진 낳은 어머니의 얼굴이 생각날 리 없다. 세 살에 떨어져서 네 살에 지금 어머니를 만난 것이다. 할머니만 살아 계셔도 외롭지는 않겠지마는……할머니 정은 안다.

그래도 영애가 고등학교에 들어가던 핸가? 하루는 고모가 오더니

"너, 나하구 조기 잠깐 가자. 내 심부름 좀 해 다우."

하고 넌지시 끌고 나가더니 전차를 타고 또 갈아타고 하여 중앙청 가까운 데인 모양인데, 여자가 서너 명이나 바삐 발틀을 놀리고 있는 양재봉소에 가본 일이 있었다.

거기가 어머니 집이었다.

5

"너 어머니야. 전 어머니야!"

고모는 낳은 어머니라고 분명히 명토를 박기가 싫어서 그랬던지 이렇게 일러 주는 간단한 예비지식만 가지고 고모의 뒤를 따라 적선양장점(積善洋裝店)에 들어선 영애는, 너무나 불시의 일이었기 때문에 반갑다기보다도 깜짝 놀라며 매우 스스러운 집에나 온 듯이 선뜻 문 안에 들어설 수가 없었다.

자란 뒤에 은근히 집안의 사진첩을 뒤져 보아도 어머니의 사진 같은 것이라고는 한 장도 없었다. 결혼식 때 사진이라도 있을 것인데 싹 쓸어 없었다. 영애는 오랫동안 어머니의 얼굴을 찾으며 머리에 그려 보았다.

영애는 어수선한 머릿속에도 어머니의 얼굴이 이때껏 공상에 그려 보아 오던 얼굴 같기를 바랐다.

어머니는 재봉틀 놓인 점방에는 있지 않고, 좁다란 안마당으로 들어서니까 안방에서 나왔다. 고모 뒤에 숨듯이 서 있던 영애는 눈물이 나올 것 같았으나, 마루 끝에 나선 어머니는

"어서 오세요"

하고 고모한테 인사를 하며 얼굴빛 하나 변하지 않고 뜰에 선 영애를 말끔히 내려다보는 것이었다. 사실 얼른 말도 아니 나왔었다. 영애는 어머니의 그 태연하고도 쌀쌀스러운 표정에 눌려서 나오려던 눈물도 움츠려져 들어가 버렸다. 그래도 오랫동안 마음속에 그려보던 어머니의 얼굴과 그리 틀리지 않는 데에 안심이 되었다.

"참, 퍽 컸구나! 너 나 누군 줄 알겠니? 양재(洋裁) 배구 싶건 날마다 오려무나."

어머니는 웃음엣소리처럼 하려다가 얼굴빛이 달라지고 입귀가 뒤틀렸었다.

영애도 얼굴을 감추고 외면을 하며 입술을 악물었었다.

같은 서울 안의 아버지 집에서 살면서 지척에 있는 어머니를 인제야 만나 본다는 것이 이상해 못 견딜 일이었다.

'그럴 걸 왜 나를 났던구? ……'

영애는 사람 산다는 것이 이상해 알 수 없고 허무한 생각이 들었었다.

차가 나오고, 과자가 나오고, 과일이 나오고, 이날 저녁은 밖에서 일

하는 여점원들까지 불러들여서 잔치가 늘어졌었으나, 영애는 선이 나 뵈러 온 색시같이 입에 맛있이 들어가는 것이 없었다.

고모와 어머니도 이야기가 공중 도는 눈치였었다. 영애는 그날 밤 어머니와 함께 하룻밤 자고도 싶고 그랬다가는 안 될 것도 같아서 마음이 잡히지를 않았었다.

"너 어머니란 이가 원체 가시가 세고 콧대가 세니라."

적선양재점에서 실컷 대접을 받고 나오면서도 고모가 이런 말을 들려줄 제 영애는 듣기 싫었다. 그때야말로 눈물이 펑펑 쏟아질 것 같은 것을 간신히 참았었다.

"너 어머니가 시집 올 그때 시절에 조선사람으루 도지사(道知事)라면 쩡쩡 울렸다. 하지만 일본놈 밑에 벼락감투를 쓴 너의 외할아버지만 양반이라던? 우리 이 씨두 불상놈은 아니란다! ……."

아버지의 손위 누님이니, 그때 벌써 사십이 넘은 고모아주머니는 밑도 끝도 없이 이런 소리를 꺼냈던 것이다. 영애는 듣고도 싶지 않고 알고도 싶지 않은 이야기였다.

"해방 후의 토지개혁 전까지는 천석꾼이는 못 돼두 손꼽는 지주요 평택에서 큰 정미소를 경영하시던 너 할아버지를 보구, 덕이나 볼까 해서 딸을 내놓은 건데, 목 넘어 꿀떡이더냐……."

고모가 공연히 흥분하는 것을 보고 영애는 귀를 막을 듯이 얼굴을 찌푸리며

"어어, 난 들어두 모를 소리예요. 그만두세요"

하고 짜증을 내었다.

"사람이란 내력이 있는 거요, 제 내력을 알아야 하는 거야. 내 말 들어 두어 해로울 거 없느니라……."

남은 듣기 싫다는 것을 컴컴한 길가에서 전차를 기다리며 한사코 묵은 치부장을 뒤적이며 어머니의 흉하적을 하는 것이었다. 그럴 테면 만나지도 말게 하든지…….

결국에는 아무것도 아니었다. 친정아버지가 욕심을 부리고 시집에서는 응하지 않고 하여 사돈끼리 의가 상했다는 것과, 어머니가 콧대가 세서 양반 자세를 하고 시집살이하기를 싫어했다는 것이 파탄의 원인이었다는 것이나, 영애는 오 년 전 그때 어린 생각에도

'그렇다고 해서 자식까지 난 젊은 부부가 그렇게 쉽사리 헤진단 말인가?'

하는 생각이었지만, 나이 찬 지금에 생각하면 백 년, 오십 년 전 옛날사람들의 이야기 같다.

"자식을 버리구 가다니! 발길이 돌쳐서더란 말이냐. 결국 널 버리구 간 어머니 아니냐."

그때 고모는 우연히 전차 속에서 만난 어머니에게 끌려가서 오랫동안 끊겼던 소식을 서로 알게 되었고, 영애가 벌써 고등학교에 들어갔다는 말끝에, 한번 넌지시 데리고 와 달라고 청을 해서 데리고 가 만나게 해 준 것인데, 고모가 어머니에게나 영애에게 생색은 내지 않으나 영애는 고맙게 생각하는 터이다. 그런 것을 공 없게 너를 버리고 간 어머니라고 꼬집어서 정을 떼는 소리를 하니 영애는 어머니도 새삼스레 원망

스럽지만, 고모도 못마땅하고 도대체 아무 소리도 듣기 싫었었다.

그러나 버리고 간 어머니라는 그때의 고모의 말이 늘 귀밑에 처져 있어서 영애는 지금도 어둔 방 속에 누워서 이런 생각 저런 생각에 시달리다가

'아무리 난 어머니라두 버리구 간 어머니보다는 길러 준 어머니가 낫지!'

마음으로는 낳은 어머니를 붙들고 늘어지려고 바둥겨 보아야 별수가 없으니, 한편으로는 실망이 되지마는 지금 어머니를 더 따라야 하겠다는 생각도 드는 것이었다.

'난 어머니에, 길러 준 어머니에. 어머니 둘이면 어떤구!'

영애는 이렇게도 스스로를 위로하였다. 그래도 반쪽씩 두 어머니 그늘에 있다기보다는, 온통으로 한 어머니 밑에서 자라는 순애가 얼마나 부러울까? 그런 것을 모르고 순애는 요새 왜 신경질을 부리는지 까닭을 알 듯 모를 듯하다.

'그건 고사하고, 내가 어림두 없지.'

생각은 다시 오 년 전 단 한 번 만난 어머니의 모습으로 집중이 되어 간다.

고모한테 끌려갔다 올 제, 어머니는,

"틈 있는 대루 놀러 오너라."

하며 양재라도 배우러 왔으면 하는 은근한 눈치였건마는, 영애는 혼자 가기가 아무래도 서먹서먹하였었다.

"어머니!"

하고 매달려서 응석이라도 부리고 싶은 충동과, 그것이 어쩐지 열적고 부끄러운 것 같은 생각에 가고 싶으면서 결단을 하고 나서지를 못했었다. 한편으로는 어머니를 뒷구멍으로 몰래 찾아다니는 것이 이 집 어머니나 아버지에게 거역하는 것도 같아서 불안스럽기도 하였던 것이다.

그러던 것이 난리가 나고 피난을 가고 하는 동안에 겨우 찾은 어머니를 다시 잃어버리고 말았다. 부산 가서는 찾아 볼 엄두도 내지 못했었다. 다만 이번에 환도해 오자, 영애는 그만해도 나이 들어서 딱 결단하고 적선양장점에를 찾아갔으나, 간판도 없어지고 딴사람이 들어서, 피난 전 일은 모른다는 것이었다.

새 교섭

1

상기의 개학날 화순이가 학교에 따라가 보니 택규도 성진이를 데리고 와 있었다.

"아, 오래간만이군요. 얼마나 애쓰셨어요?"

화순이는 아이들 입학시험에 쫓아다니기 시작하면서부터 이 남자의 혼담이고 무어고 다 잊어버리게 되었었다.

"나는 뭐. 댁에서야말루, 세 아이 넣기에 얼마나 수고를 하셨어요"

하여간 오랜만에 만나니 피차에 반가웠다.

"바쁘시기야 하겠지만, 그러기루 왜 한 번두 안 들리세요?"

"아, 신임 인사과장 댁에 자주 드나들면, 과장님두 괴로우실 거구 남들이 피할 거 아닌가요. 허허허."

"망녕의 말씀!"

하고 화순이도 마주 웃었으나 남편의 출세에 은근히 자랑을 느꼈다.

그동안에 남편은 인사과장으로 영전되어 본점으로 들어가고, 택규는 그 덕에 한 급 승차해서 지점장 차석으로 동재의 뒤를 따라가는 것이었다.

　　나중에 반(班)을 정하고 나서 보니 두 집 아이는 한 반이 되었다.

　　"좋구나! 한 반이 돼서."

　　화순이는 두 아이를 앞세우고 나오면서 인사로 말을 걸었다. 그래도 톡 하면 같이 시장을 다니고 구경을 다니고 하던 성진이의 어머니가 없는 것이 아이를 위해서나 늙은 홀아비를 위해서나 가엾었다.

　　점심시간이 되었으나 지점으로 아니 들어간 택규는 종로 4가까지 같이 와서 내리며

　　"아이들두 애 썼으니 점심이나 멕이죠. 같이 가세요"

하고 화순이를 끌었다.

　　"아니, 그대루 가세요. 그 대신 성진이 시계나 사 주세요. 입학 축하루……. 하두 졸라 애는 사 줬지만……."

　　화순이는 자기 아들이 시계를 차고 성진이가 못 찬 것을 보니, 어린 마음에 어떨까 싶으면서 저의 어머니가 살아있었다면 하는 생각을 한 것이었다.

　　"아, 얼마든지 해 주죠. 어쨌든 가세요. 저기 들러서 데리구……."

하며 택규는 명희가 있는 동대문시장 쪽을 눈짓으로 가리키는 것이었다.

　　"그건 왜요? ……호호호 그동안 또 가셨던 게로군?"

　　"하하하. 늦게 배운 도둑질이 밤 가는 줄을 모른다구……허허허."

택규는 어색한 웃음을 터뜨려 놓았다.

아이들은 저만치 앞에 떨어져 있었으나 화순이는 이 늙은 홀아비의 대구와 웃음이 좀 천착스럽게도 생각되었다.

기위 아이들 듣는 데서 내놓은 말이니 화순이도 굳이 사양할 수는 없었다. 길을 좀 돌기는 하나 명희의 점방에도 들렀다. 그동안에 둘이 얼마나 친해졌나 보고 싶은 생각도 있었다.

"얘가 둘째 아드님? 어, 잘 생겼구먼!"

딸이 화순이와 오랜만에 만나서 이야기를 하는 동안에, 명희 모친은 인사를 시키는 대로 모자를 벗고 꾸벅 하고 난 두 아이를 번갈아 보며 말을 붙이었다.

"에그 천만에! 그동안엔 장사 안 하구."

점심 먹으러 나가자는 말에 명희는 펄쩍 뛰었다. 그 눈치로 보아 택규가 조석으로 문안을 다녔는지는 몰라도 명희에게는 조금도 달라진 데가 없는 것 같다.

"그럼, 아주머니나 가세요"

"난 뭐 늙은 사람이."

하며 명희 모친은 사양하였으나 엉덩이가 들먹하였다.

2

"노인넨 잡숫지도 않나요 상 옆에 가 화초루 가만 앉어 계십쇼그려."

"난 뭐 늙은 사람이."

하고 사양하는 마님의 말이 우스워서 화순이가 그 뜻을 알아차리고 하

81

는 말이었다.

　마님은 그래도 딸의 의사를 몰라서 멈칫멈칫 하려니까,

　"잠깐 갔다 옵쇼그려."

하고 딸의 허락이 내렸다. 명희는 모친도 안 가 주었으면 좋았다. 그러나 그래서는 모친이 가엾다. 모친은 좋아서 일어섰다.

　"그 치맛감 빛깔이 마음에 맞으신대요?"

　"네. 똑 알맞대서요."

　시장 안은 복작대니까 큰 거리로 나와서 장국밥집에 들어가 앉으며 명희 모친과 택규와의 수작이었다.

　"인젠 아주 단굴손님이 되신 게구먼?"

하고 화순이가 웃으니까

　"참 정말 단굴이 되셨어. 하루 걸러큼씩은 들러 주시니까."

하며 마님은 웃는다. 이 가합하다고 생각하는 장래 사위가 가끔 들러서 이야기라도 하고 가는 것을 고마워하는 말눈치다. 집 한 채라도 마련해 놓고 시집을 가겠다는 딸의 말도 옳지마는 놓치기 아까운 사윗감이라고 생각하는 것이었다.

　"그런 게 아니라, 이번에 어머니께서 일어나세서……."

하고 택규가 변명 삼아 말을 꺼내니까,

　"아 참, 아주 인젠 쾌차하세요?"

하고 화순이가 좀 뒤늦은 인사를 한다. 하지만 실상은 그 후에 영애를 위문으로 보내서 소식은 알고 있던 것이다.

　"네. 인젠 부엌에까지 내려가시는데, 앓구 나시더니, 얘 그 요새 나이

롱 치마란 게 어떤 거냐? 하시구 물으시기에 병환 나신 축하루 한 감
사다드린 거죠"

말은 그렇지만 남의 저자 터에 물색없이 자주 가기가 안돼서 마음먹
고 치마 한 감 팔아 준 것이었다. 또 사실 남의 효성을 비웃자는 것이
아니라, 그 마님이 옷이 없다구, 그까짓 나일론 치맛감을 부랴사랴 사
다가 바칠 그런 싹싹한 택규도 아니긴 하였다.

"아주머니, 그래 당자 의향이 어때요?"

택규가 아이들하고 저편에서 이야기를 하는 동안 화순이가 소곤소곤
말을 꺼냈다.

"글쎄 말야. 내 말대루 했으면 나두 좋으련만……."

이 마님은, 딸이 돈을 벌어서 집 마련을 해 준다는 것도 좋고 오라범
댁을 얻어서 자기를 맡기고 나선다는 깃은 딸자식이라도 고마운 말이
지마는, 해 보지 못하던 장사는 늦게 고돼서 못 하겠다는 것이다.

"하지만, 이 과장댁두 잘 알다시피 그 애 악지가 여간해야 말이지."

마님도 자신은 없다는 말이었다.

"허기야, 홀가분히 제멋대루 살다가 그런 머릿살 아픈 데를 들어갈려
할까마는."

만날 뇌어야 그게 그 소리였다.

"그 걱정을 말라시니까. 다 길러 놨겠다 들어가 앉으면 당장 시어머
니 노릇, 에미 노릇부터 할 건데."

"시어머니 노릇하는 건 좋지만, 메누리 노릇, 에미 노릇부터 해야지."

"어쨌든 점잖은 노신랑이 하루가 멀다구 문안 다니지 않게, 양단간

분명한 소리를 딱 잘라 말하라구 하세요.”

　아이들 대거리를 하면서 이편 수작을 넌짓넌짓이 듣던 택규가

　“아주머니, 그건 지나친 말씀예요. 인젠 내게 맡겨 두세요.”

하고 펄쩍 뛰는 소리를 한다. 명희에게 거절당한 셈인 것을 모른 척하고 쫓아다니는 판인데, 예서 또 딱 잘라 말하라면 아주 길이 끊어질 것이니 겁을 펄쩍 내는 것이었다.

　3

　“열 번 찍어 안 넘어가는 나무 없다지만, 몇 번이나 찍어 놓셨는지? 어디 솜씨를 뵙죠.”

　음식점에서 나와서 헤어질 제 화순이는 웃음엣소리를 하며 충동였다.

　“중매가 중매답지 못해서 미안하단 말은 없이!”

하고 택규는 핀잔을 주며 웃다가

　“솜씨구 말구, 인젠 배수진을 쳐 놓구 최후결전인데, 꼴사납게나 되면 난 몰라요. 허허허.”

　택규는 체면이 있으니까 실없은 소리로 대꾸는 하면서도, 속으로는 화순이부터라도 흔히 혼담을 실없이 우물쭈물해 버리려는 것이 싫었다. 택규는 그만치 진국으로 은근히 몸이 달아 하는 것이다.

　“어디 이 선생님 실연하구 어깨가 처져 다니시는 걸 좀 봐야지.”

　아이들이 저만치 앞서서 새 학교에 든 흥분에 조잘대며 가는 것을 바라보며 화순이는 또 깔깔대었다.

이날 헤어진 뒤에 며칠 동안 잠잠하던 택규가, 하루는 다 늦게 술이 얼근해서 어슬렁어슬렁 동재 집에 찾아왔다. 동재는 집에 일찍 들어와서 일이 있다고 저녁상에 반주도 안 하고, 벌써부터 가방에서 서류를 꺼내 놓고 앉았는 판이었다.

"오래간만일세그려."

동재가 본점으로 간 뒤로는 별 만날 새가 없었다.

"술을 한 잔 먹으러 왔더니, 그 휴지 뭉치를 벌려 놓고 있는 게 틀렸군."

인사과장이 되더니 일을 집에까지 가지고 와서 하는 품이 시장구석에나 꿈적거리고 드나드는 내 팔자에다 댈 것이 아니라고 부러운 생각도 났다.

"아, 술은 얼마든지 먹게. 난 바뻐서 대작은 못 하지만 우리 마누라더러 달라게."

하며 동재가 방문 밑에 섰는 아내에게 눈짓을 하니까 화순이가 웃으며

"약주는 드리지만, 왜 어깨가 축 처지시구 풀이 빠지신 눈치가 좀 다르신데! 아마 내 예언이 맞은 게로군요? 호호호."

하고 대거리를 하니까,

"응, 참, 배수진을 치구 최후결전에 들어간댔다지? 허허허. 그래, 전과(戰果) 여하?"

하고 동재가 서류를 뒤지며 허허거린다.

"사람을 놀리지 말어요 중매 솜씨가 오죽 잘량해야 오십 줄에 들어 실연을 당하구 이 지경일까."

85

하고, 택규도 마주 웃다가

"염려 말어. 아무려면 이 나이에 실연의 고배(苦杯)야 마실라구."

하며 큰소리를 쳤다.

술상이 나왔다. 하는 수 없이 동재도 서류를 옆으로 밀고 대작을 하였다.

"실연의 화풀이 술인가?"

동재가 술병을 들며 놀려 주었다.

"잔소리 말어! 인사과장에게 품행점은 깎일지 모르지만, 남을 나무에 오르라 하고 아래서 흔드는 셈 아닌가!"

하고 택규는 핀잔을 주었다.

"아니, 이 선생님 솜씨를 봬 주시는 줄 알았더니 이건 무슨 소리세요."

하고 화순이도 웃었다.

"아주머니, 그런 실없은 소린 그만두구, 문제는 집 한 채에 걸렸는데, 그 색시 얼마나 벌어 놨대요? 지금 시세로 조그마한 집 한 채라두 오륙십만 환은 할 텐데 내가 절반만 대마죠 어떻게 그렇게 해서 낙착을 짓는 수밖에! ……."

택규의 이 말은 궁리궁리해서 구체적 조건을 꺼낸 것이었다.

4

"그만두면 그만뒀지, 얼렁장사로 집 한 채를 사 준대서야 점잖은 체통에 녹록하니 창피스럽고 어디 생색이 나겠나."

동재가 반대를 하였다.

"노랭이 영감이, 그것두 큰 맘 먹구 하시는 말씀일 텐데……."

화순이도 찬성은 아니었다.

"아, 뻔히 아다시피 내가 무슨 재주에 집 한 채를 사 주구 장가를 갈 구!"

하며 택규는 코웃음을 쳤다.

"하여간 이것이 나루선 최대한의 성의를 표하는 것이니까, 내일이라 두 또 한 번 수고해 주세요."

택규는 일을 벌이고 앉은 동재가 미안해서 이런 부탁만 하고 선뜻 가 버렸다.

"이때까지 고개를 젓던 사람이 돈 이삼십만 환쯤 내 논다구 들을라 구. 딴은 알루 까구 돈맛 안 사람은 어려워."

남편의 관찰이었다. 화순이도 꼭 들으리라는 생각은 아니었지만 명 희가 그렇게 매서울 줄은 몰랐다.

"뭐요? 돈 이삼십만 환에 이 몸을 사자는 거지! 언니두 왜 이렇게 어 림없우."

하고 명희는 코웃음을 치는 것이었다.

"같은 말에 왜 말을 그렇게 해. 그러다간 혼인할 사람 없게!"

하며 화순이도 약간 화를 내며 나무라는 어기었다.

"언제 집 사 줘야 시집간다 했어요? 내 사정이 이러이러하니 아직 결 혼 생활은 못 한다는 이유를 설명한 거지, 더럽게 무슨 덕이나 보겠다 구 슬며시 말을 비춰 논 것으루 아는 게지만……애초에 내 의향두 물어 보지 않구, 그이하구 만나게 해 준 언니가 틀리지 뭐요. 그 사람 코빼기만 보지 않았더라면 이런 소리 저런 소리 나왔을 리두 없구 성이 가실 일이라군 조금두 없었겠는데……."

저자 터에서 큰소리는 낼 수 없고 화순이가 부옇게 몰려대는 판이다.

"그럼 저이끼리 눈이 맞어 사는 게 아니면 누가 붙여 줘야 사는 거지."

화순이가 홧김에 쏘아 주었다.

"하하하. 언니, 돌았군 돌았어. 같은 말에두 왜 그런 상스런 천착한 말을 쓰우?"

하고 명희가 냉소를 하니까,

"응 연애결혼이 아니면 교제결혼을 해야 한다구 문자를 쓰지 않아서 천하단 말이지? 하지만 그게 그거 아냐?"

하며 화순이도 토라져서 코웃음을 쳤다.

"대관절 눈치코치두 없는 사람인지 남 바쁜 저자 터에 왜 날마다 와서 기웃거리구 끈죽끈죽하게 구는 거예요? 단념하라구 몇 번이나 잘라 말했는데 질깃질깃두 하지……."

마침 손님이 와서 바빠지기도 하였지마는 싹수가 노랗다고 생각한 화순이는 일어서 버렸다.

"어제두 듣기 싫은 소리를 해 주었지만 인젠 그만 오라구 해요."

명희의 헤어질 제 인사였다.

무슨 소리를 하였는지 그래서 택규가 홧김에 술을 먹고 와서 집 반채 값을 내마고 큰 맘 먹고 내놓은 말인데 당자는 귓가로도 듣지를 않는 것이었다.

어제 명희가 택규를 무안 준 말이란 별 게 아니었다.

"색시 선이나 보러 다니실 일이지, 뭣 하러 여긴 자꾸 오세요 영업
안 되구 동리가 창피스러워요. 제발 그만 오세요."
하고 남의 체면도 좀 생각할 일이지 맞대 놓고 쏘아 주었던 것이다.

5

화순이는 그 길로 지점에 들러서 택규에게 하회를 알리기로 약속했
었지만, 무어 신통한 이야기가 있다고 급히 가서 알릴 것도 없어 그대
로 집으로 돌아왔다.

"그런 민퉁이! 날마다 뻔덕히 가서 턱살을 치받치고 앉았으니 이목은
번다한데 누가 좋대. 아주 눈 밖에 났더구면."

남편이 들어오니까 화순이는 오늘 결과를 보고하는 것이었다.

"내, 그럴 듯싶더라니. 하지만 그게 연애 아닌가!"
하고 동재는 옷을 벗어 아내를 주며 껄껄 웃었다.

"대머리가 져 가면서 연애는 무슨 쪽 째진 연애. 당신 같은 연애귀신
두 나구 연애결혼은 못 하지 않았수."
하며 화순이는 하하거린다.

"그래 샘이 나서 될 일두 되레 헤살을 놓는지두 모르지."

"온 딱한 소리! 오늘두 명희가 어찌나 톡톡거리구 나를 어리배기 천
치루 돌리는지 서루 좋지 않은 낮으로 헤졌지만, 그 늙은 홀아비 다시
는 엉금엉금 기어가지두 말구 우리 집에두 성이 가시니 오지 말라세

요.”

중매가 되레 헤살을 놓는 게 아니냐는 남편의 말은, 그동안 택규와 접촉이 잦고 둘이 돌아다니고 한 것이 싫어서 하는 말 같기도 하여 화순이는 팩 쏘는 소리를 하는 것이었다.

“하지만, 남 얌전히 일 년이나 ‘수절’하구 있던 홀아비를 추켜 내서 마음만 달뜨게 해 놨으니 아무래두 장가들일 책임은 우리에게 있지 않은가.”

이것은 친구를 생각하는 진정에서 나온 말이다.

“호호호, 장가를 들이시든 메누리를 보시든 난 인젠 몰라요.”

“아무래두 한 번 더 수고해야지. 희숙이가 있지 않은가. 차라리 희숙이가 낫지. 외레 과분할 처지지.”

“사진만 보구두 비쌔는 눈치던데! 인물이 명희만 못하다는 거죠. 명희에 홀짝 반한걸!”

화순이는 남에 핀둥이라곤 맞아본 일이 없는데 오늘 명희에게 어림없는 사람이라고 퐁퐁 쏘는 소리를 들은 것이 아니꼽고 분해서 다시는 아랑곳을 안 하려는 것이다.

“제기랄! 제나 내나 인물 선탁하게 됐어. 오죽해야 내가 송화순 여사하구 찍소리 없이 살라구! 허허허.”

“어구 미안합니다. 이 김에 어디 색시 하나 더 골라 볼까요?”
하고 두 내외는 깔깔 웃어 버렸다.

오늘도 저녁상을 물린 뒤에 택규는 동네 출입하듯이 모자도 안 쓰고 놀러왔다. 한가롭게 놀러오기커녕 명희에게 다녀서 지점으로 오마던 화순이를 눈이 빠지게 기다렸던 꼴이라, 궁금증이 나서 달려온 것이었다.

"미안합니다. 속히 알려드릴 무슨 신신한 말씀이나 있어야죠 ……"

화순이가 먼저 말을 붙였다.

"뭐래요?"

"돈 이삼십만 환에 팔려 갈 리도 없지만 길거리 같은 데서 남 보기에 창피하니 인젠 오시지 말래요."

화순이는 단념을 시켜야 하겠다는 생각으로 들은 대로 전했다.

"그래두 어디 사람의 인사가 그럴 수야 있나. 저편이 그러면 나두 생각이 있지."

하고 택규는 보기에도 민망한 실심한 낯빛이다.

"이 사람아, 뭘 그래? 생각이 있으면 협박장을 보낼 데란 말인가 권총을 들고 나설 텐가."

하며 동재가 허허 웃어 버렸다.

6

입학한 후 셋째 번 공일이다. 다른 때보다도 일찍 눈이 뜨인 상기 형제는 자리 속에서 오늘 피크닉 갈 생각에 신이 났다. 두 집 아이의 입학 축하로 하루 산놀이를 하자고 동재의 발론으로 정릉 안 북한산 밑 물터로 가서 아이들은 놀리고 어른들은 술타령이나 하자는 것이다. 그래도 일 년 내 과외공부와 숙제로 눈코 뜰 새도 없이 일요일에도 기죽펴고 놀아 보지 못하던 상기는 자기를 위한 잔치를 산에 가서 한다니 이런 호강이 없는 듯싶다.

아침을 먹고 치장을 차리고 음식을 꾸려 싸고 하는데 성진이가 왔다.

"아버지 종점에서 기다리세요."

"응, 나서자."

동재는 선뜻 일어나 옷을 갈아입었다.

"뭐나 뭐나 애가 와야죠."

"응, 천천히 앞서 갈 테니, 오거던 뒤따라오라구."

열 시나 가까웠으니 거리에서 기다리는 사람을 내버려 두고 더 지체하는 수도 없었다.

"어머니, 누구?"

상기는 또 누가 제 입학을 축하하러 싶어서 묻자니까, 옷 입는 남편의 시중을 들고 섰던 어머니는

"저기 들어오는구나."

하고 웃으며 마루로 나선다.

"늦어 미안합니다."

연회색 투피스에 책가방보다 좀 작은 핸드백을 끼고 들어온다. 학교아주머니다. 상기는 그리 반기는 기색도 아니나

"안녕합쇼?"

하고 인사를 하며 배낭을 지고 뜰로 내려섰다. 이 집 아이들은 학교아주머니를 따르지는 않았다. 얼굴도 그리 예쁘지 않은데 새침하니 쌀쌀한 게 정말 선생님 같아서 어려워하는 것이었다.

"자, 선생님두 한 보따리 들어야지."

하고 화순이는 희숙이에게 보자에 싼 찬합을 내밀었다.

그래도 순애와 한 보따리씩 들고 영감의 양주병도 한 손에 들었다. 한 시간쯤 후면 먹어 치울 점심 한 끼를 산에 가서 먹자고 밤늦게까지 법석을 하여 차려 가지고 이 부산을 떨며 나오는 것이 화순이에게는 객쩍은 일같이도 생각되나, 희숙이까지 끌어내 가지고 놀러가자고 발론한 남편이 역시 쏙쏙 머리가 돌고 친구끼리 인정이 있다고 속으로 칭찬을 하는 것이었다. 아버지의 뒤를 따라 우으들 몰려 나가는 것이 근검도 해 보였다. 영애는 식모 데리고 집 지킨다고 문간까지 배웅만 하고 쓸쓸히 제 방으로 들어갔다.

종점에는 택규가 딸을 데리고 기다리고 있었다. 홀아비살림에 무어 차려 가지고 올 것 없다고 일렀어도 봉희는 보자에 싼 가방을 들고 택규는 무에 들었는지 묵직한 여행가방 같은 것을 들었다.

"아이, 선생님 어디 가세요?"

놀이꾼으로 한참 복작대는 속에서 무심했던 봉선이가 희숙이를 보고 일행인 줄은 채 못 알아차리고 꼬박 인사를 하였다.

"응, 놀러 가니?"

하고 희숙이는 생긋 알은체를 해 주었다.

"그 앤 어떻게 아나?"

화순이는 눈이 커대졌다.

"내가 가르친 앤데!"

이편에선 택규가 눈이 뚱그래서

"그 누구냐?"

하고 물으면서도 미처 화순이의 앨범에서 본 '영어선생'이 생각나지 않았다.

⑦

아이들을 위해서는 단거리의 하이킹 삼아서 그대로 걷자고 하였으나, 짐들이 많아서 버스를 탔다. 붐비는 버스 속에서 우연히 마주 서게 돼서 그랬겠지만,

"이 사람은 우리 친정 사춘 동생……"

어쩌고 하며 희숙이를 택규에게 간단히 소개하였다. 두 남녀는 피차에 어물어물 인사를 때워 버린 것이 물끄럼말끄럼 보고만 있는 것보다 도리어 시원스러웠다.

딸아이가 영어선생이란 말에 택규는

"흐흥, 연극을 꾸미려는구나."

하고 속으로 코웃음도 쳤으나, 연극을 꾸민다고 해서야 애를 써 이런 기회를 만들어 준 친구 부부에게 미안한 말이다.

"요담 공일엔 아이들 데리구 정릉에나 놀라 갈까?"

하고 발론하던 동재는 희숙이를 부르자는 생각부터 했던 것이다. 실연을 했다는 것인지 망신을 했다는 것인지 툭 하면 술이 취해 가지고 와서

"장돌뱅이 년한테 장가를 가려는 생각을 한 내가 못생긴 놈야. 돈만 알았지, 사람을 알아 봐야지……"

이따위 취담을 몇 번이고 듣자니, 가엾기도 하고 귀치않아서 얼른 또

하나 선을 뵈자고 의논을 하였던 것이다. 그러나 저번에는 손을 데었기에 이번만은 당자들에게 가뭇같이 모르게 만나서, 저의끼리 눈이 맞으면 되는 혼인이려니 하는 자유연애 자유결혼의 절차를 밟기로 한 것이다. 저번의 명희한테 실패한 것은 중매결혼을 시키려는 데에 있었다고, 이 두 부처는 가장 현대적 해석을 하려는 것이었다.

졸졸 흐르는 물줄기를 타고 올라가며 냇가며 물 안의 바윗돌을 의지 삼아 자리를 잡는 건데 앉을 만한 자리는 다 놓치고 산 밑까지 가 보아야 꽉 찼다. 뒤에 오는 부대(後續部隊)가 얼만지 모르는데, 서울이라는 데가 별 데가 아니지만 기껏 간다는 데가 창경원이지, 풍치도 없는 이런 데 이렇게 사람이 몰릴 줄은 몰랐다.

"이거 이럴 줄 알았더면 우리 집 대청에 차려 놓고 먹는 게 힘 안 드니 좋을 뻔했네."

오르락내리락 자리를 찾으며 동재는 코웃음을 쳤다. 이런 때는 젊은 애가 앞을 서 팔랑팔랑 서둘러 주었으면 좋았다.

이동재 사령(司令)의 뒤를 따라 이리 우르를 저리 우르를 여덟 식구가 몰려다니는 꼴도 볼 만하리라는 생각을 하며 화순이는

"왜 댁의 큰 자제 안 데리구 오셨어요?"

하고 택규에게 말을 건다.

"자식두 커 가니 거북해! 그러구 보니 참 댁 큰따님 행기나 시키시지 않구……"

하며 영애가 빠진 것이 안됐다고 생각하였다.

"아, 선생님! 이 과장님! ……"

거들떠보니 중류에 솟은 커단 바윗돌을 의지 삼아, 그 밑의 조그만 모래사장에 벌써 솥을 거느라고 발들을 벗은 남녀가 우글우글하는 속에서 안경잽이 하나가 손짓을 하는 것이었다.

"어, 강 군! ……."

하며 동재가 우뚝 서니까 줄줄 따라오던 어른 아이가 한데 모여 우둑우둑 섰다.

"이리 내려오세요 여기 자리가 넓습니다."

"응, 싫어. 일행이 다르니까 피차에 거북해."

그래도 목소리를 크게 내야 될 거리였다.

"위선 내려오세요. 저기 지점을 이리 합치면 자리가 하나 납니다. 하하하."

은행원의 말투였다.

8

안경잽이 강 군은 물속의 징검다리를 성큼성큼 건너서 언덕으로 기어 올랐다.

"내려가세요 먹을 때나 덤벼들겠다는 물을 튀기는 축들은 저편 그늘에 또 하나 자리를 잡았는데, 이리 끌어오면 돼요"

"아, 그렇다면……."

하고 동재는 택규더러 나서자고 눈짓을 하며 따라선다.

화순이는 남편의 인사과장 덕을 예서 본다고 속으로 웃었다. 그러나 택규는

'저 안경잡이 강 군이 어디서 본 얼굴인데…….'

하는 생각에 팔려서 징검다리를 뛰다가

'응! 시장 속에서 만났지! 그리게 작은 강 가야.'

하며 신통해 하기도 하고 까닭 없이 거북한 생각도 들었다. 혹은 나이
먹은 양장 처녀하고 어울려 다니더라는 말이 명희의 귀에 들어갈까 보
아서 그런지도 몰랐다.

바위에 올라앉아 노닥거리는 축, 그 아래서 솥을 거느라고 돌을 주워
오고 법석을 하던 축들이 우중우중 일어나서 인사들을 한다. 냇가에서
도마를 놓고 생선을 다루던 여자들도 깔깔대고 법석이다가, 웃음소리
가 뚝 끊기며 이리로 향한다. 화순이나 아이들이나 집에서 무심히 보던
아버지와는 딴사람인 것같이 치어다보이며 어깨가 으쓱해지는 듯싶었
다.

"아, 앉으셨어들. 이따들 만납시다요."

어느 과원들인지는 모르나 동재는 놀이터에까지 와서 인사과장 노릇
을 하기는 싫었다.

"이따 갑니다. 삐룬가요? 스카치위스킨가요?"

하고 뒤에서 젊은 사람들은 떠들어대었다.

"오라구들! 무진장야. 부족하면 이 물 타 먹지! 허허허."

하고 동재는 냇물을 가리키며 큰소리를 쳤다.

강 군을 따라 저편 언덕을 올라가서 젊은 사람들을 몰고 자리를 잡
고 보니 이만하면 할 만하다.

아이들은 짐을 내던지고 운동화를 벗고 다리를 걷어붙이며 나섰다.

"성진아, 넌 이것부터 갖다 채라."

하며 택규는 낑낑 매며 들고 다니던 가방을 열고 미군 맥주통을 주섬주섬 꺼내 주는 대로 아이들은 서너 통씩 끼고 물로 뛰어 내려간다.

"허! 자네 연애하더니, 사람 됐네그려."

동재는 와이셔츠까지 벗어 나뭇가지에 받아 거는 마누라에게 주고 앉으며 껄껄댄다.

"예이 이 사람! 자식들이 듣지 않나!"

하며 택규는 빙긋하였다. 아닌 게 아니라 맥주를 한 다스씩 사 들고 다니기란 처음이다.

두 집 계집아이들은 저편 산 밑에서 짐들을 풀어서 숙설간을 꾸미기에 분주하고, 화순이는 막내가 짊어지고 온 담요로 자리를 만드는데 한 귀퉁이를 거들던 희숙이의 귀에 연애 어쩌고 하는 소리가 스쳐 가자 좀 얼굴이 이상해졌다. 한편은 내외가 갖추었는데 이편은 외톨배기들이니 희숙이는 좀 거북한 생각도 들던 것이었다.

일에서 손을 뗀 두 아이가 이리로 오며

"아주머니, 물에 들어가 좀 놀아요"

하고 순애가 끄는 대로 따라서며

"봉흰 너 어머니 왜 안 오셨니?"

하고 넌지시 말을 걸었다. 불시에 묻는 말이요, 순애가 어머니를 따라온 것이 부러운 판이라, 봉희는 잠깐 주저하다가

"안 계셔요"

하고 나직이 대꾸를 하였다.

9

"그 아주머닌 작년에 돌아가셨에요"

순애가 봉희에게 안 들리게 이야기 삼아 학교아주머니한테 소곤소곤 일러 주었다.

희숙이는 놀이터에 와서 생각 없이 괜한 소리를 어린애에게 꺼냈다고 후회하였다.

"선생님, 같이 좀 물에 들어가 보세요"

봉희는 마음속에 머리를 들려던 어머니 생각을 누르고 나일론 양말을 벗어서 운동화에 박아 넣으며 하는 말이었다.

"응, 어서 들어가 놀아."

희숙이는 생긋 웃어만 보이며 커단 두 계집애가 물로 잠방잠방 들어가는 꼴을 바라보고 섰다. 물속에를 들어간대야, 여름 같으면 탁족(濯足)이라고 찬물에 발을 잠그는 것만도 척서(滌暑)가 되겠지마는 아직은 발이 차가울 것 같았다. 희숙이 생각에는 고기를 잡기를 하나 보트를 타나 무에 재미있을꾸 싶었으나, 바위들이 언틀먼틀한 사이로 굽이쳐 흐르는 물속에서 물태견만 안 할 뿐이지, 젊은 남녀들이 희희낙락해서 오락가락거리는 것을 보니 희숙이도 어렸을 적 생각이 나며 저절로 좀 들어가 보았으면 하는 충동을 느끼었다.

"누나, 이리 와. 이 삐루 좀 지켜 줘."

나뭇가지가 뻗친 그늘진 웅덩이에 맥주통을 담가 놓고, 이것을 지키느라고 그 앞에서만 물장난을 하던 세 아이가 누이를 만나니 갇혔다가 풀린 듯싶었다.

"응, 가께!"

하며 손들을 씻고 수건에 물을 축여 얼굴을 훔치며 다가가려니까 세 아이는 상류로 점벙점벙 달아났다.

희숙이는 언덕을 돌려다보니 화순이가 혼자 음식을 차리고 있기에 힝너케 달아 올라갔다.

안주상이 벌어지고 딸들이 지키는 맥주를 화순이가 날라 올려 가고……여기도 차차 놀이가 벌어졌다.

"아, 참, 아까 그 강 군 좀 불러오라구려."

남편의 말에 화순이는 딸을 시켜 부르러 보냈다. 자라는 처녀가 물속으로 더듬어 조고만 삼각주(三角洲)에까지 가서 강 선생을 찾는 것도 한 운치였다. 바위 밑의 솥에서는 민어지지미가 부글부글 끓고 한편에서는 색시들이 시냇가에서 쌀을 씻고 여기는 제일선의 싱싱한 행동파다. 순애는 밤 도와서 해 가지고 온 자기들의 음식은 김이 빠지고 쉬지근해지지나 않았나 싶어 애가 씌우면서, 이 젊은이들의 놀음이 얼마나 재미있을까 부러워 보였다.

"얘들아, 너의들두 올러 가자. 바루 요 위에 사람이 있는데 설마 도둑야 맞겠니?"

어머니의 소리에 순애는 봉희와 함께 올라와 버렸다.

"아버지, 다 올려왔에요? 저긴 두 통밖에 없던데……."

하며 성진이가 정강이까지 올린 바지에도 물조를 하여 가지고 올라오며 소리를 친다.

"응? 아직두 반 다스는 남았을 텐데?"

삼각주에서 올라온 강 군과 마악 인사가 끝나고 수작을 하던 택규가 눈이 커대서 소리를 지른다.

"아니, 아이들이 올러온 지가 금방인데, 고 동안에 그 웬일일까."

저편 소꿉 숙설간에서 음식을 마련하던 인사과장 부인도 눈이 커대져서 뛰어오며 물터로 내려가려 한다.

"부인! 좌정하소. 내려가면 빈 깡통이나 가져올까! 허허허. 공술 한 잔에 얼큰해진 그 손더러 잘 먹었단 인사나 하구 가라지."

하며 동재가 껄껄 웃으니까 어른 애가 따라 웃었다.

10

"아니, 그러기루 십 년 근속이라면서 어쩌면 한 번두 못 만났단 말요?"

택규는 맥주 네 통을 도둑맞은 것이 아까운 생각에 한편 마음이 떠내려가는 듯이 화가 나면서도 강명희의 조카뻘이 된다는 강 군과 만난 것이 반가워서 태연히 수작을 건넨다.

"지점으로만 돌아다녀 그랬습니다만, 못 알아 뵈어 미안합니다."

하여간 이 청년을 만난 것은 우연치 않은 일이라고 새로운 희망을 가지게 되었다.

'삼각주'에서 민어지지미를 한 그릇 여점원을 시켜 보내면서 아까 맥주는 잘 먹었습니다라는 전갈이었다.

"누가 그따위 소리를 해?"

하고 강 군은 붙드는 것도 뿌리치고 풍우같이 일어서 여점원을 데리고

101

내려갔다. 걸걸히 생긴 위인이 이런 일에는 패장감이다.

손님이 가니 민어지지미를 중심으로 밥 찬합이 벌어지고 아이들도 둘러앉았다. 희숙이는 시중이 끝난 뒤에, 아이들 시중을 들어줄 겸 몰려 앉은 아이들 틈으로 봉희 곁에 살며시 끼었다. 남자들의 시선을 받는 것 같아서 좀 거북하기도 하였다.

희숙이 생각에는 이런 놀이에 청하자면 상기의 고모도 있을 거요 정말 사람이 하도 많을 텐데, 하필 자기를 부른 것이 이상해서 무슨 꾀임에 빠진 것 같은 생각도 드는 것이었다.

"어린애들 틈에 끼지 말구 이리 와요."

화순이가 말을 걸었다.

"괜찮아요."

아이들 음식 접시에 갖추갖추 덜어 주며 희숙이는 가만히 대답을 하였다.

"그래두, 아이들은 제멋대루들 먹구 놀게 내버려 둬요 어른들은 어른대루 놀아야지."

몽총하니 아이들 틈에 끼워 앉아서는 잘 먹지도 않을 것이니 자기 곁으로 끌어오자는 것이요, 택규와 이야기도 시키자는 것이었다.

희숙이는 까닭 없는 부끄럼이나 타는 것 같을까 보아서 아이들 시중이 끝나자 남편과 나란히 앉은 화순이의 곁으로 옮아갔다.

빤히 내려다보이는 '삼각주'에서도 식사가 시작이 되어 펑퍼짐한 바위 위에 한 패, 그 아래 삼각주에 한 패 오르락내리락 한참 부산하다.

"더두 말구, 사이다 대신에 한 잔씩만……."

하고 동재가 마누라에게 맥주잔을 넘기니까, 화순이는 컬컬한 판이라 잠자코 웃으며 잔을 받아서, 철철 넘게 한 잔을 받는다. 집에서는 예사 있는 일이었다. 그러나 택규나 희숙이가 옆에서 보기에는 부러워 보였다.

눈치 빠른 순애와 봉희는 냉큼 숙설간으로 뛰어가서 사이다 병을 하나씩 들고 왔다.

"내려가 채워 놔라."

동재가 얼쩡해서 사이다를 못 가져오게 하느라고 웃으며 소리를 쳤다.

"또 잃어버리게요!"

"잔소리 말어. 삐루 갱은 있어두 사이다 갱은 없단다."

아이들은 깔깔대며, 봉희가 한 병만 희숙이 앞에 놓고 채우러 내려갔다.

"아버지, 언니 와요."

내려가는 아이들과 맞바꾸어 정진이가 성큼성큼 올라온다.

"아, 오정두 안 돼 벌써 잡수십니까?"

"응, 잘 왔다."

동재가 웃으며 맞아 주었다.

11

정진이는 좌중을 휙 둘러보며 영애가 눈에 안 띄우는 것이 섭섭하고 의외였다.

"아버지, 저두 이따 갈까요?"

"오려무나."

하여, 할머니와 식모만 남은 쓸쓸한 집 속에 멀거니 있기도 심심하여서 온 거지만 그보다도 으레 영애가 왔으려니 하는 생각이 앞을 섰던 것이다.

"이건, 이 도령의 어사출돈가? 청치 않은 손이 다 늦게 웬일야?"

영감과 자기 사이에 자리를 내어서 정진이를 앉히며 화순이는 웃었다.

"김 도령의 출돕니다. 시중두 들어드려야 하겠구, 깡패들이 무서워서 호위두 해드릴 겸……."

하고 정진이는 웃지도 않고 시치미 떼고 대꾸를 하였다. 어른 애가 웃음으로 맞아 주었다.

희숙이는 눈치로 택규의 아들인 줄 알았으나, 어우, 벌써 저런 아들을 두었나 싶었다. 그만치 희숙이의 눈에는 택규가 젊어 보였고, 신수가 부여니 부자가 닮았다고 생각하였다. 두 가족이 모두가 행복스러워 보이건마는, 자기는 언제나 저런 행복한 가정적 분위기에 싸여 보누? 하고 이 올드미스는 자기의 나이가 무심중에 떠올랐다.

"중학교 선생님이 맥주 한 잔을 못하시다니! 이 시대를 모르시는구려."

하며 동재는 아내가 돌려주는 유리 고뿌를 희숙이에게 내밀며 술을 권하려 하였으나, 두 계집애가 벌써 저의들의 알루미늄 물 고뿌에 사이다를 따라 권하며 아버지들의 실랑이를 막아냈다. 그중에도 봉희는 선생님의 체면과 순결을 지키기에 애를 썼다.

두 아버지는 아이들이 기죽을 못 펴는 것 같아서 술도 한차례 쉴 겸 물가로 내려갔다.

"신사가 숙녀에게 술을 권하는 거, 미국식? 아니, 아버지두 돌으셨어."

하고 순애가 어머니한테 항의를 한다.

"누가 아니, 내가 미국엘 가 봤으니 아니."

하며 화순이가 웃으니까 모두들 깔깔대었다.

"빡빡한데 자네두 맥주 한 고뿌 하지?"

화순이는 맥주통을 또 하나 땄다.

"전 못 먹습니다."

정진이는 스시를 입에 틀어넣으며 도리질을 한다.

"아, 내일 모레면 대학을 나올 사람이 맥주 한 잔을 못 먹어?"

"하하하. 사모님두! ……허기야, 대학 졸업장이 술 먹는 면허장밖에 못 될지 모릅니다만……."

하고 정진이는 깔깔 웃으면서 그래도 저의 아버지가 먹던 잔을 들어서 한 잔 받고 사모님께도 대작으로 따랐다.

봉희는 어느 틈에 내려가서 물에 채운 사이다 병을 한 아름 들고 올라와서 우선 제 오빠 앞에 한 병 놓았다. 이번에는 오빠의 위장을 알코올에서 호위하자는 것 같았다.

식사가 웬만큼 끝나니까 화순이도 희숙이를 끌고 물가로 내려갔다.

"순애, 언닌 왜 안 왔어?"

어른들의 발자국이 뜨니까, 정진이는 제 판이라는 생각으로 호기도 나지마는 궁금하던 말부터 물었다. 무슨 비밀이 있는 것이 아니니 아이들 듣는 데 터놓고 묻는 것이었다.

"집 보느라구요"

순애는 생긋 웃었다.

"이 좋은 날 혼자 집 속에 갇혀 있어 미안하구먼!"

정진이는 껄껄 웃다가 맥주를 한 잔 한 김이라 제풀에 그 자랑인 목청을 돋아서 한마디 뽑아낸다. 아이들은 시작서부터 손바닥을 딱딱 쳤다.

12

젊은 아이의 노래 소리를 머리 위로 들으며 화순이는 희숙이와 나란히 냇가를 걸었다.

"요샌 좀 어떠셔? 자주 가 뵙지두 못해 죄송하지만."

"노상 그저 그러시죠"

중풍으로 누웠는 희숙이 부친의 말이다. 6·25 전부터 중풍으로 누워서 피난도 못 해 본 늙은이다. 그래도 마나님이 버리고 자식들을 따라나서지 않았기에 지금까지 목숨이 붙어 있고, 남은 천량이나마 부지를 하고 사는 터이다.

하여간 이 영감만 눕게 되지 않았더면 희숙이가 눈이 높으니 어쩌니 해야 벌써 치워 버렸을 것이었다.

"왜, 쟤 작은어머니나 고모는 제쳐 놓구 날 불렀수?"

희숙이는 의심이 나는 것을 그만두자면서도 입 밖에 내고 말았다. 그 대로 섰으라면 얼음장 위에라도 섰을 사람이지마는, 꼬장한 생각이 들면 참지를 못하는 악지도 유난하였다.

"뭐! 어린것들 달린 사람이 좀체 나오나. 그래 홀가분한 선생님을 청한 거지."

화순이는 웃으면서 이 계집애가 눈치를 챘나 하는 생각을 하였다. 그러나 어디까지나 무언의 '새 교섭'을 당자들 사이에만 전개시키려는 계획이었다.

영감축들을 만나려니 하였더니 눈에 띄우지 않았다.

희숙이는 다신 입을 벌리지 않았다.

"오빠 잘 다니지?"

"하루를 빠지나요. 시곗속 같은 사람이니까요."

희숙이의 큰오래비도, 남매니까 그렇겠지만, 희숙이 같은 사람이라면 짐작할 수 있을 것이다.

막연히 자연과학에 취미를 가지고 이것저것 손에 잡히는 대로 책을 보는 성질이 있는 그는, 공부하겠다고 도서관에 취직을 한 것이나, 지금은 집안 살림의 반은 거드는 본격적 직업이 되었다. 대학 다니는 동생은 내년에나 졸업인데 군대에 끌려 나가고 어쩌고 하면 제 용돈이라도 벌어 쓰게 되기까지도 아직 멀었는데, 남매가 벌어서 간신히 지탱해 가는 살림을 내던지고 희숙이가 시집이나 가 버린다면 그 집 사정도 딱하다고 화순이는 생각하는 것이었다.

'허지만 오래비들이 있는데, 친정 살리자구 시집 못 갈까! 당자두 억

울할 거야.'

눈으로는 물속에서 오락가락하는 놀이꾼들을 좇으며, 머리로는 이런 생각을 하는 것이었다.

"어쨌든 용해! 선생 노릇하기에두 진력이 날 텐데……."

'무언(無言)의 새 교섭'을 한다면서 화순이는 옆구리로 쑥 건드려 보았다.

"그럼 어쩌우! 내가 그만두면 당장 어머니 아버니 돌아가시게!"
하며 희숙이는 쓴웃음을 지어 보였다.

"아버니, 어머니 돌아가신 뒤엔 어떻게? ……"

화순이는 '오래비 집에서 늙나?' 하고 좀 충동이는 소리를 하려다가 말았다. 희숙이도 '그게 걱정 아뉴!' 하고 대거리를 하려다 말았다.

"야아, 산보시군! 아무것두 볼 건 없지만 다녀 나려와요"

우으들 내려오는 사람들에서 동재의 웃음 섞인 목소리가 났다. 화순이는 반가운 생각이 들며

"곧 내려갈 테니, 어서 가 아이들 시켜 진지를 좀 잡수세요."
하고 소리를 쳤다.

13

화순이들이 영감의 시중이 급해서 금시로 돌아와 보니, 동재와 택규는 그동안에 양복바지를 정강이까지 걷어붙이고, 물속으로 '삼각주' 앞에 가서 조고만 바윗돌을 의지 삼아 강 군과 셋이 맥주통 하나씩을 들고 물에 발을 잠그고들 있다.

"사모님 좀 들어오세요. 시원해 좋습니다."

강 군이 소리를 치는 바람에 화순이도 텁텁한 버선을 벗어 버리고 싶어서 선뜻 발을 빼고 들어섰다.

"어이, 시원하다. 들어와 봐요"

그래도 희숙이는 웃어만 보이고 물가에 섰다. 화순이는 치맛자락을 치켜 휘어 매고 잠방잠방 건너간다.

"이 마님이 부전부전히는 따라다니는구먼."

"수정 장판 위에서 스란치마를 한번 끌어 볼려구요. 호호호."

하고 화순이는 택규가 내어 주는 자리에 기대어서 물속에 섰다. 딴은, 물은 수정 속같이 맑다. 그러나 물속에서 노는 여자의 두 발은 더 희고 고와 보였다.

'아직두 젊어. 처녀 적 이쁜 모습이 그대루 있어!'

택규는 새삼스레 이런 생각을 하며 무심코 희숙이 쪽을 돌려다 보았다. 희숙이도 물가에 웅크리고 앉아서, 수건을 잠그고 손을 씻다가 고개를 쳐들자 화순이가 오라고 손짓을 하니까 생긋 웃어만 보인다.

희숙이는 물에 들어가서 첨벙대고 싶을 만큼 흥이 나지도 않지만, 혼자 떨어져서 빙빙 돌기도 안 되어서 손수건을 짜서 들고 징검다리를 건너서 화순이에게로 갔다.

"어서 오십쇼 송 선생님은 저 바위 위로나 올라가실까? 제가 업어 모시죠."

가까이 섰던 택규가 다가서며 껄껄대니까 희숙이도 웃음이 터지지 않을 수 없었다. 모두들 껄껄대는 통에 택규는 취흥이 도도해서

"선생님 업히십쇼"

하고 쑥 돌아서 잔등을 들이댄다. 또 한 번 간간대소들을 하였다. 딸의 선생이요 학부형 사이라는 것이, 초면이건마는 도리어 무관하게 굴 수도 있게 하였다.

인사과장 부인이라 해서 그런지, 여점원이 사이다와 고뿌를 들고 와서 물로 들어와서까지 화순이에게 따랐다.

"여기 육지 양반이 더우실 텐데 여기부터 드리지 않구."

역시 택규의 한 잔 김에 하는 말이었다. 육지의 양반이란 구두를 신고 징검다리 위에 섰는 희숙이 말이다.

희숙이는 혼자 떨어져서 우두커니 섰기도 안됐는데 자꾸 웃겨대니 좋기도 하고 난처도 하였다.

"에그, 난 싫어요 그만두세요"

하고 희숙이는 손짓을 하다가 금시로 피해 갈 데도 없어서 여점원이 따라 주는 사이다 고뿌를 들고 나니, 혼자 서서 마시기도 열적은데 마침 저쪽에서 건너오는 사람들을 지나가게 하자니 진퇴양난이다.

"선생님, 이 고뿌 잠깐."

희숙이는 졸지에 하는 수 없이 사이다 고뿌를 제일 가깝게 섰는 택규에게 내밀어 주고 뒤에 건너오는 사람들에게 밀리우듯이 앞서서 징검다리를 건너갔다. 단숨에 건너와서 돌려다 보니 택규는 사이다 잔을 들고 이편을 바라보며 껄껄대고 섰다.

"미안합니다."

희숙이는 맡긴 잔을 찾으러 또 건너가는 수는 없으니 웃으며 소리를 치고 손을 간들 들어 보이고는 언덕으로 올라가 버렸다.

14

"아주머니, 그 사이다 고뿐, 누굴 주구 오셨세요? 허허허."

두 아이들은 나무 그늘에 앉아서 씩둑거리며 빤히 내려다보았던 모양이나, 요새 아이들은 만만치 않아서 허허거린다.

"예이 이눔!"

희숙이는 가벼이 웃어 버리면서도 자기의 행동이 지나치지나 않았나? 하는 약간 부끄러운 생각과 함께 봉희가 보지 않은 것이 다행하다고도 생각하였다.

조금도 기롱을 한 일은 아니요, 다만 언덕으로 올라오면서 손짓을 해보인 것이 좀 지나쳤나 싶었다.

그러나 뒤미처 건너온 일행은 기분들이 좋아서

"선생님, 사이다 받아서까지 주세서 잘 먹었습니다."

하고 택규는 껄껄대며 서로 수줍어하던 거북한 공기가 삭아졌다.

아이들이 뿔뿔이 놀러갔으니 어른만 모여 앉아서 양주병을 내놓고 음식이 다시 벌어졌다. 산놀이라야 먹는 것이 놀이요 사내들은 몰려다니며 술타령이었다. 물가에서 먹는 술이라 취하다 말고 취하다 말고 하기는 하였다.

막 몇 잔 하면서, 아낙네들이 삼각주의 놀이며 색시평들을 하고 있는 것에 귀를 기울이고 있자니까

"또 와서 미안합니다."

하고 강 군이, 저기서부터 소리를 치며 맥주상자를 안고 올라온다.

"어서 와요. 그러지 않아두 우리 둘이만은 빡빡하구 심심한 판인데."

"이건 그릇만 엄부렁했지 아무것두 아닙니다."

하고 강 군은 상자를 과장 부인한테 내민다.

"이건 왜 또……."

하고 화순이가 받아서 꺼내놓는 것은 아까 맥주 네 통을 젊은 애들이 집어 갔던 대신으로 물에 채운 맥주 반 다스와 사이다 두 병이었다.

"그 사이다는 선생님이 안 잡수신 걸 가져왔습니다. 허허허."

선생님이란 물론 희숙이 말이다. 희숙이가 받기만 하고 안 먹고 가서 마음먹고 가져 왔다는 뜻이다. 희숙이는 얼굴이 발개지며 상긋하였다.

"자네네 놀이는 은행장 놀이만 하이그려?"

동재가 실없이 비꼬는 소리를 하였다.

"말씀 맙쇼 어린애 류색으로 짊어져 오는 데다 대겠습니까. 저희들은 트럭으로 끌어들였는데, 뭐나 필요하시건 말씀만 합쇼"

하고 강 군이 연해 낄낄댄다.

희숙이는 이 남자가 누구인지는 모르겠으나 자기를 위해서 사이다를 가져왔다는 말에 다시 한 번 치어다보았다. 아까부터 본 얼굴이지마는 신수가 깨끗한데, 젊었으니 두 중늙이보다는 펄펄 기운이 뛰는 듯싶어서 좋아 보였다. 좀 헐렁헐렁하고 사람이 너무 좋은 듯도 싶다고 삼십이나 되어 가는 노처녀의 눈은 깔끔하게 남자를 뜬어보는 것이었다.

"사이다는 부지런히 권해두 두 분 인사 없으시지? 우리 딸년 학교의 영어 선생님 송숙희 여사. 이 분은 우리 은행의 후생사업하시는 강필원씨……."

하고 택규가 나서서 소개를 한다.

"잘 압니다. 한데 선생님, 영어를 그렇게 잘하시면서 미국 바람이라두 쐬구 오세야 하지 않겠습니까."

강필원이는 인사 끝에 한마디 생색을 내는 것이었다.

15

"바람이나 쏘이려 간대서야 그야말로 바람이나 나서 오게!"

동재가 말을 받았다.

"참말 그런가 봐요. 주마간산(走馬看山)으루 구경만 하구 오면 눈만 높아졌지 별수 있에요."

아식도 덜 깨인 이 반(半) 노인들의 귀에는 희숙이가 주마간산이란 문자를 쓰는 데에 좀 놀랐다. 그러나 중학교 선생님의 관록을 여기에서 보였다.

"사실이 그렇지. 지금 저 사람들의 원조로 데려간대야 견학이나 단기유학 정도이지, 기본적 연구를 시키는 게 급한 게 아니라구 생각할 거니까. 그러니 뭐, 미국 가서 고생해 가며 간판만 얻어 와서 뭘 하나! 어서 시집갈 사람은 시집가구 장가갈 사람은 장가서서 일찌감치 안온한 생활의 토대나 잡지!"

이것도 늙어 가는 동재의 말이었다.

"과장님, 그건 저의 같은 무능하구 소극적인 놈이나 할 말입니다. 적어도 청운(靑雲)의 큰 뜻을 품고……."

하고 강필원이는 소리를 뽐내다가 맥주 위에 독한 양주가 들어가서 그런지 허허허 웃으며, 말을 휙 돌려서

"하지만 과장님 말씀이 옳은 말씀이죠 그러니 저부터 장가를 들여 주세요."

하고 혼자 흥에 겨워서 껄껄댄다.

희숙이는 눈을 내리깔아 버렸다.

"아니, 올에 몇인데? 사십 총각이란 말야?"

하고 동재는 껄껄 웃는다.

"불쌍하죠? 사모님 색시 하나 골라 주세요 어떻게 재주가 없는지, 그 흔한 전쟁미망인 하나 눈에 안 띄는군요."

희숙이를 처음에는 택규의 부인인 줄 알았는데 택규 역시 홀아비란 것을 알고 한만히 하는 취담이었다.

"호호호……난 인젠 보따리 싸구 간판 떼야 하겠군!"

하고 화순이는 깔깔댄다. 색시는 없는데 홀아비만 달려들어서 걱정이란 말이었으나, 희숙이는 벌써 알아듣고 말이 점점 노골적으로 천착해지는 데에 눈살을 찌푸렸다.

"그럴 거 뭐 있나. 신문에 구혼 광고를 내지. 헌데 소생은 없나?"

동재가 또 술 한 잔을 주며 알은체를 하였다.

"실상은 구혼 광고커녕 심인(尋人) 광고두 내보았습니다마는, 필시 제 오라비들한테 끌려 이북으루 간 모양예요."

여기에까지 와서 강필원이는 몇 해 동안 처자식을 찾을까, 하고 애절하던 생각에 탈진을 한 눈치로 기가 푹 까부러졌다.

6·25 때 숨어 다니다가 집에 들어가 보니 쓸 만한 것은 싹 쓸어 가고 계집자식이 간 곳 없더라는 것이다. 처남 형제가 빨갱인 줄은 넌짓넌짓이 눈치채었던 것이지마는,

"제깐 년두 빨갱이였던지!"

하, 기가 막히건마는 그래도 몇 해 두고 돌아올까 돌아올까 조바심을 하며 기다렸다는 것이었다.

"사모님 그 두 놈이 어디서 살아있다면 큰놈이 벌써 열두 살, 작은놈이 아홉 살입니다! 다시는 장가갈 미친놈이 없다구두 생각했었습니다만, 허⋯⋯혼잔 살기가 벅차군요!"

말하는 사람은 기운이 빠져 한다. 듣는 사람들도 잠잠히 누구 하나 침음히 대꾸하려 하지 않았다.

동산 저 위에서는 놀러갔던 정진이와 홍기가 앞을 서고 두 집 처녀애가 뒤따라서 의기양양해서 온다.

교환 조건

1

"강 형, 그 동대문 아주머니가 당고모가 되신다지?"

밖은 넘어가는 햇볕이 아직 쨍하나, 안은 불이라도 켰으면 좋을 우중충한 오뎅집이다. 김이 무럭무럭 나는 오뎅 냄비 앞에 높다란 동그란 걸상에 앉아서 오뎅 접시와 술잔이 나오기를 기다리며 택규는 우선 말을 꺼냈다.

"참 아신댔죠?"

강필원이는 잔을 들어 술을 받으며 의아한 눈치로 택규를 치떠본다. 오늘 택규가 전화를 걸어서 만나자 하여 여기까지 온 것이다. 실상은 저번 산놀이 이후에 필원이도 택규를 한 번 만나고 싶어 하던 차에 잘 되었다는 생각이다.

"알면 이만저만 아는 처지인가! 허허허."

여자를 두고 이렇게 수작을 하는 것은 필원이에게도 좀 천하게 들렸다.

"네? 그래 어째서요?"

같은 직장의 지위의 고하(高下)가 있으니까 말을 공손하면서도 시비하듯 눈이 뚱그래졌다.

"하하하……. 당고모부가 필요할 듯해서 하는 말야! 허허허."

"허허허……. 이건 너무 심하십니다그려."

강필원이도 같은 홀아비의 사정이라, 그러한 겉짐작이 없지도 않았지마는 마주 껄껄 웃고 말았다.

"아냐. 심하긴 무에 심해. 이 과장 부인이 중간에 들어서 다 된 일인데, 이러쿵저러쿵 말이 왔다 갔다 하다가 퇴짜를 맞구 보니, 강 형두 짐작이 있겠지. 이 나이에 체면을 생각하기루 기막히지 않은가?"

택규는 혜에 하고 열적은 웃음을 웃으며 자기의 술잔을 비워 필원이에게 권하였다.

"하하하 그동안 그런 일이 있었에요? 딴은 그러실 게예요."

필원이는 쳐 주는 술을 받으며 우선 매우 동정하는 소리를 하였다. 실상은 필원이도 택규에게 은근히 청할 것이 있었던 것이었다.

"인사과장 부인이 이녁 당고모하고 동기는 아니나 동창이거던."

"네, 그래요!"

"그렇기에 이야기가 된 것이거던!"

"네. 알겠습니다. 어디 당고모부 한 분 모셔 보기로 하죠."

하고 필원이가 웃는데, 택규도 따라 웃다가,

"그 대신 저두 인사과장 부인께 데리구 가 주셔야 합니다."

하며 필원이가 교환조건을 내세우니까,

"그것쯤야 어렵지 않지."

하고 장담을 하고 나서,

"응, 그 영어 선생님이 마음에 들던 게로군?"

하며 또 껄껄댄다.

"제겐 과분하다구 생각합니다만, 하여간 그 아주머니를 친해 둬야 홀아비루 늙진 않겠기에 말예요."

필원이의 말에도 절실한 데가 있었다. 옛날 같은 중매라는 것이 있는 것 아니요, 자유연애 자유결혼하고 달떠 다니지 않는 바에는 시집 장가 가기에도 어중된 세태다.

"과장님, 아니 아저씨!"

술이 그리 취하지는 않았을 텐데 필원이는 콩팔칠팔한다.

"어디루 가실까요? 인사과장 댁에 가실까? 우리 아주머니한테루 가실까요?"

"글쎄. ……어디 장깬뽕을 할까? 허허허."

결국 사직골 아주머니 집으로 가자고 버스 정류장으로 향하였다.

2

"강 형, 말이 그렇지, 내가 어떻게 줄레줄레 따라가나. 먼저 가서 내 성의나 잘 말씀해 놓구 와요."

택규는 아무리 생각해도 갓 만난 필원이를 앞세우고 저물녘에 찾아가기가 안 되어서 우선 혼자 보내려 하였다.

"그두 그렇군요. 그럼 내일 길보(吉報)를 알려드리죠."

필원이도 불쑥 택규를 데리고 가기가 난처하기도 해서 혼자 떨어져 갔다.

시장에서는 벌써 가게를 들이고 갔을 것이니 필원이는 사직골로 치달아 올라갔다.

"아, 어둘 녘에 너 웬일이냐? 어서 오너라."

컴컴한 방 속에 앉았는 할머니는 반색을 하였다. 평생 손님이 없는 집이라 반갑기도 하였다. 전등불이 아직 안 들어와서 안채에는 안방에만 불빛이 반짝이고 종용하다.

이쪽은 부엌도 변변치 않은 단칸방이었다.

"아주머니 어디 갔에요?"

필원이는 마루 끝에 앉았었다.

"응, 어떻게 여길 다 왔어?"

밥을 푸다가 말고 명희 아주머니가 내다보며 알은체를 하였다.

"아주머니 수구하십니다그려."

하고 필원이는 일어나 부엌문께로 왔다.

"집안 밥해 먹는 것두 수굴까!"

하며 명희는 핀잔을 주었다. 수고란 말이 해방 후에 새로 생긴 말은 아니지마는 너무 들으니 듣기 싫었다.

"할머니, 제 장가를 좀 들여 주세요."

밥상이 들어와서 마주 앉으니까 필원이가 밑도 끝도 없이 이런 말을 꺼냈다.

"애가 술이 취했나? 너 애비 에미한테 할 말이지 날더러 무슨 장가를 보내라는 거냐?"

노마님은 펄쩍 뛰었다.

"그럼 아주머니, 시집은 보내시겠죠?"

필원이는 말을 쏙 돌렸다.

"이건 또 무슨 객설인지, 신랑감이나 하나 구해 오려무나."

명희 모친이 밥술을 뜨며 웃으니까

"염려 맙쇼. 당장 데리구 올 거니까요."

하고, 필원이는 껄껄 웃는다. 명희는 못마땅한 듯이 멀뚱히 필원이를 치어다보았다.

"아주머니, 날 장가 안 보내시겠어요?"

이번에는 명희에게 말을 붙였다.

"이건 무슨 객쩍은 소리야? 술 취했건 어서 집에 가 자요."

명희는 쏘아 주었다.

"아니, 그런 게 아니라, 아주머니가 결혼만 하시면 나두 장가갈 도리가 생길 거니 말이지. 허허허."

둥그런 상에 밥 한 사발을 놓아 주었어도 수저를 들지 않고 필원이는 이죽이죽 대거리를 하고 앉았다.

명희는 무심코 코웃음을 쳤다.

"아니, 은행의 돈 바가지가 들어오는데 그걸 왜 마다는 거예요? 복을 차 버리는 거지."

"응, 그 애기구나. 글쎄 말이다!"

어머니가 밥술을 놓으며 대꾸를 하였다.

"이건 무슨 주착없는 소리야, 그럼 필원이두 돈 바가지를 차구 다닐 텐데 왜 장가두 못 가구 빌빌하누? 흥!"

연상약한 조카니만치 한층 더 팩팩 쏘아 주었다.

"딴소리 마세요. 글쎄 아주머니가 결혼을 하세야 조카메누리두 보시게 된다니까."

필원이도 지지는 않았다.

"그 무슨 소리냐?"

할머니가 필유곡절이라는 생각으로 말한다.

③

"별 곡절 있겠습니까마는 그 김 씨 여간 열심이 아녜요 또 하나 훌륭한 색시가 나섰건만 막무가내예요 몇 해든지 기대리겠다는군요."

필원이의 말투는 아까 같은 실없은 기가 없어지고 퍽 동정하는 기색이다.

"그런 줄은 안다만, 그래 훌륭한 색시는 네 차례가 된단 말이지?"

"글쎄 할머니 말씀대루 됐으면 좋겠습니다마는……."

필원이는 픽 웃었다. 밥상을 물릴 때까지 명희는 검다 쓰다 말이 없었다. 필원이에게는 그것이 차차 유망해지는 징조라고 생각되었다. 그러나 필원이가 일어서려니까

"괜히 되지두 않을 그런 일에 나서서 아랑곳할 거 없어요"

하고 명희는 타이르듯이 끊어 말을 하였다.

"몰라요, 나 장가 들구 못 들구는 아주머니한테 달렸으니까요"

명희는 웃음엣소리로 들어 두었다. 택규가 그처럼 열심이라는 것은 고마운 일이요 여자로서 자랑이기도 하지마는, 공연히 좋은 혼처를 놓칠까 보아 애도 씌었다. 그러나 설마 다 늙은 과부댁 민구 장가 못 갈라구 한번 해 보는 소리지……하며 명희는 아무래도 떠들썩해지는 마음을 가라앉히려고 등잔불 밑에 꼬부리고 엎디어서 오늘 판 것의 장부 정리를 시작하였다.

"연분이면 되는 거요……"

모친은 만년필을 놀리는 딸의 곁뺨을 내려다보며 저 살결이 처지기 전에 서두르지를 않구……하는 걱정을 또 하는 것이었다.

"뭐 사람 늙기란 잠깐이다."

모친은 자기의 삼십 적이 엊그제 같아서 절실한 생각으로 이르는 말이었다.

"어이, 어머닌! 인제 그 문제는 잊어버리세요"

하고 명희는 장부에서 고개를 들지도 않고 짜증을 내었다.

"나 땜에 안 할 고생하는 걸 보구 어째 말이 안 나오니."

"어머니 때문이 아녜요. 돈 때문이예요 돈 벌어야죠"

맨날 그 소리가 그 소리지마는, 저편에서 죄어치면 죄어칠수록 명희의 결심은 더 굳어 가는 것이었다.

필원이는 이튿날 택규를 만나서 할 말이 없었다.

"나두 강 가지만, 강 가는 악지가 세어서……"

그러나 택규는 그리 비관하는 눈치도 아니었다.

"허는 수 있나! 지구전(持久戰)으루 들어가는 수밖에. 그럼 오늘은 내 차례지? 자 가자구. 헌데 빈손으론 좀 안됐는데."

둘이 나서며 택규의 발론이었다.

"그 걱정은 맙쇼"

필원이는 선선히 큰소리를 치고 남대문시장 쪽으로 끌고 가더니 은행식당에 용달을 하는 데인지 커다란 식료품 상점으로 들어가서 수군거리더니 봉지 봉지 지어 놓고 지나가는 택시를 불러댄다.

돈암동 인사과장 집까지 후딱 와서 내렸다.

자동차 소리에 뛰어 나온 아이들은 봉지들을 나르기에 분주하였다. 그것은 고사하고 필원이가 처음으로 안방에 끌려 들어와 보니 영어 선생님 희숙이가 우두커니 앉았는데 놀라지 않을 수 없었다. 희숙이는 일어나 인사를 하고 마루로 따라 나갔다.

4

화순이가 손님들을 들여보내고 마루로 뒤따라 올라오다가

"왜 나와. 들어가자구."

하며 희숙이를 끌려니까

"아니, 아이들 방에 잠깐……."

하고 건넌방으로 건너갔다.

"부산을 떨어 미안합니다."

좌정한 뒤에 필원이가 다시 인사를 하였다.

"불시에 웬일들야? 정릉놀이의 이차흰가?"

123

동재는 아까 택규의 전화로 잠깐 들어 알았지마는 집에 와 보니 희숙이가 와 있고 택시로 한 아름씩 사 들고 오고 하는 품이 혼담으로 성사를 삼고 몰려다니는 것 같아서 나무랄 수는 없으나, 거기 끌려서 집 안이 분주해지는 것이 싫기도 하였다.

"그 연장(延長)인데 오늘은 난 배빈(陪賓) 격야. 강 형, 이 두 분께 경의를 표할 겸, 수고해 주신다구 인사 겸……."

택규는 명희 일 때문에 저물도록 와서 폐를 끼친 것이 미안해서 발빼는 소리를 하는 것이었다.

"수고는 무슨 수고?"

하고 화순이는 벌써 눈치를 채었으나 눈이 회동그래졌다.

"앞으로 수고를 해 줍시사는 게죠. 어제는 강 형이 날 위해서 수고했길래 오늘은 그 교환조건으로 아주머니 수고하시는 데 거들어 드리는 거랍니다."

택규는 필원이의 의사를 완곡히 까놓고 일러 주었다. 희숙이는 학교가는 딸을 시켜서 화순이의 전갈로 불러온 것이었다.

벌써 방 안이 갑갑하다고 마루에 돗자리를 깔고 나와서들 앉고 차가 나오고 해야 희숙이는 꿈쩍도 아니 하였다.

"시원한데 나와요."

"언니, 난 갈까 봐."

초면은 아니지마는 한 번 우연히 만나 논 것은 고사하고 계획적으로 이러한 자리를 끌어낸 것은 불쾌하였다.

"이건 무슨 소리야. 이왕 온 길에 저녁이나 먹구 놀다 가지."

희숙이는 끌려 나와서 앉기는 하였으나, 자리가 저번보다도 거북하였다. 정릉에 갔을 때는 늙은 홀아비 하나이었는데, 오늘은 중간에 뛰어든 젊은 홀아비가 술이며 음식이며 마련해 가지고 온 눈치가 또 다르기 때문이다.

'사람을 만만히 보구…….'

희숙이는 과년하도록 시집을 못 가서 아무렇게나 휘두는가 하는 고까운 생각과 함께 여학교 선생의 위신이라는 것을 생각지 않을 수 없었다.

'툭 터놓고 시원스럽게 이야기나 해 주었으면 좋지 않은가…….'

이렇게 맞붙어 놓고 눈치들만 슬슬 보는 것이 싫거니와 그래야 상처꾼들 아닌가! 신선미(新鮮美)가 없고, 한 사람은 젊으나 점잖지 않아 좀 천한 데가 있어 보이고, 한 사람은 나이 지긋하고 장가갈 아들이 있으니 문제도 안 된다고 희숙이는 혼잣속으로 따지는 것이었다.

"송 선생님, S여학교에서 계시다죠? 거기 수학 선생에 조원석이라구 있지요?"

"네. 우스운 소리 잘하시는."

"우리 동기동창이죠. 나두 우스운 소리를 하라시면 조 군만큼 터뜨려 논답니다. 허허허."

희숙이는 그 웃음에 끌려 생긋 웃었다. 필원이는 무슨 큰 성공이나 한 듯이 기뻤다.

"자, 그런 재주가 있다면, 어디 허리가 부러지게 웃어 보자구."

동재는 들어온 술상 앞으로 다가앉으며 껄껄하였다.

5

주인댁은 안주 분별에 오락가락하고 희숙이만 술상 곁에 오두머니 앉았기가, 이것은 화초도 아니요 퍽 열적었다.

뜰은 어슬어슬해 가고 대청에는 불이 환히 들어오자, 밖에 나가 놀던 상기가 들어오더니 부엌으로 가서 큰누이를 불러내는 눈치다. 영애가 살짝 문간으로 나가는 것을 내려다보며 희숙이는 제 동무가 왔나 보다 하였다. 희숙이는 좀 있다가 살그머니 일어나 뜰로 내려갔다. 하여간 영애가 문밖에 있으니 술상 곁에 앉아 있는 것보다는 나아서 빠져나간 것이었다. 그러나 중문간을 나서자 희숙이는 아차 하였다.

"안녕합쇼?"

하고 굽실하는 것은 저번 산놀이에서 본 매끈한 대학생이다. 택규의 맏아들 정진이었다.

"왜 들어오지 않구, 그러우?"

그 두 젊은 남녀가 빚어내는 신선한 젊은 기분에 끌려서 희숙이는 생글 웃어 보였다.

"아뇨시다. 저는 딴 볼일이 있어 잠깐 들렀습니다."

하고 정진이는 헤 웃었다. 음악회 입장권인지, 영애는 손에 받아 든 종잇조각을 넌지시 감추었다.

희숙이는 젊은 애들이 노는데 괜히 나왔다는 생각으로 꿈질해서 돌아서려니까

"아주머니, 나와 바람 쐬세요 전 하던 일이 있어 들어가 봐야 하겠에요"

하고 영애가 헤어지려는 것을 정진이는

"이거 봐요……."

하고 붙드는 눈치였다. 그러자 뒤에서

"누가 왔어? 들어오래지."

상기가 누이를 불러내 가고 희숙이가 되쫓아 나가고 하는 것이 이상해 보였던지, 화순이가 맞바꾸어 나오다가 문밖에 둘이 마주 섰는 것을 보고

"왜 들어오지 않구 그래? 그러지 않아두 저번 놀던 사람끼리 친목회를 하자는 건데. 아버니두 계셔."

화순이는 흔연히 웃어 보였으나 속으로

'흐흥……너희들이 어느 틈에 벌써.'

하는 생각으로 도리질을 하는 것이었다.

"아녜요 요기 동무 집 왔던 길예요 사모님 잠깐 뵙구 가쟀더니 손님 대접에 바쁘시다구 큰누이가 나왔구먼요"

"아, 어쨌든 들어가 저녁이나 먹구 가라구."

"아닙니다. 전 가요"

정진이는 그대로 달아나 버렸다.

딸을 데리고 들어오는 화순이는 심기가 좋지 않았다. 어른 눈을 기이며 남학생과 교제냐?고 당장 나무라고도 싶었지마는 함께 길러낸 처지라, 정진이를 모르는 남학생같이 말할 수도 없었다.

하여튼 화순이는 마음에 드는 정진이를 늘 둘째 사윗감이거니 하는 생각이 있었기 때문에 보통 부모가 어린 딸이 남자와 노는 것을 싫어

127

하는 것과는 달랐다.

"뭐야?"

마루로 올라서는 아내에게 의아한 듯이 동재는 눈을 치떴다.

"아무것두 아녜요"

그러나 속에서는 바르를 끓었다.

'지금 세상에, 인제야 스무나문 된 것이 엉덩이에 뿔이 나서⋯⋯.'

택규 집 식구는 친정 식구나 다름없이 생각하는데 영애가 거기를 침범해 오는 것이 싫은 것이요, 벌써 이렇게 선손을 걸어 놓았으면 나중에 둘째 사위로 뒤틀기도 어려운 일이니 큰 걱정거리라고 생각하는 것이었다.

6

술상을 물리고 식탁이 벌어지니까, 희숙이도 일어나서 거들었다. 그것이 좀 더 좌석의 기분을 명랑케 하였다.

필원이는 조심을 하느라고 그런지, 술은 마다하고 희숙이와 함께 밥공기를 받았다. 과장 축은 연해 맥주잔을 기울이며 은행 이야기에 정신이 없고, 주인댁은 시중드느라고 일어났다 앉았다 하는데, 밥공기를 마주든 이 두 남녀는 서로 대거리가 되어 마침 잘 되었다.

"시간 강사가 아니면 고되시죠?"

덤덤히 입을 봉하고 있기만 안되어서 필원이가 말을 붙였다.

"네, 명색이 담임이라구 온종일 매달려 있어야죠"

말이 훨씬 순탄히 나왔다.

"또 그래야 훨씬 대우가 좋지 않습니까."

"그러믄 뭘해요 학부형 울리구 학생을 짜내서 먹구 사는 것 같아서 뼛골은 뼛골대루 빠지구 미안한 노릇이죠"

"하하하……선생님, 너무 양심적이십니다그려."

필원이의 웃음소리에 옆에서는 무언가 하고 얼굴을 돌리니까 희숙이는 방긋이 웃는 낯이었다.

'벌써 제법 어울려 들어가나 보다!'

하며 두 남자는 마주 눈짓을 하였다. 하여간 고마운 일이라고 생각들 하였으나, 택규만은 좀 부러웠다.

"그만큼 벌어 모았으면 인제 그만두구 들어앉어 편히 쉬지."

화순이가 슬쩍 떠보았다.

"어구 언니두! 내가 뭘 모아요. 대비생(貸費生)이 의무연한(義務年限) 채우듯이 벌어서 살림에 보태기에 몸에 옷 한 가지 변변한 거 걸쳐 본 다구요!"

하고 희숙이는 소리를 내어 웃었다.

"허긴 그래!"

화순이는 동정하는 눈치로 가벼이 장단을 맞추었다.

이편 식사가 끝나니까 희숙이는 조금 뜸을 들여서 일어섰다. 저 술타령이 언제 끝날지 모르는데, 밥상이 날 때까지 물색없이 앉았을 수도 없었다.

"좀 일찍 가 봐야 하겠에요. 내일 준비두 있구 집에서 기대리시니까요"

"아, 어서 가 보슈."

주인영감의 허락이 선선히 내렸다.

필원이는 가방을 들고 나서는 희숙이를 마루 끝까지 나서서 인사를 하였다. 마음에는 전찻길까지만이라도 배웅을 가 주고 싶건마는.

"강 군 한턱내지."

"낼 턱만 있으면야 몇 턱이라두 냅죠."

동재와 필원이는 껄껄 웃었다

"얌전을 떠느라구 술두 못 자시구. 자, 축복하우."

택규는 빈 잔을 내밀며 술을 새판으로 권하였다.

"사모님, 첫대 저 같은 것 두 눈에 드십니까?"

실상은 사모님의 타진(打診) 결과가 어떠냐고 묻고 싶은 것을 겸손해서 한 말이었다.

"내 눈에만 들면 무엇할꾸! 인젠 난 발 빠져요 예전과 달라서 중매가 들고 나서는 당자들의 수완에 달리지 않았나! 첫째는 은행 돈이라두 훔쳐낼 재주가 있어야 하구, 둘째는 말재주가 있어야 할 거요, 셋째는 매력이 있어야 할 건데……"

하며 화순이는 웃어 버린다.

"그러니 도둑질까지 배워야 신랑감이 된단 말야? 그럼 우린 물러야 하겠군!"

하고 동재는 취흥이 도도해서 웃는다.

"우리야 특별이지만 지금 세상에, 훔치지 않구 처자식 기르는 재주는 누가 가졌기에!"

하고 화순이는 코웃음을 친다.

기우(奇遇)

1

전재빈민 덕에 나일론 사태가 나더니 옷장수들은 나일론 깨끼저고리
와 적삼을 여름철이 닥쳐오기 전에 준비해 놓기에 바빴다.

아직 사월 파일도 안 되었으니 늦은 봄밤에 안 되었지마는, 깨끼나
적삼을 해 바치는 재봉틀 집들도 눈코 뜰 새가 없었다.

"아이, 다방굴 아주머니! 어서 오세요. 벌써 됐에요?"

명희 모녀는 점방에 앉았다가 하얀 보따리를 끼고 다가오는 동갑세
쯤 되는 말쑥한 중년부인을 반가이 맞는다.

오동통하니 보얗게 살기는 올랐지마는 말끔한 얼굴에 차림차리도 말
쑥하였다.

"안녕하세요? 우선 깨끼 한 죽입니다."

다방굴 아주머니는 보따리를 내려놓고 한 옆으로 가만히 걸터앉았
다. 묻지 않아도 삯바느질하는 중년부인이나, 조촐하니 어딘지 기품이

131

있어 보이고 상큼한 콧대에 호락호락지 않은 데가 있어 보였다.

"고맙습니다. 늦을까 봐 애를 썼더니 바쁘신데 애쓰셨어요"

명희는 보자기를 펴서 어머니와 같이 섶을 만져 보며

"이쁘게 됐군요……."

"원체 얌전하시니까!"

명희의 모친도 칭찬을 하였다.

"뭐, 제 손이 일일이 가겠기에요"

하고 다방골 아주머니는 상긋해 보였다.

원체는 양재가 주재이지마는 그것도 큰 거리에 큼직한 간판을 붙여 놓지 않고서는 세월이 없어서, 환도 후에는 아쉬운 대로 전쟁미망인의 솜씨 있는 두엇을 데리고 조선 바느질을 주로 하게 되었던 것이다.

"얼마죠?"

명희는 옆에 놓인 주판을 들고 난다.

"따져 보세요"

제꺽제꺽 수판을 놓더니 모친이 내어 주는 돈 보따리를 받아서 풀고 척척 세어 준다.

"나두 형님같이 산판을 놀 줄 알구 지폐를 척척 세 낼 줄 알았으면 저자두 하나 내런마는."

다방골 아주머니가 명희의 솜씨에 감탄해서 웃음엣소리를 하여 돈을 어름어름 헤어서 내어준 보자에 싸려니까

"아 언니! 오랜간만이군요 어서 오세요"

하고 명희가 반기는 소리를 치는 통에 깜짝 놀라 치어다보니 또 한 번

놀란 것은 연회색 나일론 치맛자락 뒤에 섰는 두 여학생 중에 앞선 큰
애다.

"안녕하세요?"

영애도 너무나 의외의 일에 발이 딱 붙으며 얼굴이 해쓱해졌으나 모
른 척할 수야 없으니 가만히 인사를 한 것이었다.

"응! ……"

앞에 선 여자가 누구인지를 선뜻 짐작한 다방골 아주머니는, 낯빛이
달라지면서도 더 말 안 하고 획 일어나며,

"안녕히들 계세요"

하고 가 버린다.

"어머니! 저이가 우리 학교 애 어머닌데, 잠깐 가서 할 말이 있는데
요"

나이 스물한 살이나 되니까 이러한 지혜도 머리에 쏙쏙 돌았다.

"응, 갔다 오렴."

영애는 사람들을 비집고 눈이 뒤집혀서 뛰어갔다.

"어머니, 어머니!"

붐비는 사람 틈에서 다방골 아주머니는 획 돌아다보며 섰다.

모녀의 얼굴은 금시로 울음이 터져 나올 듯이 뒤틀려 버렸다.

2

"너 어떻게 여길 왔니? 그러기루……."

다방골 아주머니는 울상이던 얼굴이 금시로 피어지며 책망하는 소리

가 되었다. 6·25 전에 다시는 한 번도 적선양장점을 찾아가지 않은 것을 나무라는 것이었다.

"부산선 어쩌면 그렇게두 뵐 수가 없었에요 서울 오는 길루 뵈러 갔더니만……."

삼 년 전 처음 만났을 때와는 딴판으로 말도 술술 나오고 참말 어머니를 만난 것 같다. 그만큼 삼 년 동안 마음속에 어머니가 자리를 잡았던 것이다.

"너두 퍽 자랐구나! 인젠 아주 어른 꼴이 백여 가는데!"

어머니는 대견스레 학생복을 입은 딸의 위아래를 보는 것이었다.

"그래, 지금 어디 사세랸?"

"다방골이란다. 너 지금 틈 있겠지? 나하구 가련?"

딸이라도 자기 손에서 떠나서 이만큼 컸으니 자기를 어떻게 생각하는지 몰라서 거북한 생각도 없지 않았다.

"아이, 안돼요 우리들 집에서 입을 나일론 치마저고리를 보러 나왔는데요 번지수를 알으켜 주세요"

"번지수만 가지군 찾기 어려울 걸……."

어머니는 떨어지기가 아까워하는 눈치다.

"그럼 어머니! ……"

영애의 입에서도 순순히 어머니 소리가 나온 것이 제 귀에 이상히 들렸지마는, 이 부인도 오랫동안 못 들어 보던 어머니 소리를 이 장성한 딸에게 듣고는 눈이 환해지며 반가운 빛이 얼굴에 떠오르다, 상긋이 웃음을 띤 어머니의 얼굴은 금시로 달라져서 젊어도 보이고 고왔다.

"……나 내일 오후 한 시에 시공관 음악회에 구경 가는데……."

선뜻 머리에 떠오른 생각이었다. 정진이가 그저께 밤에 갖다 준 입장
권 생각이 머릿속에 늘 있었던 때문이다.

"그럼, 내 그리 가마. 좀 일찌감치 올 순 없겠니?"

데리고 점심이라도 먹고 싶은 생각이었다.

"네, 공일이니까."

내일 열한 시에 시공관 앞에서 만나기로 약속을 하고도 영애는 그대
로 획 떨어져 가기가 안 되어서 저만치 따라가다가

"어서 가 봐라. 사살 만날라."

하고 모친이 말리는 대로 돌쳐서 오면서 마음이 언찌않었다.

'부부란 무언데 자식 생각두 않구 맘대루 헤져서 어머니를 그리게 하
구.'

영애는 나이 이십이나 되었지마는, 아버지는 집에 들어가서 만나고
어머니는 뒷구멍으로 몰래 만나야 한다는 것이 새삼스레 알 수 없는
큰 모순(矛盾)이요, 한 방에서 살던 사람이 원수같이 안 만난다는 것이
이상해서 못 견디겠다. 어쨌든 아버지는 그 집을 그대로 지니고 다시
장가를 가서 동생들을 또 낳고 화락하게 지내는데……만일 어머니가
그 집을 가지고 재산이 있었더라면 어떻게 됐을꾸? 어머니가 가여웠다.
쉬쉬 숨겨 가며 만나는 모녀가 가여운 존재로 저만치 떨어져 보였다.

"응, 왜 이렇게 늦었니? 아까 그이가 어디서 본 모습인데……."

점방에 돌아오니까 순애와 기다리던 '이쪽 어머니'가 영애의 눈치를
보는 기색이다. 영애는 잠자코 입어 보라는 나일론 깨끼저고리를 아무

리 골짜기지마는 길바닥에서 교복을 벗고 입어 보고 하기가 싫어서 동생 것으로 잡아 놓은 것과 치수만 대어보고는

"좋아요 제게 맞겠어요"

하고 보자기에 두 벌을 쌌다.

3

'정녕 고모가 얘기했겠지……'

이편 어머니가 지금 만난 저쪽 어머니를 알아차린 것 같아서 집에 돌아오도록 서로 말이 없이 실쭉한 기색이었다.

"언니, 아까 시장에서 만난 그이, 언니 동무 어머니랬지? 헌데 바느질품 판대."

"그것까진 몰라."

그날 자리 속에서 형제가 하는 수작이었다. 그 점방에서 들은 말일 것이리라.

이튿날 공일이라 늦은 아침을 먹고 나서 영애는

"어머니, 저 낮에 시공관에 가겠에요?"

하고 어머니의 눈치를 보았다.

"뭣데? 너 혼자 가니?"

"음악회예요 표가 한 장뿐인데요"

"애, 내 돈 주께, 순애두 데리구 가려무나."

신통지게 대학생하고 어울려 다니는가 싶어서도 그러는 것이었다. 영애는 어머니한테서 돈을 받아들고 동생을 데리고 나섰다. 저쪽 어머

니가 기다리려니 싫으면서도 영애는 동생을 데리고 가는 것이 조금도 싫지는 않았다. 그 언젠가 자리 속에서 떨어진 어머니 이야기를 하던 것을 생각하면, 물론 한 동생이지마는 한 어머니 뱃속에서 나온 듯싶은 생각이 드는 것이었다.

열한 시에 대어서 시공관 앞에까지 가니, 아직 사람이 들끓지 않아서 훤한 문 앞에 어머니가 쓸쓸히 우두머니 섰는 것도 영애에게는 가엾어 보였다.

"응, 저리 가자. 앤 누구냐?"

모친은 짐작을 못 한 것은 아니면서, 혼자 오지 않은 것이 좀 못마땅했다.

"동생예요."

"엉! 너희들 뭘 먹구 싶으냐?"

주저주저 얼른 대답들도 못 하였다. 다방골 아주머니도 별로 이런 데 와 보지를 못해서 어디로 데리고 갈지 망설이었다.

손쉬우니 맞은편 K정으로 들어갔다. 단 둘이 조용히 지낸 이야기가 하고 싶고 듣고 싶었던 것인데, 동생을 데리고 왔으니 그것은 단념해 버렸다.

"서울서 겨우 자리를 잡았던 것인데, 그만 부산 가서 뿔뿔이 헤지구 마니 내 형편두 퍽 어려워졌단다."

어머니는 무심코 나오는 말로 입을 벌렸다.

"그래 지금은 어떻게 사세요"

어머니 한 몸인데 살기가 어렵다는 말눈치니 영애는 가엾은 생각이 또 났다.

'여자란, 남편만 떨어지면 저러니, 첫째 돈을 잡아야 하지 않나. ……'

그런 것을 생각하면 남편을 하여 간다기보다도 돈에 부라퀴가 난 제천아주머니가 약다고 생각하였다.

순애는 어제 동대문시장 안에서 잠깐 본, 이 아주머니를 친절한 생각으로 가만히 바라볼 뿐이었다. 같이 자라난 언니의 어머니거니 하면, 어머니가 각각이라는 것이 좀 이상한 생각도 나나 결코 싫지는 않았다. 도리어 언니가 어머니를 찾은 것을 함께 와아 하고 소리를 치며 축복하고 싶은 기분이었다.

그러나 K정에서 나와서 시공관 앞에를 오니까, 복작대는 속에서 벌써 알아보고 정진이가 다가오며 손짓을 하였다.

"언니 언니……."

동생은 옆구리를 꾹꾹 찔렀으나, 형은,

"응 응!"

하고 대꾸만 하면서 그대로 사람 틈에 휩쓸려 들어갔다. 그래도 파해서 나와 보니 약속이나 한 듯이 정진이가 문 밑에 버티고 기다리고 섰다.

4

"오셨군요! 순애두 올 줄 알았더면 표를 주는 것을……."

영애를 만나서 놀러 가자던 계획이 틀려서 실망인 낯빛이면서도 정진이는 얼른 순애를 알은체하였다. 순애는 생긋해 보였다.

"우리 어머니세요"

옆에서 순애가 어떻게 듣거나 말거나 영애는 어머니라고 분명히 명토를 박아서 정진이에게 소개하였다.

"아, 그러세요?"

하고 정진이가 곧 덤벼들어 손이라도 붙들 듯이 지나치게 반겨 하는데에, 영애 어머니는 웃으면서도 눈이 커대졌다.

"한집같이 지내는 애 동무 오빠예요."

영애는 동생을 가리켰다. 어머니는 겉짐작이 들어서 고개를 끄덕끄덕하며 반가운 낯빛을 보여 주었다. 가만히 다시 정진이를 훑어보는 영애 어머니의 눈은 날카로웠다. 키가 훌쩍 크고 깨끗해 보이는 인물이마음에 들었다.

"아니, 우리 어디 들어가서 얘기나 합시다."

하며 모친이 앞장을 섰다.

"저희들은 다방 같은 덴 못 들어가요. 어머니 어서 가세요."

영애도 그리고 싶은 생각이었으나 정진이와 순애를 떼어 보내고, 어머니를 따라 다방골로 향하였다.

"지금 그 학생 어머니가 안 계세요. 그래 우리 어머니란 말에 반색을하지 않아요."

이 말은 영애가 얼마나 어머니를 그리워했는지 모른다는 뜻도 되었다. 사실 이 두 남녀는 피차에 어머니가 없다는 데서 서로 동정이 가고친해진 것이기도 하였다.

"응, 그래? 한번 데리구 오렴. 밥이라두 한 끼 같이 먹게."

어머니의 신기가 좋은 대답이었다.

딸을 찾고 딸이 차차 시집을 가게 될 것이고 하니 인제는 탁 믿는 데가 생긴 것 같아서 마음에 느긋해서 하는 말이었다. 딸이 연애나 한다면 자기가 우선 인물을 간선해야 하겠다는 생각도, 이 마님은 하는 것이었다.

"그러죠. 요번 토요일에 갈까요?"

"그러렴."

영애는 모든 것이 진정에서 나오는 어머니의 말에 난생 처음으로 행복이란 맛을 안 듯싶었다.

"어머니, 거긴 누구 집예요?"

영애는 어머니가 홀몸인가 아닌가 알고 싶었다. 홀몸이기를 바랐다.

"누구 집이나마나 일꾼 데리구 품일 하는 거지. 너 그전 왔을 때만 해두 양재사를 데리구 꽤 자리가 잡혔었는데, 부산 가서 뿔뿔이 헤지구 쫄딱 망했단다. 그래두 인젠 그런 대루 다시 자리가 잡혀가지만."

영애는, 어머니가 혼자 갈팡질팡하는 것 같아서 가엾었다.

다방골 어머니 집은 문전은 번번하나 구옥에 손질을 안 해서 그런지 찌그러져 가는 사랑채였다. 안방과 마루에 틀을 놓고 일을 하고 건넌방 하나를 가지고 아이가 하나씩 달린 두 여자가 합숙하듯이 살림을 하는 눈치였다. 주인인 어머니의 밥은 거기에서 지어 올리는 모양이었다.

혼잣몸에 이렇게까지 하여 살아가야 하다니⋯⋯쓸쓸해 보였다. 그러나 벽에 어린 아이 스웨터와 양복저고리가 걸린 것을 보고는 전에 왔을 때 보지 못하던 것이니만치 의아하면서도 한편으로는 인정의 따뜻한 맛이 방 속에 도는 것 같기도 하였다.

5

"어머니!"

뜰에서 아이들 발자취와 함께 사내아이의 목소리에 영애는 귀가 번쩍하여 닫힌 방문을 열고 내다보았다. 반소매 셔츠에 회색 짧은 바지를 입은 대여섯쯤 되는 나팔머리가 앞을 서고, 식모아이가 뒤따라 섰다.

"응, 어서 들어오너라. 어디 갔었니?"

"이발 시켜 가지구 와요."

딴은 아까 나갈 제 이발을 시키라고 돈을 주었던 것이다. 면도를 한 뽀얀 얼굴이 가름하니 예뻤다.

"네 동생이란다."

어머니는 자랑과 어색한 빛이 반반씩 떠오르는 낯빛이었다. 없어도 좋을 동생은 왜 났느냐고, 이 계집애가 속으로 핀둥이나 줄까 보아서 어색한 웃음이 떠오르는 것이었다.

"네 누나야."

어린애는 눈이 동그래졌다. 제게는 누이가 있다는 말을 어머니한테서 여태껏 듣지 못했기 때문이다.

"이리 오너라. 이쁘게 깎았구나!"

인사성이면서도 귀여운 생각이 들어서 영애는 수줍어하는 동생을 끌어당겼다. 어린애는 웃으며 끌려왔다.

"아버지 어디 계시니?"

장난의 소리처럼 묻는 것이나 기실은 궁금해서 하는 말이었다.

"벌써, 사변 전에 돌아갔어."

어머니의 대답이었다. 그 말이 영애에게 선뜻하면서도 반갑게 들리기도 하였다.

어머니가 혼자 고생하는 것이 가엾으면서도, 역시 혼자 있어 주는 것이 깨끗하여 좋을 것 같은 생각이었다.

영애는 어머니의 과거 내력이 궁금하였으나, 더 캐어묻기도 거북하고 미안하였다.

"너 아버지두 훌륭하지만, 얘 아버지두 전기왕(電氣王)이 될 만한 기술가요 학자였단다……."

어머니는 자랑의 빛과 함께 얼굴이 흐려졌다. 그러나 그것은 너 어머니가 몸을 함부로 가지지는 않았다는 뜻에서 나온 말이었다.

홀로 된 뒤에 벌어먹고 살자니, 아이는 외가에 맡겨 두었던 것을 피난 갈 때부터 데려왔다는 것이었다.

영애는 동생이 하나 생긴 것이 좋기도 하고, 같이 저녁을 먹자고 하는 동안에 친해지기도 하였다. 영애는 집의 동생들 생각을 몇 번이나 하여 보았다. 같은 아버지에게서 나서 함께 자랐건마는, 가다가는 동생 같지 않은 생각이 들 때도 있었다. 그러나 이 애는 첫눈에 서투르지도 않고 정말 동생이라는 귀여운 생각이 드는 것이었다.

모녀간에 묻고 싶고 듣고 싶은 이야기는 이 밤을 새도 미진하련마는, 저쪽 집 어머니의 눈치도 있어서 통행금지 시간 전에 일찍이 일어섰다.

"누나, 왜 가? 가지 말어. 집에서 살어."

동생이 매달리며 떨어지기가 섭섭해 하는 것이었다.

"내, 인제 또 올께."

누이는 달랬다.

"참 언제 오런? 요담 토요일 날 아주 하루 묵을 작정하구 오렴. 아까 그 사람두 데리구 와서 저녁이나 같이 먹자."

정진이 말이다. 첫눈에, 둘이 좋아 지내는 눈치에도 마음이 가는 것 이지마는, 자기를 친어머니나 만난 듯이 그렇게 반기어 준 데에 고마운 생각까지 드는 것이었다.

집에를 들어가면 걱정을 들으려니 하였더니, 어머니도 아버지도 큰 소리는 내지 않아서 다행하였다.

새 혼담

"그래, 어떡헐 테야? 서른을 넘겨서야 되나? 호호호."

집에 전화가 가설된 뒤로 화순이는 심심할 때마다 생각나는 대로 여기저기 전화를 거는 것이었다. 오늘은 S학교에 걸고 희숙이를 불러내서 삼촌의 병문안도 하고 이야기 끝에 하는 말이었다.

"별안간 그건 무슨 소리애요? 난 몰라요."

희숙이 편에서도 웃는 소리가 수화기에 가늘게 들려온다.

"아니, 우리끼리니까 흉허물 없이 얘기지만, 그 강 씨 어때? 걸걸하니 수단썽 있구 그만하면 신수 좋겠다……."

"몰라요 놀리지 말아요."

"어쨌든 내일 뵈러 갈께."

전화는 끊겼다. 화순이는 할 일이 없어서나, 번잡스럽게 일을 좋아해서 그런 것이 아니라, 이왕 말이 났던 것이니 좋은 일 삼아 주선을 하여 주마는 것이다. 명희에게 옷 사러 갔을 때 강필원이의 내력도 알아 가지고 왔다.

이튿날 낮결에 화순이는 앓는 친정 삼촌을 위해서 과일광주리를 마련해 들고 효자동 희숙이 집에를 갔다.

"작은아버니 요새 좀 어떠세요? 온다 온다 벨르면서……."

"뭘, 애한테 늘 소식은 듣는데……."

화순이는 마루로 나와서 맞는 삼촌댁과 함께 안방으로 들어갔다.

"좀 어떠세요. 오래 못 와 뵈어 죄송합니다."

화순이는 누웠는 병인 앞에 가서 앉았다.

"살림하는 바쁜 사람이 자주 와선 뭘 하니. 난 어서 죽어야 할 텐데."

그래도 병인은 목소리가 분명하다. 혈색도 좋은 편이었다.

"많이는 못 잡숴두, 구미는 그런 대루 있으시니까."

살결이 부숭부숭한 우둥퉁한 작은어머니가 옆에서 말을 거들었다. 마님은 아직 회갑이 지나지 않았지마는 돌아갈 때가 가까운 이 두 늙은이 앞에서 삼십 가까운 딸의 혼담을 꺼내는 것은 좋은 일 같기도 하고 하잘 것 없는 인생의 군일 같은 생각도 들었다.

"작은아버지 돌아가시기 전에 사위나 보세야죠?"

화순이는 말을 꺼냈다.

"음……."

매사에 자신을 잃은 병인은 자기의 힘으로 엉구어 할 수 없으니 반색은 하면서도 어정쩡한 대답을 하는 것이었다.

"그래, 어디 마땅한 자국이 있어?"

145

그래도 삼촌댁은 반색을 하였다.

"당자끼리두 두어 차례 만났지만, 이쪽에서만 좋다시면 금시루 될 거예요"

화순이가 자신 있는 소리를 하는 데에 늙은이들은 솔깃했다.

"저의끼리만 좋다면 우리 늙은이들야 별수 있나마는, 뉘 집야?"

"아범 은행의 부하루 있구, 제 동무의 일가예요. 사람은 믿을 만하니까요"

"응……그래 살 만한 모양이던?"

영감이 누워서 알은체를 한다. 며느리가 사과를 벗겨 들여오니까 병인은 반색을 하며 손을 내밀었다.

"다만 하나 험은 상처자리라는 거예요. 하지만 제살이예요"

제살이라는 데 두 늙은이는 반색을 하였다. 죽게 되어 가는 자기 내외는 며느리의 공궤를 바라면서 딸은 시부모 없는 자국에 골라서 보내려 하는 것이었다.

2

그러나 세 살짜리 어린것이 달려 있어요, 하는 소리는 차마 나오지 않았다. 그 말 한마디에 탁방이 날 것 같아서 무서웠다.

"부모두 없는 퍽 외론 놈예요. 제 집 한 채 있다지만 세를 놔 두고 있다니까, 말눈치 보아서는 얼마 동안 여기 들어와 살어두 좋다는구면요"

자청해서 데릴사위로 오겠다는 말눈치니 위인을 알 것이라는 생각도 드나 퍽 외로워서 그런 듯도 싶었다.

"아무래두 좋지. 식구 많지 않겠다, 얼마 동안 들어와 살아두 좋지."

영감님의 떠듬떠듬 하는 수작이었다. 아들의 식구 세 식구, 자기 두 내외, 그리고 희숙이 알라 여섯 식구인데, 어차피 희숙이는 아래채 이 간방을 혼자 쓰고 있으니 새 사위를 보아서 함께 지내게 하면 그것도 한 재미다. 게다가 딸의 내외가 벌어들인다면 살림에 여간 보탬이 될 것이 아니다. 첫째 도서관에 다니는 샌님(맏아들)이 기죽을 펼 것이다.

"그럼 전취소생은 아주 없는 모양이지?"

"세 살 먹은 아들놈이 하나 있어 제 외가에 맡겨 기른다나요"

화순이는 실토를 해 버렸다.

"음! ……서른셋에 스물여덟, 띠가 맞는지는 모르겠지만 꼭 알맞은 자국이건마는……."

삼촌댁은 뜨악해 하는 말이었다.

"아무러면 어때요. 애를 써 나서 세 살까지 길러 주니 공으루 얻은 자식이지 뭐예요. 그 애가 자라면 의지가 안 되구 효자 되지 말라는 법 있어요. 흐흐흐"

"허허허……."

희숙이 부친이 씹던 사과를 삼키고 나서 잇새로 흐르는 웃음을 웃다가

"그래, 너두 경험이 있지? 넌 딸이었지. 아들놈을 맡아서 자란 뒤엔 걱정이지."

하며 도리질을 한다.

"어쨌든 당자의 말을 들어 봐야지."

삼촌댁의 결론이었다. 사실 부모도 인제는 너 알아 해라고, 딸자식이 건마는 내던져 버린 지도 몇 번인지 모른다.

화순이는 집에 돌아오는 길에 전차를 바꾸어 탈 것을 그대로 희숙이를 학교로 찾아갔다. 전화로도 이야기할 수 없는 일이요 일일이 오라고 부를 수만도 없어 내친걸음에 나선 것이었다.

학과 시간이었다.

환도 후에도 전(前) 교사를 못 쓰고 천막으로 두른 가교사(假校舍)이니 좁아터진 사무실에 들어가 앉았기도 안 되어서 밖에서 빙빙 돌면서 나오기를 기다렸다.

옛날 같은 땡땡거리는 하학종 소리가 난 지도 얼마 만에 책가방을 들고 학생 틈에 나오는 희숙이를 보자, 다가가며

"선생님, 수고하십니다."

고 화순이는 말을 걸었다.

"앗! 언니."

하고 희숙이는 깜짝 놀라며 오뚝 선다.

"인젠 다 끝났겠지? 나가자구?"

"다섯 시나 돼야 나가겠는데, 집에 갔었수?"

"응, 갔다 오는 길야. 당자만 좋다면 영감님, 마님은 아무 이의 없다시는데 희숙이 생각엔 어때? 그 의논을 하자구 왔지."

화순이는 애는 애대로 쓰며 무어나 생기는 듯이 당자의 눈치를 보아 가며 비위를 맞추기에 애를 썼다.

"그러지 않아두 어제 왔더군요"

3

조그만 운동장에 오글거리는 아이를 틈을 비집고 나오면서,

"응, 왔었어!"

하고 화순이는 의외라는 듯이, 그러나 반색을 하는 소리를 내었다.

"동창이라는 조 선생을 찾어 왔던 거죠 돌아가는 길에 오늘 또 오마 든가요"

문패만 커닿게 달린 찌그러져 가는 교문 밖으로 나섰다.

"응, 그럼 좀 기다려 볼까."

"그건 기대려 봐 뭘 해요 오거나 말거나. 난 학교에 들어가 봐야 하겠어요"

전연 마음에 끌리지 않아서 그런지, 아직도 시집가는 처녀의 부끄러운 생각으로 하는 말인지 화순이는 하여간 학교 일이나 마치고 나오라고 희숙이를 들여보냈다. 화순이는 학교 문 밖에, 핸드백을 두 손으로 들고서 흔들흔들하며 거리를 내다보고 섰다.

"허 어떻게 여길 와 계세요?"

강필원이가 터덜터덜 오다가 놀라는 소리를 친다.

"강 선생 좀 만나려구!"

화순이가 웃으며 대꾸를 하니까, 강필원이가 마주 허허 웃으며 우뚝 섰다.

"정보가 빠르군요"

"난 내 볼일루 왔지만, 어서 다녀 나오세요"

학교에 들어갔던 필원이는 한참 거레를 하더니 희숙이와 조 선생을 끌고 나왔다.

"아, 송 선생 형님이세요?"

필원이가 화순이를 소개하니까 조 선생이 굽실 인사를 하였다. 타기도 걷기도 반지빠른 거리였으나, 필원이는 은행의 지정식당인 양요릿집으로 안내를 하였다. 모두들 명랑한 낯빛이었다. 희숙이의 얼굴에도 화색이 돌았다.

'일이 잘 되노라구……'

누가 불러낸 듯이 화순이가 마침 잘 와 주어서 필원이는 더 싱글벙글하는 것이었다.

음식이 나오고 남자들끼리 술잔이 왔다 갔다 하니까 조 선생은 흥이 나서 불쑥 한다는 소리가

"여보게, 강 군! 우리끼리 무어 조는 차려서 뭘 하구, 거추장스런 절차 다 소용없지 않은가? 아주 예서 혼서지(婚書紙) 쓰지. 허허허. 이 사모님하구 우리 둘이 증인으루 도장 찍으면 그만 아닌가! 하하하."
하고 떠벌여대는 것이었다.

필원이와 화순이도 따라 웃으면서도 말이 너무 노골적이요 지나친데에 놀라서 희숙이의 눈치를 얼른 보았으나, 조 선생과는 동료끼리니까 흉허물 없어 그렇겠지마는 노여워하는 기색도 없이 입귀에 배쭉하는 웃음까지 띄어 보이며

"조 선생 무슨 객설예요."

하고 핀잔을 주었다.

"뭐 좋건 거저 좋다구 그래요 나두 단 한 번밖에 경험이 없지만 중학교를 나오니까, 장가를 들인다구 말이 나올 제 어찌나 좋던지 아주 하늘루 올라가는 것 같던데, 뭐 송 선생 연세쯤 되면야……하하하."

한 교직원실에서 삼사 년을 지냈으니 선머슴 같은 남녀 교사끼리 이만 농담쯤야 예사겠지마는 웃음판이 되면서도 필원이는 애가 씌었다.

"이런 예의두 체면두 없는 불상놈을 여학교에다 두다니! ……"

필원이는 웃다가 말고 희숙이의 신기를 돋우느라고 조 선생에게 핀잔을 주었다.

"뭐 어째? 자네, 내 눈 밖에 나면 안 될걸!"

4

조 선생은 주기가 웬만큼 돌은 부글부글한 얼굴에 눈을 커닿게 뜨며 자기의 누이의 혼담이나 되는 듯싶이, 다 된 혼인처럼 큰소리를 친다.

"몇 해 동안 아이들에게 기하(幾何)를 가르치다가 보니까 내 눈에는 세상이 모두 점(點)과 선(線)으로밖에 안 보이네! ……."

조 선생은 무슨 말을 하려는지 또 한마디 꺼낸다.

"왜 원(圓)은 없던가?"

필원이가 웃었다.

"원도 직경(直徑)과 반경(半徑)으로 된 거야. 빙빙 돌 게 아니라 직선(直線)으로만 놀잔 말야. 더구나 혼담 같은 거야 반경으루, 최단거리루 귀정을 내 버려야지. 혼인이란 으레 요리 빼끗 조리 빼끗하며 뱅뱅 돌다가 되는 건 줄 알지만 난 안 그래! 하여간 자아, 신부 대표루 저 아주머니 계시구, 신랑 대표루 나 있겠다! ……아니, 내야 신랑 신부 양쪽 대표두 될 수 있거던! 잔소리 말구 우리한테 맡겨 둬."

취담 같기도 하나 사실이 그렇기도 하였다.

"난 장담은 할 수 없지만 선생님 말씀이 시원키는 해요."

하며 화순이는 잠자코만 있을 수 없으니 한마디 하였다.

"시원만 해요? 내 말대루만 하라구. 내가 나선 일 쳐 놓구 안 되는 일 없으니까. 허허허."

조 선생의 장담에 아무도 이의는 없었다.

헤어져 나오면서도 기분들이 좋았다. 다만 모두들 속으로

'이런 혼인 중매도 있을까? ……'

하는 의문과 함께 잘 되려는지 어떤지 의아해 하는 것이었고, 희숙이는 자기가 놀림감이 된 것 같아서 약간 불쾌는 하였다.

'혼담이나 혼인이나 엄숙히 점잖게 취급하고 진행되어야 할 것이건마는.'

필원이나 희숙이나 이러한 생각에 좀 경솔하다는 후회가 없지는 않았다.

그래도 조 선생이 학교에서 실없이 소문을 터뜨려 가지고 남 창피한 꼴이나 보이지 않을까 애를 썼더니 그러한 기색은 조금도 없었다.

"애, 아버지 돌아가시기 전에 하루가 급하지 않으냐."

모친의 말에 희숙이도 더 큰소리는 아니 나왔다.

"너만 나이에 아무래두 삼십 전 총각은 어렵지 않으냐……."

희숙이는 귀를 막고 싶고 때를 놓친 것이 분한 생각도 드나 하는 수 없는 일이었다.

이야기는 일사천리로 진행되었다. 조 선생이 서둘러서도 그렇지만 신랑 편은 부모가 없으니 자기주장이요, 이편에서는 별로 까다로운 소리를 안 하니 손쉬울 수밖에 없었다.

"나중 난 뿔이 우뚝하군. 새치기루 뛰어 들어서 그놈만 수났군."

며칠 있으면 사주단자를 받게까지 되었다는 말에 동재는 웃으며

"그래 당자가 좋아해?"

하고 아내에게 물었다.

"좋기두 하구, 어리삥삥하기두 하구. 자식 달린 후처자리를 누가 좋다겠어요?"

화순이는 좀 핀잔을 주었다.

"또 날더러 들어 보라는 소리야? 인젠 그만해 둡시다."

"그만해 두지 않기루 별수 있을까만 당신두 영애 어머니 찾어다니진 않으슈?"

화순이는 참았던 말을 그에 꺼내고 말았다.

"뭐? ……"

⑤

'영애 어머니'라는 말에 동재는 귀가 선뜻하고 영애를 남의 자식, 딴 식구같이 말하는 것이 싫었다.

"요새는 노냥 저 어머니만 찾어다니는 눈치던데!"

천륜이라 누가 막을 수 없는 일이요, 싫어하거나 시기를 할 일은 조금도 아니건마는 아무래도 말이 감정적으로 나갔다.

"응, 그래? ……."

동재는 모르는 일이니 솔직히 대꾸를 한 것이었다. 삼 년 전에, 영애 모녀를 대면시켜 주고도 누이는 그댓말이 없었던 것이다.

"아무려나 내버려 두지. 못 갈 데를 가는 건 아니니까. 하지만 다만 저편이 어떤 생활을 하는지? 좋지 못한 물이 들면 걱정이니까……."

아버지로서 당연한 염려이기도 하지마는, 화순이는 남편의 전처를 못 믿어 하는 이 말에는 은근히 반색을 하였다.

"그건 어쨌든 간에 사주단자를 가져오는 날, 명색이 약혼식같이 모여서 인사들이나 하자는데 주례는 꼭 인사과장께 해 줍시사는군요? 괜찮겠죠?"

화순이는 말시초가 이 부탁을 하자는 것인데 딴 데로 샌 것을 생각하고 의논을 하는 것이었다.

"벌써 이야기가 거기까지 갔어? 아무리 제트기 시대, 나이롱 시대지만 너무 스피디요 신중한 맛이 없지 않은가."

"아, 그건 어쨌든 참석하시겠죠?"

화순이는 맡은 소임대로 남편에게 교섭을 하여 놓는 것이었다.

"가지. 영감님두 뵐 겸. 헌데 저 늙은 홀아비는 언제 약혼식을 한다는 거야?"

동재는 먼저 서두르던 택규가 가엾었다.

"모르죠. 악지와 억지가 맞섰으니……하지만 중년 연애가 무서운가 봐!"

"허허허……."

이 중년 내외는 마주 보고 웃어 버렸다.

두 파티

1

일요일이었다. 오후 세 시에 한다는 약혼식이 네 시나 되어서 안방에 자리를 잡고 모여 앉았다. 주례로 모셔 온 동재부터 약혼식이란 구경도 못 하고 어떻게 하는지 알 수가 없으니 모두 어름어름하고 절차를 차리지 못하다가, 아랫목에 누운 병인을 일으켜 앉히고 내외가 나란히 앉은 앞에 주례가 분홍 보자를 씌운 조고만 주안상을 받고 좌정을 하니까, 신랑은 아랫방에서 조 선생이 데리고 신부는 건넌방에서 화순이가 데리고 들어와서 좌우로 갈라서고, 희숙이의 오라비 내외와 몇 사람 젊은 여자들이 들어와 윗목에 우글우글 섰다.

주례는 일동을 앉히고 나서

"이로부터 강필원 군과 송희숙 양의 약혼식을 거행합니다. ……"

고 선언을 하니 좌중이 숨소리를 죽이고 빽빽이 들어앉은 이간방이건마는 엄숙한 기운이 돌았다.

신랑감이 나와서 주례와 신부 부모님께 절을 하고 조 선생이 내미는 홍보(紅褓)에 싼 사주단자(四柱單子)와 그 위에 얹어 놓은 약혼반지갑을 주례에게 바치고 또 절을 하니 주례는 상 위에 받아 놓은 홍보를 들고 돌아서 뒤에 앉은 노부처(老夫妻)의 앞에 공손히 바치고 다시 돌아앉아 약혼 반지갑을 들어 역시 공손히 신부를 따라온 자기 마누라에게 전하니까 화순이는 절을 하고 받아서 열어 반짝반짝 보석 빛이 나는 금반지를 신붓감의 왼손 무명지에 끼워 주고 데리고 일어서 주례 앞에 나가게 하였다.

색시도 주례와 뒤에 우두머니 앉았는 양친에게 따로따로 절을 하고 나니까, 수모(首母) 노릇을 하는 화순이가 약간 생긋 웃으며, 곁에 혼자 우뚝 섰는 필원이에게 상견례를 시켰다. 이때까지 주례와 부모에게는 조선 절을 했는데 이번에는 선 채 허리만 굽혔다.

주례의 약혼이 성립되었다는 선언으로 식은 끝났으나, 그래도 그런 대로 틀이 잡힌 한 식이 되어서 모두들 다행히 여기었고 영감마님은 이런 생각 저런 생각에 눈물까지 흘리었다.

노인들의 눈물을 보고는 젊은 사람들도 저절로 숙연하지 않을 수 없었다.

"아, 잘됐어! 옛날로 말하면 봉채함(封采函)을 신랑이 제 등에 짊어지고 온 셈이었다. 아니, 사주단자야 중매가 가지구 와야 하는 거지만……."

조 선생이 그래도 구풍을 안다고 떠벌여 놓았다.

"밑이 질긴 손님이 와서 늦기야 했지만, 아 벌써 끝이 났어? 견학을 해 두려구 별르구 왔는데!"

택규가 허둥허둥 달겨들며 필원이에게 하는 인사였다.

방에서 나와서들 맞으려니까, 동재는 안방에 앉은 채,

"어서 들어오게. 자네 약혼에두 내가 주례해 줄 거니 견학은 해 뭘 하나."

하고 껄껄대었다.

주인영감과는 초면이지마는 안방으로 들어가서 금시로 술상이 벌어지고 건넌방에는 아낙네, 아랫방에는 젊은 축들이 국수 상을 받고 조그만 잔치가 벌어졌다.

"헌데, 내 약혼식은 언제쯤 하면 되나?"

택규는 술잔이 들어가니까 껄껄대었다.

"허어! 이 친구두 장가를 가야 할 판야? 딴은 나두 이 마나님만 없었더면 약혼례두 했을 거지만! 허허허."

왼편 팔 다리를 못 쓰고 간신히 이불을 괴고 앉았는 주인영감이 옆에서 술상 시중을 드는 마님을 가리키며 웃는다.

"호호호……이 영감님, 큰 소리두 치슈. 색시가 썩어 나던가!"

하며 마님도 깔깔 웃었다.

"아니, 그렇게 말씀할 게 아니라 마음만은 그러실 겁니다. 하하하……젊은 놈만 사는 세상 같애서 죄송합니다."

동재가 위로 삼아 하는 말이었다.

"뭐? 나두 그런 젊었던 한때가 있었대니까! ……인제 어서 그만 가야하겠는데……."

영감의 아까 말은 실없은 말이었으나, 이 말은 늙은이의 겸사가 아니라 병이 괴로워서 나오는 진담이었다.

"온 천만에! 지금 미국 신약이 얼마든지 들어왔겠다, 약만 잘 쓰시면 염려 없습니다."

중풍의 신약이나 신요법을 알지도 못하면서 인사하는 말이었으나, 생기가 도는 영감의 눈은 새로운 희망에 번득였다. 그러나 노인의 이야기 끝에 무슨 신통한 새 기분이 들지 않으니 술상은 흥이 빠졌다.

"병환 중에 오래 앉아 미안합니다. 어서 누시죠"

하고 일어들 섰다.

"어디 가서 한 잔 더 할까?"

전찻길로 나오며 동재는 택규가 기분이 쓸쓸할 듯해서 끌려 하였다.

"아니, 아직 해가 높단데."

하며 택규는 도리질을 하였다. 역시 마음은 허전하고 쓸쓸하였다. 머리에 떠오르는 것은 명희였다.

2

택규는 종로 4가에서 차를 갈아타는 동재와 헤어져서, 명희를 가 볼까 하고 발길이 동대문시장으로 돌쳐서려는 것을 참고, 집으로 향하여 어슬렁어슬렁 걸었다.

양단간 끝장을 볼 때까지는 아무리 귀치않아 해도 날마다라도 대어서고 싶은 생각이나, 나이 사십이 넘으니 체면이란 것도 생각지 않을 수 없었다. 그러나 요즈막은 얼굴만이라도 보고 싶은 충동을 이겨내기가 어려워졌다. 오늘은 더구나 강필원이가 아주 순탄히 약혼식까지 한 것을 보니 마음이 더 뒤숭숭하는 것을 지그시 눌러 참으며 집으로 발길을 옮기는 것이었다.

"영감님, 어째 또 오셨에요? ……미안합니다만 여전히 바뻐서."

어쩌고 하며 일부러 무안을 주려는 듯이 뾰롱뾰롱한 수작을 하는 명희를 생각하면 나가던 발길이 주춤하는 것이었다.

"아, 너 어째 여기 섰니?"

전차 정류장에서 이만침이나 떨어진 복작대는 큰길가에, 영애가 혼자 우두커니 섰는 것을 보고 택규는 놀라는 소리를 쳤다.

불의에 말을 걸며 앞에 와서 딱 서는 택규를 깜짝 놀라 치어다보며 영애는 입도 미처 벌리지를 못했다.

"학교 동무 좀 기다려요."

영애는 얼굴이 발개지며 간신히 대답을 하였다.

"응, 너 아버니 지금 나하구 헤져서 저기 정류장에 계시다."

"네."

하고 영애는 돌쳐서는 택규에게 꼬박 인사를 하였다.

택규가 또 이만침 와서 집으로 들어가는 동구께를 오니까, 정진이가 말쑥한 파란 신사복을 입고 큰 골목에서 툭 튀어나온다.

"어딜 가니?"

택규는 딱 마주 섰다.

"네. ……"

정진이는 어름어름하였다.

"일찍 들어오너라."

택규는 팔뚝의 시계를 보며 아들을 지나쳐 보냈다. 오후 다섯 시나 되어 갔다.

지나쳐 놓고 생각하니 택규는, 그놈이 새 양복을 떨쳐입고 나가는 것이 수상쩍다고 생각이 들었다. 지금 큰길가에서 만난 영애가 머리에 떠올랐다.

택규의 머리에는 문득 불쾌한 생각이 떠올랐다. 그러나 그것은 나무랄 아무 이유도 없는 일이 아닌가? 하는 반성도 하여 보았다.

사실 저의끼리 좋아지낸달 지경이면 믿는 친구의 딸이겠다, 당자가 위인이 얌전하겠다……무어 말릴 일이 아니라는 생각도 들면서 어쩐지 깨끗지 않다는 생각이 앞을 서는 것이었다.

그러면 자기는? ……

택규는 시장으로 발길이 가는 것을 간신 참으며 집에 돌아오는 자기를 생각해 보며, 그 이상 더 젊은 애들을 책망하려는 용기가 나지를 않았다.

"지금 아버니, 들어가셨죠?"

큰길가에서 눈이 빠지게 기다리다가 다가오는 정진이를 보고 영애의 속삭거리는 소리였다.

"응, 미스 영애두 만나봤구먼? 하필 어쩌면!"

하고 정진이는 웃었다. 그러나 무슨 나쁜 일을 하다가 들킨 것은 아니라는 생각에 정진이나 영애나 버젓했다.

"저 앞엔 집의 아버니께서 계시다는데!"

"아무려면 어때요!"

정진이는 모른 척하고 그대로 영애를 끌고 갔다.

3

"타선 뭘 하나. 그대루 걸읍시다요"

정진이의 말대로 종로를 향해서 둘이 전찻길을 건너면서 영애는 부친이 저편 정류장에서 바라다보지나 않는가 싶었다.

저번 주일 토요일에 다방골에 가자니까, 그건 무얼 쑥스럽게 가겠느냐고 빠그러뜨려 버렸기에 이번에는 공일날 끌고 가는 것이었다.

둘은 걸으면서 영화 이야기, 음악 이야기에 있는 지식을 기울여 가며 열심으로 주거니 받거니 소곤거렸다. 지나치는 학생이나 젊은 여자의 시선이 이리 오면 영애는 좀 찔끔하면서도, 이 젊은 학생 신사와 나란히 걷는 데 자랑을 느끼기도 하는 것이었다. 종로에를 오자, 정진이는

"잠깐……"

하고 백화점으로 들어섰다.

"여긴 왜? ……"

하고 영애는 주춤하였다.

"아니, 잠깐 들어가세요"

양과자 한 상자와 과일 한 광주리를 사서 과일 광주리를 내밀며

"이건 영애 씨 몫! 어머니 찾은 축하예요"

하고 정진이는 껄껄 웃으며 과자상자만 옆구리에 꼈다.

"글쎄 이건 왜 그럴 줄 알았더면 가시자구 안 하는 걸."

상점 앞에 서서 몇 번이나 말리던 영애는, 하는 수 없이 과일 광주리를 받아들었다. 아직 학생으로서는 과용인 것이 미안하였다.

"내가 초대 받아 갈 까닭야 있어요. 어른 찾아뵈러 가는데 빈손으루야 갈 수 있나요."

"우리 어머닌 그런 거 생각지두 않으세요. 아무러면 어떻다구."

어려서부터 같이 자라나서 의남매 턱이나 되지마는, 어머니 때문에 요새로 부쩍 가까워진 것 같았다. 그것은 별 이유가 있는 것도 아니라, 다만 가정적 정서에 싸인 모성애를 그리워하는 아직 어린 마음에서 그러는 것이지마는.

"어서 오우. 왜 저번엔 좀 안 오구."

색시들이 틀일을 하는 방에서 영애 어머니가 뛰어나오며 반겨 맞는다.

"안녕하세요? 저의 볼일이라야 별 게 있습니까마는, 볼일이 있어서 저번에 못 와 봤습니다."

정진이는 축대 위에 올라서며 꾸벅 인사를 하였다. 착박한 집안이지마는, 저의 집처럼 부친이 딱 버티고 있지 않고 여자들만 있어서 마음이 가벼웠다.

"어서들 올라와요. 지금두 오나 오나 기대리던 판인데."

영애 어머니는 퍽 좋아하는 기색이었다. 늙을 고비의 외로운 심정이었다.

"헌데, 이것들은 뭐야? 왜 이런 데 돈을 쓰는 거야?"

둘이 하나씩 든 것을 마루 옆으로 밀어 놓는 것을 보고, 어머니는 타이르는 소리를 하였다.

"그래두, 어머니, 고맙다구 하세요. 하난 어머니 찾은 축하루, 하난 딸 만나신 축하루 사 오셨답니다."

하고 영애가 마루로 올라서며 웃다가

"앤 어디 갔에요 영준인? ……."

하며, 누나 누나하고 내달을 동생을 찾았다.

"방에서 잔단다."

하고 모친은 대꾸를 하며

"괜히 그런 데까지 마음을 쓰지 말구 요담부터는 자주 들러요 내야 어머니 노릇을 변변히 할 재주는 없지만."

하며, 영애를 따라서 안방으로 들어가는 정진이의 뒷모양을, 어머니는 몇 해만에 큰아들이나 찾은 듯이 대견스럽게 바라본다.

4

영준이가 부스스 눈을 뜨더니 깜짝 놀라 일어나며

"누나!"

하고 달겨드는 것도 두 어린 남녀를 웃겼다. 상기나 홍기가 언제 이렇게 반갑게 누나를 불러 봤나? 하지만 그것은 이편에서 대거리를 잘 안해 주어서 그런지도 모를 것이라는 반성도 영애의 머리에 떠올랐다.

어머니는 오면 주리라 하고 마련해 놨던 과일을 마루에서 벗기며

"그래 학생 어머니는 언제 돌아가셨단 말요?"

하고 방에다 대고 말을 붙이랴 손을 놀리랴 바빴다.

"작년에, 마흔셋에 돌아가셨어요."

"아이 저런! 아까운 나이에!"

살았으면 자기가 세 살 아래다. 영애 어머니는 올에 마흔하나다. 아직 젊다.

"그래 몇 남매나 되우?"

"말씀 낮추어 합쇼. 삼 남매랍니다."

방 안에서 정진이의 대꾸다.

"더 말을 낮추면 신사 체면이 서나."

영애 어머니는 딸과 함께 차반이며 과일 접시를 날라 들이며 웃는다.

"우리 집은 차 대접할 손님이라곤 없어서 몇 해 만에 커피를 끓여 보는지? 맛은 없으나마……."

사실 남편이 세상을 떠난 뒤로는 써 본 일이 없는 차제구였다. 피난 통에도 요행 깨지지 않고 끌려 다닌 것이 신통해서도 오늘 이 젊은 애들에게 한 턱 내려고 커피니 우유통이니 사 들이고 준비를 해 두었던 것이다.

"그런 소린 왜 하세요 어머니 제가 미안해요."

영애는 깔깔 웃었다. 어머니를 핀잔을 준다기보다도 제가 미안해요란 말에 의미가 있는 것을 모친도 느끼며 웃었다. 영애는 꽁한 듯하지마는 어머니에게를 오면 성격이 홀변한 듯이 명랑하였다. 여기를 오면 마음의 격(隔)이 없고 피가 그대로 통하는 것이었다.

'왜 그럴꾸? 기른 정이 있다지 않나!'

165

영애는 가끔 이런 생각도 해 보는 것이었다. 그렇다고 저 집 어머니를 싫어하는 것은 결코 아니었다. 다만 남매끼리 시기가 있고 그 시기 때문에 저 어머니의 정을 믿지 못하는 까닭이다.

영애 어머니는 정진이 집 형편과 학교며 병역에 대해서 넌짓넌짓이 자세히 묻는 것이었다. 처음 만나는 사람에 대한 호기심으로가 아니라, 딸이 이 청년과 잘못 사귀지는 않았다 하더라도 믿을 만한 사윗감이 될까 염려가 되어서 그러는 것은 물론이었다.

"아주머님! 이거 왜 이리 불심검문이 심하십니까? 허허허."

"엉, 암만해두 기피자(忌避者) 같은데!"

깔깔들 웃었다.

옆방에서 해서 올리는 음식솜씨라야 별 게 없으니 어느 틈에 조그마한 중국요리 한 틀을 해 왔다. 식구들도 그 덕에 한 박 먹자는 것이었다. 단란한 재미스러운 조그만 파티였다.

"응, 참 오늘 그 강 씨 약혼식이랬죠?"

정진이는 상을 받고서 선뜻 길에서 만난 부친의 생각이 나서 무심코 꺼낸 말이었다.

"그렇다나 봐요. 집의 어머니 아버지두 다 가시구……."

영애가 대꾸를 하였다.

"실상은 우리 아버지 약혼식이 앞서야 할 건데!"

하고 정진이는 쓸쓸히 집에 있을 부친을 생각하며 껄껄 웃었다.

장성한 아들이 홀로 된 아버지의 약혼을 걱정하는 것은 전 세대에는 보지 못하던 일이겠으나, 효도라기보다도 부자간 정리로나 실제 문제로나, 그도 그럴 법한 일이라고 영애 어머니는 상글 웃었다.

어머니는 자기가 그 집에서 떠난 뒤에 영애가 어떻게 자라났는지? 동재의 집 형편이 어떠한지를 알고 싶어서 그동안 딸에게 두고두고 생각나는 대로 샅샅이 물어보기도 하였지마는, 정진이의 집안 형편을 좀 더 자세히 캐어보고 싶어서 다시 말을 돌리었다.

"그래, 새 어머니는 어떤 분이 들어오실 모양요?"

정진이 당자는 사윗감으로 그럴듯하지마는, 영애를 젊은 계모 밑에 들여보내서 손이 맞거나 해서 고생을 시키면 큰일이라는 생각이었다.

"글쎄요 두구 봐야 알죠"

하고 정진이가 웃고 마니까 영애가 깔깔대면서

"어머니두 잘 아시는 이인데! 왜 동대문시장 안의 그이 없에요?"

하고 영애 모녀가 만나게 된 명희의 점방을 가리킨다.

"응, 그래? ……아니, 인연두 우습지!"

하며 어머니는 놀란다.

"저 집 어머니 동창이랍니다. 그런 연줄루 얘기가 된 거죠"

"응……사람야 얌전하지. 나하곤 부산서부터 알게 됐지만……. 난 빈털터리가 됐지만 돈두 상당히 모았을걸."

어머니는 우연히 그렇게 연줄이 닿은 것이 신기하기도 하고, 딸을 시집을 보낸다면 그 밑에 들여보내기가 실쭉하기도 하고, 또 그러나 알

167

만한 사이니 그 편이 오히려 날지 모르겠다는 생각도 드는 것이었다.

"허지만, 그 아주머니, 마다나 봐요"

영애는 정진이를 잠깐 치어다보며 웃었다. 둘이는 통하는 이야기였다. 영애는 그댓 소식을 정진이에게 만날 적마다 묻는 대로 일러바치는 것이었다.

"왜 마대?"

어머니는 씹던 것을 삼키고 나서 천천히 대꾸를 한다.

"돈을 좀 더 벌겠다는 거요, 늙은 어머니 떼치군 아무 데두 갈 수 없다는 거죠"

"딴은 그렇지!"

어머니는 고개를 끄덕끄덕하였다.

"무어 실상 말하면 우리 삼 남매가 말썽이요, 늙으신 할머니 모시기두 성이 가시다는 거지요"

"그런 점두 없지 않아 있지."

어머니는 자기 처지로 생각해서도 그러리라는 듯이 조용히 대꾸를 하였다.

"그건 고사하구, 우리 아버지 늦게 '러브 씩'에 걸리까 봐 걱정야!"

하고 정진이가 껄껄 웃으니까 영애 모녀도 따라 웃었다.

유쾌한 파티였다. 약혼집의 수선스러운 술잔치보다 몇 갑절 종용하고 다정스러웠다.

상을 물리고 또 한 차례 다과가 나온 뒤에 일어서려니까

"또 와요 지날 길에라두 남의 집같이 생각 말구 자주 들러 줘요"

하고 어머니는 정진이에게 다정스러이 이르는 것이었다.

　정진이가 집에 돌아와 보니 부친은 자리를 깐 위에 앉아서 혼자 술상을 받고 있다. 외로운 그림자가 쓸쓸히 보였다.

　"어딜 이렇게 늦게 다니니? 얘, 거기 앉거라. 너 어머니 대상이 닷새 남지 않았니? ……"

하며 대상 지낼 의논을 꺼내는 부친의 얼굴도 호젓해 보였다.

대상 날

1

"넌 집이나 보구 있지. 커단 게 일일이 좇아다니지 말구."

정진이 모친의 대상 날이다.

영애도 으레 같이 가려니 하는 생각으로 학교에서 파하는 대로 부리나케 돌아와서 옷도 안 갈아입고 눈치만 보려니까, 머리를 빗고 손을 씻으며 내려가던 모친이 건넌방을 들여다보며 하는 소리였다.

영애는 좀 샐쭉하였다. 못 가면 그만이지만, 집 볼 사람이 없는 것은 아니다. 소상에도 갔었고 장사에도 몇 남매가 다 갔었다. 돌아간 이의 생일 때면 으레 갔었던 것이다.

이것은 정녕 저번 날 다방골 어머니한테 갔다가 늦게 돌아온 벌(罰)이라고 영애는 생각하며, 옷을 갈아입고 책상머리에 앉아서 책 정리를 시작하였다.

저번 날 밤에 난생 처음으로 부친 앞에 불려가서 단단히 호령을 만났을 제, 영애는 이실직고를 하여 버렸다. 낳은 어머니를 만나서 가끔 찾아다닌다고 해서 못 다닌다고 말릴 까닭도 없는 일이요, 말리기로 틈틈이 못 갈 것도 아니니, 남자 교제나 해서 밤늦게 다닌다는 의심을 받는 것보다는 낫겠어서 사실대로 고백을 하였던 것이다. 하지만 정진이와 같이 갔더란 말까지 부모 앞에서 고백을 할 용기는 없었다. 애를 써 숨기자는 것이 아니라 어른 앞에서 그런 말을 하기가 무람없는 것 같고, 너무 정직했다가 도리어 의심을 살 것 같아서이었다. 또 조금은 부끄럽기도 하였었다.

영애는 혹시나 둘이 가는 것을 부친이 종로 4가 정류장에 서서 보지나 않았나 싶어 애가 씌었으나, 그 점은 그리 캐묻지 않고 다방골 어머니가 혼잣몸이더냐? 어떻게 사는 모양이더냐 하고 퍽 궁금해 하는 모양이었다.

"그건 알아 무얼 하슈. 다시 불러 들이시려우?"

하고 어머니한테 핀잔을 맞으면서도

"아주 어려운 꼴은 아니던?"

하고 묻는 부친의 마음이 그래도 따스하다고 영애는 생각했던 것이다. 같이 산 세월보다는 이별한 동안이 몇 갑절이나 되건마는, 서로 나이 지긋해진 이제 와서는 뉘우치는 데가 있는 상 싶었다.

하여튼 그 일절로 부친은 마음이 누그러졌으나 어머니는 영애에게 점점 쌀쌀해져 가는 것을 눈치 빠른 영애는 잘 알고 있다.

다섯 시 가까이 되니까 동생들도 다 모이고 부친도 은행에서 돌아왔다.

171

"어서들 가지. 나서라구."

부친은 구두도 벗지 않고 마루에 걸터앉아서 재촉을 하였다.

"네. 옷 좀 입구요."

화순이가 방에서 부리나케 옷을 입으려는데 봉희가 달겨든다.

"너 웬일이냐? 상제 아가씨가 이 옷을 입구?"

동재가 소리를 쳤다. 봉희는 교복을 입은 채였다.

"옷은 절에 가서 갈아입는대요. 한데, 그 스님 집이 바뀌어서 집 찾기에 애 쓰실까 봐서 모시러 왔에요."

"응, 뭐 고 좁은 속에서 가면 못 찾을라구! 하여간 고맙다."

절은 여기서 건너다보이는 탑골 승방이었다.

모두 차리고 나오는데, 영애가 배웅을 하러 나오는 것을 보고

"넌 왜 안 가니?"

하고 부친이 물으니까

"네, 전 그만두겠에요."

하며 영애는 아무쪼록 천연한 낯빛을 꾸미려 하였다.

2

"그거 무슨 소리유? 어머니께서 제일 귀해 하시던 영애 언니가 안 가다니! 가서 향이라두 피우구 와야지."

열여덟이나 되는 봉희는 점잖은 소리를 하였다.

"허허허……제일 귀해 하면 너보다 더 귀해 하셨던? 하여간 영애두 가자. 옷 입구 나오너라."

그래도 영애가 주저주저하며 어머니의 눈치를 보는 것 같아서 화순이가

　"내가 집을 보래서 그러는 거지만, 가자꾸나."

하고 말을 거는 통에 그래도 마음이 썩 내키지는 않았으나 따라나서고 말았다. 집에는 중학교 들어간 아이가 숙제가 많다고 식모들과 함께 떨어졌다.

　승방에서는 정진이가 베 두루마기에 두건을 쓰고 나와서 여승 두엇과 맞았다. 굴건제복은 제례하였으나 그래도 베 행전에 검정구두는 아니 신고 버선에 하얀 고무신을 신고 있었다.

　"좀 늦었지? 아버닌 와 계신가?"

　"네."

　좁은 데 들어갈 데도 없으니 일행은 우선 법당으로 올라갔다. 법당 앞에도 남녀 손님들이 우글우글 서성거리고 있었다. 망인의 친정 식구와 택규 부자의 친구들이었다.

　상청(几筵)을 차리지 않았을 바에야, 역시 이 많은 손님이 좁은 집 속에서 복대기를 치는 것보다 절놀이 삼아 좋아 보였다. 사실 이 손님은 빈손으로 온 사람은 없으니, 제각기 절밥 값은 봉투에 넣어 들고 와서 대상을 지내 주고 가는 세음이기도 하다.

　"얼마나 섭섭한가?"

　과장급이나 되는 듯한 은행 친구가 택규에게로 다가서며 인사를 하니까 옆에 섰던 동재가 선뜻 받아서

　"이 사람, 소식불통의 소리 말게. 일 년 수절이 무던은 하지만, 요새

173

는 사십 고개 연애에 허덕이는 판인데!"

껄껄들 웃다가

"쉬쉬 영좌(靈座)에서 혼령이 들으셨다가는 제사두 안 받으신달 거니까."

또들 웃었다.

"허지만 역시 섭섭한 것은 메누리만 보구 갔어두, 집에서 조석상식이라두 받게 하는 것을. 자고만 새면 학교 가기에 눈코 뜰 새가 없는 아이들에게 맡겨 둘 수가 있나. 결국 절간에다 맡겨 두고 보니, 아이들이 초하루 보름 와 보기야 하지만, 이때까지 입원시켜 두었던 것 같애서 고인에게 미안두 해."

늙은 상처꾼의 술회였다.

"딴은 그럴 거야."

"큰 자식들두 있구 하니까 인제는 여기는 여기대루 일 년에 한 번씩 불공을 드리게 하구, 기제(忌祭)는 저의더러 집에서 지내라고 해야 하겠어."

"옳은 말이지!"

하여간 그런 것을 보면 택규란 사람이 생긴 것 보아서는 다정하고 의취도 좋았던 모양이다.

제관(祭官)인 택규의 당질의 안내로 손님들이 법당에 들어가 좌정하니까, 삼 남매 상제를 앞세우고 할머니와 외갓집 아주머네며 영애 모녀들이 들어와서 앞자리에 조용히 앉았다. 정진이 형제의 베 두루마기는 그렇거니와, 봉희가 소복으로 말쑥이 갈아입은 것은, 아까 올 제 학생복을 입은 것을 본 사람에게는 눈에 다시 띄었다.

"거성을 싸 가지구 다니면서 입는 시대가 됐구먼!"

"학교 다니는 아이더러 상제 노릇하라기가 어려운 시대 아닌가."

저 뒷줄에서 입속으로 수군대는 소리였다.

"좀 있으면 이런 절간에 상제옷 같은 것도 세를 놓게 될 걸. 양복쟁이가 툭 뛰어들어서 결혼식장 모양으루 상제 옷을 갈아입고 불공을 드리구 제사를 지내구……."

"바쁜 세상에 간편하니 좋지."

회색 법의에 빨간 가사(袈裟)를 맨 승을 앞세우고 승들이 들어서니까 종용해졌다.

향을 피우고 종소리가 나고 경을 읽고 간간이 목탁 두드리는 소리가 들리고……요란한 곡성이 안 들리고 조용히 마음을 한데 모아 축원을 하는 것이 집에서 울며불며 떠들썩거리는 것보다 깨끗해 좋아 보였다.

"나두 죽으면 마누라를 따라 절간으루 와야 하겠군."

법당에서 나오면서 택규가 이런 소리를 하니까 동재는 어서 장가갈 생각이나 하라고 한마디 하려다가 불단의 제사 받은 이의 위패가 들을까 보아 근신해서 웃고만 말았다.

정진이도 다방골 갔다가 헤진 뒤로는 닷새나 못 만난 영애를 물끄럼 말끄럼 볼 뿐이요 요다음에는 어디서 만날지 말이라도 한마디 붙이고 싶었으나 틈을 탈 새가 없는 것이 아니라 상제 노릇을 하느라고 근신해서 꾹 참아 버렸다.

그래도 두 집 식구만 처졌다가 절에서 나오는 길에 두 남녀는 컴컴한 속을 뚝 떨어져 걸으면서, 내일 두 시에 저번 만나던 데서 만나기로 약속이 되었다. 이때껏 남의 눈을 기이어 가며, 둘이 만날 약속을 하여 본 일은 처음이다. 저번에는 다방골에 가자고 맞추었던 것이지 오늘처럼 아무 까닭 없이 만나자기도 처음이다.

영애는 인제는 토요일만 되면 다방골 문안이 한 재미가 되었지마는, 정진이를 며칠만 못 만나도 궁금하고 보고 싶었다.

내일은 마침 토요일이었다. 다방골에도 남자를 자주 데리고 가면 어머니부터도 어찌 알지 모르지마는 영애는 내일 만나면 그리로나 데리고 가리라는 생각이었다. 거기에다 대면 정진이는 막연하였다. 둘이 다 학생이요 영애는 교복을 입었으니 데리고 놀러 다니기가 만만치 않은 것이다. 그러나 하여튼 내일 두 시에 저번처럼 동구 앞에서 만나기로 약속은 되었다.

"애, 정진아 너 내일 학교 안 가두 좋지?"

동재의 식구와 헤어져서 노마님을 부축하며 집으로 향하는 길에 택규가 말을 꺼냈다.

"네, 요샌……."

"그럼 나하구 내일 너 어머니 산소에 좀 나가자. 난 갖다 묻어만 놓구 들어와선 한 번두 못 가봤으니 이번엔 결단하구 가 보구 와야 하겠다."

서울 태생이 아니라 근교에 선산(先山)이 있는 거 아니요 공동묘지를 잡아 쓰고 차차 자기도 묻힐 좋은 자리를 잡으면 이장을 한다는 것이었다.

"일요일에 아이들 다 데리구 가죠."

정진이의 머리에 우선 떠오르는 것은 내일 오후 두 시다. 금방 약속하고 헤어진 영애가 거리에서 눈이 빠지게 기다렸다가는 큰일이다.

"뭐, 아이들은 공일날 쉬어야지. 공동묘지에까지 끌구 다닐 거 없어. 너하구만 내일 가자."

그것도 허영이라 할지 총총들이 박인 무덤 속에서

"이게 너 어머니 무덤이다."

하고 초라한 꼴을 보이기가 싫어서 산이나 하나 잡고 버젓이 꾸며놓은 뒤에 아이들을 다니게 하려는 생각이다.

새 양복

1

정진이는 이른 아침에 부친을 따라 나서며 봉희더러 넌지시

"애, 이따 학교에서 오는 길에 두 시 전으루 영애한테 가서 나 산소에 나갔다구 일러다우."

하고 부탁을 하였다.

"어구 난 몰라. 학교 당번인데 몇 시에 나올지 누가 안다구."

봉희가 앙탈을 하니까

"그럼 성진아, 너 좀 갔다 오렴. 오늘 아버니 모시구 산소에 나가니까 올 거 없다구. 그렇게만 말해."

하고 동생에게 매달렸다.

"난 그 집에 간 일두 없는데, 난 몰라."

비밀만 탄로된 것 같고, 정진이는 마음이 안 놓인 채 부친을 따라 길을 떠났다. 부친은 마음먹고 은행까지 놀고 나선 길이었다. 버스로 청

량리에를 나가서 기차로 망우리까지 가는데 오전 시간은 허비를 하였다.

성묘를 하고 정거장 앞에 와서 점심을 먹고 나니 두 시에 들어간다. 정진이는 마음이 안타까웠다.

이 두 시에 영애는 종로 4가를 지나서 효제동으로 들어가는 어구에서 빙빙 돌며 초조해 하였다.

'오늘은 어머니한테 가면 양복을 맞추러 가자실 텐데······.'

언젠가 어머니가

"양복이 후락했구나. 아버지가 안 해 주면 내 해 주지. 졸업하면 대학에 들어가서두 입지 않겠니."

하고 한 벌 맞추어 주마는 말눈치였었다.

두 시 반 조촘조촘하는 동안에 세 시 가까워졌다.

'그럴 수가 있나!'

복작대는 거리에서 오락가락하다가 영애는 결심을 하고 정진이 집으로 들어갔다.

"아, 아, 오빠는 아버지하구 어머니 산소에 나갔는데!"

봉희가 내달으며 커단 소리로 묻지도 않는 말에 일러 주는 통에 무안쩍었다.

"응, 너 오니? 학교 갔다 왔니?"

안방에서 봉희 할머니가 내다보며 알은체를 하였다.

"네, 요기 동무 집에 왔던 길예요. 고단하시죠? 안녕히 주무셨에요?"

영애는 이밖에 할 말이 없었다. 속아 넘어간 줄만 알고 발끈해서 들어온 것인데, 생각지도 않는 산소에를 나갔다니 귓구멍이 막혔다.

영애는 부끄러운 생각에 어서 빠져 달아나려고 어름어름하고 나와서 다방골로 갔다.

"왜 이렇게 늦었니? 오늘은 네 양복을 맞춰 주려 했더니……."

어머니는 기다렸던 끝이라 반겨 하였다.

"어머니 돈 없으신데 양복은 뭘……."

좋기는 하면서도 홀어머니한테 끼아치기가 어려워서 비쌔 보았다.

"가만있어. 나하구 같이 나가자."

어머니는 옷을 후딱 갈아입고, 영준이도 양복을 입혀 가지고 나섰다. 명동거리의 학교 지정 양재점을 찾아가서 손쉽게 맞추었다. 그러나 여학생복 한 벌에 이만 환 가까운 돈이란 힘에 벅찼다.

그래도 세 식구가 모처럼 이렇게 나왔다가 그대로 헤어지기가 안돼서 중국요릿집에 들어가 국수 한 그릇씩 먹으며 쉬어서

"그럼 요담엔 옷 찾어 가지구 오너라."

하고 어머니는 일러 보냈다.

영애는 몇 번이나

"그 학생, 오늘 산소에 나가서 함께 못 왔에요."

하고 입을 벌리려다 말았다.

2

이튿날 일요일 늦은 아침에 봉희가 영애를 찾아왔다. 실상은 정진이에게 끌려 나와서 오라비가 시키는 대로 영애에게 전화를 걸려다가 안

되니까, 가 보래서 온 것이었다.

"아, 어서 오너라. 오늘은 또 어딜 가는 거냐?"

화순이는 안방에서 남편 앞에 앉아 이야기를 하다가 인사를 하며 올라오는 봉희에게 알은체를 하였다. 부친의 심부름을 왔나? 순애와 구경 가려고 끌려 왔나? 하였더니, 안방 문턱에 와서

"아저씨 안녕합쇼"

하고 아랫목에 누웠든 동재에게 꼬박 인사만 하고 건넌방으로 가서 영애와 소곤소곤하고는 금시로 나온다.

화순이의 눈은 좀 이상스러워졌다. 전부터 좀 이상하거니 하고 눈여겨보아 오던 터이지마는, 이것은 오라비의 심부름을 온 것이 분명하다. 화순이는 화가 바락 났다.

영애 형제가 문간까지, 인사를 하고 가는 봉희를 배웅을 나갔다.

"쟤가 왜 왔다 가는지 아세요?"

화순이는 펼쳐 논 신문을 집어 치우며 코웃음을 쳤다.

"응? 뭣 땜에 왔더란 말요?"

동재는 별로 흥미 없는 대꾸였다.

"제 오라비 심부름을 왔던 게요. 영애하구 어디서 만나잔 전갈을 온 게죠……."

아내는 또 입을 삐쭉하였다.

"뭘, 아직 학교두 안 나온 것들이……."

동재는 그렇다고 하고 싶지도 않고, 그렇지 않다고 우길 근거도 없어서 어리삥삥한 소리를 하였다.

"정진이가 저 아버지를 모시러 왔느니 어쩌니 핑계를 하구 오면, 큰 년부터, 영애부터 내닫지 않아요?"

화순이는 차차 기가 났다.

"난 몰라!"

자유주의 사상에서 그러는 것인지 낳은 에미를 모르고 자라난 딸자식이 계모에게 트집이나 잡히는 듯싶어서 그런지 동재는 그리 놀라는 기색은 없었다.

"당신은 자식을 어떻게 기르시는 수작예요?"

아내는, 자기의 의견에 따라오지 않으니까 톡 쏘아 주었다.

"뭐, 그리 걱정할 거 없어. 그저 호의 있는 감독만 필요한 거지. 저의끼리 참말 좋아하는 새라면 내년쯤 졸업을 한 뒤에 성취시키지, 무에 걱정야."

동재는 의외로 태평이다.

"호의 있는 감독이라니 누구는 악의를 가지구 하는 말이란 말씀예요? 자식을 그 모양으루 한만히 길러 어쩌잔 말예요?"

화순이는 건넌방에서 아이들이 들을까 보아 목소리는 나직하면서도 의외로 강경하였다.

"아, 우리 집끼리 그만치 친한 새요, 저의끼리 뜻이 맞는다면 난 이의 없어."

동재는 평소에 속에 있는 말을 터놓고 해 버렸다.

"안돼요! 쓸데없는 소리 마세요"

그러나 화순이는 어째서 안 된다는 말은 이 자리에서 하지 않았다.

이야기 났으니 오늘 저녁이라도 종용히 남편에게 자기 의사를 말하려 하였다.

오정이 가까워 오니까 영애가 옷을 갈아입고 안방으로 건너와서

"어머니, 저 종로에 좀 나갔다 오겠어요"

하고 문턱에 선다.

"종로엔 왜? 누가 나오라던?"

모친의 기세가 험상스러운 데에 영애는 심사가 팩 나서

"다방골 어머니께서 어제 양복을 맞추어 주셨는데, 가서 일를 말이 있에요."

하고 일부러 둘러대었다.

[3]

"애, 교복이나 벗거든 남자 교제를 해라. 동생한테 물들까 무섭다."

퐁퐁 쏘는 소리다. 부친이 누워서 잡지를 보다가 잠이 스르를 온 사이니 다행하지마는, 계모라 하지만 이렇게 심한 소리를 듣도록 잘못한 것이 무언가 하는 반항심이 들었다. 그러나 화순이로서는 다방골 어머니가 그 조르던 양복을 해 입힌다는 데 심사가 와락 났던 것이다.

"내 다 알어. 정진이까지 다방골 끌구 가서 놀구 다니는 것이지 뭐냐."

화순이가 눈치가 빠르다느니보다도 순애에게 들어서 대강 짐작을 하는 것이었다. 순애는 묻지 않는 말에 어머니한테 고자질을 할 아이도 아이오, 언니 편을 드는 셈이나, 모친이 요새로 영애의 동정을 눈여겨

보면서 한 방에 있는 순애한테 캐어물으니 자연 저번 시공관의 음악회에 갔던 날 이야기가 나왔던 것이다.

"봉희 오빠(정진이)가 그이(다방골 어머니)를 전부터 잘 아나 봐요 아주 반가워하며 놀러오라 하구⋯⋯."

순애의 이 말에 화순이는 모든 짐작이 들었던 것이다. 하여간 모친의 말이 정통을 쏘았으니 영애는 변명 여부없이 기가 질려서 방문 밑에 고개를 떨어뜨리고 오두머니 섰다.

"어유 어머닌! 노는 날두 맘대루 나다니지를 못하게 왜 이러세요? 나두 언니하구 산보하구 올 테예요."

건넌방에서 순애가 나서며 어머니를 탄하였다. 어느 틈에 교복을 입고 나갈 차비를 차리었다. 언니를 거드는 수밖에 없다고 나선 것이었다.

"넌 뭘 안다구, 무슨 참견야. 오늘은 들어앉어 공부들이나 해."

모친은 외면을 해 버렸다.

"왜 이렇게 어머니는 괜한 일에 화를 내시구 강제적이세요?"

순애는 공연한 의심이나 추측을 가지고 언니의 자존심을 상해 주는 것이 모친의 잘못이라는 생각으로 좀 맞섰다.

"무슨 말대답야. 강제라구? 흥! 아니꼽게 자유주의, 민주주의가 아니라구? ⋯⋯."

소리를 팩 지르며 코웃음을 쳤다. 그 바람에 아랫목에 누웠던 부친이 눈을 부스스 뜨며

"왜들 그래? 무엇 때문에 그래?"

하고 알은체를 한다.

"당신은 아랑곳 말아요."

"허허……나 모를 일이 이 집안에 있을 리가 있나!"

하고 부친은 웃으며 일어나서

"나갈 테건 어서들 나가서 잠깐 놀다 오려무나."

하고 방문 밑에 나란히 섰는 형제를 밀어내듯이 하며 마루로 나왔다. 두 아이는 좋다구나 하고

"그럼 어머니, 잠깐 갔다 와요"

하고 축대에 닦아 놓은 구두를 부리나케 신고들 나섰다.

동재는 일부러 자는 체를 하고 있던 것은 아니나 잠이 어렴풋이 깨어서 대강 듣고 짐작이 들었던 것이다.

"양복까지 해 주구 아주 데려다가 살라지. 학비두 대구."

화순이는 남편이 하는 일까지 가로막고 나서기가 안 되어서 가만있다가 아이들이 나가니까, 혼잣소리처럼 비꼬아서 하는 말이었다.

"내 뱃속으루 난 자식이 귀여워해 주는 것까지 어떻게 막나."

"흥, 내 자식 길러서, 헤진 제 에미 턱에 학교 보내려 했더군!"

4

영애 형제는 뒤에 남은 어머니 아버지가 말다툼이나 할까 보아 애가 씌우기도 하였지마는 아버지는 후딱 옷을 갈아입고 산보를 나와 버렸기 때문에 다시는 큰소리가 나지 않았다.

화순이는 그래도 심사가 꺼지지를 않아서 남편도 없는 사이에 아이

들의 뒤를 밟아 볼까 하는 생각이 들어서 옷을 급히 갈아입으려다가 그대로 주저앉았다. 순애가 따라 나섰으니 나중에 순애에게 들어 보면 알 일이라고 돌려 생각한 것이었다. 다른 때 다른 사람에게는 그렇지도 않은 사람이 오늘 유달리 히스테리증을 내는 것은 다방골서 양복을 맞추어 주었다는 데에 상기가 된 때문이었지마는, 남편이 정진이는 으레 영애의 몫이거니 하는 말눈치를 보이며 아주 관대한 데에 더 발끈한 것이었다.

이때껏 큰소리 한 번 낸 일 없던 집안에 오늘 일은 뉘게나 불쾌하였다. 그러나 그 원인을 캐어 볼 생각은 아무에게도 없었다.

그러나 영애의 생모가 나타났다는 사실과 영애가 커지니 인제는 제 행복을 찾으려는 초조와 노심, 두 가지 사실만은 분명한 것이었다.

"어디, 언니 양복감 어떤가 구경 좀 해야지."

을지로 4가에서 내려서 순애는 참 정말 양복집으로 가는 영애를 따라왔다.

영애는 어제 맞춘 교복의 저고리를 대학에 가서도 입도록 본새를 변작해 달라는 부탁을 하러 가는 것이었다.

"넌 어디 가려구 나왔니?"

걸으면서 영애가 물었다.

"가긴 어딜 가! 언니 끌어내려구 나선 거지. 그리구서 어머니 말씀 대루 쭉지구 들어앉았으면, 언니 기분만 아니라, 집안 공기가 어떻게 되겠우? ……."

순애는 그래서 보증인 겸 호위병 겸 나섰다고 깔깔 웃는 것이었다.

"호호호. 보증인이랄 거 뭐 있어! 이왕이면 감시병이라 하지."

형제는 가벼이 웃어 버렸다. 영애는 그 말에 뼈가 든 것 같다는 생각이 들자,

"고맙다. 내 한턱 내지."

하고 얼른 휘갑을 쳤다.

양복집에 다녀 나와서 종로로 향해서 걸으며 서로 눈치를 보았다.

"넌 정말 갈 데 없니?"

형이 입을 벌렸다.

"가긴 어딜 가요? 어머니 야단치시게!"

순애는 형이 어디로 빠져나가려는지 눈치만 빤히 본다.

"우리 잠깐만 다방골 다녀가자구. 거기 어머니두 순애 한번 데리구 오라시던데."

영애는 순애가 일일이 고해바칠 것이 무서워서 데리고 가고 싶지는 않지마는, 오늘 일뿐 아니라 때때로는 마음의 고향을 찾듯이 그 어머니한테서 낳지나 않았나 하는 공상을 하던 순애니만치 가까운 생각이 들어서 데리고 가고도 싶었다.

"에그, 난 뭘! 언니 혼자 갔다 와요."

"뭘 그러니 두 어머니한테 딸 둘 아니냐. 서로 어머니루 하면 좋지 않은가."

영애의 말에 동생은 좀 찔끔하였다. 실제 문제로 그럴 수도 없지마는, 난 너 어머니한테 딸 노릇을 하니 너도 우리 어머니한테 딸 노릇을 해 보기로 어떠냐는 말이었다. 이렇게 되면 둘의 감정이 형제라는 정리

나 우애를 떠나서 두 나무를 접목(接木)해 놓은 것 같이 남남끼리가 만
난 듯싶기도 하다.

그래도 순애는 한편에 호기심이 있어서 언니를 따라 섰다.

5

언니가 다니는 것도 싫어하는 다방골에를 몰래 간다는 것은 순애로
서는 한때의 모험이요 어머니에게 미안도 하다고 생각하였다.

'하지만 아버지하고 살던 사람이라고 우리하고 무슨 원수졌나!'

순애는 어머니가 공연히 지나치다고 생각하는 것이었다. 왜 다른 데
는 관대한데, 이 일에 그렇게 편협한지 모친의 마음을 알 수가 없었다.

"아이, 네가 다 오는구나. 어서들 올러오너라."

좁은 마루에서 일감을 마름질하며 안방에 대고 이야기를 하고 있던
다방골 어머니는 순애를 보고 반색을 하였다.

"안녕하세요? 언니 따라 왔죠."

순애는 축대에 올라서며 생글하고 꼬박 인사를 하였다.

"아니, 내가 여기 온 줄 알고 좇아들 온 건 아니겠지?"

안방에 들어앉았던 정진이가 벌떡 일어나서 내다보며 껄껄 웃다가

"저번에 아주머니께 너무 폐를 끼쳐 미안하기에 인사를 온 길인
데……."

하며 변명을 하였다.

어제 산소에 나가느라고 영애를 헛수고 시킨 것이 미안해서 아까 봉
희를 보냈던 것이요, 그 길에 오정까지 다방골집에서 만나자는 전갈을

받고 달려온 것은 말할 것도 없다.

"아무러면 어때. 어서 들어가서들 놀라구."

마름질하는 어머니의 손은 쉬지 않았다. 삼 남매 자식이나 거느린 듯이 마음이 느긋하니 좋았다. 건넌방에서는 재봉틀 소리가 쉴 새 없이 도르륵도르륵 하고 거끔내기로 장단을 맞추어 들려 나왔다.

영애는 정진이를 맞추어 놓고도 아직 마음이 커지지를 못해지고, 동생에게 고마운 생각도 있어 끌고 온 것이지마는, 제삿날 헤어져서 이틀만에 만나건마는 은근히 반가웠다.

"……어머니께 정성두 드려야 하겠지만 공교스럽게 그렇게 돼서 온종일 어찌나 애가 씌우던지……."

수군수군, 어제 산소에 나가느라고 고생시킨 것을 사과하는 것이었다.

"뭘 그래요. 일부러 그랬다면 노엽지만."

하고 영애는 생글 웃었다. 이런 수작을 못 듣는 척하며 눈치를 건너다 순애는 여기 놀러온 것이 좋기도 하고, 괜히 왔다고 실쭉하기도 하였다.

"어머니, 저윈 곧 가겠에요."

이야기가 끝나니까 영애는 일어서려 하였다.

"그거 무슨 소리냐? 점심 재축을 하는 게로구나?"

하고 어머니가 웃으니까

"에그, 어머니는!"

하고 어리광 피우듯이 마주 웃었다.

'웬만한 고생이면 참고 살 일이지, 어머니는 날 왜 버리고 갔소?'

딸에게는 이러한 생각이 늘 있었다.

'사정이 그래서 그렇게 됐지, 네게는 못할 일 했다!'

어머니에게는 또 이러한 뉘우침이 늘 있었던 것이었다. 그래서 이번에는 양복 한 벌이라도 해 주는 것이지마는, 어느덧 그러한 감정은 삭아 버리고 어머니한테 응석이라도 하고 싶은 순진한 애정을 느끼는 것이었다.

어머니는 하던 일을 얼른 집어치우고 힝너케 나갔다.

벌써 선뜻선뜻한 냉면이 좋을 때가 왔나 싶었지만, 배달해 온 냉면 그릇을 둘러놓고 앉아서 재미있게들 저를 들었다.

6

"우리 일요일이면 이렇게 모여 놀자구나. 학생두 찬성이겠지?"

모친은 자기도 맛이 있지만, 아이들이 잘 먹는 것을 바라보며 이렇게 발론을 하는 것이었다.

"아, 날마다라두 오라시면 오겠습니다만, 올 때마다 이렇게 돈을 쓰세서 미안해 어떻게 오겠에요."

"그런 걱정 말라구. 미안은 무슨 미안. 내 아무리 어렵게 살기루 그 용돈푼 쓰는 것쯤야."

둘이 만나야 갈 데가 있는 것도 아니요, 내버려 두어서 비밀히 만나게 한다든지 하는 것보다는 차라리 자기의 감독 밑에 교제를 하게 하는 것이 좋겠다고 생각하는 것이었다.

영애 형제는 집의 어머니가 신기가 좋지 못한 것이 애가 씌어서, 상을 물리자 일찌감치 일어섰다.

집에 들어가 보니, 부친은 마루에 놓인 테이블에 기대앉아서 영자 잡지를 보고 있고, 모친은 안방에서 무슨 감인지 혼인에 입고 갈 옥색 치마의 주름을 잡고 있었다. 희숙이의 혼인이 며칠 안 남았다. 약혼식 후에 별로 딴 소리 없이 간략히 순조롭게 진척이 되어 후딱 치러 버린다는 것이다.

"어딜 갔다 점심두 안 먹구 이렇게들 늦었니?"

문이 활짝 열린 안방에서 모친의 소리가 나기에 형을 따라 제 방으로 들어가려던 순애가 발길을 돌치며

"네, 먹었에요."

하고 안방으로 들어갔다.

"어디서 먹었니?"

"다방골 갔었에요. 언니가 잠깐 들르자구 해서요."

순애는 서슴지 않고 대답을 하였다. 학생이 들어가도 좋은 영화를 구경하고 왔다든지 동무집에를 갔다든지 꾸며낼 수가 있었지마는, 못 갈 데를 갔다 온 것도 아닌데 어머니를 왜 속이랴 싶어서 이실직고를 하였던 것이다. 모친은 이때껏 쉬지 않던 바느질을 멈추며 얼굴빛이 달라졌다.

"점심 얻어먹으러 갔던? 너두 양복이나 한 벌 걸릴까 하구 좇아다니는 거냐?"

나가지 말라는 것을 가로막고 끌고 나가서 거기에는 무엇하자고 따

라간 것도 얄밉거니와, 거침없이 대답하는 것을 보면 자기가 무시를 당한 것 같아서 더 역정을 내는 것이었다.

"가면 어때요. 우리하구 뭐 감정이 있나요. 원수졌나요."

소곤거리는 소리였으나 마루에 앉았는 부친의 귀에 들어갔다. 부친은 속으로 순애가 똑똑하다고 생각하였다.

'너희만 무슨 은원(恩怨)이 있는 새가 아닐 뿐 아니라, 나 역시 아무 감정이나 원수진 일은 없다.'

고 동재는 가만히 이십 년 전 일을 회상해 보는 것이었다.

그때 시절만 해도 부모네들의 의사가 당자끼리의 의사보다 더 세게 움직여서 일을 요정낸 점도 없지 않지마는, 세월이 가고 열이 식고 보니 의미 없는 공연한 일 같기도 하다.

"아니꼽게, 무슨 잔소리야. 어른의 말을 어려운 줄 모르구."

화순이는 소리를 빽 질렀다.

건넌방에 숨을 죽이고 들어앉았는 영애는 자기 때문에 집안이 금시로 뒤숭숭해진 것 같아서 송구스럽고 제 신세가 가엾은 생각이 들었다. 자식을 두고 이혼한다는 것은 자식을 무시한 자기들만의 이기주의지 자식에게는 평생의 못 할 노릇이라는 생각도 든다.

신혼 생활

희숙이의 결혼식장은 신부 집 대청이었다. 삼십을 바라보며 가는 시집이니, 좀 더 화려하게 예식장으로 가서 못 해 주는 것을 모친은 가엾게 여겼으나, 도리어 당자들은 그다지 싫어하지는 않았다.

처음에는 결혼식이라면 으레 예식장을 빌려 쓰고 피로연을 할 줄 알았고 누구누구를 청하고 하는 것을 생각들 하였지마는, 따져보니 수월치 않은 액수인데 두 집에서 반반씩 물자니 희숙이 편에서는 엄두가 아니 났다. 도서관에 다니는 희숙이 오라비가 그러한 큰돈을 내놓을 도리도 없거니와 있기로 그런 데 쓰려 들 사람이 아니었다. 희숙이 자신도 저금통장에 사오만 환도 못 되던 것을 혼인 준비에 이럭저럭 꺼내쓰고 얼마나 남았는지? 그래도 옷이며 금침 같은 것이야 부친이 저렇게 놓게 되기 전부터 구미구미 작만을 해 두었던 것을 피난통에도 꾸려 가지고 다녔기 때문에 큰 도움이 되었지마는, 그래도 당장 아쉬운

193

거야 제 손으로 장만하여야 하였다. 이렇든 저렇든 신부가 제 손으로 푼푼이 모은 것을 피로연에 내놓도록 마음이 크지는 못했다.

신랑측이라야 형이 있대도 보태 줄 형편 아니요, 중이 제 머리 깎듯 하는 혼인인데 좌우 쪽 손님이 얼마나 될지? 혼자 부담할 수는 없었다. 다른 때 너름새 좋고 활수 좋은 것 보아서는 제 실사교에 들어가서는 따지는 편이요 좀 인색도 하지마는, 어쨌든 혼자 부담하라는 것도 좀 무리였다. 그렇다고 손님은 모아 놓고 예식만 하고 차 한 잔 내는 것 없이 씁쓸히 헤어질 수도 없는 노릇이요……필원이는 생각다 못해 동재에게 가서 의논을 하니까

"그럴 거 뭐 있나. 신부 댁이 그래두 넓직하니 거기서 그대루 지내면 그만 아닌가. 한 푼이라두 절약해서 살림에 보태 쓰게 해야 하지 요새 세상처럼 괜히 떠벌이는 건 난 찬성 아냐."

하며, 필원이는 딴 무슨 방도나 있을까 했더니 생각지도 않은 말을 하는 것이었다.

"그래두 어디 그렇습니까. 그렇게 시원치 않게 우물쭈물 지내서는 신부가 가엾구, 은행에서나 학교 쪽에서나 소문은 나서 다 알 일인데 국수 한 그릇 술 한 잔 안 냈다구 욕먹지 않습니까."

그도 그런 사정이었다.

"허지만 지금 물가에 떠벌여 보게. 나중에 무얼루 수습을 하나? 집 팔아 대게! 누구는, 어차피 직장의 친구들은 참례하기두 시간이 어중되구, 빈손 들구 올 수 없어 괴로워 할 사람도 있을 거니, 괜한 신세나 짓는 것 같다 해서 싹 감춰 버리구, 마침 일찌감치 알리지 않을 수 없

는 친척과 지구만 단출히 모여서 지냈다기두 하는데, 살기 어려운 지금 세상에 그게 좋아! 떠벌리구 객비만 들여서 엉정벙정한댔자 별수 있나."

"그건 과장님 벌써 늙으신 말씀이구요……."

하고 필원이는 웃었다.

그래도 이 의견을 누구보다도 찬성한 것은 신부 편 부자(父子)이었다. 앓아누운 영감은 자기 앞에서 지낸다니 어린애처럼 좋아했고, 오라비 희섭이는 돈 안 든다니 덮어놓고 좋아했다.

"겨우 시집이라구 보낸다는 것이 자식 달린 후처자리에다가 시원치두 못하게 이건 숨어서 장가를 들려나?"

모친은 반대였으나 돈에 힘이 없으니 말뿐이었다.

희숙이만은 돈이 아까운 생각을 하면 아무래도 좋으나 학교 직원이니 친한 동무들을 생각하면 실쭉하기도 하였다.

그러나 결국은 동재의 의견대로 결정되었던 것이다.

2

혼인날 신랑 집에서는 형의 내외와 명희가 택시로 신랑을 데리고 왔다. 구식으로 말하면 후배(後陪)를 온 셈인데 웬 후배가 셋씩이나 되느냐 하겠지마는, 여기가 '결혼식장'이라니 원체는 온통 끌어 올 것을 집이 좁을까 보아 꼭 올 사람만 온 것이다. 실상은 따라오려면 명희보다도 더 가까운 사람이 없으랴마는 색시 편인 화순이와 가깝다는 점으로 명희를 내세운 것이었다.

신랑을 앞세우고 쭉 들어서니까, 누군지,

"아, 신랑 들어오신다. 초례청(醮禮廳)은 어떻게 됐어? 팔밀이가 나와야지. 기레기 아범은 어디 갔어?"

하고 서두르며 껄껄 웃는 통에 모두들 신랑 쪽보다도 그 편을 바라보면서들 웃었다. 신랑을 따라들어 오던 명희는 그것이 택규의 수선을 떠는 소리인 줄 알며 웃음이 나오는 것을 참고 모른 척하고 아랫방으로 데려 들어가는 신랑과 헤어져서 길을 비켜 주는 축대로 일행과 함께 올라섰다.

명희는 으레 이 혼인집에서 택규를 만나려니 하는 생각은 없지 않았지만 들어서는 말에 택규가 서둘러대니, 그나마 구식 절차로 말이겠지마는, 실없이 떠드니 듣기에 좋지 않았다. 그러나 택규는 불의에 명희가 나타난 것이 반가워서 흥분이 되며 입에서 술술 나오는 말이었다. 사실 구식으로 말하면 신부 집에서 전안(奠雁)을 드리는 것이니, 예식장이 신부 집으로 된 것은 망발이 아니라기보다도 잘된 셈이다.

새 사돈집 세 손님을 맞아 올려서 안방의 병석에 앉은 영감 앞에서 인사들이 끝나자, 들에서 웅성거리던 사람들도 식장인 대청으로 올라와서 좌정하고 곧 식이 시작되었다.

식장이라야 곱질러 육 간쯤 되는 대청에, 잘살 때 쓰던 찌꺼기인지 양탄자를 좍 펴고, 건넌방에서 끌어내 온 큰오라비의 테이블에 신부가 수놓아 둔 책방 보를 덮어서 안방 쪽으로 놓고 커다란 화병 하나를 놓은 것이 번채였다. 그래도 안방 문 위에 조그만 태극기를 사다가 붙이는 것을 잊지 않았다. 손님 좌석에는 방석을 좌우로 대여섯 개쯤 깔아 놓았으나 이것도 반은 동리에서 빌려 온 것이었다.

우선 신랑 편에서 맞은쪽으로 자리를 잡는데 서로 자리를 사양하면서 결국은 선배로서 택규가 맞은편 상좌에 앉고, 다음에는 연치로나 촌수로나 연장자라 하여 제천아주머니 명희가 앉고 신랑의 형 부부가 차례로 앉았다. 오늘의 주례인 동재나 화순이나 택규와 명희가 상좌로 나란히 앉은 것을 보고 속으로 웃었다.

이편 신부 측에는 주례가 앉은 다음에 신부의 어머니와 오라비 내외의 자리를 비어 놓고 주례의 부인 화순이가 앉았다. 그 다음은 되는대로 쪽 늘어앉고 뒤로 꼭꼭 끼어 서고……그래도 축대 위에는 신랑이 올라올 길도 안 내놓고 삼지위겹으로 둘러싸고 섰다.

건넌방에서 신부의 치장이 다 되기를 기다려서 주례는 테이블 앞으로 나섰다. 아랫방에서 새 처남의 선도(팔밀이)로 신랑이 올라왔다. 그래도 뒤따른 들러리 두 사람과 함께 모닝코트로 예장을 하고 흰 장갑도 끼었다. 이렇게 군색하게 지내느니만치 조는 차리자는 것이었다. 신부도 면사포에 꽃다발을 들고 꽃을 뿌리며 앞에서 인도하는 한 쌍의 꼬마 들러리를 따라서 뒤에 선 두 들러리에 부축되다시피 하여 찬찬히 들어왔다. 모든 절차가 예식장에서 하는 것과 다름없으나 다만 피아노 소리가 아니 들리고, 손님 가슴에 가화(假花)가 꽂히지 않을 뿐이다.

3

식은 재미있게 순조롭게 진행되었다. 능숙하고 구변 좋은 인사과장이 주례를 하고, 우스운 소리깨나 하는 택규와 두엇 신랑 친구의 축사로 깔깔들 웃겨 놓고는, 신부 쪽에서 피아노를 못 쳐 준 대신에 노래나 불러 주마고 산뜻한 색시가 나와서 축사 대신 독창을 하여 주었다. 안 알린다 안 알린다 하여도 자연 끼리끼리 알려서 모여든 것이다. 안방에 앉았는 늙은이는 신이 나서 좋아도 하고 감격의 눈물도 지었다.

상좌에 앉은 손님들은 앉은 대로 그대로 있으라 하여 테이블을 치우고 건넌방으로 물러갔던 신랑 신부를 다시 내어다 앉히고는 뒤꼍의 숙설간에서 차려 놓았던 큰상과 손님상들을 들여왔다. 신랑이 보낸 만 환에 신부가 만 환 보태서 합작으로 차린 떡 벌어진 잔치였다.

이 방 저 방 뜰에까지 테이블이고 책상이고 내놓고 둘러앉아 촌(村)대사집같이 법석이었다.

"여보게, 김 군! 자넨 언제 식을 하려나?"

술이 한 잔 들어가니까 동재가 빈 잔을 택규에게 내밀며 말을 걸었다.

"글쎄…… 아직 택일을 못해서……"

하고 택규는 웃어 버렸다. 바로 옆에 앉았는 명희는 듣기에 괴란쩍어서 나오려는 웃음을 참고 외면을 해 버렸다.

"자네두 이 식으루 하지. 늦게 꽃자동차 타구 남산일주(南山一週)를 하면 뭘 하나! 하하하. 내 무료루 주례는 해 줌세."

동재는 택규와 명희가 나란히 앉은 것이 우연한 일이나, 흥미가 있어서 놀리는 것이었다. 명희는 점점 귀가 간지러워서 모른 척하고 맛도 없는 국수 그릇에만 얼굴을 파묻고 있다.

"무료래서야 영업이 되나. 주례 요금쯤 한 만 환 내지. 허허허."

좌중은 무슨 영문인지는 모르나 깔깔들 웃었다.

알리지 않고 하는 혼인이라면서 피로연이 끝날 무렵쯤 되니까 은행의 젊은 축 한 떼가 달겨들었다.

"야, 이 자식 도둑장가를 가구. 그런 법이 어디 있니? 신부는 죄가 없으니 그만두구, 그눔 신랑놈을 끌어내라. 족작부터 치자."

하고 마당에서 떠들썩하다가,

"애, 술 한 잔 부어라. 선술루 한 잔 먹자. 여보, 안주는 뭐요? 너비아니 한 점 구우."

하며 선술집에나 들어온 것처럼 복작대는 마당에서 젊은 애들이 법석이었다. 그래도 국수 한 그릇씩 먹여서 겨우 때워 배송을 내고 나니까, 이번에는 신부의 학교 축들이 달겨들었다.

"어쩌면 소리두 없이 시집을 가는 거야? 하마터면 네 국수를 못 먹을 뻔했구나!"

이것은 희숙이보다도 나이 지긋한 같은 영어선생의 호들갑이었다.

이 통에 먼저 왔던 젊은 축들은 거진 반 삐어 나가 버렸다.

"희숙이가 시집갈 줄은 몰랐다. 그래두 고맙다! 잘됐다!"

삼십이 넘은 같은 선생의 올드미스는 섭섭한 듯이 부러운 듯이 이런 소리를 하는 것이었다.

자동차가 왔다는 소리에 갈 손님은 일어서고 신부는 건넌방에서 벗었던 면사포를 다시 쓰고 치장을 차리기에 부산하였다. 신랑 집에서 맞추 놓았던 것이다.

신랑 집에 가서 돌아간 시부모에 폐백다례(幣帛茶禮)를 지내고 거기서도 기다리고 있는 일가친척과 잔치를 치르고는 온양 온천으로 신혼여행을 떠날 터이라는 것이다.

4

"아니, 적어두 한 사흘은 묵구 올 줄 알았더니, 단 하룻밤을 묵구 왔어? 모두 시늉만 내는 거로군."

"그래두 하룻밤을 자두 만리장성을 싸랬다구, 일평생 살 설계도는 꾸며 가지고 왔답니다."

신혼여행에서 돌아와서 필원이의 신혼부부가 필운대로 종조모를 뵈러 가서 명희와 주고받는 수작이었다. 종조모(명희의 모친)는 혼인날 집에서 뵈었지마는, 집안에 단 한 분 남은 어른이라 신혼여행 갔다 와서 다시 뵈러, 시장에서 돌아왔을 때쯤을 맞추어 어슬녘에 온 것이었다.

"어디 그 설계도 좀 보자구."

명희가 웃으며 대꾸를 하였다.

"보시나 마나지, 데릴사위루 처가살이밖에 더 할 재주 있어요 허허허."

하며 필원이는 옆에 앉은 희숙이를 돌려다 본다. 어른 앞에 앉았는 새색시는 고개를 소긋한 채 그린 듯이 앉았다. 학교에 가면 몇 천 명 학생이 선생님, 선생님 하고 떠받드는데 색시로서 얌전하고 아내로서 좀 과분하다는 생각이 필원이의 머리에 떠올랐다.

"아니, 네 집은 어쩌구 군돈스럽게 처가살이를 한단 말이냐?"

종조할머니가 펄쩍 뛰는 소리를 한다.

"세 든 사람이 어디 얼른 내놓구 나가줍니까. 게다가 단 두 식구가 아침이면 나가서 저녁에 들어오니 누가 살림을 합니까."

"그두 그렇지만, 단 두 식구라니? 어린것은 어떡허구?"

"어머니 그 걱정하시랍니까. 형이 아들이 없으니까 맡아 갔답니다."

명희가 옆에서 신부의 기분을 생각하여 입을 틀어막는 소리를 하였다.

"응, 그래! 잘 됐군. 아주 양자루 들여보낸단 말이지? 하지만 나중 아들을 나면 어쩌누?"

아무도 대꾸를 아니하였다. 그래도 어쨌든 말썽거리인 아이의 문제만은 우선 해결이 되었고, 신랑도 이러니저러니 말없이 명색이 삼 일을 치른다는 것이 그대로 이눌러 처가에 있게 되었다.

부엌 옆으로 달린 큼직한 방 하나가 그대로 노는 것을 세를 놓고도 싶었으나, 지저분해서 비워 두었던 것인데 새 사위를 들이니 늙은이들은 든든해서 좋아하였다. 필원이도 제 세간을 형의 집에서 옮겨다가 방을 꾸미고 나니 자리가 잡혔다.

"내 집 두구 곁방살이란 좀 억울한데."

필원이는 우선 모든 게 잘 되었다고 생각하면서도 버젓지 못한 듯싶어서 하는 말이었다.

"그러기에 그 세든 사람 어서 내보내세요."

희숙이도 시집갔다고 제살이도 못해 보고 본가에 붙어 있는 것이 떳떳치 않아서 하는 말이었다.

"집이 나기루 살림을 어떡헌담?"

"난 집에 들어앉죠. 선생질두 인젠 멀미가 나요"

이 말은 필원이에게 의외이었다. 아이를 낳기까지 아니, 아이를 난 뒤라도 둘이 벌어서 잘 살아 보겠다는 것도, 필원이가 이러한 직업여성을 택한 한 이유인데, 결혼을 하자마자 들어앉을 생각부터 하니 좀 실망이었다.

"아니, 어머니 아버니께선 우리를 예다 두면 손님 치는 것 같아서 살림에 보탬이 될까 싶어 하실 텐데, 학교를 그만두면 어쩐단 말요?"
하고 필원이는 실제 문제를 노골적으로 토설해 버렸다.

"아니, 어딜 가 있기루서니 내 밥값이 내 주머니에서 나와야 할 리는 없겠죠?"

무서운 세상이다. 혼인한 지 일주일쯤 되는 신혼부부의 수작이었다.

5

여자로는 좀체 어려운 경제적 자립을 하고서 결혼하였다고 남편더러 밥을 먹여 달라니……아이나 낳고 살림에 쪼들려서 정 하는 수 없이 들어앉게 된다면 모르지만……말하자면 편히 놀고 호강을 시키라는 것이지……필원이는 이런 생각이 들어서 덜 좋았지마는 신정지초에 그런 문제로 모 나는 소리를 하기는 안되어서 잠자코 말았다.

그러나 몸이 약해서도 그렇겠지마는, 희숙이가 귀찮다고 학교를 몇 번이나 노는 것을 보면 필원이는 걱정이 되었다.

"인제 그만 들어앉어 재밌게 살아 봐야지!"

어쩌고 동료끼리라도 놀리는 소리를 하면 자곡지심도 없지 않아서 이왕이면 이 기회에 들어앉았고도 싶었다. 하지만 들어앉고 보면 아무리 출가외인이라 하여도 당장 친정의 살림이 꿀릴 것이다. 제 살림을 시작한 것도 아니니 집에 들어앉아서 도리어 심심할 것이다. 사실 살림을 아니하니 희숙이는 신혼 기분이라는 것을 아직도 얼떨하니 충분히는 모르고 지냈다.

"이거 날마다 이렇게 진수성찬이어서야 어디 불안해 있겠나. 어머니께 공연히 애쓰시지 말구 된장국 하나 김치 하나면 그만이니 용돈을 절약하시래요"

고기 달걀은 상에 안 놓이는 날이 없고, 가끔 가다가는 생선 고추장 찌개도 저녁상에 나오니, 새 사위를 이만저만히 대접할 수 없어 그럴 것이요, 필원이도 술 비위에 좋아서 한잔하는 날이 있지만 처남은 술 담배도 못하는 샌님이라 손을 내저으며 어울리지 않았다.

'그건 고사하고 하숙에도 일등 하숙이요 칙사 대접이니 한 달에 얼마를 내야 하누?'

필원이는 이런 것도 걱정이 되었다. 남은 처가 덕도 본다지마는 사위 덕을 보려 들지도 모를 형편인데, 요새 보통 하숙료가 이만 환이라니 그만큼은 내야 할 것이라,

'월급 타서 두 식구 밥값 내면 그만이게!'

하고 필원이는 속으로 코웃음을 졌다. 그래도 실상 생각하면 첫 달부터 둘의 밥값 명목으로 삼만 환은 내놓아야 하겠는데 희숙이가 학교를 그만둔댔다가는 큰일이다.

"도대체 용이 과하셔. 나 한 상 차려 준다구 이 비싼 고기에 생선에

사 들이면 그걸 누가 대는 거야. 당신두 정신을 차려요"

어느 날인가는 필원이가 얼쩡한 김에 밥상을 받고 앉아서 새 사위로서는 지나친 소리를 하였다. 희숙이는 남편의 하는 말뜻을 알아차린 듯싶기도 하였다. 자기 하나를 팔고 온 집안 식구가 흥청망청 먹으면 그 뒷갈망은 누가 하느냐고 마치 전 책임이 자기에게나 있는 듯이 하는 필원이의 말이 귀에 거슬렸다. 서로 차츰차츰 성미를 더듬어 보는 때라, 팩한 성미에 아니꼬운 생각도 들었다.

희숙이는 잠자코 말았다. 하지만 자기를 대접하는 핑계로 앓는 아버지나 굶주린 오라비를 먹이지나 않을까? 그렇다면 이 집 살림은 자기 혼자가 하는 것이나 다름없다는 그따위 구칙칙한 생각이나 하지 않는가 싶어서 희숙이는 남편의 얼굴이 빤히 보이기도 하였다.

단순한 생각으로 처가살이를 하겠다 한 것이요 또 맞아들이기도 한 것이지마는, 모르던 사람끼리 모여 살자니 이름은 부부면서도 물끄럼말끄럼 눈치부터 보게 되는 것이었다.

6

월말이 가까웠을 때였다. 아직 월급들을 받지는 않았는데, 학교에서 좀 늦게 돌아온 희숙이가 들어오는 길로 제 방문을 펄쩍 여니까, 의외로 일찍 들어온 남편이 지폐뭉치를 옆에 놓고 천 환짜리인지 힐끔 보기에 빨간 딱지를 세다가 찔끔하여 돌아앉는다. 남편의 구두가 마루 끝으로 올려 놓였으니 빈 방이려니 하고 무심코 연 것이지마는, 희숙이는 남편의 하는 시늉에 되레 이편이 놀라서 가방만 들여놓고 창문을 그대로 닫고 안방으로 올라갔다. 불유쾌한 정도를 넘어서 희숙이의 기색은 험악해졌었다.

"왜 그러니? 강 서방이 조금 전에 들어와 있는 모양이던데……."

모친이 애가 씌우는 눈치로 물었다.

"아녜요. 들어와 있더군요."

희숙이는 이렇게 대답을 하는 동안에 얼굴빛이 조금은 풀렸다.

모친은 애가 씌우나 모른 척해 두었다.

"……감정으로나 사상적으로나 살림살이하는 금전에 있어서나 부부 간에 비밀이 있고 눈을 기여서는 아니 됩니다."

혼인날 주례 이동재 과장의 이러한 말 구절을 들을 제, 학생에게 훈화(訓話)도 가끔 하는 희숙이도 그 말씀이 옳소이다고 감복하였던 것이다.

그것은 고사하고 돈을 세다가 아내의 눈에 들켰다고 감추다니! 도둑질해 온 돈이던가? 도둑놈 남편을 만났나? 하는 불안까지 느끼는 것이었다. 돈을 가지고 노는 은행이니 체격 그렇기도 쉬운 일이다.

그러나 자기의 세간으로 가지고 온 민틋한 조그만 테이블의 서랍이란 서랍은 꼭꼭 잠그고 손을 댈 수가 없게 해 놓은 것을 보면, 그것이 금고 대신인가? 돈이 있으면 은행에 다니니 예금을 할 일이지? ……빚놀이를 하는 것인가? 하고 여러 가지로 의심이 드는 것이었다. 그러나 하여튼 돈에 대해서 자기에게 비밀을 지키고 눈치를 안 보이려는 것은 자기를 아내로서 모욕하는 것 같아서 눈이 발깍 뒤집히는 듯싶었다.

그날 밤 둘은 각각 자리에 누워서 잠이 아니 왔다. 서로 별말을 하는 것은 아니나 눈치로 피차에 감정이 버스러져 가는 것을 깨달았다.

'돈이 중한가? 사람이 중한가? 돈 벌자구 계집을 얻었던가? ……'

희숙이는 큰 모욕을 당한 것 같아서 아무래도 잠이 아니 왔다.

이튿날 희숙이는 학교에서 나오는 길에 화순이 집에 들렀다. 화순이도 희숙이의 신통치 않은 기색에 의아해 하면서도

"응, 잘 왔구면. 그러지 않아두 좀 가 보려던 판인데! 재미있게 지내지?"

하고 맞아들였다.

"재미거나 말거나! 언니, 이건 언니테만 말이지만, 대관절 그이가 어떤 사람요?"

이 말에 화순이는 깜짝 놀랐다. 무슨 파탄이 온 것이로구나 하는 생각이 불빛같이 머리에 번쩍하였던 것이다.

"그건 무슨 소리야? 새삼스럽게 어떤 사람이냐고 근지를 캐다니?"

화순이는 나무라는 어기로 대꾸를 하였다.

그러나 돈을 세다가 질겁을 해서 숨기고, 어디다가 감추는지 감추더라는 희숙이의 이야기를 듣고는 한참 동안 말이 없었다.

"내, 물어보면 알겠지만 처가살이를 하니까 돈이 있는 줄 알구 텅텅 쓰랠까 봐 그런 거지. 뭐 지나치게 생각할 거 없어."

7

"글쎄. 위인야 아다시피 소탈하니 옹졸한 편은 아니지만. 모르지, 돈에 가서는……. 아직 서루 성미를 모르구, 과거의 생활을 이해하지 못

한 데서 오는 오해겠지."

희숙이가 간 뒤에 아내의 하는 말을 듣고 동재는 이런 소리를 하고 웃어 버렸다. 그러나 결혼한 지 한 달도 못 되어서 그따위 소리가 들리는 것이 듣기에 좋을 것은 없었다.

대관절 어떡하면 원만한 결합, 소리 없는 부부생활이 성립되고 지속된다는 것인구? 하는 생각도 새삼스럽게 해 보는 것이었다.

"강 군! 왜 그리 만날 수 없어? ……."

어느 날 출근시간에, 동재는 복도에서 앞서 들어가는 필원이를 보고 알은체를 하며, 아내에게 들은 말이 있는지라,

"어때? 원만하지?"

하고 껄껄 웃었다.

"원만하다뿐이겠습니까, 대원만입니다. 한번 댁에 데리구 뵈러 가죠."

하며 필원이도 너털웃음을 터뜨렸다. 식을 치르고 나서 한번 인사를 간다면서 못 갔기에 하는 말이었다.

그래서 그런지 필원이는 토요일 오후에 동재에게 와서

"내일 오후에 시간 있으시겠습니까? 제 처 데리고 뵈러 가겠습니다."

하고 선통을 하더니, 이튿날 낮에 술 두병에 고기를 세 근이나 사서 내외가 들고 기분들이 좋아서 왔다.

화순이는, 희숙이가 저번에 왔을 때보다는 생글생글 웃으며 신기가 좋은 것을 보고 속으로 다행하다고 생각하였다.

"그건 왜 사 들구 다니나? 요새 돈 잘 번단 말은 들었지만……."

동재는 슬쩍 떠보는 말이었다.

"아, 돈 벌어야 살지 않습니까. 잘 벌어지지를 않으니까 걱정이죠. 하하하. ……누가 그래요?"

필원이가 좀 어색한 듯이 정색을 하며 묻는 눈치가, 자기의 짐작이 맞았나 보다고 동재는 속으로 웃었다. 월급 때도 아닌데 돈뭉치를 들고 들어가서 돌아앉아 세어서 감추어 둔다니 듣기에 흉측맞기도 하나, 아마 상인과 접촉이 많으니 잔다란 상인을 상대로 돈놀이를 하는가 싶었던 것이다.

"술에 고기에 생길 줄 알았더면 김 과장두 오라 했더면 좋았는걸……."

택규 생각이 난 것이었다.

"그러지 않아두 그럴까 했습니다만, 오늘은 정식으루 뵈러 오는데 술 타령이나 하러 온 것 같을까 봐서요. 허허허."

"정식 예방을 오셨는데 대접할 게 없어 내가 큰일 났군요."

안방에서 희숙이와 요새 지내는 이야기를 듣고 앉았다가 마루의 소파에 앉아서 수작하는 소리에 알은체를 하며 웃는다.

"아니, 저의는 곧 가겠습니다. 오랜만에 영화라두 구경을 할까구. 허허허."

"아주 원만하신 걸 자랑은 치시는구면! 우린 신혼하구 영화 구경두 못 다녔지만, 그래 신혼여행은 단 하루예요?"
하고 화순이는 '노랭이'라고 놀려 주었다.

"아 그럼 어쩝니까. 식장두 빌려 쓰지 못한 체신이, 가 보니 여관 숙박비가 하두 엄청나지 않아요 두 노랭이가 합의가 되어 원만히 일찌감치 퇴각을 했죠."

깔깔들대었다. 다른 데는 도리어 허접할 지경으로 손이 크고 활수가
좋은데 그러한 데 바자윈 것을 보면, 이런 때 술 한 병이라도 가지고
오는 것은 제 주머니를 털지 않아도 후생과 관계로 돈 안 들이고 눈치
껏 되는 길이 있어서 그런 것이었다.

"순애야, 너 가서 효제동 아저씨 놀러 오시라 해라."

"허지만 그 냥반 바뻐서 댁에 계실라구."

하고, 무슨 소식이나 들으려는 듯이 동재가 눈이 커대지니까, 필원이는
하하하 하고 웃기만 한다.

8

건넌방에서 혼자 잡지를 보고 있던 순애가 냉큼 윗저고리를 떼어 입
고 나섰다. 형은 있어도 그런 심부름을 보내지 않겠지마는, 다방골 예
회(例會)에 가고, 상기도 없으니, 심부름은 순애의 차례였다. '예회'라는
것은 언젠가 다방골서 냉면 먹던 날, 매 주일 일요일면 모여서 놀자고
언니 어머니가 한 말이 있기에 형을 놀리는 말이었다. 오늘도 영애가
나가는 것을 보고 순애는 좀 부러운 듯이

"예배를 보러 가는 게 아니라 예회에 가는 거요?"

하고 웃음엣소리를 하였었다. 어머니 만나러 가는 것이 변스러운 일은
아니지만, 거기를 가면 정진이를 만나 놀려니 하여서 예회라고 명토를
박아 놀리는 것이었다.

순애의 발자국이 뜨니까 필원이는 또 싱긋 웃으며

"과장님, 평생에 연애편지 몇 장이나 써 보셨습니까?"

하고 난데없는 소리를 꺼낸다.

"쓸 데도 없었지만, 첫대 쓸 줄을 알아야 쓰지. 허허허."

"그 점은 나 마찬가지루 불행하십니다그려."

"아니랍니다. 결혼 전에 내게 적어두 백 장은 하셨는데, 무슨 딴소리 야!"

화순이가 안방에서 나오며 실없이 탄하고 깔깔대었다.

"허지만 오십 줄에 들어서 연애편지두 그럴듯하죠?"

"하하하. 알겠어! 좋지 좋아! 난 보낼 데만 있으면 차작(借作)을 하여 서라두 보내겠건마는! 허허허. 그래 효험이 있는 모양야?"

"있다마다요. 중국요릿집에 앉아서 보이를 시켜 편지쪽지를 보내면 우리 당고모님은 붙들구 있던 산판을 내던지구 줄달음질을 쳐서 가시 구……허허허."

하며 필원이는 호들갑을 찔었다.

"어이, 고마워라!"

화순이가 웃으며 대꾸를 하니까,

"부럽지는 않구?"

하며 동재가 웃는다.

"왜 안 부러워요!"

화순이는 비꼬듯이 웃으며 부엌으로 내려갔다.

택규가 오니까, 동재의 첫 인사가

"자네, 요새 웬 글이 그렇게 늘었나?"

하고 놀렸다.

"그거 무슨 소리야?"

택규는 눈이 휘둥그래졌다.

"듣자니 레터 페이퍼를 사다 놓구 색 봉투를 사다 놓구⋯⋯."

"에이 이 사람!"

택규도 알아차리고 껄껄대었다.

사실 중국요릿집에 가 앉아서 잠깐 만나자고 편지를 한 일이 있었고, 맞대해 놓고는 할 말을 다하지 못하겠기에 좀 창피스러운 생각도 없지 않았지마는, 진정을 토로한 만지장설을 필운동 집에 우편으로 보낸 일도 있었다. 그것을 이 놈팡이 조카놈의 입으로 폭로를 시켰구나 하고 웃고 말았으나 마음에 좋을 일은 없다. 마님의 입에서 나왔는지? 당자의 입에서 그런 말이 나왔는지? 당자가 그런 비밀까지 설토했다면 괘씸도 하고 분하였다. 택규의 마음은 그만치 젊어지었다.

필원이 내외가 저녁 대접을 받고 정말 구경 간다고 먼저 일어서는 것을 보고, 택규는 부러운 듯이 머쓱해지며, 따라 일어설 묘리는 없으니 연해 술잔만 든다.

"자네, 집에 들어가면 편지라두 한 장 쓰구 싶을 심회일 텐데 너무 취해 안 되지 않나!"

하고 동재가 또 껄껄 웃었다.

위문

1

토요일이기로 택규는 은행에서 일찍 나오는 길에 오랜만에 시장 안에를 들러 보았다. 정성을 들여야 한다기보다도 언제 귀정이 날지는 모르는 일이나, 하여간 가끔 이렇게 찾아다니는 것만으로도 마음의 위안이 되는 것이었다. 사무와 살림에 그날그날을 분주히 보내면서도 술잔만으로는 위안이 안 되는 마음의 공허를 메꾸어 주는 것은 명희가 있거니 하는 생각이요 커다란 희망을 주는 것이었다.

"어서 오슈. 왜 요새는 그리 뵙기 드물어요?"

언제나 마님은 상냥한 웃음으로 맞아 주는 것이었다.

"따님은 어디 가셨나요?"

명희가 늘 앉았는 자리에는, 나이는 지긋하나 명희 비슷한 조촐한 중년 부인이 앉아서 택규를 말끔히 치어다보다가 눈이 마주치니까 외면을 한다.

"앓는답니다."

"에? 그거 안됐군요."

택규는 약간 놀라는 표정이었다.

"감기 몸살루, 한 사날 누웠는데, 뭐 인젠 일어나게 됐어요."

"무리예요. 날마다 좀 고단들 하시겠어요. 마님께서도 노래에 몸조심 하세야죠."

택규는 담배를 꺼내서 붙이며, 시스러운 아낙네 때문에 걸터앉지도 않고 몇 마디 수작을 하다가 돌쳐섰다.

'가서 찾아보면 알겠지.'

마님한테 집을 물어보고 싶었건마는, 차마 입에서 말이 나오지를 않아서 그대로 시장을 나오면서, 택규는 혼자 생각하는 것이었다. 하여간 명희를 집으로 찾아가 본다는 데서 마음이 들먹들먹하는 것 같았다. 적어도 한 십 년 젊어진 요새의 택규였다. 옆에서 신혼생활을 하는 것을 보니 더 그렇다.

'내가 마음이 달떠 나가는 건가?'

택규는 버스 속에서 가만히 생각을 해 보고는 속으로 코웃음을 쳤다.

사직공원까지는 길을 뻔히 아니까 쳐달아 왔으나, 그 옆댕이 매동 국민학교 앞이라고만 해서는 남대문입납(入納)이다. 더구나 남의 집 협포에 사니 문패가 있을 리 없다.

오락가락하며 문간에 나섰는 아낙네에게 물어보고 구멍가게에 물어봐도 알 도리가 없다.

동회를 찾아가면 알려니 하고 길모퉁이 복덕방이란 포장만 담벼락에 걸어놓고 평상에 걸터앉았는 두서넛 노인에게 물으니, 그러지 말고 저 건너 반장 집에 가서 물어보라고 일러 주었다.

딴은 어째 그런 생각이 못 들었던고 하고 인제는 되었고나 하고 일러 주는 대로 뛰어가듯 가 보았으나 반장 집을 찾기도 그리 쉽지는 않았다. 납작납작한 집이 문들이 꼭꼭 지치어 있고, 초여름 볕이 쨍히 비친 종용한 동리였다. 어쩐둥 지나는 아낙네를 붙들고 물어서 겨우 반장 집을 찾아 들어갔다.

"네, 바루 조기예요."

젊은 반장아씨가 문간에까지 나와서 손짓으로 알려주는 데는 참 반가웠다.

와 보니, 이 앞을 몇 번이나 왔다 갔다 한 데다. 아마 동리 안에서는 제일 버젓한 문전일 것이다. 택규는 한숨을 휘 쉬고 땀이 밴 모자를 벗어 땀을 씻으며 요샛말로 '계십니까?' 할 수도 없고 '이러너라' 할 수도 없어서 멈칫멈칫 하다가,

"여보시오."

하고 소리를 치니까 처음에는 잠잠하더니 두 번째 소리에,

"복순아 나가 봐라."

하고 바로 가까운 데서 여자의 목소리가 응한다. 귀에 익은 목소리인 데에 택규는 전신이 귀가 되고 눈이 된 듯이 정신이 번쩍하였다.

뒤미처 쪼르를 나온 식모아이를 새에 넣고, 벽 하나 격해서 서로 들리는 정중한 전갈이 오락가락한 뒤에

"들어오시라 해라."

하는 안 전갈과 함께 택규는 큰 기침을 하고 사랑채로 들어섰다. 사실 정중하게 하지 않고 조그만치라도 명희의 비위에 거슬렀다가는 큰일이니 조심조심하였다.

"여긴 어떻게 오세요?"

자리를 부리나케 걷어 쌓고 버선을 신고 머리를 쓰다듬으며 나서는 명희는 웃는 낮도 아니요, 일갓집 오라버니나 맞듯이 예사로웠다.

"아, 편찮으시다게……."

택규는 어떻게 왔느냐는 인사요, 왜 왔느냐는 핀잔이 아닌 것만 다행해서 벙글 웃었다. 쌀쌀한 얼굴이나마 만나니 반갑다. 한 번도 터놓고 웃는 것을 보지 못하였지마는 언제 보나 반가운 얼굴이다. 주인집 식모아이는 보지 못하던 점잖은 신사가 혼자 있는데 찾아온 것을 이상히 여겼던지 말똥히 물계를 보다가 들어갔다.

"그래 좀 어떠세요?"

"뭐 어떻구 말구 있에요. 무슨 대단한 병이라구."

겸사보다도 대단치 않은 병에 무슨 정성이 뻗쳐서 위문을 왔느냐고 핀잔을 주는 어기이었다.

"종용히 뉘 계신데 괜히 왔군요."

남자의 이 말에는 명희도 미안한 생각이 들어서 긴장하였던 낯빛을

느꾸며

"어서 올러오세요"

하고 권했다.

"아, 난 가겠습니다. 잠깐 뵈었으니 그만이죠."

쾌쾌히 가겠다는 말소리는 푸대접을 받아서 노엽다는 어기요, '뵈었으니 그만이죠' 하는 말에는 정에 겨운 애조(哀調)가 품기어 있는 것을, 명희의 예민한 귀는 갈래를 차려 알아들었다. 명희는 오랜만에 마음에 살랑 건드리는 것을 깨달았다.

"어머니, 혼자 계세요?"

방에 들어와서 아랫목은 피해서 마주앉는 택규에게 물었다.

"또 누구, 한 분 손님이 와 앉었더군요. 어머님두 좀 쉬시게 하실 일이지, 노인네를 혼자 나가시게 해서 돼요?"

이것은 그 마님이 자기에게 친절하니까 하는 말이었다.

"우리 거래하는 이인데 우연히 왔다가 내가 앓는 걸 보구 대신 봐 주마구 이틀쨌가 점방에 나와 주는군요."

"내, 어째 눈치가 다르더라니! 난 형님인가? 했군요."

"호호호 어디가 비슷한 데라두 있어요? 그인 젊어서 참 이뻤을 거예요. 지금두 가만히 보면 고대룬데!"

이야기가 어떻게 가로 새었다.

"누군데요? 젊었을 적 친구가 아니신 모양인데 고대룬지 아닌지는 어떻게 아시나요?"

하고 택규도 별로 할 이야기가 없으니 이렇게 대꾸를 하며 웃었다. 딴은 예쁜 모습이라고 생각했던 것이다.

"누구라면 아시겠어요? 호호호……그이두 날 모양으루 홀몸으루 나 같은 생활을 하구 있는데 저편 의향은 모르지만 소개해 드릴까요?"

명희는 웃음엣소리처럼 하는 말이었다.

편지를 네다섯 차례 받은 뒤로는 명희도 이만큼 익숙하여졌다.

"허! 누구를 여자 걸신이 들린 줄 아시는군!"

말은 좀 천착하나 택규는 웃음을 참고 분개하는 듯이 한탄을 하여 보였다.

3

"왜 그런 상스런 소리를 하세요"

하고 명희는 우선 나무라 놓고,

"바른대루 말씀이지, 계집 걸신이 안 드셨으면 점잖으신 체통에 날 같은 장돌뱅이를 왜 찾아다니시는 거예요!"

하고 얼굴에 모닥불을 붓는 듯한 핀잔을 몰풍스럽게 주었다.

"허허허. 아무리 나 같은 불상놈에게기루 어떻게 그런 상소리를 하신 단 말예요"

하고 택규는 또 껄껄 웃다가 윗목에 놓인 자릿장에 자리 대신 피륙이 쌓인 위에 모시[苧] 필이 얹혀 있는 것을 보고,

"올에는 모시 두루마기를 하나 해 입으려는데, 이즈막엔 세저(細苧) 한 필에 얼마나 하는지요?"

하고 딴청을 하였다.

"지금 세상에 모시 두루매긴 왜 해 입으시겠다는 거예요? 흉 없게, 촌뜨기같이! 여름에 고의적삼은 좋지만 그것두 시중이 얼마라구? 여편 네 뼛골 빠져요."

사실 그런 점도 있지마는, 명희가 자기더러 뒤를 거두라는 듯이나싶 이 펄쩍 뛰는 것이, 택규에게는 좋기도 하고 우습기도 하였다.

"뭐, 해방 후에 어린애 복건도 씌우구 태사신두 신켰는데 모시 두루 매기쯤 입기야! 하하하."

"선생님, 복고주의자(復古主義者)시군요?"

하고 명희는 깔깔 웃었다. 장돌뱅이, 이 여자의 입에서 뜻을 알든 모르 든 간에 '복고주의자'라는 말이 튀어 나오는 바람에 택규는 속으로 좀 놀랐다.

'하기야 어엿한 여학교 출신 아닌가! 하지만 서울 여자란 장사에는 손방인데 행세하는 집에서 자라난 교양 있는 여자가 그런 장사 길로 나섰다는 게 용하지! ……'

택규는 이런 생각을 하며,

"대관절 요새 세상에 모시 두루마기를 지어낼 솜씨 있는 바느질꾼이 있기나 한지요."

하고 껄껄 웃었다.

"내라두 지으라면 못 질까요. 그런 객설 그만하시구 마루에 잠깐 나 가 계세요."

명희 자신도 너무 무관한 말씨인 줄 알면서도 시스럽게 구는 것보다 는 차라리 그 편이 낫다고 생각하는 것이었다.

"아, 그렇다면 세상 없어두 한 벌 꼭 부탁합니다. 죽을 때까지 입을 거니까 평생에 기념이 될 겁니다."

택규는, '지으라면 나라두 못 질까!'라는 여자의 말에 또 한 겹 뜻이 있는 듯이 들려서, 귀가 번쩍하여 껄껄대며 모자를 들고 일어섰다.

"같이 나가세요. 밖에서 잠깐만 기대려 주세요."

옷을 갈아입겠다는 것이었다.

"벌써 기동을 해 되겠어요? 더 뉘 계실 걸 괜히 왔군요!"

택규는 속으로는 입이 떡 벌어지면서도 인사로 한마디 하고 마루로 나서며 방문을 닫아 주었다.

'일이란 때가 있는 거야! 허지만 그 때를 놓치면 또 안 되는 것이거든!'

택규는 담배를 또 하나 피어 물고 뒷짐을 짓고 좁은 뜰을 오락가락 하며 오늘 위문 온 것이 잘 되었다고 이 행운의 날을 축복하는 것이었다.

모시 두루마기는 흉하니 해 입지 말라, 조선옷은 시중이 얼마나 드는지 아느냐! ……하는 말눈치도 듣기에 퍽 좋았던 것을 다시 생각해 보며 혼자 빙그레 웃는다.

4

명희는 후딱 머리를 빗은 뒤에 옷을 갈아입고 나섰다.

"너무 기대리세서 죄송합니다."

진솔버선에 닦아 놓았던 흰 고무신을 신고 산뜻이 뜰로 내려서는 명

희를, 택규는 만족한 듯이 바라보다가

"아니 명희 씨야말루 복고주의자 아니신가!"

하고 깔깔 웃었다.

"왜요? 나이롱 치마가 아니래서요?"

명희도 생긋하며 치맛자락을 매만지며 내려다보았다.

연옥색 모시 진솔 치마에, 생고사인지 무언지, 이것도 지금 세상에는 보기 드문 사겹 저고리를 입었다. 그래도 그것이 눈 서투르기커녕 아담하여 보였다. 오늘은 장사꾼으로 나서는 것이 아니라, 해도 기울었지마는 놀러 나가는 차림차리였다. 바깥의 쪽문을 잠그는 동안 택규는 커다란 핸드백을 받아서 대신 들어 주었다.

"이거 어디 자그만치 핸드백인가! 전기회사 수금원 가방이지. 이것만 들구 빼면 한동안 잘 놀련만……."

택규는 옆에서 이런 실없은 소리도 하였다.

"호호호 좀 열어 보세요 무에 들었나."

"딴은 장사꾼이 돈 걷으러 나가는 가방 속에 무에 들었을구. 허허허."

하고 손가방을 명희에게 내어주었다.

두 남녀는, 적어도 택규는 매우 유쾌하였다. 둘이서 이렇게 어깨를 겯고 큰 거리에 나와 본 일도 처음이다. 길에서나 찻간에서 모두들 치어다보는 것은, '아 걸맞는 부부로구나!' 하고 감탄을 하는 것 같아서 택규는 더욱 어깨가 으쓱하였다. 그러나 대개는 명희의 옷맵시와 모시 진솔 치마를 보고 나서 얼굴을 치어다보는 것이었다.

차에서 내려서 명희는 안 가겠다고 사양하는 택규를 끌고 시장 속으로 들어갔다. 택규도 떨어지기가 아까웠고 점방에 있는 여자도 다시 보아 두어서 손 될 일은 없다는 생각이었다.

문득 정말 그 여자를 소개하려고 끌고 가는 것이나 아닌가? 하는 의혹과, 이 여자에게 마음이 쏠렸으면서 그 여자는 보아 두어서 무얼하겠다는 건가? 하는 반성이 없지 않으면서, 그래도 헤어지기가 싫으니 줄줄 좇아가는 것이었다.

"에그, 얼마나 수구하세요 바쁘신데 댁 일을 제쳐 놓구……어서 가 보세야지."

"그래 인젠 괜찮으셔요?"

점두(店頭)에서, 일어서 맞는 그 여자와 주고받는 인사였다.

"어서 이리 앉으세요 어떻게 마침 잘 만나셨군요"

명희 모친은 방석을 내놓으며 택규에게 권한다.

"집에 오셨어요. 집을 찾느라구 무진 고생을 하셨대요"

딸의 설명이다.

"저런! 그런 줄 알았더면 잘 가르쳐 드리는 걸! 내게 물어보구 가실 일이지."

모친이 펄쩍 놀라는 소리를 하니까,

"원체 수줍으세서……."

하고 명희는 비양대듯이 가만히 한마디 하며 웃는다. 택규도 따라서 벙긋하였으나, 이 여자가 오늘로 이렇게 싹싹해진 것도 이상하거니와 여간내기가 아니로구나 하고 다소 놀라기도 하였다.

택규는 앉지도 않고 간다 하고 다방골네도 일어서고 하는 것을 명희는 간신히 붙들어서, 저녁이나 같이 먹고 헤어지자고 다시 시장 밖으로 데리고 나왔다.

5

"난 가겠에요. 어서 두 분이 들어가세요."

택규가 늘 오던 청요릿집 문전이다. 이틀이나 일을 도와준 동무에게 대접을 하여 보내려는 눈치인데, 따라 들어가기가 안 되어서 택규는 사양을 하였다.

"뭘, 난 얻어만 먹구 선생님께 한 번두 대접 못 하란 말씀예요."

명희가 뼈지게 하는 말에 택규도 웃으며 따라섰다. 여러 번 점심이나 저녁을 얻어먹은 대거리로 마음먹고 택규를 대접하려는 것인가 싶기도 하지마는, 택규도 여자들 틈에 끼어 놀고 싶지 않은 것도 아니었다.

"두 분 인사하세요. 이 분은 홍선도 씨……."

방에 들어앉자 명희는 두 남녀를 인사시켰다.

택규는 어디서 보던 얼굴 같다고 생각하였으나 기억이 머리에 떠오르지 않았다. 아까 힐끗 보던 것보다는 가까이 자세 보니 아닌 게 아니라 명희의 말마따나 젊었을 적 모습이 고대로 있는 듯싶이 살갗이 곱고 이지적으로 딱 버티는 기세면서도 예쁜 티가 아직도 남아 있다. 딴은 두 여자가 형제라고 볼 만치 어슷비슷한 데가 있으면서도 명희는 새침한 편이요 얌전한 살림꾼 같아 보이는 것이었다. 거기다 대면 홍선도 여사는 툭 틔고 남성적인 데가 있었다. 오랜 독신 생활에 중성(中性)이 된 것인지도 모르지마는, 그러기에 이러한 여자들은 팔자가 세다는 것인가 보다고 택규는 속으로 생각하였다.

요리가 나오니까 택규가 술병을 들면서 선도에게

"한 잔 안 하시렵니까?"

하고 권하니까

"글쎄요 자작(自酌)으루 혼자 잡수라기가 안됐으니까 한 잔을 할까
요."

하고 선뜻 잔을 들어서 받고 남자에게 쳐 주었다.

"엉, 난 어림두 없어. 빡빡한 때는 한 잔 할 줄 알았으면 좋으련마는."

명희는 들이대는 술병에 고개를 내두르며 앞에 놓인 술잔을 엎어버
렸다. 선도가 초면인 남자한테 술을 받고 술을 치고 하는 것을 보고 명
희는 시원스러워서 좋기도 하고 많이 놀아 보았나 보다는 의심도 들었
다.

한 잔만 한다던 선도는 둘째 잔도 사양치 않고 받았다.

"영감님이 약주를 좋아 하시는 게로군요?"

웃으면 놀리는 것같이 알까 봐서 택규는 시치미 떼고 슬쩍 이런 수
작을 붙여 보았다.

"영감은 무슨 쭉 째진 영감! 영감이 없으니까 이렇게 마음 놓구 술잔
두 먹구……팔자 편하죠."

하고 선도는 코웃음을 친다. 그러나 그 말하는 기색이나 어투가 상스럽
지 않고, 세상 경력에 달관한 것 같은 툭 트인 데가 있어 택규는 도리
어 놀랐다.

어쩌다가 젊은 전쟁미망인을 두엇 데리고 바느질품팔이를 하고 있는

223

신세라는 신세타령까지 나온 끝에

"그 또래 젊은 애들을 접촉해 보니까 참 사정이 딱하더군요. 국회는 무얼 하구, 정부는 무얼 하는 거예요? 젊은것들이 어린것을 끼구 헤매는 걸 보면 참 딱해요……."

"그렇겠죠."

택규가 말장단을 맞추었다.

"전쟁미망인이 한 십만은 넘을 것이니까. 난 전쟁미망인은 아니지만, 요담 선거에는 그들의 대표로 재봉틀을 집어 치우구 한 번 출마를 해 볼까두 싶은데 호호호……적어두 십만선량(十萬選良)은 될 거 아닙니까?"

"하하하……."

6

"입후보만 하십쇼그려. 선거 사무는 맡아 봐 드릴께."

택규의 말에 깔깔들 웃었다. 어떤 사정으로 내재봉소를 하는지 알 수는 없으나, 국회에 내세워도 한몫 볼 것 같은 다바진 데가 있는 선도이었다.

조그만 유리잔이지마는 선도는 한 댓 잔 먹고도 까딱이 없었다.

"약주 좋아하시는군요. 언제 한번 약주나 차려 놓구 잡쉬 볼까요."

택규가 또 술병을 드니까,

"온 천만에! 인제 고만예요."

하고 선도는 손을 내저었다.

"우리 연갑세루 이렇게 만나기가 쉽지 않은데, 한 달에 두어 번씩 만나서 저녁이나 먹구 노십시다요 명칭은 삼인회라 할까?"

택규가 웃으면서 그래도 진담으로 제의를 하는 것이었다.

"아이, 난 빠질 차례예요. 장돌뱅이가 어디 그런 한가로운 생활을 하겠어요 이인회나 하시죠."

명희가 머리를 내어저으며 대꾸를 한다.

"딴은 그렇지, 저녁상에 마나님하구 반주를 대작해 보세요 마님 서비스가 얼마나 좋아질라구."

"그런 줄은 알죠마는 그 마님이 없으니 말이죠. 허허허."

택규도 웬만치 술이 돌아서 신기가 좋았다.

"호호호, 반주의 대작할 사람을 구하시는구면? 어떻습니까? 나 같은 사람두 후보자의 한 사람은 되겠습니까?"

선도가 불그레 상기가 되어서 웃음엣소리를 하였다.

"입후보(立候補) 하시렵니까? 하하하."

택규도 취담으로 응하였다.

"애기가 차차 재미있어 가는군요"

명희가 간간대소를 하였다. 만나는 첫밧에 이렇게 순순히 수작이 되어 가는 것이 우습기도 하고 잘 되었다고 생각하는 것이었다. 명희는 되고 안 되는 것은 나중 일이요, 하여간에 소개를 해 주어서 떠맡겨 버리자는 생각이다.

"백년의 지기(知己)를 만나들 보셨으니 자 축배를 올려야지."

명희는 또 웃으며 술병을 들었다. 초면들인데 의미 있이, 놀리는 말이라면 좀 과하였다.

선도는 고개를 갸웃하였다. 처음에는 둘의 사이가 그러려니 하는 짐작이었더니, 슬며시 선이라도 보이려고 이런 자리를 꾸민 듯한 말눈치에 좋을 것은 없었다. 인격을 무시당한 것 같아서 불쾌한 것이요 이 나이에 또 시집을 가랴! 하는 생각인 것이다. 자식도 커 가지만 늦게 영감 공궤에 뼛골을 빼기도 싫어서 편히 혼자 살자는 것이다.

"아참, 은행에 나가신대죠? 어느 은행예요?"

아까 명희가 소개할 제 잠깐 들었기에 선도는 묻는 것이었다.

"K은행 ××지점예요. 지날 길에라두 들러 주세요."

"네."

하고 선도는 예사로 대꾸를 하였으나, 속으로 깜짝 놀랐다. 영애에게 들은 말이 있는지라, 이 사람이 정진이 어른이 아닌가 하는 생각이 떠오르며 하마터면

"이동재 씨 아시겠군요?"

하고 말이 나올 뻔한 것을 참아 버렸다.

'같은 은행원이면 인사과장을 모를라구.'

어설피 말을 꺼내지 않기가 다행이라고 생각하였다. 선도는 자기의 근지를 감추려면서 슬며시 조심하여야 하겠다는 경계하는 마음이 들며 설면하여졌다.

재회

1

"그 누군데, 여간내기가 아닌걸……."

중국요리점에서 나와서 선도를 보내고 둘이 돌쳐서며 택규가 혀를 내두르는 소리를 하였다.

"뭐 그렇지두 않아요 분명하구 얌전하답니다. 얌전하기에 혼잣손에, 자식 달린 젊은 것들을 데리구 그만큼 해 나가는 거 아녜요 잔소리 마시구 정성을 부지런히 들이세요"

명희는 웃음엣소리가 아니요 진담으로 택규의 사정을 보아서 일러 주는 것이었다.

"오늘 신기가 좋으시기에 웬일인가 했더니, 혼연 대접으루 마지막 술 한 잔을 멕여서 돌려세우자는 말씀이지만, 그런 수에 넘어갈 내가 아녜요"

택규는 코웃음을 쳤다. 오늘은 말 한마디라도 친절히 해 주는 데에 홀깍해서 속아 넘어간 것이 분하였다.

"글쎄 안 될 일을 젊은 애들처럼 억지만 부리시면 어쩌잔 말예요. 질질 끄는 것이 성이 가세요."

찬찬히 길을 돌아 걸으며 긴장한 빛이 피차의 얼굴에 어리었다. 마지막 담판에 들어가는 것이었다.

"글세, 질질 끄는 게 나두 성이 가시니 얼른 귀정을 내자는 거 아닌가요."

택규는 딴청의 소리를 하였다.

"너무 심한 말 같습니다만 좁아터진 저자 터에 저무두룩 오시는 것두 민망하구 귀찮아요."

마지막 가는 소리다. 택규의 평생에 처음 당하는 모욕이었다. 그러나 택규는 분개할 용기도 나지 않았다.

"허허허. 원체 정성이 지극해서 부처님두 기가 질려서 영험을 보여 주시기가 힘이 드신단 말이죠"

택규는 비꼬듯이 한마디 하고는

"다시 잘 생각해 보세요 저번에 마지막 편지한 대루만 하면 뭐 어려울 거 있어요."

명희는 잠자코 걷다가 시장 어귀에 와서

"안녕히 가세요."

하고 치어다보지도 않고 돌쳐섰다.

마지막 편지라는 것은, 일 년 후에 결혼하기로 하고 우선 약혼을 하자, 그러노라면 오라비도 제대가 되어 나오게 될 것이요, 자기도 집 마련을 해서 주게 될 것이다. 장사를 일 년 동안 더 하는 것은 반대가 아니다, 이러한 조건을 제출한 것이었다.

그러나 명희는 아무리 생각해 보아야 다 길러놓은 자식이라 하지마는 세 아이 네 아이 있는데 들어가서 시어머니 밑에서 이 사람 비위 맞추고 저 사람 비위 맞추어가며 시집살이 하기란 새삼스레 어려운 일이다. 약혼을 하느니 결혼식을 하느니 했댔자 계모라고나 할까! 첩장가 들었다 할 거지, 첩 노릇 할 바에야 좀 큼직한 자국을 얼르지! 영감을 얻고 싶으면 돈 벌어 가지고 내 손으로 고르지. 명희는 남자의 신수만 본다면 택규가 그런 대로 싫을 것은 없으나, 어머니와 함께 종용히 살고 싶은 것이다.

그런 점으로 말하면 선도는 늙은 어머니가 없다 할 뿐이지 성질로 보아도 명희보다 더 조건이 맞지 않을 것이다. 게다가 어린 사내놈이 있지 않은가. 하지만 내 자식을 몇 씩 거두어 달라면서 나 가지고 오는 자식 하나쯤 마다고 할 염의야 없지 않은가? 선도도 어떤 생각인지 모르지마는 살기가 명희보다 어려운 모양이니 그 씩씩한 성미에 좋다고 나 하고 들어앉아서 채를 잡고 휘두르려 할지도 모를 일이라고 명희는 슬며시 만나게 한 것이었다.

2

택규는 나이가 아깝게 꼴만 사나워져 가는 것이 분하고 실망도 이만저만이 아니건마는, 명희에게 노여운 생각은 들지 않았다. 첫 장마가 지리하게 계속하는 동안 은근히 심란한 그날그날을 울적히 보내며 퇴근해서는 집 속에 꾹 들어앉았었으나, 비가 개인 이튿날은 기분이 좀 돌아서 퇴근해 나오는 길에 본점으로 동재를 찾아갔다.

"오랜만이로군. 하여간 나가세."

동재는 활수 있이 앞장을 서 나왔으나, 얼마 안 되는 주머니밑천을 생각하고 근처의 은행 단골 식당으로 끌고 들어갔다.

"왜 이렇게 풀이 없나?"

동재는 마주 앉으며 담배를 꺼냈다.

"자넨, 사십 넘어 실연의 맛이란 모르겠지?"

택규는 웃지도 않고 실없이 대꾸를 하였다.

"그래, 사십 넘어 실연의 맛이 어떻던가? 하하하."

"그저 씁쓸달짝지근해. 씁쓸만 했으면 좋겠는데 달짝지근하니 성화지! 허허허. 중년 상처는 뭐 어떻다더니 난 아예 모든 게 단념야."

농담인지 진담인지는 모르겠으나 풀이 죽은 것은 사실이었다. 동재는 웃고만 있다가

"섣불리 생병을 사게 해서 안됐네마는 또 어디 다른 자국을 골라 보지. 뭐 걱정인가!"

하고 안위를 시키려니까 택규는 펄쩍 뛰며

"옛날 임금이 후궁(後宮) 삼천이라 해도 제일 사랑하는 총희는 하나였겠지! 대관절 연애가 뭔지나 알구 하는 말인가? 하하하……."

하고 여전히 진담을 농담으로 하는 말이었다.

"자네 말이 옳아. 난 두 번 장가를 갔어야 헛 간 거야. 자넨 팔짜 좋으이! 죽기 전에 연애를 다 해 보니! 하하하."

동재는 건성 대거리를 하며 웃어대는 것이었다.

"허지만, 자네만 알아 두게. 실상은 또 하나 후보자가 있기는 있는데, 아무래두 강명희 여사를 놓치기가 아까워서. 허허허."

택규는 점점 주기가 돌면서 명랑해졌다.

"누군데?"

"누구라면 알겠나. 부인께두 암말 말구 자네만 알아 두게. 만일 이 야기가 어느 정도 구체화하게 되면 자네 내외분한테두 선을 보이지."

택규는 반은 공상에서 빚어낸 이야기를 주흥으로 자랑삼아 하는 것이었다.

"삼천 후궁에 총희(寵姬)가 하나만 아니라 둘 있었더란 말인가? 허허 허. 아무튼 호강하네, 호강해!"

이만 나쎄에 더구나 종일 돈 숫자에 눈정력을 들이고 도장이나 딱딱 찍는 단조로운 생활을 판에 박은 듯이 하고 나면, 요즈음의 비싼 술을 마시면서 안주도 되지 않는 이런 객설로 머리의 피로를 씻어내는 것이었다. 그러나 일어설 무렵에 택규는 무슨 생각이 났는지 또 한마디 이런 소리를 하였다.

"연애가 무슨 아니꼬운 연앤가. 늦게 어떡허면 편히 살까 하는 이해 타산으루 덤비는 게 잘못이라 할 수는 없지만. ……그러기에 연애란 집의 큰애나 자네 댁의 영애 또래 나이의 애들이 속삭이게 내버려 둘 일이지."

하며 자탄인지 무슨 의미가 있어 하는 말인지 알 수 없는 소리를 하였다.

동재는, 정진이가 음악회의 표를 주어서 영애가 구경을 다닌다는 말은 아내의 고자질로 들어서 아는 터요, 의남매나 되는 듯이 흉허물 없이 지내는 눈치를 모르는 것은 아니나, 무어 대가리들이 커졌다고 새삼스럽게 그러지 말라고 말릴 일도 못 되기에 모른 척해 두어 온 것인데, 지금 택규의 입에서 연애는 그런 젊은 애들에게나 맡겨둘 것이라는 말을 들으니, 무슨 의사표시가 아닌가? 사돈이 되자는 말은 아닌가? 영애를 며느리를 삼겠다는 뜻을 은근히 비치는 것이나 아닌가? 하는 생각이 들면서

"허! 자네 언제부터 그런 자유주의자가 됐나?"

하고 어정쩡한 대꾸를 하며 웃어만 버렸다. 그러나 택규의 말이 그러한 의사를 표시한 것이라 하여도 동재는 불쾌하지는 않았다. 다만

'이 사람, 자네 장가갈 걱정하랴, 아들 성취시킬 걱정하랴, 대단히 바쁘이그려.'

하고 농담이나 한마디 하고 싶었으나, 그랬다가는 정말 자기의 의사표시가 되겠기에 잠자코 말았다.

"아니, 그렇다구 난 방임주의는 아냐. 아무리 서투른 삼등선장이라두 첫 항로(航路)에 나서려는 젊은 것을 붙들어 줘야 하지 않겠나!"

"그야 그렇지만 어서 자네 일부터 끝장을 내게."

동재의 당부였다.

택규는 동재와 헤어져서 오늘은 단연코 명희를 찾아가 보리라고 결심을 하였다. 한 잔 김에 뭉쳤던 마음이 풀리기도 하였지마는, 자네 일

부터 끝장을 내라는 동재의 말이 격동을 시키기도 하였다.

점방을 들일 무렵이라 침침해진 시장거리는 인적이 뜸해지고 조용해졌다.

"약주 잡수셨군요?"

점방 앞에 가서 딱 서니 명희의 첫 인사였다. 그래도 그날 그렇게 하고 헤어진 뒤로 거진 보름 만에 만나는지라, 반가운 기색으로 웃어 보였다.

"에, 홧김에! ……"

택규는 퉁명스럽게 한마디 하고는 얼른 명희 모친에게

"장마에 댁엔 무고하셨에요?"

하고 인사를 하였다.

"왜 요샌 한 번두 안 들리슈?"

"영업 방해라구 오지 말라는데요."

"온 천만에!"

마님은 펄쩍 뛰었다.

"나 잠깐……"

만나니 무슨 긴한 이야기가 있는 것도 아니요, 택규는 벙벙히 앉았다가 일어서며 눈짓을 했다. 그래도 만나기만 하면 조용히 둘이만 거닐면서 피차의 마음의 속삭임에 귀를 기울이고 싶은 충동이 무럭무럭 나는 것이었다.

"어디 먼 덴 못 가요."

하고 미리 방패막이를 하면서도 명희는 선뜻 나섰다.

"횡액을 만났다구 하시겠지만, 나두 그다지 낭패로운 사람은 아닌데……"

동구 밖으로 나서며 인적이 드문 큰 거리를 나란히 걸으며 택규가 말을 꺼내려니까, 명희는 입을 틀어막듯이

"이건 새삼스럽게 무슨 말씀이세요?"
하고 가만히 훌뿌리는 소리를 하였다.

"허지만 우리가 어떻게 알게 되었던 간에, 인제는 백지루 돌아가서 우정(友情)이야 지킬 수 있을 거 아니겠나요?"

택규의 말소리는 주기가 있어 그렇겠지마는 숨이 거세면서 애원하는 듯하였다.

"그야 그렇죠."

명희의 대답은 선선하였다. 의아하던 얼굴도 명랑해졌다.

4

청계천 천변 가를 거슬러 올라가며 기껏 한 이야기라야, 기위 말을 낸 것이니 소위 삼인회를 이번 토요일에 하자는 의논이었다. 명희는 생긋 웃으며

"그러세요. 데리구 가죠."
하고 선선히 대답은 하면서도 한편으로는 서운도 하였다. 싫은 것은 아니면서 그럴 수밖에 없어 민주를 대는 소리를 해 놓고 너무 심했다고 뉘우치기도 하고 미안한 생각이 없지 않던 터인데, 남자의 입에서 친구로 지내자는, 말하자면 소원대로 떨어져 간다는 마지막 선언을 듣고 삼

인회인가를 핑계로 다방골집을 만나게 해 달라니, 섭섭한 생각이 저절로 드는 것이었다.

그동안 들를 줄 알았던 선도가 오지를 않아서 맞추러 다니고 하여 간신히 제 날짜에 만나서 택규가 일러준 대로 명동의 향초다방을 찾아갔었다.

"가 뵙지는 못하구 바쁘신데 오시래서 미안합니다."

택규가 선도에게 반색을 하는 것을 보고, 밀려 선 명희는 덜 좋은 낯빛이었다. 오랜만에 만나는 택규는 신기하고 반가운 생각도 없지 않았으나 명희가 보는 데서 일부러 호들갑을 떠는 것이기도 하였다.

장마 뒤에 훨쩍 더워진 날씨라 냉커피가 선뜻선뜻해서 좋았다.

"그럼 난 좀 먼저 가 봐야 하겠어요."

명희가 먼저 일어서려니까

"이건 무슨 소리세요."

하고 둘이 따라 일어섰다. 선도는 멋모르고 끌려 다니는 것 같아서 실쭉한 기색이기도 하였다.

택규는 두 여자를 바로 길 건너인 본점의 단골 식당으로 데리고 옮아갔다. 명희도 유난스럽게 뿌리치고 갈 수가 없으니 따라갔다.

식당 안은 한참 복작대어서 앞선 택규와 두 여자는 떨어졌다.

"어! 자네 혼잔가? 이리 앉게그려."

왼편 줄의 한 중턱에 자리 잡고 먹어가며 떠들어대는 축 속에서 동재의 목소리가 난다.

여기는 값도 싸지마는 음식이 갖가지로 있어서 끌고 온 것인데 동재를 만나서 좀 안된 생각이 들었다.

"응, 동행이 있어. 이따 오지."

택규는 대꾸를 하며 좌중이 모두 알 사람이니 인사를 하는 동안에 뒤따른 여자들은 획획 지나갔다. 동재는 무심하였다가 앞선 명희가 힐끗 스치며 뒤따른 여자의 얼굴을 언뜻 보고는 외면을 하였다. 그러나 동재가 깜짝 놀라며 얼굴빛이 달라진 거까지는, 택규는 무심하였다.

"아니, 이따 내게루 오게. 할 이야기두 있으니."

하고 택규는 활기 있게 여자들의 뒤를 쫓아갔다. 그러나 동재는 금시로 술이 깨이는 것 같으며 무엇을 생각하는 듯이 눈 속이 깊어갔다.

'응, 결국 그거야? ……'

동재는 분명히 맨 뒤의 여자가 선도인 듯싶어서 불쾌도 하고, 하필 택규와 어울리게 되다니, 저절로 눈살이 찌푸려졌다.

저 구석자리에 앉아서 요리가 나오니까 택규는 동재를 부르러 왔다.

"아, 난 취차포(醉且飽)야. 일어설 판인데 내 걱정 말구 잘 놀구 오게."

하며 동재는 정말 모자를 쓰고 일어섰다.

"아니, 꼭 소개할 사람이 있어. 잠깐 가자구."

5

택규가 뿌리치고 나서는 동재를 붙들려니까,

"아, 정말 시간이 없어. 나두 미인 만나러 가야지. 놀다 가게."

하고 동재는 일행도 내버려 두고 혼자 먼저 가 버렸다. 그 눈치가 좀 달랐지마는 택규는 무심하였다.

"왜 이 과장 좀 안 오세요?"

택규가 자리에 와서 앉으니까 명희가 묻는다.

"미인이 더 많은 데루 간다나요. 허허허……."

"미인이 더 많은 데라니, 팔선녀를 꾸며야 하겠다는 건가? 어쨌든 우리두 미인 축에 들기는 하는구먼."

하고 선도가 웃으니까,

"그 무슨 말씀이슈? 우리가 미인이 아니었더라면 이 분명한 신사 양반이 삼인회는 왜 소집을 하실라구."

명희의 대거리에 웃고들 말았다.

선도는 전남편을 만났다는 데에 조금도 놀라지 않았고 동재처럼 허둥대지도 않았다. 자기가 들어오는 것을 보았기에 마주치는 것이 싫어서 허둥지둥 피해 가 버리는 것일 것이니, 자기는 아무렇지도 않은 데 비해서 남자의 마음이 우습다고 선도는 속으로 가만히 생각하였다.

'다시 한 번 만나 봤으면 피차에 어떨구?'

나이 먹어 가니 젊었을 적에 지낸 일이 그리워 그런지, 선도는 모든 묵은 감정이 쓱싹 풀리고 이러한 생각도 드는 것이었다.

선도는 오늘은, 골무 같은 잔이지마는 거진 열 잔이나 먹으며 신기가 좋아서 노닥거렸다. 그러나 대관절 이 남자와 명희의 사이가 어떠한 것인지? 그것이 알 수 없어 궁금하였다. 중년 상처꾼이라면야 과부댁만 둘씩 데리고 놀러 다니는 배짱을 모를 것은 아니나, 어째서 명희가 한 걸음 물러서고 자기를 대어 준 것인지 그 점이 알고 싶은 것이다. 남자가 탐이 나는 것이 아니라 다만 꼴을 보자는 흥미로 눈치만 살피는 것이었다. 물론 자기와 동재와의 관계를 이야기해서 흥을 깨뜨려 버릴 그런 어설픈 짓을 할 선도도 아니었다.

"이것 큰일 났군! 요담은 내 차렌데 점잖은 양반을 냉면집으루 모시구 갈 수두 없구……."

선도가 닭볶음이며 갈비찜이며 한참 주린 끝인 듯이 걸쌈스럽게 먹으며 하는 소리였다.

"삼인회의 헌장(憲章)은 세 사람이 돌림턱을 내자는 것은 아니니까 그 걱정 말구 내게 맡기세요."

"아니, 그래두 우리 집에 한번 오세요. 요담 토요일, 이 형님이 우리 집을 아시니까."

선도는 아무 생각 없이 한 말이지마는, 택규는 입이 헤에 벌어지며,

"아, 가다뿐이겠습니까! 이 아주머니께 또 좀 매달려야 하겠군요?"

택규의 그 말에 두 여자는 마주 보며 웃지도 않았다. 점잖지 않게 들렸던 것이다.

그래도 그 다음 토요일에 택규는 시장에 들러서 명희를 따라서 다방골에를 찾아 갔다. 건넌방에서는 재봉틀 소리가 요란하지만 조용한 집 속이었다.

"이런 누추한 데를 오시게 해서 죄송합니다."

주인댁의 인사이었지마는 택규는 집은 어쨌거나 만날 사람은 만나니 반가웠다. 이즈막에는 저절로 명희보다는 선도에게 마음이 끌리고, 지금도 명희와 같이 오면서 별 대꾸가 없을 만치 쓸쓸하여졌다.

토요회

1

향초다방으로 토요일 오후 네 시에 맞춘 대로 명희가 들어섰다. 택규
는 선도의 집에 간다는 것보다도 명희를 만나서 역시 반가웠다.

"안녕하세요? 어서 일어나세요"

명희는 웃어는 보였으나 아무쪼록 사무적으로 대하였다.

"아니, 차 한 잔……."

하고 택규는 저편에서 말릴 새도 없이 레지에 소리를 쳤다. 명희가 혼
자서 자기를 이렇게 다방으로 찾아왔다는 것이 신기하고 고마웠다. 평
생에 처음 되는 로맨스인 듯싶었다.

"괜한 발론을 해 놓고 바쁘신데들 애를 쓰시게 하는군요"

택규는 저번에도 이런 소리를 하더니, 퍽 미안해하는 눈치였다.

"그 집에는 일곱 살 먹은 전 남편 아이가 있죠"

예비지식으로 명희가 불쑥 이런 소리를 하니까 택규는 껄껄 웃으며

"누가 장가를 가겠다니 걱정이세요"

하고 딱 잡아뗴었다. 이 여자를 만나면 이리 마음이 쏠리고 저 여자를 만나서는 그리로 솔깃해지는, 지향을 못 하는 마음을 택규 자신도 모르는 것은 아니었다.

막가는 말로 둘 중에 누구든지 하나 걸리겠지, 하는 컴컴한 생각도 없는 것은 아니나, 선도에게 어린 아들이 있다는 말에 좀 놀라지 않을 수 없었다.

"마음에 들기만 하시면 그만이지, 아이가 있으면 어때요. 딴 살림 배포합쇼그려."

명희는 다방에서 나오며 다시 말을 꺼내 가지고

"오늘은 의향을 떠 볼까요?"

하고 묻는다.

"딴 살림 하자면 집 한 채 마련해야 하기는 일반인데……."

택규의 말은 너무나 타산적(打算的)이었다. '이왕 딴 살림하자면 당신 하구 살지!' 하는 뜻이다. 명희는 무심코 외면을 하였다. 하여간 유쾌할 것은 없는 말이었다. 명희 자신도 그러한 타산이 없는 것이 아니지만 남자의 순정이라는 것도 생각하는 것이었다.

"아이, 오시는구먼. 어서들 올러 오세요"

선도는 옷매를 말끔히 차리고 부엌에서 뛰어 나오며 맞는다.

"점방을 비구, 손님 모시구 오느라구 수구하셨수."

실상은 명희의 상점과 거래가 차차 늘어가니까, 저번에 일을 보아 주었다 해서 한턱 얻어먹기도 하였지마는, 명희에게도 한턱내자는 생각이었다.

"이 모양으로 삽니다. 오시라기가 창피한 데지만."

사실이 그렇지만, 요릿집에 가서 큰돈 쓸 수 없으니 민어 한 마리 고기 두 근으로 술안주나 만들고 어름어름 때우자는 것이기도 하였다.

그렇다고 집안사람들에게 틀일을 쉽게 해서는 안 됐으니 가까이 드나드는 앞집 마나님을 청해다가 부산히 음식을 차리는 것이다.

"나두 좀 거들어 드릴까? 혼잣손에 이거 미안하군요."

앞집 마나님이 무엇 때문인지 힝너케 나가는 것을 보자, 명희는 차를 마시다가 말고 부엌으로 내려왔다.

"어서 올라가 앉었어요 이런 데 들어와 옷 버려요."
하고 선도는 질색을 하였으나,

"아니, 내 말 좀 들어 봐요 이런 데서 시급한 얘기는 아닐지 모르지만, 형님, 대관절 저이를 어떻게 생각하슈?"
하며 소곤소곤 말을 비쳐 보았다.

2

"이건 별안간 무슨 소리슈? 아니, 내가 그런 말 듣자구 오늘 청한 줄 아시나 뵈."

목소리는 나직나직하나 선도는 펄쩍 뛰는 소리를 하였다.

"그야 그렇지만 우리끼리 무슨 흉 되는 것 아니구, 잘 생각해 봐 두세요 저 영감은 아주 열심인데! 호호호."

명희가 꿈질하는 기색도 없이 대거리를 하니까,

"사십에 무슨 시집일꾸! 하지만 영감을 해 가려면 어디 가 못 구해서, 새치기루 발등을 딛구 나설까! 호호호……."

하고 선도는 음식을 담으며 실없이 마주 웃었다.

"온 천만에! 난 왜 끌구 들어가세요"

명희도 펄쩍 뛰었다. 앞집 마나님이 큰 양접시를 들고 황급히 들어오는 바람에 그 이야기는 거기서 그쳤다.

"부끄럽습니다. 그저 약주나 한 잔 잡수시라는 거죠"

주인의 인사였다. 음식도 맛깔스럽지마는 좌석이 유쾌하였다. 아까 부엌에서 한 말이 있어서 선도의 신기가 유난히 좋아진 것인가 하며 명희는 어쩌면 가망이 있을 것이라고 눈치만 보는 것이었다.

"오늘은 토요일이죠. 내일은 또 일요회가 있답니다."

"일요회라니 정기루 모이시는구면? 계 도가는 아닌가요?"

명희가 웃으니까

"에, 무서워! 아예 계는 들지 마세요."

하고 택규가 금융계에 있느니만치 눈이 커대서 도리질을 하였다.

"아니랍니다. 우리 딸, 사위들이 모여들어서 한나절 놀다 가는 거죠"

"아, 출가한 따님두 있어요?"

택규는, 선도가 후보자의 자격이 점점 엷어 가는 듯이 생각되었다.

"그렇답니다. 손주 새끼까지 봤는데요"

하고 선도는 권하는 대로 술을 받아 마시며 웃었다. 말이 나온 끝에 실없이 대꾸를 하는 것이지마는, 그 사위라고 지목이 가는 정진이가 바로 이 남자의 아들이라는 것은, 선도나 명희나 몰랐다. 택규 역시 설마 큰

아이가 여기에를 놀러 다니리라는 것은 꿈에도 생각지 못한 일이다.

동재가 아내더러 '요릿집에서 만나니까 김 군이 명희와 또 하나 새 여자를 달고 다니던데, 그 신출이 누군고 하니 바루……' 하고 저번 요릿집에서 본 대로를 입 밖에 내었더면, 화순이의 성미에 당장 명희에게로 뛰어가서 폭로를 하여 버렸을 것이지마는, 동재는 입 밖에 내지를 않았다. 어쩐 내용인지도 모르거니와, 첫째 영애를 위해서요, 둘째 아내에게 까닭 없는 잔소리가 듣기 싫어서 모른 척해 버리기로 하였던 것이다.

'남 된 다음에야 누구하고 놀든 누구하고 살든 애가 말라서 총찰할 거 무어 있누……',

동재는 이런 생각이었으나 그래도 친한 사이인 택규가 선도와 가까이 지낸다는 것은 싫었다. 언제나 누구를 시켜서든지 귀띔을 해 주어야 하겠다고는 생각하였다.

"아, 왜 그리세요 약주 좀 더 하세야죠"

"아니, 취하면 큰일예요. 밥 주세요."

하면서도 택규는 흥이 나서 여전히 잔을 내밀고, 선도도 오늘은 마음 놓고 대작을 하는 것이었다.

"우리, 삼인회를 토요회루 고칠까요? 두 분 덕에 늙은 홀애비가 실없이 호강합니다."

택규는 실없이 이런 취담도 하였다.

"아닌 게 아니라 그렇죠 하지만 난 오늘뿐예요. 돈 벌어야지, 까닭 없이 바람이나 난 줄 알게요"

하고 명희는 고개를 내저었다.

일요회

1

"넌, 일요일이면 어디를 시간을 맞추어 나가니?"

정진이가 벌써 '노타이'로 산뜻이 차리고 제 방에서 나오는 것을 보고, 마루에 앉았던 택규는 보던 신문에서 눈을 들며 말을 붙였다. 아들이 무슨 낭패로운 일을 하지는 않으니까 그 점은 안심하고 놀러 다니는 것까지 총찰을 하는 아버지는 아니었다. 그러나 어제 저녁에 다방골에서 내일은 딸의 내외가 와서 노는 일요회가 있다고 하던 선도의 말이 무심중 생각나서 꼭 그러한 데에 놀러가는 것은 아니겠지마는 지나는 말로 묻는 것이었다.

"그저 산보 삼아 놀러 나가는 거죠 다녀오겠에요"

정진이는 인사를 하고 나왔다. 모르는 사람이 보면 맏형쯤으로 볼 만큼 나이보다도 젊은 아버지이지만, 퍽 어려워하고 범절이 분명하였다.

하지마는 공일에 놀러 나가도 세 끼를 집에 들어와서 꼬박꼬박 찾아

먹는 모양이던데 이 한두 달은 열한 시쯤이면 나가서 저녁때 들어오거
나 밤중에 들어오니 점심은 어디서 먹는지 그것도 생각하면 알 수 없
는 일이다.

'무어 벌써 계집애 꽁무니야 따라다닐라구.'

그러나 스물하나에 장가를 가면서 입이 벌어지던 자기 생각을 하면,
아직이 뭐냐고 택규는 혼자 코웃음을 쳤다.

며느릿감 될 만한 규수를 머릿속으로 골라 보니 역시 영애가 먼저
머리에 떠올랐다.

'그러나 그보다두 급한 것이……'

하고 택규의 생각은 다방골로 번져 갔다. 하지마는 선도란 여자를 상상
으로 자기 집에 들여앉혀 놓고 생각할 제, 아무래도 걸맞지 않았다.

'만나면 술잔이나 같이 들구 한때 놀기에는 알맞은 여자지, 살림에
는……'

하며, 고개를 외로 꼬았다. 그렇다고 싫은 것은 아니었다. 노는 맛으로
선도, 여자답고 고분고분히 살림할 사람으로는 명희, 두 여자가 다 욕
심이 나는 것이었다.

'에라. 우선 다방골집하구 딴 살림이나 해 볼까!'

그리 깨끗할 것도 없고 그리 더러울 것도 없이 그런 대로 늙어갈 선
도일 거니, 그저 그런 대로 생활비나 대어 주고 둘이 살자 해도 마다지
는 않을 여자같이 생각이 드는 것이었다. 그렇게 생각하니 재취니 뭐니
다 집어치우고 자기는 자기대로 빠져 나가고 큰집 살림은 며느리를 얼
른 보아서 맡겨 버리는 것도 한 방도라고 생각이 든다.

택규가 앉았다 누웠다 하며 한나절을 이러한 공상에 팔려 있는 동안 다방골서는 그야말로 일요회가 벌어졌다.

"아니, 한 번 물어본다면서 무심했지만 김 학생 아버니 나가시는 지점이 어느 지점이우?"

선도는 전전 토요일에 동재를 만난 뒤로 택규가 이 학생의 부친이나 아닌가? 하는 의심이 들기 시작하였으나 정진이의 이름도 분명히 기억하고 있지 못해서 택규에게는 물어보지 못하고 지금 아들에게 물어보는 것이다.

"××지점이죠. 왜 그러세요?"

"으응."

하고 선도는 고개를 끄덕이며 잠깐 놀라는 기색이었다. 실상, 선도는 확실히 부자간인 것을 알고 나서 어색도 하여질 것이요 가벼운 실망을 느낄 것이 무서워서 어제 택규에게도 더 자세한 것을 물어보지는 않았던 것이다.

"학생 아버니 함자가 무엇이지?"

"아니, 일요회 회원의 신분 조사를 인제야 하세요?"

하고 정진이는 껄껄 웃었다.

2

"그런 게 아니라, 이 명함 보라구."

하며 선도는 장 서랍에서 핸드백을 꺼내서 명함 한 장을 찾다가 내밀며 어설픈, 애가 씌우는 듯한 웃음을 띠어 보인다.

"아, 이거 웬일예요? 여기서 우리 아버니 존함(尊啣)을 모시다니!"

정진이는 웃으면서도 깜짝 놀라며 부친의 명함을 두 손으로 받았다. 그것은 반드시 부친을 존경해서만은 아니었다.

"그것 봐요. 내가 어떤 사람인가! 김 학생 아버니 같으신 양반하구두 교제를 하는데."

하고 선도는 말을 끊으려다가 내친걸음에

"어제 우리집에까지 오셨다누!"

하고 사실대로 까놓고 말았다.

"예? ……."

정진이와 영애는 너무나 의외의 소리에 눈들이 뚱그래졌다. 선도는 상긋 웃어만 보이며 점심 마련을 하러 나갔다.

부엌으로 내려온 선도는, 아직도 명함을 내어 보이고 어제 택규가 이 집에 왔었더라는 이야기를 해 버린 것이 잘 되었나 못 되었나 혼자서 판단이 나지 않아 의아하였다. 그러나 사위를 삼고 싶은 젊은 애에게 저의 아버지와의 교제를 숨긴다는 것은 아무 죄가 있는 것은 아니나 떳떳치 못한 일이다. 더구나 예전 남편의 절친한 친구라니 영애를 위해 서도 장래에 시아버지가 될지도 모르는 사람과 에미가 무슨 비밀이나 있는 듯이 오해를 하게 되면 안될 일이라고 이야기가 난 길에 아주 터놓고 말을 해 버린 것이었다. 그러면서도 선도는 자기의 무슨 비밀이나 공개해 버린 뒤같이 마음에 서운하였다.

방 안에 물끄럼말끄럼 마주 앉았는 정진이와 영애는 얼떨하면서 한 걸음 더 가까워진 것도 같고 어른들의 사이가 어떠한 것인지? 저의 둘의 혼담이라도 익히자고 만나게 되었다면 고마운 일이나, 홀아비와 과부 사이니 누가 알 일인가 하는 생각을 하면, 실없이 큰일이라고 젊은 것들은 고개를 숙이고 말들이 없었다.

"왜 풀들이 죽어 이래? 장래 사돈 영감 마누라가 미리 만나서 일을 잡쳐 놀 리야 있다구."

부엌에서 올라온 선도는 식모아이와 함께 상을 차리며 젊은 애들의 눈치를 벌써 알아차리고 웃는다.

"아니, 아버니께서 여긴 어째 오셌어요?"

정진이가 열심으로 물었다.

"시장 아주머니하구 오셌어. 내가 대접받은 대거리루 오시게 했지만 난 그런 줄은 조금두 몰랐군."

선도는 웃으며 대꾸를 하면서도 또다시 서운한 낯빛이 되었다. 새로 사귈 남자친구가 그러한 얼기설기 말썽스러운 사람이니 더 교제도 할 수 없겠다는 것이 섭섭하였던 것이다.

"공교스런 일두 많구먼. 요 다음 만나시더라두 나 여기 온다는 건 말씀 마세요"

정진이의 당부였다.

"왜, 뭐 숨길 일 있다구. 좀 놀라시게 해드릴 걸."

하고 선도는 웃었다. 사실 이렇게 갈피를 환히 알게 된 바에는, 정식으로 구혼을 해 온 것은 아니나, 저편에도 얼른 알려야 하겠다고 생각하는 것이다.

"시장아주머닌 왜 아저씨(택규)를 만나게 해드렸어요?"

영애는 이때껏 먹을 것만 먹고 듣다가 묻기 어려운 말처럼 간신히 입을 벌렸다. 선도는 딸이 묻는 말의 뜻을 알아차렸으나, 설마 은근히 선을 보인 것이라고는 대답할 수 없었다.

"응, 저번에 점방 일을 돌보아 주었다구 저녁밥을 대접하던데 그 선생님두 마침 오셨더군⋯⋯."

3

'마다던 시장아주머니가 그동안 마음을 돌렸을까? 자기가 싫으니까 슬그머니 우리 어머닐 끌어낸 거지!'

영애는 이런 추측에서 더욱이 모친이 택규를 만나보았다는 것이 싫었다. 어머니는 어머니대로의 생활과 욕망이 있겠지마는, 만일 어머니가 정진이 아버지에게 선을 보였다면 저를 어쩌나 하고 영애는 분한 생각이 들며, 어머니의 위신과 체면이 뚝 떨어진 듯이 불쾌도 하였다. 정진이도 부자가 이 집에 따로따로 드나들게 되었다가는 큰일이라고 불쾌히 생각하였다.

오늘 일요회는 좀 흥이 빠져서 정진이는 친구와 맞춘 데가 있다고 먼저 가고, 영애는 바쁜 어머니의 시중을 들려고 뒤떨어졌다.

정진이가 다방골집에서 일어설 무렵에는 낙원동 앉은 술집에서 택규와 동재가 역시 일요회를 열고 있었다. 노는 날 울적이 들어앉았던 택규는, 저녁때 거리로 나와서 동재의 집에 전화를 걸어 불러내 가지고 이리로 온 것이었다.

"자네 너무 고르진 말게. 그리구 장가갈 신랑이 얌전해야지."

만나면 심심풀이로 화제에 오르는 혼인 이야기가 지금도 나와서 그 말끝에 얼쩡해진 동재가 웃었다.

"이거 무슨 소리야, 인사과장님! 내 얌전하지 않구 어떻단 말인가? 조행 갑(操行 甲)이지."

아무리 친한 사이라도 인사과장 앞에서는 담임이나 훈육선생의 앞에서처럼 '조행 갑'부터 내세우는, 나이 사십이 넘어도 순진한 데가 있는 택규였다.

"그런데 저번 은행 식당에 데리구 온 어느 요릿집 마담 비슷한 그 여자는 누구야?"

동재는 속으로 코웃음을 치며 떠보는 것이었다.

"응! 그 여자? 요릿집 마담 비슷하다니, 자넨 눈두 그만하면 쓸 만하이. 하하하."

하고 택규는 유쾌히 웃었다. 오늘 한나절 집 속에 들어앉아서 쓸데없는 공상이 다방골에서 동대문시장으로 시장에서 다방골로 오락가락하기에 지쳤던 것 보아서는, 술이라도 한 잔 들어가니 마음이 확 풀리는 것 같았다.

"허지만 잠깐 보기에두 자네 집에 들어가 살림해 줄 사람 같진 않던데!"

동재는 이 친구를 버릴 수 없다는 생각으로 은근히 길을 막고 서는 태세이었다.

"그 어찌 그리 잘 아나?"

"난 관상쟁이는 아니지만 첫인상에 그렇더라는 말이지."

"고 말두 옳아. 헌데 그것이 걱정이 아니라, 우리 오늘 하나 의논할
게 있네."

하고 택규는 말을 돌렸다. 동재도 택규의 말눈치로 선도를 그다지 탐탁
지 않게 생각하는가 싶어 안심도 되었다.

"무어?"

"우리, 차차 메누리두 보구, 사위두 골라야 하지 않겠나?"

좀 꺼내기가 거북한 말이지마는 택규는 술김을 빌어서 벼르고 벼르
던 말을 입 밖에 내었다.

"그야 그렇지만 그건 또 왜 별안간? 메누리보다두 시어머니 들어앉
히기가 급하지 않은가?"

"그두 그렇지만, 가만히 생각해 보니 이 나이에 제법 집안을 바루 잡
아줄 사람은 얻기 어렵구, 어중된 시어머니나 들여앉히구 나서 메누리
를 본다면 구순하게 갈지 그것두 걱정이구 하기에 나는 단념했네……."

4

택규는 아까 집에서 공상으로 궁리하던 선도와 딴살이를 해 보겠다
는 새 배포가 있어서 하는 말이었다.

"메누리두 봐야 하겠지만, 자네 연치에 벌써 기권(棄權)한다는 말은
안 될 말인데! 늦게 의지할 데가 있어야지."

동재는 진심으로 걱정을 해 주는 것이었다.

"아니, 기권한다는 선언까지 하는 게 아니라, 애가 내년 봄엔 졸업인
데……어쩌면 십일월에 학도병으로 나갈지도 모르는데……."

여기에 와서 말이 막혔다.

"그래서? ……."

동재는 술잔을 내어서 한 잔 권하며 대꾸를 한다.

"이렇게 따지구 뎀비면 점점 더 말하기가 거북한데."

택규는 따라 주는 술을 받으며 껄껄 웃었다.

"허허허. 자네, 요새 매우 바쁘이그려. 장가갈 걱정하랴, 메누리 볼 걱정하랴. 그래 우리 마누라가 자넬 장가를 보내려다가 못 보냈으니까 이번에는 그 대신 날더러 메누릿감이나 골라달라는 말인가?"

동재는 웃음엣소리면서도 핀잔을 주었다.

"아닌 게 아니라 그래! 잘 생각해 봐 주게. 허허허."

그 '허허허'는 겸연쩍은 헛웃음이었다.

"날더러 잘 생각해 보라니? ……."

동재는 돌려주는 잔을 받아 놓고 잠깐 뜸을 들여서,

"결국은 나더러 내 딸을 내노라는 거야?"

하고 코웃음을 쳤다. 그 코웃음에 택규는 깜짝 놀라기도 하였고 굴욕감도 잠깐 떠올랐다.

"왜 내가 지체가 떨어져 그러나?"

택규는 거나한 김에 불끈하며 토라져 보였다. 친한 새라도 하기 어려운 말이지만 의논삼아 꺼내는 놓고 핀둥이를 맞고 나니 형세가 위급해지기도 하고 동재의 입에서 또 무슨 소리가 나올까 봐서 택규는 마음이 초조하였다.

"지체두 봐야 하겠지만 누가 자네 지체가 나쁘댔나? 첫대는 저의들의 의향두 들어 봐야 할 것이요, 그 애 군대나 다녀온 뒤에 이야기지."

동재가 역시 비싸게 노는 데는 불쾌하였으나 택규는 우선 마음이 놓였다.

"실상은 자네 편에서 머리를 숙이구 와야 할 건데 내가 급하니까……."

마음이 놓인 끝에 반발적으로 택규는 버티어 보았다.

"아직 어린것을 시부모가 갖추지 않은 데 들여보내서 고생시키는 게 가엾어서……. 하지만 뭐 그리 급하단 말인가?"

택규는 거기에 가서는 말이 막혔다. 아직 말도 걸어 보지 못한 선도와의 살림을 꿈꾸고 그 뒤에 살림을 맡을 사람부터 구해 놓겠다는 것이니, 사실은 자기 마음으로만 급한 것이요, 영애를 며느리로 들어앉히게 된대도 그것은 내년 봄 졸업들이나 한 뒤의 이야기다.

"아니, 영애가 대학에 간다지나 않는지? 혹은 앞질러 혼처가 나서지나 않을지? 해서 서두는 거 아닌가."

택규는 얼른 수답을 하였다.

"그 아니꼬운 대학은 무슨 대학. 중학교 선생으로 벌어먹게나 하려면 모르지만……."

"옳은 말야. 대학 나왔대야 시집가는 고등문관 시험쯤 아닌가? 두말말구 내게 맡기게. 밥야 안 굶길 거니까. 허허허."

택규는 신기가 좋아졌다.

화동

1

"그래 저번 내가 한 말 생각해 보셨우?"

하루는 선도가 점방으로 찾아왔기에, 명희는 분주한 통에 이야기하기도 거북해서 데리고 나오며 말을 꺼냈다.

"흥, 딴소리! 난 누군 줄 알았더니 우리 전 영감의 친구로구먼! 히히히."

누가 속인 것은 아니나 감쪽같이 속아 넘어간 것이 어이가 없어 웃는 것이었다.

"온, 아무러면 어때. 돌아간 다음에야 이것 가리구 저것 가리구……."

"아니, 내 딸 시아버니감인 걸!"

그동안 만나 노는 사이에 말솜씨도 친숙해졌다.

"뭐? ……소설을 꾸미는군. 딸은 웬 딸이 있었더란 말요?"

"죄가 많아서 일부종사(一夫從事)를 못 하구……."

"그럼 전쟁에 남편을 뺏긴 젊은 과부댁은 얼마나 죄가 많더란 말예요."

명희는 핀잔을 주었다. 그래도 영애가 바로 자기의 난 딸이라는 선도의 말을 듣고는 깜짝 놀랐다.

"의논은 어쨌든 이젠 챙피스러워서 그런 이야긴 꺼내지두 말아 주어요."

"딸 위해서 어머니가 물러선단 말이죠. 이런 억울한 노릇이 있나! 하하하."

말을 안 냈더니만 같지 못하고, 서로 만나지 않았던 것이 좋았다고 생각하였다.

그 후에 명희는 며칠 기다려도 택규가 들르지 않아서 그댓 사연을 귀띔해 줄 기회가 없이 지냈다. 그래도 젊은 애들은 다음 일요일에도 다방골에 모였었다. 젊은 애들다운 열정보다도 약간의 불안과 흥미를 가지고 이 중늙은이들의 새로운 교제를 바라보는 것이었다. 어쩌면 이번이 마지막인가도 싶어서 인사로 고기를 서너 근 사 들고 갔다.

"그래 아버니께 내 말 안 했우?"

선도는 정진이를 만나는 길로 물었다.

"그걸 내가 뭐라구 말씀해요. 그랬다간 난 다시는 댁에 발그림자두 못 하게 될 걸……."

정진이는 얼굴에 비로소 긴장한 빛이 솟았다. 영애도 어떻게 되는 셈평인지 갈피는 잡기 어려우면서 옳다는 듯이 고개를 까딱까딱하여 보였다.

"가거든 내 말씀하구, 좀 놀러오시라구 해요"

선도는 젊은 애들의 처지나 감정을 몰이해하는 듯이 자기 생각대로만 말하는 것이었다.

"에그 어머니, 그 아저씨를 여기를 왜 또 오시래요?"

하고 영애가 펄쩍 뛰는 소리를 하였다. 영애가 이처럼 열정적으로 자기의 의사표시를 하기는 아마 처음일 것이다.

저의의 연애나 결혼에 방해가 될까 봐서 그러나? 하는 생각이 선도는 딸의 전에 없이 덤비는 말소리에 실쭉하였다.

'실상은 저의들을 위해서 미리 서두는 것인 줄은 모르고 역시 젊은 놈에 반해서……'

하며 선도는 속으로 혀를 찼다.

이날은 어떻게 기분들이 어근버근해서

"어머니, 난 먼저 가겠어요. 기다리실까 봐 왔지 숙제가 많어서."

하고 영애는, 점심도 안 먹고 일찍 일어섰다. 정진이도 따라 일어났다.

"왜들 그래? 점심이나 먹구 가야지. 괜히 지나친 생각들을 하구 그러는구먼."

하고 선도는 말로는 붙들었으나 실상은 일도 바쁘고 하여 그대로 가게 하였다.

큰길까지 나와서 전찻길을 건너던 두 남녀는 정진이가

"엇, 저 영감님이!"

하고 머리를 치는 바람에 영애도 멈칫하여 돌려다 보았다.

정진이 부친이 하얀 파나마를 머리에 얹고 뒷짐 지고 여기저기 점방을 들여다보면서 어슬렁어슬렁 올라가고 있다. 두 남녀는 들킬까 보아서 오고 가는 행인의 틈으로 몸을 감추었다.

"저 영감님이 다방굴 가시는 게 아닌가?"

정진이는 코웃음 섞인 소리로 수군거리며 바라다보려니, 아니나 다를까! 지금 저의들이 나온 골목으로 꼽들여 들어간다. 행기 삼아 나와서 찾아가는 모양이었다. 정진이는 저절로 눈살이 찌푸려졌다. 두 남녀는 차도 안 타고 언제까지 잠자코 걸었다. 실상은 아무 일도 아니요, 의외로 쉽사리 해결될 일일지도 모르건마는, 자식이 딸을 만나러 갔다가 나오자 아버지는 뒤미처 그 어머니를 찾아간다는 것이, 부모네들은 보통 친구로서 교제하는 것인지 모르지마는, 구혼하는 아버지요 과부댁인 어머니이니 생각할수록 저의들의 깨끗한 사랑에 검은 진을 앉히는 것 같아서 싫었다.

"난, 다신 다방굴 안 갈 테야."

청년의 결벽으로 단연히 이렇게 선언하였다.

"그 뭐 그렇게까지 생각할 거 있수? 서루 아시게 돼서 아저씨두 좀 놀러 가시기루 대수요."

그렇게 순편히 생각하면 그렇기도 하였다.

"하지만 암만해두 이상해. 그렇게 되면 우리는."

불길한 말이 나올 것이니, 정진이는 입을 답쳐 버렸다. 원체 말수 없는 영애는 몽총하니 고개만 떨어뜨리고 걸었다……

다방골집에서는 의외의 진객이 찾아온 데에 반색을 하며 맞아들였다.

"마침 잘 오셨에요 고깃근이나 생겼는데 약주 한 잔 잡숫구 가세요"
하고 선도는 아까 영애들을 보낼 때보다 신기가 좋았다. 입이 가벼웠더면

"효자 아드님을 두세서 미리 안줏감을 사다 놓구 갔답니다……"
하고 정진이가 다녀간 말을 하였을지 모르지마는, 그랬다가는 영감이
깜짝 놀라서 파흥이 될 것이요, 애를 써 고기를 사 들고 온 젊은 애를
점심도 대접 못해 보냈는데 더욱 미안한 생각이 들어서 참아버렸다.

술상을 내놓고도 오늘은 그댓말은 꺼내지 말리라고 결심하였다. 당
장 이 좌석의 기분을 깨뜨리기가 아깝기도 하였지마는, 한번 만나보아
다르고 두 번 만나서 다른, 마음에 드는 데가 있는 남자를 홀홀히 떨어
지기가 싫은 욕심도 머리를 드는 것이었다.

"아주머니 신수를 보면, 난 관상쟁이는 아니지만, 이런 좁아터진 데
서 고생하실 분 같지는 않은데? ……허허허."

대낮이라, 그리 술을 권한 것은 아니지만 얼쩡한 김에 듣기 좋으라고
하는 수작이었다.

"영웅두 때를 만나야죠 때가 올 때까지만 이러구 기대립니다. 하하
하."
하고 선도도 마주 웃었다.

"아주머니는 그저 조고마한 요리점이나 하나 벌이구, 마담으로 앉으
셨으면 똑 알맞은 건데……"

이것은 택규의 잘 본 말이었다.

"아니, 이 선생님이 이쁜 소리만 하시니 약주를 한 병 더 드려야 하겠군요."

선도의 수작이, 딴은 조그만 요릿집 마담 같기도 하였다.

"내 한밑천 댈까요?"

택규는 신기가 좋아서 연해 껄껄대었다.

3

선도도 사변 전에 양재점을 낼 때 이것저것 궁리하는 중에 간판 없는 고급 내외주점 같은 것도 공상을 하여 보았던 것이나, 돈 없고 경험 없으니 엄두를 내지 못했던 것인데, 택규가 그런 발론을 하니 홀깍하였다. 이런 남자를 끼고 나서면 될 것 같다는 생각이 들었다. 집을 팔아서 누가 넘기려는 영업 터를 사도 좋겠다는 공상도 드는 것이었다.

죽은 남편이 남겨 주고 간 집 한 채는 새문밖에 있지만 그것을 팔아서 밑천이 될까? 판다는 것은 아깝기도 하고 겁도 났다. 남편이 죽은 뒤에는 이십여 간이나 되는 집에 모자가 살기도 쓸쓸하고 생활비라도 뜯어 쓰려고 세를 놓고 자기는 시동생 집으로 잠시 들어가 있었던 것이다. 이번에 환도하여 와서는 십오만 환에 다달이 꺼 가는 전세를 주어서 그것으로 집수리도 하고 또 이 영업을 시작했던 것이다.

'무어나 더 늙기 전에 해 봐야지. 영준이 교육비라도 벌어 놔야 하지 않나.'

그날 벌어 그날 먹는 이 생화야 뼛골만 빠지고 장래성이 적은 것은

259

뻔하다.

선도는 며칠을 두고 궁리궁리하다가 은행으로 택규를 찾아 나섰다.

"아, 이거 웬일예요? 어려운 행차를 예까지 하시다니."

응접실로 들어선 택규는, 의외에 선도가 오두머니 앉았는 것을 보고, 반갑기도 하려니와 깜짝 놀랐다.

"왜 이렇게 놀라십니까? 돈을 좀 꾸러 왔더니 틀렸습니다그려."

선도는 웃으며 일어났다.

"글쎄 그런 것 같애서 말예요 그래 영업은 언제 시작하십니까? 허허 허."

택규는 일전에 선도에게 여러 가지 부탁을 받았던 것이다. 그런 영업 터를 돌려받을 데가 있는가? 새 판으로 하면 자본은 얼마쯤 드는가? 집을 잡히게 되면 힘을 써 달라는 둥……알아보아 달라는 부탁이 많았던 것이다.

응접실에 빡빡이 마주 앉아서는 이야기가 안 되니 바로 뒤의 다방으로 자리를 옮겼다.

"그 좀 알아 보셨어요?"

박스에 마주 앉으며 선도는 큰 기대를 가지고 말을 꺼냈다.

"아무래두 하나는 가져야 할 테라는데, 넘기는 자국을 얻어 달라구 부탁은 해 놨죠"

실상은 은행 단골인 식□과 강필원이가 그러한 데는 발이 넓으리라는 생각으로 일부러 찾아가서 부탁을 해 놓았었다. 여자의 환심을 사기 위해서도 그만 부탁야 들어주어야 하겠지마는, 시가로 백만 환은 됨직

한 집을 내놓고 해 보겠다니 유망은 한 것이라고, 택규도 실없이 꺼낸 말이 무에 되려나 싶어서 탐탁히 덤벼드는 것이었다.

"괜히 말을 꺼내세서 회만 동하구, 그 궁리하기에 잠두 변변히 못 잔답니다."

"나 역 요샌 잠을 못 자요. 다방골 마님은 안녕히 주무시나? 하는 걱정까지 하기에! 허허허……"

"호호호……. 걱정에 쓰러지시겠군. 다방골 마님이 무슨 아랑곳예요 아직 망녕 나실 때두 아닌데……"

하고 선도도 웃어 버리며 일어섰다.

"망녕이라니, 늙어 가는 홀애비의 사정이 딱하다는 동정이라두 해 주실 거지. 허허허."

택규도 따라 일어서며 팔뚝의 시계를 보고, 점심때도 되었지만 한 군데 견학하러 갈 데가 있다고, 문밖에 기다리게 하고 얼른 들어가서 모자를 쓰고 나왔다.

4

"남이 보면 걸맞는 의좋은 부부라겠죠! 허허허."

둘이 나란히 걸으면서 택규가 웃는다. 초면서부터 선도가 술대작을 하였기 때문에 이들의 교제는 이렇게 틀이 잡힌 것이다.

"숙녀와 교제하는 신사의 말버릇은 아니군요"

선도는 웃지도 않고 앞만 보고 속삭였다. 그래도 참 정말 의좋은 내외처럼 신기들이 좋아서 걸었다.

H은행의 길 건너 C은행의 모퉁이로 골짜기를 돌아서 아늑한 터전에 멋진 간판을 붙인 조고만 요릿집 문전까지 왔다. 들어가 보니 일본식 오뎅 집인데 낮에는 이 근처 은행원들의 점심을 전문으로 한다는 것이었다. 들어설 때는 손님이 듬성긋하더니 좀 있으려니까, 모자 안 쓴 젊은 축들이 와짝 몰려들었다.

"자세 봐 두세요. 요만하면 똑 알맞죠?"

"한데, 일본요리는 먹어본 거두 몇 가지 돼야 말이죠. 우리 집이 지금 있는 다방굴 속에만 있어두 한판 벌이구 은행 손님만 껄어두 될 건데……."

"그야 그렇죠. 우선 그 집을 내놓아 팔아다가 웬만한 데 전세를 얻으면 차차 터가 잡히지 않을까……."

수군수군 한참 의논이 부산한데 누가 테이블 앞에 와서 우뚝 서는 기척이다.

"어! 여기 앉게."

택규는 치어다보며 자리를 드티었다. 동재는 마주 앉았는 선도에게는 모른 척하고 뒤를 돌아다보니 일행은 만만한 자리가 없어서 여기저기 끼워 앉는 모양이다. 제각기 전표로 점심을 먹는 것이니 뿔뿔이 헤져 앉아도 좋았다. 동재는 자리는 꽉 찼는데 변스럽게 딴 데로 가기도 안 되어서 선도의 옆으로 택규와 마주 앉았다.

사람의 운명이란 알 수 없다! 헤어진 뒤로 이십 년이 가깝도록 한 서울 바닥에서 돌겠건마는 한 번도 거리에서도 만날 수 없던 사람끼리 어깨를 나란히 하고 앉을 때가 있을 줄 누가 알았으랴! 고 피차간에 감

개가 없을 수 없었으나 선도 역시 쭈뼛거리거나 자리가 거북해 하지는
않았다. 그러나

"두 분 인사하세요."

하는 택규의 소개에는 피차에 속으로 웃음을 참으며 고개들만 마주 돌
리며 끄덕끄덕 하였다.

'사오 년 같이 살던 예전 아내를 친구의 소개로 다시 인사를 하게 되
었다.'

동재는 어쩐지 무슨 사기 행위 같아서 사정은 부득이하나 생각해 볼
일이라고 고개를 갸우뚱하였다. 어릿광대나 된 듯싶고 불쾌하였다.

"이 부인께서 조고만한 음식점이나 요리점을 경영해 보구 싶으시다
는데, 자네 다니는 데 많지 않은가? 혹 싫증이 나서 넘기겠다는 데가
있건 하나 소개하게."

택규는 진심껏 하는 말이었다.

"글쎄. 나보다는 자네가 더 발 널리 알걸."

동재는 처음에는 사람이 사노라면 그저 그런 거지 하는 생각으로 아
무렇지도 않더니, 차차 마음이 무거워지고 기분이 흐려져서 건성 대꾸
를 하였다.

'이 여자두 이혼만 안 하구 제대루 살았더라면 술집 주모까지 되려구
타락은 안 했을걸……'

하는 생각을 하면 동재는 그 책임의 반은 자기에게도 있다는 반성도
없지 않았다. 그러나 말눈치로 보아서 택규와 혼담이 있는 것은 아닌
모양이니 한편으로는 안심도 되었다.

263

5

식당에서 나와서 동재와 헤어져 가지고 둘이 이편으로 오면서

"지금 그 사람, 좋은 친구죠. 학벌도 있구 하니까 출세할걸."

택규는 동재의 인품을 소개하는 것이었다. 선도는 잠자코만 걸었다. 저번에 동재를 처음 만났을 제 실토를 못 하고서, 지금 새삼스럽게 말을 꺼낼 용기가 아니 났다. 이 남자를 속인 것이나 같아서 미안하지마는 저절로 알게 될 때까지 내버려 두는 수밖에 없었다.

그러나 택규는 기분이 좋았다. 여자가 자기를 적극적으로 찾아왔다는 것이 좋고 일거리가 생겨서 좋았다.

"요새 시공관에서 대춘향전을 하던데, 우리 오늘 저녁에 가 보실까?"

택규는 신기가 좋은 김에 발론을 하였다.

"이거 왜 이러세요. 괜히 늙은 과부를 놀려 내실라구."

하며 선도는 코웃음을 쳤다.

"허허허. 늙은 홀아비를 바람이 나게 한 건 누군데요? 이팔 춘향이만 있나! 사십 춘향인 어때요. 하하하."

거리에 지나는 사람이 치어다보도록 택규는 껄껄댄다.

"객설 마세요. 내 인제 젊구 얌전한 살림꾼 하나 얻어드릴게 가만 계세요."

선도는 커다랗게 대꾸를 하였다. 구경을 다녀 보지 않은 지도 오래지마는, 다방으로 맞추고 극장 구경을 다니고 하며 노랫가락으로 남편을 구할 때는 지났다고 생각하는 것이다.

"그러시지 말구, 그 사십 춘향이 살던 집이나 좀 가 봐 주세요"

선도는 모든 것이 실제적이다. 새문밖에 있는 집을 같이 가 보고 시가로 얼마나 될지 은행 대부는 얼마나 얻을지 감정을 하여 달라는 부탁이었다.

"그거 뭐 어렵지 않죠. 내일 모래, 일요일에 가 보실까?"

"고맙습니다. 그날은 약주 잔이나 단단히 사 드리죠. 호호호."

오정까지 다방골서 만나기로 약속을 하고 헤어졌다.

택규는 이 여자의 자기를 거간으로 이용이나 하겠다는 듯한 말씨가, 실없은 말이지만 좀 귀에 거슬리기도 하였다.

정작 일요일이 되니까 선도는 애가 부등부등 씌었다. 택규가 노는 날을 이용해서 가자는 생각이었는데 젊은 애들이 올 것을 미처 생각지 못한 것이 실수다. 여기서 택규의 부자가 마주치게 되는 것은 아무래도 꼴사나울 것이다. 그러나 지금 와서 어쩌하는 수도 없었다.

'뭐, 될 대로 되겠지.'

선도는 혼자 코웃음을 쳐 가며 다소 조바심을 하다가, 오히려 모든 것을 툭 터놓고 말할 수 있는 좋은 기회가 되었다고도 생각하였다.

오정을 불자 택규가 턱 들어섰다.

"어서 오세요. 시계바늘보담 더하십니다그려."

선도는 남자가 그만큼 성의를 보여 주는 것이 고마워서 반색을 하였다.

"아, 일각이 여삼춘데! 아침을 먹구는 시계만 들여다보다가 왔습니다. 허허허."

265

하고 택규는 껄껄대었다.

벌써 머리치장을 하고 있던 선도는, 얼른 옷을 갈아입고 나섰다.

"그 애들 오거던 점심 차려 주구 기다리라 해요"

틀일 하는 색시들에게 소리를 쳤다.

"아 참 일요일이면 회합이 있다지. 나두 공일이면 집 속에서 심심한데 한몫 끼어볼까요?"

6

"그리세요. 노소동락이라니, 젊은 애들 틈에 끼워 놀아 보세요"

선도는 손쉽게 대답을 하면서도 그 두 아이들이 자기들의 교제를 어떻게 생각할까 애도 씌었다.

집은 성하고 쓸모가 있으니, 백만 환은 넘겨 받을 것이요 잡히면 오십만 원쯤이겠다는 것이 택규의 감정(鑑定)이었다.

"선생님이 새에 드셨으니까 장사 밑천만큼은 만들어 내세야죠 난 몰라요"

아주 복장을 안기는 소리를 하였다.

"그야 힘껏은 해 보겠지만, 시험 삼아 내놔 보시는 게 어때요 좋은 작자를 만나서 헐만하면 그걸루 좌처나 좋은 데로 조고마한 집을 다시 작만해 놓구 나야 하여간 몸담을 곳은 걱정 없게 되니까! 그리구 나서 새 집을 잡혀서 영업 밑천을 하는 게 안전할 것 같군요"

감영 앞에서 장국밥집에 들어가 앉아서 난상 의논이었다.

"그럼 그래 볼까요"

선도는 그 말이 그럴싸하였다. 식당에서 나오면서

"그럼 나온 길에 아주 몇 군데 복덕방에 일러 놓고 갈까 하는데 먼저 가세요."

하고 헤어지려 하니까

"뭐 같이 가십시다요. 점심 값은 해야지."

하고 택규도 따라섰다. 낮이라 선도는 잔에 손을 대지도 않았지마는 택규는 약주를 몇 잔하고 기분이 좋았다.

두 중늙은이들이, '걸맞는 의좋은 내외'가 새집이나 구하러 다니듯이 여기저기 집주름을 찾아다니는 동안에 오늘 아침 열 시에 창경원에서 만나기로 한 정진이와 영애도 지금 막 식당에서 점심을 먹고 나와서 사람이 붐비지 않는 데로 골라서 거닐고 있다.

"내 어제 시장 아주머니한테 가서 물어봤지. 그이가 소개를 헌 거라는구먼!"

정진이가 이때까지 참았던 이야기를 꺼냈다. 아까 동물원, 식물원을 돌며 놀 때와는 딴판으로 긴장한 낯빛이었다.

"그런 줄은 나두 짐작했어요"

하얀 블라우스에 엷은 철쭉 빛 스카우트를 입고 양산을 접어 든 영애는 학생을 면한 것 같아 보였다.

"그이는, 왜 새어머님 감이 못마땅해서 뒤로 염탐을 다니느냐구 웃더구먼. 허지만 우리 아랑곳은 아니니까! ……"

정진이의 얼굴에는 침통한 웃음이 잠깐 떠올랐다.

"하지만 어머닌 쌍가마를 모셔간대두 귓가루두 안 들으실 거니까요 아저씨만 하세두 그런 내용을 아시면야 아무리 이혼은 했어두 친하신 새에······.”

영애는 미리부터 노심할 것 없다고 도리어 정진이를 달래었다.

“하여간 다시는 다방굴 집에 안 갈 거니까 어머니께두 잘 말씀해요.”

영애는 거기 가서는 무어라고 말하기 어려웠다.

창경원에서 나온 두 젊은 애들이 아직 해는 높단데 그대로 헤어지기는 남은 시간이 아까워서 K극장으로 그대로 걷자고 해서 심심하면 나오는 영화배우 이야기를 서로 들려주며 걸어갔다.

이때쯤 새문밖에서 복덕방을 찾아다니던 두 남녀도 전차를 기다리고 섰다가

“얼마나 타실 거라구. 난 가다가 아무거나 집어타구 가요”

하고 택규가 앞장을 서 걷기 시작하니 선도도 따라섰다.

이만큼 와서 D극장 앞을 지나다가 택규는 깜짝 놀라며

“어, 시공관에서 하더니 언제 이리 왔다!”

하고 춘향전 상연의 간판을 멀거니 바라보더니 들어가자고 끈다.

“난 가겠어요. 이팔 춘향의 기분이 나야 말이죠”

선도는 집에 아이들이 와 있을 걱정에 먼저 가려 하였다.

7

그러나 택규가 쭈르를 가서 입장권을 사고 있으니, 선도는 내버려 두고 먼저 갈 수도 없었다.

“이런 기회는 좀처럼 없을 거야. 나 역 좀체 무슨 구경을 다니나요

어디 춘향이 놀음에 우리두 한번 끼워 보십시다그려."

극장 앞에 듬성듬성이 몰려서서 간판을 얼이 빠지게 치어다보던 동리의 젊은 애들은 픽 웃으며 치어다보았다. 이 중년남녀의 다시 부풀어 오르는 정열을 비웃는 것 같았다.

개막전에 열을 지어서 사는 표를 선뜻 사 오는 것을 보니 구경이 재미없나 하였더니 초만원이다. 간신히 비집고 들어가서 땀을 뻘뻘 흘리면서,

"이리 와요. 예가 좀 잘 뵈니."

하고 은근성스럽게 앞에 끌어내 주어서 비비대며 구경은 잘 하였다.

"아이, 구경이 아니라 곡경야."

파해 나와서 수세미가 된 나일론 깨끼저고리를 매만지며, 선도는 금시로 젊어진 듯이 환한 얼굴로 남자와 마주 보며 생긋 웃었다. 춘향이 이 도령 놀음에 기분만은 무대 위의 배우와 함께 놀다가 나온 듯이 취하였다.

"육장 걷구 서구 해서 다리 아프시겠어요. 잠깐 들어가 쉬어 가시죠."

사람이 쏟아져 나오는 극장 앞에서야 탈 수 없고, 광화문께까지 와서야 버스를 잡아타려는 택규를 붙들었다. 벌써 전등불이 들어오게 되었으니 젊은 것들은 기다리다가 갔을 것이라고 생각하였다.

"댁엔 향단이나 있나요? 허허허. 그만두세요. 가겠습니다."

"향단이는 없어두 주안상야 보아 올리겠죠."

하고 선도도 웃었다.

선도는 반나절이나 자기 일을 보아 주었고, 앞으로도 부탁이 많으니

데리고 가서 저녁 대접이나 하며 컬컬한 김에 술이나 한 잔 대접하고 싶었다.

집에를 들어가니 불도 아니 들어온 컴컴한 방 속에서 영애가

"어서 오세우. 왜 이리 늦으셨에요"

하고 뛰어 나온다.

"응, 이때까지 기대렸던?"

하며 선도는 뒤미처 정진이의 얼굴이 나타나려니 하고 한편으로는 애도 씌우고 한편으로는 어떤 연극이 벌어지는가 싶어 호기심도 없지 않았으나 영준이가

"어머니!"

하고 나설 뿐이었다.

"아니 너 웬일이냐? 여긴 어째 왔니?"

택규는 하도 의외인 데에 놀라 자빠질 듯이 소리를 치며 눈이 커대서 우뚝 섰다.

"뭘 그렇게 놀라세요? 애 우리 딸예요"

선도는 시치미 떼고 먼저 마루로 올라갔다.

"언제 왔니? 어디 놀러갔었던?"

"창경원에 갔다가 지금 막 오는 길예요"

하고 영애는 어머니한테 대꾸를 하고 나서

"아저씨 안녕하세요."

하고 겨우 뒤에 대고 꼬박 인사를 하였다.

"허허허. 널 예서 만나기란 참 의외로구나!"

택규는 기가 찬 듯이 올라올 줄도 모르고 선웃음만 치고 섰다.

"어서 올러 오세요 가다가는 그런 일두 있어야 살 재미가 있지 않아요. 호호호."

선도는 안방 문을 닫고 옷을 부리나케 갈아입으면서 웃는다.

8

택규는 어리둥절도 하였지마는, 옷을 갈아입고 마루로 나오는 선도를, '이 여자에게 한수 넘어갔구나!' 하는 생각으로 뻔히 치어다보았다.

"왜 그러세요 어서 올라오시지 않구."

핀잔주는 듯한 모친의 친숙한 말씨에 영애는 저도 까닭 모를 싫은 생각이 들었다. 아버지 어머니가 다 좋건마는, 부모끼리 화합해서 희희낙락하는 양을 그리 보기 좋아하지 않는 그런 감정이었다.

"상말루, 도깨비에 홀린 것 같구면요 허허허."

택규는 지금까지 유쾌하던 기분이 일전하여, 큼직히 속아 넘어간 것 같은 것이 불쾌하고, 식당에서 동재를 만났을 제 자기의 입으로 선도를 소개하였던 것이 부끄럽기도 하다.

"그래 너 아버니는 자주 만나지만 어머니께선 안녕하시냐?"

택규는 방에 들어와 아랫목으로 앉으며 방문 밖에 섰는 영애에게 말을 걸었다.

"네. ……"

영애는 거북한 생각이 들어서 동생을 데리고 뜰로 내려왔다.

"왜 남의 집 아낙네 잘 있거나 말거나 안문안을 하는 건 예절이 아닌데요?"

선도는 담배제구를 내놓으며 아이들이 듣지 않게 실없은 소리를 하였다. 명희에게 들은 말이 있는지라 그저 놀려 주는 말이었다.

"예절이거나 말거나 물어볼 만한 새니까 물어보지만, 그래 사람을 그렇게 놀리는 법이 어디 있단 말씀요?"

택규는 좀 토라져 보였다.

"놀리긴 뭘 놀려요 모처럼 사귄 선생님을 놓칠까 봐 걱정두 되구 아이들두 깜짝 놀랄까 봐서 물계나 보리라 한 거죠."

택규는 선도의 그 놓칠까 봐 걱정이었다는 말에 귀가 번쩍하며, 좋아서 껄껄 웃었으나

"하여간 우리 집 아이두 놀러 오구 하는 모양인데, 난 인젠……."
하고 발 끊겠다는 듯한 말눈치였다.

"인젠 어떡허신단 말씀예요? 별소리를 다 듣겠군요 우리 집이 기생집이니 부자 분이 놀러 오시기가 창피하단 말씀이지? 흥! 알겠습니다……."
하고 선도는 무에 잘못된 것이 있고, 아무리 동재와 친한 새라 해도 나하고 교제 못 할 것이 뭐냐? 고 퐁퐁 들이대고는 저녁상을 차리기가 급해서 부엌으로 내려갔다.

택규는 얼떨히 담배만 피우면서

'허기야 그렇지만, 그래두…….'
하고 택규의 머리에는, 저번에 식당에서 선도를 소개할 제 이상히 뒤틀리며 기가 막히다는 듯한 동재의 얼굴이 떠오르며, 이제야 그 뜻을 알

앉다는 듯이 혼자 웃었다. 선도의 말처럼 담담히 교제나 해 올 생각이었다면 모르지만 결혼을 할까 하고 덤벼들었으니 꼴이 사납게 되었다는 것이다.

'어쩨 그때 시절에 동재의 초실(선도)과는 상면이 없었던구? ……'

그때쯤은 젊었을 때라, 아무리 친한 새라도 늙은 시부모 밑에 살림하는 색시를 친구 앞에 내놓지는 못했던 모양이다.

'하여튼 계집복은 없는 걸 어쩌나!'

하고 택규는 자탄을 하며 픽 웃었다.

저녁 밥상에서 어머니와 택규 아저씨가 술을 대작하는 것을 보고도, 영애는 눈 서툴렀다. 어느 틈에 이렇게까지 친해졌나? 하고 영애는 어머니가 싫어졌다. 어머니도 술을 권하여 아저씨 대접에 정신이 팔려서 저의 남매는 전같이 거두어 먹이려고 애를 쓰거나, 별로 알은체를 하지 않는 것 같아서 샐쭉해지기도 하였다.

불화

1

"애 게 있거라. 나하구 가자. 너 아버지 좀 만나야 할 일이 있다."

밥을 먼저 먹고 난 영애가 가겠다고 나서려니까 택규가 붙들었다.

"날은 저물었는데 시급히 거긴 가서 뭘 하시려구? 애 넌 더 늦기 전에 어서 가거라."

선도는 말렸다. 그것이 밤 출입하는 남편을 말리는 아내의 말 같다. 영애는 또 귀에 거슬렸다.

"그럼 아버니께, 나 여기서 만났다구 여쭙구, 내일 뵈러 가겠다구 말씀해라."

택규는 한 잔 김이기도 하지마는, 어서 가서 동재 내외에게 자초지종을 이야기하고 싶었다. 그렇게 서둘러대지 않으면 안 될 표면상 이유야 없지마는, 기분 문제요 우의(友誼)의 문제이었다. 우의에는 성실한 택규이었다.

영애가 집에 들어가니까 초여름이라, 아이들과 마루에 나와 앉았던 모친이

"넌 온종일 어딜 이렇게 싸지르는 거냐?"

하고 올라오기도 전에 나무랐다.

"저녁밥이 좀 늦었에요"

영애의 대답은 곱살스러웠다. 일요일에는 다방골에 가서 놀고 저녁까지 먹고 와도 좋다는 모친의 허락을 맡았기에 마음 놓고 다니는 것이었었다. 부친은 거기 대해서 시시비비 알은체도 아니하였었다.

그러나 오늘은 안방에서 책을 보고 누웠던 부친까지 일어나서 내다보며,

"다방굴엔 인제는 가지 마라. 공부라두 하구 차차 바느질까지라두 배워야 할 텐데 아침이면 나가서 밤중에야 들어 오구⋯⋯."

하며 눈살을 찌푸려 보였다. 이때껏 묵허(黙許)를 하여 온 부친의 입에서 가지 말라는 말까지 나오는 까닭은 아무도 몰랐다. 모친은 도리어 이상히도 생각하였다.

"오늘은 효제동 아저씨두 오시구 해서, 저녁이 좀 늦었어요. 효제동 아저씨가 같이 오시려다가 내일 와 뵙구 말씀하신대요"

효제동 아저씨가 다방골에 왔더란 말에 모친은 잠자코 치뜨는 눈이 험악해졌다. 부친도 입맛이 쓴 얼굴로 외면을 해 버렸다.

영애는 깜짝 놀랐다. 그러지 않아도 모친이 듣는 데서 그 말을 꺼내서 어떨지 모르기에 입 밖에 내지 않으려 하였으나, 택규가 '나 여기서 만났다구 너 아버니께 여쭈어라'고 쾌쾌히 하던 말을 들으면, 어른들끼

리는 벌써 다 아는 일인 모양이기에, 영애는 제 변명삼아 택규가 하라는 대로 전갈을 한 것이었다.

"뭐? 효제동 아저씨가 거길 갔어? 늦게 홀아비가 되더니 환장을 한 게로구나! 흥!"

하고 모친은 신랄하게 코웃음을 친다.

영애는 아뿔싸, 공연한 소리를 꺼냈다고 후회하였다. 그러나 효제동 아저씨가 하라는 대로 전갈을 했을 뿐이요, 내일이면 당자가 와서 이야기를 할 것이니 무슨 큰 비밀을 탄로한 것도 아니라는 생각에 조금도 걱정은 아니 되었다.

"누가 지시를 했대던? 네가 너 어머니 시집보내러 나선 것은 아니겠지?"

모친의 말이 상스럽다고 생각하였으나, 영애는 고개를 숙이고 잠자코만 섰었다. 무어 그렇게 화를 낼 거야 있나 싶었다. 다방골 어머니를 이를 갈아붙이며 미워할 까닭도 없는 일이요, 아저씨가 누구와 교제를 하든 뉘 집에 놀러갔든 아랑곳이 없을 일이 아닌가 하는 생각이 드는 것이었다.

"어머니는 아랑곳두 없는 남의 일에, 왜 이렇게 기가 나서 야단이세요?"

옆에서 소설을 보고 있던 순애도 참다못해 한마디 입바른 소리를 하였다.

2

"넌 뭘 안다구 총찰이냐? 왜 아랑곳이 없니? 그 아저씨 집하구 얼마나 자별히 지내기에!"

화순이가 펄쩍 뛰며 소리를 치는 바람에 순애는 보던 책을 들고 제 방으로 들어가 버렸다.

"듣기들 싫다. 어서 들어가들 자거라."

부친이 짜증을 내는 통에 다른 아이들도 제 방으로 들어갔다.

내외가 안방으로 들어간 뒤에도 화순이는 그런 것을 알면서도 왜 모른 척하고 있었느냐고 남편에게 듣기 싫은 소리를 한바탕 하였다.

동재는 무심코

"둘이 다니는 건 벌써부터 두어 번 봤었어."

하고 무슨 말끝에 안 해도 좋을 말을 꺼냈기 때문이지마는 그렇기로 화순이가 무슨 시앗이나 본 듯이 서두르는 것이 예사롭지 않아서 도리어 불쾌도 하였다.

이튿날 화순이는 아침을 해치운 뒤에 단장을 하고 부리나케 명희를 시장으로 찾아갔다.

"아니, 어떻게 된 일야? 우리 집 옛날 마님이 불쑥 나타나더니 효제동 영감이 날마다 가서 파묻혀 있는 모양이구……."

화순이는 트집을 잡는 소리를 하였다.

"그거 무슨 소리유?"

명희는 영문을 모르는 듯이 눈을 깜작깜작하며 뒷말을 기다렸다. 그러나 화순이의 이야기를 쫙 듣고 나서도 별양 놀라는 기색도 없이 깔

깔 웃으며

"일단은 공교스럽게 됐구먼! 하지만 그러기루 대수요. 내버려 두어요"

하고 예사로 대꾸를 하였다.

"이게 무슨 소리야. 친한 친구 새요, 일가 간같이 지내는 터에 아이들 보기두 흉악해라."

화순이는 동무의 말을 나무랐다.

"글쎄. 친구 새라 거북하게 되긴 됐구먼마는. 하지만 뭐 그렇게 애쓰구 다닐 거 뭐 있수? 자기네끼리 양심껏 알아 하겠지. 내버려 두구 보시구려."

명희는 이밖에 더 할 말이 없었다.

"내버려 두구 볼 게 따루 있지. 온 이건 뻔히 알구두 꾸며낸 연극이란 말이야."

화순이는 아무리 화를 내어야 명희는 더 변명할 말도 없었다. 두 여자는 좋지 않은 기색으로 헤어졌다.

그 길로 화순이는 ××지점으로 달아났다. 택규를 만나면 무슨 이야기를 하겠다는 생각도 없이 기분만 흥분했었다.

응접실에 나타난 택규는 상기가 된 화순이가 일어서지도 않고 마주치어다보는 눈초리로 벌써 모든 것을 알아차렸다.

"허허허. ……은행에는 돈 취하러 오는 손님뿐인데!"

"난 그런 구걸 대니는 사람 아녜요. 하지만 그건 뭐예요? 아무러기루 그런 여자를……."

화순이는 쏘아 주었다. 화순이는 오라범댁이나 구하듯이 똑 자기의 마음에 드는 색시를, 제 손으로 골라 주자는 것이요, 어떤 여자면 이 남자를 행복하게 하여 줄까를 늘 생각하여 왔던 것이었다.

"염려 말아요. 내 알아 할 테니. 자 나가십시다. 그까짓 이야기는 됐다 하구."

택규는 모자도 안 쓴 채 화순이를 앞세우고 나섰다.

"그러니, 듣기에 놀랍지 않아요 아무려면 그 따위를 김 씨 댁에 들어앉힌다니! 그렇게 되면 내 꼴은 무에 되구 우리는 절교 아닌가! ……"

3

화창한 날씨에, 좀 더웁기는 하지마는, 천천히 큰길을 나란히 걸으면서 두 남녀는 기분이 좋았다. 그러나 택규는 문득 동재에게 거리끼는 생각이 들어서 화순이에게,

"잠깐……."

하고 어느 커다란 상점으로 들어가서 동재에게 전화를 걸었다.

"그러지 않아두 오늘 자네 댁에를 좀 가려 했는데, 지금 부인께서 오셨어. 저 큰집에 가서 기다릴 거니 그리 오라구. 얘기할 게 있으니……."

저편에서는

"응, 가지."

하고 실미지근한 대답이었다. 큰집이란 본점의 길 건너 식당 말이다. 식당에 들어와 앉아서 얼마를 기다려도 동재는 나타나지 않았다. 실미

지근한 대답을 들을 때부터 택규는 좀 불안을 느꼈었다.

'그러나 내게 토라질 까닭야 뭐 있나.'

택규는 이런 생각을 하면서도 또 다시 전화를 걸어 보았다. 벌써 전에 손님과 나갔다는 것이다. 오정이 넘었으니 그럴 거라. 그러나 고의(故意)로 그러는 것이나 아닌가 하여 택규와 화순이는 불안을 느끼는 것이었다.

화순이는 아침에 남편더러 택규를 찾아가 보겠다는 말을 해 두지 않은 것이 후회도 되었다.

"대관절 그 여자가 나타나기 때문에 모두 위룽튀룽 법석이구먼."

화순이는 은근히 오금을 주는 소리를 하였다.

"무슨 법석? 우연히 만난 친구인데 까닭 없이 교제를 끊을 거야 없지 않은가요 뭐 어쨌단 말야. 난 양심에 거리낄 것은 조금도 없으니까. 친구가 내버린 여자를 만나서, 살기 어려워하는데 조력을 해 준다면 동재군도 고맙다구 해야 옳겠지요"

택규는 슬며시 역정이 났다. 동재를 기다리다 못해서 두 사람의 음식이 나왔다.

"하지만, 나두 마음에 좋을 게 없으니 딱 끊어 버리세요."

화순이는 식탁으로 다가앉으며 단연코 하는 말이었다.

"글쎄 그게 무슨 소린지 알 수가 없구먼. 예전에 누구의 아내였거나, 내 친구로 사귄다는데 그걸 말릴 게 뭐냐 말예요"

화순이는 나오는 한숨을 속으로 죽여 버렸다.

만일 이 남자가 십오륙 년 전에 상처를 하였더라면 이 남자에게로 시집을 갔을 것이려니 하는 생각은, 화순이에게만 늘 있는 것이 아니라 택규도 잘 아는 일이었다.

식사가 거진 끝날 때쯤 해서 동재가 들어왔다. 아내와 택규와 마주 앉았는 것이 좋아보이지는 않았다.

"왜 이렇게 늦었나?"

"응, 늘 그런 성가신 축들이 와서 끌어내서……."

택규도 그 뜻은 알겠다. 돈 융통하러 다니는 축들이란 말이다.

"그래 무슨 얘기를 하겠다구 호출을 했나?"

동재는 차만 한 잔 달래서 마시면서 말을 꺼냈다.

"이렇게 되면 말이 거북한데!"

하며 택규는 껄껄 웃고 나서 선도와 만나게 된 내력부터 좍 설명을 하였다.

"그래, 대강 그런 줄은 알았네마는, 어디 그 여자를 또 한 번 다시 내게 소개해 주지 않으려나?"

하고 동재는 껄껄 웃었다.

4

"그거 어렵지 않지. 이따라두 같이 가세."

택규는 실없은 소리가 아니라 참다랗게 선뜻 대답을 하였다.

"이건 무슨 주착없는 말씀유? 아무리 자식이 있어 찾아다닌다기루 걷어차 내쫓인 지도 이십 년이나 되는 걸, 뻔뻔두 하지 뭣하자구 만나 보구 싶다는 거예요?"

화순이는 기가 나서 핀잔을 주었다. 말씨도 이렇게 불공스럽게 함부로 하는 것은 이때껏 들어 본 일이 없었다.

"좀 만나서 구회(舊懷)나 풀구 구정을 새롭히기루 어떨구."

동재는 아내가 펄쩍 뛰는 것이 우스워서 그런지 심사에 틀리는 것이 있어서 그런지 좀 골을 올려 주려는 어기(語氣)이었다.

"맘대루 하세요. 내가 보따리 싸거던 다시 들여앉히시지."

화순이는 코웃음을 쳤다.

"하하하. 매우 심각한데! 이 부인이 오늘 좀 머리가 돌았나 보다. 보따리 쌀 궁리까지 하구……."

하며 동재는 농담으로 돌려 버렸다.

"누가 돌았는지? 아이를 공일날이면 가서 살게 하구, 양복을 한 벌 해 주니까 그 좋구나 하구, 덕이나 본 듯싶이 혜에 하는 양반인데!"

화순이도 밥을 다 먹고 좀 물러앉으며 웃음엣소리처럼 대거리를 하였다.

"인제 알구 보니, 이 아주머니 투기두 대단하군요."

하고 택규가 껄껄 웃었다.

"염려 말어. 여기 새 신랑감이 있지 않은가."

이 말을 꺼내고 말은 동재의 웃는 얼굴은 좀 뒤틀렸다.

"이 사람아, 그거 말이라구 하나?"

택규는 질색을 하였다. 그 솔직히 질색을 하는 눈치에, 동재 내외는 제각기 딴 의미로 마음이 풀려서 기분이 좋아졌다. 그러나 동재의 아내에 대한 불쾌한 기분은 풀리지 않았다. 어제 저녁에 무슨 시앗이나 본 듯이 법석을 하던 것이라든지, 자고 새기가 무섭게 택규에게로 큰일이나 난 듯 달려갔던 것이라든지가 모두 못마땅하였다.

"어젠, 자기 소유 집 한 채가 있는데 은행에 넣겠다구 집을 가 보자구 해서……."

택규는 구구히 변명하여야 하게 된 것도 성이 가셨다. 밖에 나와서 본점으로 들어가는 동재와 헤어져서 둘이서는 이편으로 걸었다. 그런 것도 동재는 전에 없이 싫어 보였다. 무슨 의심할 이유가 있는 것은 아니지마는 기분으로 그러하였다.

"딱 단념해 버리세요. 그래두 난 에미라니 인정이 그럴 수 없어 영애 두 가는 대루 내버려 뒀지만, 그래선 안 되겠에요. 집안을 꼭 조져야 하겠어요."

화순이는 남편의 마음을 믿을 수가 없는 것이 화가 난 것이다. 그러나 동재는 동재대로 너무 방임주의인 것도 생각해 볼 일이라고 곰곰 생각하여 보는 것이었다.

"그 사람하구 교제를 하시려거던 우리하군 발을 끊어 주세요."

화순이는 또 흥분해졌다.

"아니, 절교까지 하면서 교제를 하겠다는 건 아니지만, 그건 좀 과한데! 그 여자와 교제를 하기루 우리가 절교를 해야 헐 건 뭔가? 아닌 게 아니라 좀 돌으셨구려. 허허허."

"그 교제란 것을 누가 믿을 수가 있어야죠. 호호호."

하고 화순이는 웃어 버렸다.

그날 저녁에 동재는 밖에서 식사를 하고 느지막이 돌아왔다. 그리 흉 없지 않은 술내가 혹 끼치었다.

"어디서 이렇게 늦으셨에요?"

"응⋯⋯."

동재는 말수가 없었다.

"정말 다방골에 현신하시구 오신 게로군요?"

아까 점심에 식당에서 택규가 선도를 이따라도 만나러 가 보자고 한 말이 있었기에, 그런 의심도 드는 것이었다.

"쓸데없는 소리! 맥주나 한 잔 먹게 해 줘요."

여름이 되더니 밤은 짧아졌건마는, 동재는 대개 늦게까지 깨어서 잠 청하는 술을 먹기도 하였다. 오늘은 무슨 불쾌한 일이 있었는지 술상을 받고도 말이 없다.

'대관절 불쑥 만나서 무슨 말을 하자는 생각이었던구? ⋯⋯'

동재는 아까부터 몇 번이나 속으로 뇌까리며 후회를 하는 것이었다.

아까 파사 때 택규가 와서 끌기에 따라나섰더니 다방골로 더듬어 들 어가는 것이었다. 이상하다는 생각이면서도 그대로 따라갔었다. 실상은 동재도 그런 짐작이 들면서도, 어디 만나게 되면 만나보겠다는 생각이 없지는 않았다. 어째서 그런 생각이 들었는지 동재는 자기의 마음을 알 수가 없었다.

그러나 택규가 선도 집에 들어가서 동재가 만나고 싶다고 밖에 와 있다는 말을 선통하니까, 문간에서 한 간통밖에 안 되는 마루에 나선

선도는 코웃음을 치며,

"만날 사람두 따루 있지! 이건 무슨 취흥이란 말예요? 줄레줄레 여길 따라오는 양반두 양반이려니와, 선생님은 할 일이 없어 이러구 다니시려거던 어서 가 낮잠이나 주무세요."

하고 핀잔을 주는 것이었다. 그 또랑또랑하고도 부푼 목소리는 오래간만에 듣는 반가운 목소리이었다. 어쨌든 동재는, 지금 생각하면 그 기승스런 데가 싫고 양반의 집 딸이라고 콧대가 세게 휘두르려는 것이 못마땅해서 싸움질도 하고 저 가는 대로 내버려 두었던 것이지마는, 근 이십 년이라는 세월이 그런 감정을 스러지게 하였고, 어쩐둥 연줄이 닿아서 딸이 다니게 되고 택규가 새에 서게 되고 하니, 한번 만나보고 어떻게 사는가 물어라도 보고 싶은 생각이 어렴풋이 들었던 것이었다.

그러나 번연히 자기가 문밖에서 듣고 있을 줄 알면서, 만날 사람이 따로 있지! 하고 쾌쾌히 거절하는 소리를 들으니 동재는 지나친 자기의 호의를 후회하였고, 공연히 왔다고 제풀에 화를 냈다.

홧김에 택규를 끌고 다니며 술을 먹었으나 술이 취하지도 않았다.

'대관절 만나면 무슨 말을 하겠다는 건구? 어떻게 하겠다는 건구? ……'

동재는 막연한 센티멘털 자기의 기분적인 망동(妄動)에 혼자 얼굴이 붉어지기도 하였다.

그러나 지금도 어쩐지 한 번 만나서 이야기를 하여 보았으면 하는 생각은 여전하다.

"어서 주무세요. 상을 치워야죠."

동재는 역시 잠자코 맥주통만 기울이고 있었다. 술이 취하면 우스운 소리도 곧잘 하는 남편이건마는, 술상을 물려놓고는 아무 소리 없이 자리 속으로 들어가 쓰러져 버렸다.

다음 일요일에 화순이는 영애에게 다방골에 가지 말라고 집 속에 붙들어 두었다. 어머니 아버지가 쌀쌀해지니까 영애 형제도 제각기 난 어머니를 따르는지 역시 말수들이 없이 멀어져 가는 것 같았다.

회동(會同)

1

'만난 지도 꽤 오래다. 벌써 몇 공일을 안 갔누?'

정진이는 대청의 불이 환히 비취는 뜰에서 영애 생각에 팔려서 콧노래를 부르며 오락가락하고 있었다. 만나보고는 싶지마는 다방골에 안 가면 만날 도리가 없다. 편지질을 해서 끌어낼 도리도 없고……영애 역시 편지를 하려도 시킬 사람이 마땅치 않아서 그러려니 싶었다.

마침 부친이 들어오니까, 정진이는 중문 밑으로 길을 비켜서며,

"얘들아, 아버니 들어오신다."

하고 대청에 대고 소리를 쳤다. 이 방 저 방에서 아이들이 툭툭 튀어 나오고, 안방에서 할머니의 자리를 깔고 있던 식모도 마루로 나섰다.

"오늘두 늦었구면!"

눈 정력이 좋은 노방마님은 마루에 재봉틀을 내놓고 자기의 모시 적 삼을 박고 있다가 코에 걸린 안경을 벗으며 알은체를 하였다.

"네. 밤중에 무얼 하세요."

"응 아직 자기두 일꾸. 허던 것 끝을 내려구…… 저녁 안 했겠지?"

체수가 큼직하니 주름살도 그리 없는 부연 얼굴에는, 아들이 주기가 있나 없나 보려는 기색이 떠올랐다. 환진갑을 다 지낸 마님이건마는 여간 정정한 것이 아니었다.

"네, 먹죠."

하고 택규는 마루에 걸터앉아 구두를 벗으면서

"참, 너, 그동안 다방골에 놀러 다녔더구나?"

하고 축대 위에 올라선 아들을 쳐다보며 가벼운 웃음이 입가에 떠올랐다.

"그건 어떻게 아세요?"

정진이는 부친의 불쑥 하는 말에 깜짝 놀랐으나, 부친이 지나는 말처럼 가볍게 묻는 데에 도리어 속으로 시원하고 고마운 생각이 들어 싱긋 마주 웃었다.

"그 마님을 나두 잘 안단다. 무슨 영업을 하겠다구, 은행에 빚을 내달래서 몇 번 왕래가 있었는데, 어제는 저녁밥 대접을 하겠다기에 갔더니 영애가 거기 있지 않겠니! 허허허."

동재 내외에게나 아들에게나 구구한 변명을 뇌까리기가 싫었으나 하는 수 없었다.

정진이는 아버지가 아무렇지도 않게 이해성 있이 먼저 말을 해 주는 데에 마음 거뜬히 좋았지마는, 무어라고 대답할 말이 없어서 번싯번싯 웃고만 섰다.

"요새는 왜 안 오는지 모르겠다구 걱정을 하더라. 난 그 집에 다시는 갈 일두 없지만, 너 놀러가는 걸 난 말리지는 않는다. 너만 단정히 점잖게 처신을 하면 그만이지, 내가 일일이 좇아다니며 감독을 하겠니......."

정진이는 부친의 말에 죄송하고 감격할 만치 좋아서 웃으며 고개를 숙였다. 무엇보다도 그동안 흐려졌던 감정과 무거운 기분이 활짝 개인 것 같아서 기뻤다.

"그거 무슨 소리들이냐? 다방골 집은 뉘 집인데, 영애가 다니구 쟤가 다니구 한단 말이냐?"

모친은 안경을 쓰고 재봉틀을 돌리는 손을 쉬지 않으며 물었다.

"사단이 많답니다. 허지만 영애의 생모가 불거져 나와서 그렇죠."

택규가 밥상을 받고 앉으며 긴 말이 하기 싫어서 한마디 하니까 노마님은,

"뭐? 영애가 생모를 만났다구?"

하며 틀 손을 쉬고 놀라는 소리를 친다.

"혼인 갓 했을 제 한두 번 봤긴 했지만......어쨌든 영애에겐 좋은 일이로구나?"

하며 노마님은 먼 기억을 더듬어 보아도 두어 번 본 선도의 얼굴이 나타나지를 않았다.

2

서대문 밖 집이 팔리고 아무쪼록 은행 근처로 고르다 못해서 문교동

골짜기로 방이 너덧 되는 열댓 간 집을 전세로 얻고 하기에, 여름 한 철이 거진 지나갔다. 그 삼복중의 두 달을 택규는 틈틈이 선도를 좇아 다니며 일을 보아주기에 땀을 뻘뻘 흘렸다. 발론을 한 책임이 있기도 하거니와, 흥미도 있는 일이어서 성의껏 보아 주었다.

그동안에 두 사람의 감정은 처음 만난 남녀라는 호기심에 벗어나서 물주와 거간이거나 뒷배를 보아 주는 차인(差人) 비슷한 사이 같더니, 인제는 남성끼리와 같은 동사하는 친구가 되었다.

"자, 터전은 마련 됐으니 이젠 융통자금이나 대세요. 고리대금보다는 낫게 벌어드릴께."

선도는 실없은 말만 아니었다. 한밑천 끌려는 생각이 있으니 택규가 간혹 웃음엣소리를 하여도 좀처럼 대거리를 안 하는 것이었다.

"딴소리! 구문이나 두둑이 나올 줄 알았더니 혹 붙이라는구먼! 다 늙은 마나님이 술장수 한다는데, 술이나 팔아드리지 뭘 보구 한밑천 댈꾸!"

하고 택규는 일부러 코웃음을 쳤다.

선도는 그런 말을 들으면 금시로 신세가 따분한 생각이 들기도 하였지마는, 그 코웃음에 찔끔할 선도도 아니었다. 또 사실 택규도 급한 경우면 좀 도와줄 생각이 없지 않지마는, 아직야 전세 칠십만 환에 얻고 오십만 환 돈은 남았을 것이다. 새문밖 집이 생각했더니보다는 잘 팔린 셈이었다.

선도는 지금 집만 비어 주기를 기다리는 것이었다. 도배나 하고 기명이나 사 들이고 하면 개업 피로도 하고 손님을 치러내겠다는 계획이다.

전에 친정어머니 밑에 있던 침모마님이 음식솜씨도 할 만했는데 지금은 이문안의 조고만 요릿집에 있는 것을 이리로 끌어오게 되었다.

선도는 젊은 것 데리고 자기가 하면 되려니 하는 생각이었는데, 친정 오라버니댁이 듣고

"아, 그럼 예전 그 차집[饌母]마님을 데려 가시구려."

하고 지시를 하여 준 것이다. 선도는 자기도 음식에는 다소 자신이 있거니 하는 생각이지마는, 그런 차집마님만 만나면야 걱정이 없다고 당장 오라버니댁을 앞세우고 가서 끌어내기로 말이 되었다.

"아니, 이 아씨가! ……지금은 마님이 되어 가지만 그런 생화를 시작하다니! ……"

하고 마나님은 일변 놀라고 일변 감개무량해 하면서, 어차피 그 집에서는 늙게 고돼서 빠져나오고 싶은 터이기도 하지마는, 예전 처녀 적에 길러내던 생각을 하면 반갑고 가엾고 하여 어떻게 모른 척하겠느냐는 것이었다. 선도는 지금 와서는 이 차집이 돈 나올 구멍 같아서 택규보다도 더 태산같이 믿고 있다.

기명 마련도 이 마님이 알아보아서 싸게 넘기는 것을 잡아 주마고 하였다.

"어서 개업이나 하세요. 마음 놓구 놀러나 가게."

"날마다 오세서 외상이나 잡수시면 어쩌게."

"허허허. 이런 늙은 마님 보구, 외상 손님이라두 끌어 들지."

택규는 다방골서 영애를 만난 후로는 일절 다시는 다방골로 선도를 찾아가지는 않았다. 생각하니 틀일을 하는 젊은 과부댁이 둘이나 있는

데, 그 점으로도 드나들기가 거북하기도 하였다.

　대개는 선도가 찾아오거나 전화로 연락을 해 왔었지마는, 그 대신 지점 속에서는 친구들이 택규를 놀리며 멋도 모르고 어서 국수를 먹이라고 조르게 되었다.

③

　"어쨌든 집 팔려서 한턱, 새집 정했다구 한턱, 이거 미안하군요 그 대신 일간 내가 한턱낼께 우리 집에 좀 와 주시죠."

　헤어질 제 택규의 청자였다.

　"에구 천만에! 노마님두 계시다면서 누구 창피한 꼴 뵈시려구."

　"뭐, 마님 나쎄쯤 됐으면야 숫색시 아니구, 무슨 부끄럼을 타실라구. 허허허."

하고 택규는 떨어져 갔다.

　'마님'이라는 말이나 '숫색시'라는 말이나 선도의 귀에는 거슬려 들렸지마는, 택규는 일부러 실없이 한 말이었다.

　그런지 사흘만인가 나흘 만에, 학교에서 파해 가던 영애가 저녁때 들렀다.

　"어서 오너라. 별일 없었니?"

　선도는 전같이 반기는 눈치가 아니었다. 아무리 모녀간이라 해도 첫서슬의 한참 동안 같지는 않겠지마는, 저 집에서 일요일에도 가지 말라고 아버지까지 들고 나서 야단이라니 심사가 나서 그러는 것이었다. 게다가 정진이조차 발길을 뚝 끊은 눈치에 선도는 슬며시 화가 나는 것이었다.

택규와 교제를 하게 되었다고, 더러운 년이나 된 듯싶고 무슨 큰 죄나 진 듯이, 주위에서 법석인 것이 우스꽝스러워서도 반감이 생기는 것이었다.

"오늘이 효제동 아저씨 생신이라나요. 은행에서 나오시는 길루 그리 가신다구, 저 집 어머니두 지금쯤 거기 가 계실 거예요"

그러기 때문에 마음 놓고 늦게까지 놀고 가려고 왔다는 말눈치이었다.

"잘 왔다. 저녁이나 먹구 놀다 가렴."

선도는 시집갈 나이가 넘은 커단 딸이 에미를 숨어 다니며 만나보러 오는 것이 가엾기도 하였다.

'응, 저번에 자기 집으루 청하겠다더니 오늘 말인 게로군!'

선도는 안방에서 아이들을 놀게 하고, 여전히 마루에 앉아서 틀일의 길을 대어 주고 잔시중을 들며 이런 생각이 퍼뜩 떠올랐다. 그러나 이때껏 소식이 없는 것을 보니 다행하다고도 생각하였다.

"헌데, 어머니, 정말 요릿집을 여세요?"

서창에서 들어오는 시원한 바람모지에서 동생의 대거리를 하고 있던 영애가 이편 방문 밑으로 다가앉으며 말을 붙이었다.

"응, 왜 그래? 벌써 저 집에서들두 알겠구나? 뭐라던?"

하고 어머니는 손을 쉬고 돌려다 본다.

"호호호. 너는 술집 딸년이 되겠구나! 그러구 시집은 어떻게 가려는지 난 모른다구 그러겠지요"

영애는 계모에게 대한 반감으로 도리어 아무래도 좋다는 듯이 코웃음을 치는 것이었다.

"그 말이 옳지, 워냐. 그러지 않아두 영업을 시작하면, 맘대루 오기 어렵다구 생각했다만, 뭐 걱정이냐. 에미는 잘못했어두 어엿한 아버지가 계시겠다!"

이런 이야기를 하고 있는데,

"안녕합쇼?"

하고 정진이가 툭 튀어 든다

"어쩨, 그동안 얼씬두 안 하더니, 왜 하필 아버니 생신날, 모시구 잘 지내는 게 아니라, 이렇게 나다니는 거야?"

선도는 웃음 반 나무람 반 놀리는 소리를 한다.

"벌써 보고가 들어왔군요……."

정진이는 오랜만에 만나는 영애를 치어다보며 싱긋 웃었다. 일어나 맞으며 방문 안 문설주에 살짝 기대어 섰는 영애도 반가운 웃음을 생글하였다.

"가서 아버니께 청해 주신 것은 고맙습니다마는, 인제 술에미 노릇이나 할 사람은 갈 데가 못 돼서 못 가 뵈니, 인사는 요담 여쭙겠습니다구 말씀 여쭈어 주게."

$\boxed{4}$

영애는 어머니가 청자를 물리치는 것을 옳다고 생각하며 마음에 좋았다.

"뭘 그리세요. 그런 기단 전갈은 말주변이 없어 옮길 수도 없습니다만, 그랬다간 아버니께서 오시게 될지두 모릅니다."

하고 정진이는 영애를 또 한 번 치어다보며 콧날을 으쓱하였다.

"학생두 날 놀리려 드는 수작인지 모르지마는, 생신날 손님을 두구 여기를 오신다면 아버니두 이만저만한 망녕이 아닐걸."

선도는 정진이의 콧날을 찌긋하는 것을 눈결에 보고 언성이 불쾌하여졌다. 그러나, 실상 정진이는 이즈막에는 이 두 중늙은이들의 처지나 심경을 얼마쯤 이해하고, 도리어 동정과 호감을 갖게 된 터이었다.

"할머니께서두 아주머니 색시 적에 보셨다구, 한번 만나보구 싶다시던데요."

할아버지 대(代)부터 세교(世交)가 있었던 터이니 혼인 때 보았을 것이다.

"돈암동 아주머니는 잔칫집에 이가 빠진 듯이 한구석 훤히 비었으니 어서 모셔 오라구 야단이시구……."

그 말이 무슨 뜻인지 모르고 어린애처럼 말을 옮기는 것은 아닐 것이나, 퍽 입초에들 오른 모양이다. 선도는 혼인 때 보았다는 마님이 기억에 남아 있을 리도 없지마는 말이라도 고마웠다. 그러나 돈암동 아주머니(화순이)가 그따위 소리를 하더라는 데는, 아까 영애에게 들은 말도 있는 끝이라 심사가 와락 났다.

"가지, 가. 앨 써 온 학생을 그대루 보내기가 안됐지만, 할머니 뵈러 가지."

하며 선도는 하던 일을 주섬주섬 치워서 건넌방으로 들여놓고 일어섰다.

"아이 어머니두. 그만두세요."

영애는 눈살을 잠깐 찌푸렸다.

"가면 어떠냐. 그 길에 너 어머니두 좀 만나보구."

어머니가 안방으로 들어와서 옷을 갈아입는 동안에 영애는 마루로 나와서 섰고, 정진이는 걸터앉은 채 들여다보고

"우리 같이 갑시다. 어머니 모시구."

하며 말을 붙였다.

"으응……."

하고 영애는 웃으며 도리질을 쳤다.

"왜, 작년까지 생신날 오지 않았나? 인젠 점잖으세서? ……."

하며 놀리려니까, 방에서 어머니가 나서며,

"그럼 너 애 데리구 있거라. 잠깐 다녀오마."

하고 일러 놓고, 건넌방에 대고는 저녁밥 분별을 하였다.

"그럼, 내 한 상 차려 가지구 올께 가만있어요."

정진이도 따라 일어서며 혼자 두고 가기가 안된 듯이 영애를 바라보았다.

선도가 연옥색 모시치마에 은조사 깨끼저고리를 산뜻이 입고 나선 것을 보면 정진이의 눈에도 조촐하고 점잖아 보이며 썩 젊어 보이는 듯도 싶었다.

'이런 아들이나 하나 있었더면……영준이가 자라서 이만큼 되려면, 까맣지 않은가…….'

정진이를 앞세우고 나서며 선도는 좋기도 하고 저런 아들을 둔 택규가 부럽기도 하였다.

잔칫집은 모였던 안손님이 헤어져 간 뒤라 의의로 종용하였다. 정진이를 따라 뜰로 들어선 선도는 대관절 누가 맞아줄 것인가? 처음으로 오는 집에 아는 여자라곤 없고, 창피스럽게 되지나 않을까 싶어 새삼스레 여기까지 와서 서먹하고 주춤하였다.

5

주장하는 안주인이 없는 집이라, 누구 하나 선뜻 나와 맞아 주는 사람은 없고, 위아래에서 오락가락하던 여자들이 주춤들 하며 바라볼 뿐이었다.

"어서 올라가세요"

뒤에서는 정진이가 한마디 해 놓고 힝너케 사랑으로 나가고, 마루에서는 안방에서 뛰어 나온 순애가

"어유! 아주머니 어서 오세요"

하고 반색을 하였다. 그러나 선도는 와 놓고 보니 어색하였다. 불쑥하는 감정에 어디를 못 가랴 하고 따라온 것이나, 역시 여자의 처지라 괜히 왔다고 후회도 하였다. 이 집에 밥을 얻어먹으러 온 것 아니요, 간신히 손님으로 온 아이가 나와서 맞아 주는 것을 따라 올라가기가 거북하던 터에 뒤에서

"아 오셨군요 ……"

하고 택규의 목소리가 나며, 부리나케 축대로 올라선다.

297

"일부러 자제를 보내셨기에⋯⋯."

"어려운 출입하셨습니다. 어서 올라오세요."

택규가 앞을 서고 선도는 뒤따라서 올랐다. 안방에서 마주나오던 화순이는 뚫어지게 뜯어보며 선도와 스쳐갔다. 선도도 첫눈에 누군가 짐작이 들었다.

'여간내기가 아닌데!'

하는 인상을 받기는 화순이나 선도나 마찬가지였다

"아니, 이 댁내가 영애의 생모란 말이지?"

안방마님은 절을 받으며 말을 걸다가 고개를 들고 일어서는 것을 가만히 치어다보더니,

"아, 그때 보던 그 모습이 생각나는구면. 그리 늙지두 않았는데!"

하며 노마님은 선도를 옆으로 붙들어 앉히었다.

"근력이 퍽 좋으시군요. 예전 시어머니께 뵙는 것 같습니다."

선도는 덤덤히 앉았을 수만 없어서 한마디 하였다.

"응! ⋯⋯인간 고력이란 타구난 팔자라 하는 수 없지만, 과히 고생이나 안 했는지?"

노마님은 과부로 근 삼십 년을 지내온 고초를 한꺼번에 돌려다 보는 듯한 생각으로, 이 아직 젊은 생과부를 위로하였다.

"고생두 해 나니까 무서운 게 없더군요."

탐탁히 할 이야기가 없으니 선도는 이런 대꾸나 하였다. 그러나 그렇게 악에 바치는 고생을 해 온 선도는 아니었다.

"어서 다시 재리를 잡아야지. 이왕지사 그렇게 된 바에야 뭐 부끄러

울 게 있나, 누가 나무랠 사람이 있나……."

노마님은 어서 시집가라고 권하는 것이었다. 선도는 방긋이 웃고 만 말았다. 이 마님은 선도가 자기 집에 들어와서 살 사람이라고는 물론 생각지도 않는다. 아들도 그런 말을 하며 불러오겠다기에 아무려나 하라고는 했으나, 이 노마님 생각에는 그건 무엇 때문에 전 남편 부부가 온 자리에 불러왔누? 하고 이상스럽게 생각도 하는 것이었다.

모르고서는 모르지만 알고서야 무엇하러 대면을 시키려는지, 그런 쑥스러운 일도 없고, 당자도 모르고 왔는지 알고 왔다면 쫄레쫄레 온 사람도 보통이 아니라고 마님은 생각하는 것이었다. 이 마님은 아직 손주 아이가 영애를 따라 다방골에 놀러 다니며 신세를 졌다 해서 서둘러댄 것은 모른다.

부친과 선도의 사이를 의심하던 정진이는 부친의 활달하고 명랑한 태도에 감복해서도 그랬지마는, 부친 역시 청하지 말자는 말을 할 필요는 없었던 것이다.

6

마루 한가운데 차리던 큰 교자상에서 손을 떼게 되니까, 조카며느리가 안방을 들여다보며

"작은어머니두 상 드릴까요?"

하고 물었다.

"응 먹지. 이 손님하구 애들하구."

애들이란 순애와 손주 딸 봉희 말이다. 봉희는 순애의 대객으로 윗목

에서 둘이 소곤거리고 있다.

"저 아주머니는 마루에 차려 놨는데요?"

"말이 되나. 남정네들 술좌석에 끼워서……."

마님은 펄쩍 뛰었다. 어떻게 된 내용인지는 모르지마는, 전 남편 내외와 한자리에 끼우라는 것은, 선도가 가엾어 안 될 일이라고 생각하는 것이었다.

안방에 상이 들어오자 사랑에서 남자들이 우중우중 들어와서 큰상의 한 모퉁이로 둘러앉았다. 동재집 식구와 필원이 내외를 청해서 세 집 식구가 회식을 하자는 것인데 선도와 은행에서 가까이 부리는 젊은 애 하나가 끼우기로 된 것이었다.

"왜 이리 나와 여기서 함께 자실걸……."

택규가 안방을 들여다보며 선도에게 말을 거니까 모친이 앞질러서

"왜 어떠냐?"

하고 못마땅한 듯이 대꾸를 하자, 선도가 뒤받아서

"아무 데선 어떻니까. 잘 먹습니다."

하고 둘러보는 눈길 끝에 동재가 상 앞에 버티고 앉았는 것이 띄었다.

"어머니두 나오셔서 모두 함께 잡숫자는 건데요……."

택규는 하는 수 없이 제자리로 가서 앉았다. 건넌방에서 화순이가 필원이 처(희숙이)를 데리고 나와서 앉고 밖에서 불러들인 두 집 막내들이 들어와 앉으니까 그래도 자리는 남았지마는 엉정벙정해졌다.

"안방의 저 레이디는 자당의 빈객으로 청해 왔나? 자네 술친구로 모셔 왔나? 이왕이면 여기 나와서 한잔 하자지."

동재는 첫 잔을 받으며, 물론 취기도 없이 옆에 앉은 주인에게 수군수군하였다. 비웃으면서 비꼬는 수작이었다. 선도를 여기서 만나는 것은 의외이기도 하고 사실은 다른 데서보다 불쾌하였다.

"아니, 나보다두 정진이의 빈객으로 모셔 왔지만, 그 길에 자네 부탁도 예서 때워 버리려구 청했네."

택규도 실없은 소리가 아니라 참닿게 대꾸를 하였다.

"뭐? 내 부탁이라니?"

"한번 다시 소개하라지 않았나?"

"흐흥……. 하여튼 넌센스야. 난 자네 의사를 모르겠네."

동재는 언젠가 실없이 한 말인데, 정면으로 더구나 자기 내외가 함께 있는 자리에 선도를 내어민다는 것은, 어쩐 생각인지 의아하기도 하였다.

그동안에 앞에 앉은 젊은 애들은 지껄대며, 벌써 두서너 잔 하고 먹기에 분주하다. 생일에 아침밥 대접이지마는, 아침시간이 없는 사람들이라 저녁밥 대접을 하는 것인데, 이만하면 성찬이다.

"내 의사를 알거나 모르거나, 과거는 우리가 알 배 아니구, 젊은 애들을 위해서 다시 왕래가 있어도 좋을 상싶기에 자네 소청대루 이런 기회를 만든 거 아닌가? 누구하구나 원수지고 살 거야 뭐 있나."

택규는 도리어 핀잔을 주었다. 사실이 그렇기도 하지마는, 택규로서는 자기의 변명도 하고 싶었던 것이다. 나, 그 여자와 이렇게 교제한다고 아무렇지도 않지 않으냐고 집안 식구나 친구들 앞에 떳떳이 공개하려는 생각이었다.

7

주석에서는 그리 흥이 나는 것 같지 않았다. 저편 상 끝에는 자리가 남았어야 누가 올라와 앉을 리도 없고, 화순이와 희숙이는 잠자코 먹을 것만 찾아 먹고 있고, 아이들도 점잔을 빼고 말들이 없다.

한바탕 어른 아이들이 뒤범벅이 되어서 화락한 한때를 지내게 하자던 것인데, 왜 이렇게 잔치자리가 쓸쓸해졌나? 하고 택규는 의외로 생각하는 것이었다. 동재도 덤덤히 따라 주는 술잔을 받아 마시며 무슨 생각에 팔려 들어가는 기색이다.

안방에 노마님이 계셔서 어려워한다는 것보다도 누구나 머릿속에 선도가 저 방 속에 와 있거니 하는 무슨 변괴나 난 듯한 생각에 기가 죽는 것이기도 하였다. 안방에서 상을 물러 내가자 선도가

"할머니 고단하실 텐데 좀 누시죠."

하고 일어날 기색을 보이니까

"뭐 눕기는. 아직 천천히."

하며 노마님은 순애더러

"너 어머니 좀 들어오라구 해라."

하고 일렀다. 노인도 생각이 있어서 그러는 것이었다. 순애가 나간 지 얼마 만에 화순이가 딸을 앞세우고 안방으로 들어왔다. 선도와 만날까 말까 하는 생각을 하느라고 지체가 된 것이다.

"거기 앉게. 아이들은 가까이 다니는 모양이니, 두 어머니가 알구나 지내야지. 인사들이나 해 두라구."

하며 선도와 화순이를 대면시켜 주었다. 두 여자는 그저 고개를 숙여

보이는 체만 하고는 서로 무슨 말을 꺼낼지 몰라서 맥맥히 앉았다가,

"피차에 우스운 처지가 됐군요마는, 아이들을 생각해서라두 가깝게 지내십시다요"

하고 선도가 먼저 말을 붙였다.

"그러믄요! 우리야 이렇게 만나 뵙게 된 것만두 적지 않은 인연인데 요……."

화순이도 좋은 낯으로 대거리를 하였다.

"형편이 그렇게 돼서 그랬지만, 그 어린것을 길러 내시느라구 얼마나 수고하셨어요"

선도가 또 한마디 인사를 하였다.

"호호호. 이때껏 이 애 아버니한테두 당자한테두 못 들어 본 말입니다마는 고마운 말씀예요"

두 여자의 새침하고 꼿꼿하던 기분은 어느새 슬며시 풀려 가는 것을 서로 깨달았다.

"하하하. 이런 재미스런 광경은 옛날 같으면 어떻게 봤을까! 내 평생에 처음 보는걸! 딴은 두구 나온 자식을 길러 주었다는 인사두 해야 할 일이지."

아랫목에 앉은 노마님이 신기가 좋아서 깔깔 웃는다.

"실상은 그런 인사야 제가 헐 것입니까. 제 아범이 해야 할 거죠"

선도는 지금 말한 인사의 생색이 없는 소리를 하고 웃어 보였으나, 만나보니 화순이가 분명하고 야무진 데에 마음이 쏠려서 호감을 가지는 것이었다.

"어서 가 봐야 하겠어요. 일을 벌여 놓구, 아이들을 두고 와서요 ……."

하고, 선도는 인사로들 또 붙드는 것을 뿌리치고 일어났다.

선도는 마루 끝까지 화순이의 배웅을 받으며 나왔다.

"아, 왜 이렇게 급히? 좀 더 노다 가시지……."

택규가 따라 나섰다.

"푸대접을 하셔서 노해 갑니다."

선도는 댓돌 위의 신발을 찾아 신고, 일부러 웃음엣소리를 하고는 뜰로 내려와서 가방을 홈척홈척하여 하얀 양봉투를 꺼내서 부엌에서 나온 조카며느리에게 주고

"약주나 사 드려요."

하고 나간다.

8

선도는 여기까지 나온 길이기에 시장에 들러서 명희를 찾았다. 여름 날이지마는 일곱 시나 되어 날이 저물어 가는데 시장 속은 그대로 북적거렸다.

"아, 저 집 영감 생일잔치에 다녀가시는 길이구면."

명희는 첫인사에 이런 소리를 하였다.

"아, 한턱 잘 먹구 가는 길인데, 왜 안 오셨어요?"

어떻게 비양거리는 말씨 같아서, 선도는 일부러 눅진거리는 소리를

하여 주었다.

"아까두 영감이 또 청자를 왔더구먼마는, 다니던 집두 아니구 그건 뭣 하러 가겠어요."

명희는 무심코 한 말이지마는 선도가 듣기에는 무안을 주는 수작 같다. 선도는 머쓱해지며 미처 대꾸가 나오지 않았다.

"그래, 잘 차렸에요?"

저편이 먹먹해 하니 그저 인사성으로 거는 말이었다.

"잘 차렸더군요 지금이 한참인데, 청요릿집에 껄려 다닐 제는 언제구……지금이라두 가 보시지 않구."

선도는 은근히 대거리로 쏘아 주는 것이었다.

"그래 집 정했대죠?"

명희가 말을 돌렸다.

"얼른 내놔야 말이죠 이러다간 추석 전에나 시작을 할지……."

"인젠 연이 끊이는구먼. 어쩌다 그런 장사루 전업을 하신단 말이슈. 하기야 이 마님이 난봉격이요, 술을 좋아하시니까!"

명희는 이런 소리를 소곤대며 웃어 주었다.

"아, 나 술 먹는 것은 들켜서 잘 알겠지만, 나 난봉 피는 것은 들킨 일이 없는데 어떻게 그렇게 잘 아슈?"

하고 선도는 깔깔 웃었다.

"허지만 연이 끊이는 건 아녜요. 저 집은 그대루 두구, 안방에 틀을 두 대쯤 더 들여놓구 되레 확장을 할 작정인데, 솜씨 있는 사람, 아는 이 있건 소개해 주셔요."

"아 그거 괜찮군요. 구해 봐드리지. 낮엔 바느질 품팔이하구 저녁엔 술 팔구……그러다 남의 집 젊은 애들 놀아나지 않을까?"

명희는 또 다시 꼬집는 소리를 하였다. 명희는 실상은 자기도 생일잔치에 가고 싶으면서도 모친을 떼어 놓고 혼자 가는 수도 없고 어쩐지 쑥스러울 것 같기도 하여 그만두었는데 선도가 척 다녀온 것을 보니 샘도 났다. 자기가 성이 가시니까 대신 들어앉으라고 소개를 하여 준 것이지마는, 둘의 사이가 이상한 것이 공연히 심사가 좋지 않은 것이었다.

"온, 이런 망녕의 소리 봐. 아무려면 틀일 하던 사람이 술 팔라구. 술 파는 색시가 손에 일이 잡힐 것 같은감."

하고 선도는 핀잔을 주었다.

"그야 그렇지."

명희 모친도 듣고만 앉았다가 한마디 거들어 주었다.

선도는 무슨 생각에서인지 홱 명희의 귀에다 입을 대고

"술장수한다구 나만 비꼬지 말구, 가만있어요. 집 한 채 사서 데밀구 들어올 신랑감 하나 구해 바칠께!"

하며 소곤소곤하고는 살짝 일어섰다.

명희는 픽 웃기만 하였지마는 그게 무슨 소리인지 알 수 없었다. 택규를 소개하여 주었으니까 그 대거리를 한다는 말인가? 그러면 저의끼리는 벌써 혼인을 할 작정이란 말인가? 실상은 그리 궁금해 할 일이 아니건마는 명희는 그대로 장난의 소리로만 듣지 않았다.

9

"결국 너만 손이지 뭐냐! 어떤 모양으루 술장수를 하는지는 모르지 마는, 술장수루 나서는 사람이 그 집에 들어가 살림야 못 하겠지. 그럼 넌 그 사람한테 한때 외입을 시켜 주었거나 작은집을 얻어준 것밖에 안 되지 않니……."

명희의 모친은 선도의 발길이 멀어 가는 것을 바라보며 새삼스레 또 이런 말을 꺼냈다. 이 마님은 택규를 선도에게 뺏겨 버린 것이 아깝다고 톡하면 딸을 나무라는 것이었다.

명희는 잠자코 말았다. 평생을 독신으로 살 결심이면 모르지마는, 그러한 자신도 없이 막연히 택규와 같은 사람을 밀어 버린 것이 차츰차츰 후회도 나는 것이었다. 생일에 다녀가면서 기분이 좋아서 술장사하면 영감을 하나 얻어 주마고 실없은 소리까지 하는 것이 어떻게 놀림감이 된 것 같아서 불쾌한 판이었다.

'오늘 잔칫집에 가서 좀 구경이나 했더면 좋을걸……'

명희는 눈만 깜박깜박하며 앉아서 이러한 후회도 하였다.

술장사를 하면 영감을 얻어 주마니, 말이 흉 없지 않은가! 명희는 자기가 그런 천덕구니가 되었나 싶어서 분한 생각이 들어서 모친의 말에 대거리도 못 하였다.

"너두 좀 똑똑히 굴어라. 이러다간 나 죽어 버리면, 그깐 놈 군대에서 나오는 천둥벌거숭이가 무슨 의지가 되겠니?"

모친에게 늘 듣는 말이지마는, 명희는 지금 들은 선도의 그 귓속말이 마음에 걸려서 잠자코 듣고만 있는 것이었다.

해가 넘어가니 인제는 손님도 더 올 리 없고 점방을 거둬 치려니까, 생일 임자가 하얀 오픈샤쓰 바람으로 다가오며

"허허허. 삼청자를 와야 하겠습니까. 음식은 차려 놓구 손님은 안 오시니 또 모시러 왔죠."

하며 소리를 쳤다. 택규는 멀쩡한 얼굴이었다.

"가죠, 가요. 마님 뵙구 인사두 할 겸. ……어쨌든 두 번 오신 인사루라두 가야죠."

모친이 앞장을 서서 서두는 바람에 명희는 기가 질려서 아무 말 없이 봇짐을 싸다가, 어쩐둥 앞에 섰는 택규와 눈이 마주치자, 전에 없이 참았던 웃음이 터지며

"왜 또 오셨어요? 잔치 회두리판에 뭘 먹으러 갈까요."

하고 핀잔을 주었다.

"아니 원체 도고하시면 잔칫집에두 파장머리에나 잠깐 낯을 보이는 법이죠."

택규는 자기에게 늘 고맙게 굴어 주는 이 노마님에게 저녁 한 끼라도 대접하고 싶은 생각에 또 데리러 나온 것이었다.

장사보따리를, 늘 맡기는 동구 밖 큰 포목전에 모녀가 여다가 맡기고, 택규를 따라 나섰다.

"이런 장돌뱅이 꼴루 어디를 가신대요."

명희는 옷주제가 사나워서 치마 앞을 쓱쓱 문질렀다. 그러나 원체 옷장사를 해서 그런지 온종일 점방에 앉아서 수세미가 되었을 텐데 곱다라니 조촐하였다.

"어서 오세요. 좀 진작 오시지……. 그러지 않아두 홍선도 여사까지 나타날 제 으레 강명희 여사두 현신을 할 줄 알았는데……."

화순이가 앞을 서 나서서 명희 모녀에게 각각 인사를 하였다. 마루에는 나중에 온 형제들이 몰려 앉고, 퇴근해 나온 동리 친구를 부르고 하여 술상이 그대로 번져 나갔다.

"어이, 아주머니, 누님, 여길 다 어째 오시는 거요?"

필원이가 얼굴이 시뻘개서, 상에서 떨어져 나와 맞는다. 남편의 수선스러운 목소리에 건넌방에서 나오는 희숙이는 댓 달은 되었는지 배가 눈에 띄게 불룩하다.

[10]

"아 이거 누구슈? 어디서 뵌 마님인데……."

화순이가 앞장을 서 안방으로 들어가서 명희 모녀를 주인마님한테 소개하려니까 택규 모친이 먼저 알은체를 한다.

"허구한 날 얼굴을 광고를 치구 앉었으니까 보시기두 했겠죠."

명희 모친은 웃었다.

"어서 이리 앉으슈. 응, 참 시장 안에서 봤구먼."

"잘두 보셨습니다. 그렇게 말씀하니 저두 뵌 것 같군요."

두 마님은 마주 웃었다. 거기에서 본 사람이 자기 집 손님으로 청자를 받고 안방에 척 들어와 앉는다는 것은 싫은 것보다도 신기하였다.

"이 사람이 제 동창이죠. 지금은 장돌뱅이가 됐죠마는……."

화순이가 다시 소개하는 수밖에 없었다.

"그런 소리 말게. 살기 어려운 세상에 돈 벌이면 그만이지."

마님은 얼른 싸 주는 소리를 하였다. 지난봄에 명희의 점방에서 백이 저고리 감을 끊은 뒤로 가끔 지날 적이면 눈여겨보아서 낯이 익다는 것이었다.

택규는, 명희 모녀가 안 와서 섭섭하다고 화순이더러 데려오라고 조르니까,

"내가 가서 안 올걸요 난 어머니께 미리 말씀만은 해 두죠"

하는 화순이의 훈수대로 해서 데려온 것이다.

"돈벌이두 중하지만 저렇게 곱구 얌전한 따님을 장바닥에 내놔 두다니."

하고 마님은 혀를 찼다.

아들이 과부댁을 둘씩이나 데려온 것을 보면 자기에게 선이나 보이는 듯싶어서 주인마님이 이런 소리를 슬쩍 비쳐보니까, 명희 모친은

"글쎄올시다."

하고 웃어 버렸다.

"나두 메누리가 급하건마는 인에서 인 못 고른다구 참 어렵군요 더구나 나이 어중돼서……"

택규 모친은 명희에게 물건을 사러 가서도 얌전한 색시거니 하고 보았지마는 그 색시가 아들과 교제가 있고 지금 바로 자기의 앞에서 밥을 먹는 것이 희한히도 생각되었다.

'인물로나 성깔로나 아까 그 색시보다야 한결 낫지!'

하며 주인마나님은 밥을 먹는 명희를 이모저모 뜯어보는 것이었다. 명

희는 낯이 뜨뜻해졌다. 괜히 어머니가 선선히 앞장을 서는 바람에 따라는 왔지마는, 그만둘 것을 왔나 보다는 생각도 들었다. 그러나 택규가 선도와 친해진 것을 보고 별안간 달라진 자기의 마음은 생각하지 못하는 것이었다.

안방에서 상이 물려 나올 때쯤은 마루의 손님들도 일어섰다.

"아주머니, 전 너무 먹구 너무 떠들구 인젠 물러갑니다."

동재가 아내의 입혀 주는 저고리를 입고 일동을 대표하듯이 안방을 들여다보며 혀 꼬부라진 소리를 하다가, 명희 모녀가 일어나 인사를 하니까,

"미스 강! 인제는 장사를 집어치우고 우리 사람같이 되시려는군요? 찬성, 대찬성!"

하고 껄껄대었다. 명희는 생긋해만 보였다. 여러 사람은 무슨 뜻인지 모르고 따라서 와아 웃었다.

"인젠 집을 아셨으니 자주 놀러 오세요. 나두 행기 삼아 가 뵙겠지만……."

노마님은 일어서는 명희 모녀를 따라 나오며 당부를 하였다.

11

앞선 동재 일행이 전찻길에까지 나오자니까, 꼽들여 들어오려고 속력을 느꾼, 불이 환한 택시 속에 앉았던 정진이가, 헤드라이트에 비친 손님들의 얼굴과 마주치자 그대로 지나치기가 미안스러워서 차를 멈추고 내렸다. 그것은 고사하고 식모아이년이 도련님과 나란히 앉았으니

311

모두들 놀랐다.

"생신날 바쁜데 시중드는 게 아니라 일하는 아이까지 껄구 나와서 어딜 다니는 거야?"

화순이가 첫대에 쏘아 주었다.

"친구 집에 한상 차려다 주구 오는 길예요."

하고 정진이는 머리를 쓰다듬어 올리며 웃는다.

"뭘, 다방골 갔다 오는 거지. 내 다 알어."

화순이는 웃으면서도 나무라는 어기었다.

"어서 들어가거라."

동재가 한마디 하고 돌쳐서니까, 정진이는 꾸벅하고 차 안으로 들어갔다. 식모아이는 음식 목판을 이고 전차나 버스를 탈 수가 없어서 그 덕에 빈 그릇만 담은 목판을 자동차로 모시는 것이었다. 아까 선도가 갈 제, 마침 차려 놓았던 것을 이어 가지고 쫓아 나와서 택시로 모셔다 드리고, 올 제는 영애를 태워 가지고 돈암동에까지 바래다주고 휘돌아오는 길이었다.

"부자가 경쟁을 하듯이 야단이로군."

하며 화순이가 코웃음을 치니까,

"가만 내버려 뭐요."

하고 동재가 못마땅한 듯이 말렸다. 뒤따라오는 순애에게 그런 말을 들리기가 싫었다.

집에 들어서자 영애가 마루 끝에 나서는 것을 보고 화순이는

"너 언제 들어왔니?"

하고 그것부터 물었다.

"조금 전에 왔에요."

"내, 그런 줄 알았다. 생일 잔치상을 날라다 먹구! 팔자가 늘어졌구나."

화순이는 비양거리며 안방으로 들어갔다. 영애가 생일 집에 가기 싫다고 하는 것을 듣고 그런 줄 알았다는 것이다.

"괜한 잔소리! 유쾌하게 놀구 와서 이건 무슨 트집야?"

동재는 바지를 벗어 던지며 눈살을 찌푸렸다.

"응, 오랜만에 만나서 한참 신기가 좋으신데 미안하군요. 하지만 너 다방골집에는 가지 말랬는데 뭣하러 가는 거냐? 술집 딸이라면 시집갈 자국두 제대루는 안 나설 거라."

좌충우돌이었다. 화순이는 오늘 잔칫집에서 선도를 만난 것이, 길러 주기에 애썼에요. 어쩌고 인사말을 받았을 때와는 딴판으로 불쾌하여진 것이었다.

마님들끼리

1

"애, 그 시장에 나오는 모녀가 조촐하구 얌전치 않으냐?"

택규의 모친이 이튿날 아들에게 이런 말을 걸었다.

"그래요? 하지만 너무 돈벌이에 이골이 난 사람들이죠."

택규는 웃고만 말았다.

"허지만 돈 싫단 사람이 어디 있겠니. 가만 있거라. 어디 내 수단껏 메누리 하나 얻어 오자꾸나. 그 누구라는 사람야, 동재의 전취니 문제두 되지 않지 뭐냐?"

방 안에만 들어앉았는 노인이 이런 소리를 하는 것이 아들에게는 고맙기도 하고 미안하였다.

"저두 그런 생각입니다만, 뭐 그런 걱정은 마세요."

택규는 모친까지 지팡이를 짚고 나서게 하기는 싫었다.

'세상이 변해두 이만저만이 아니지, 장터루 놀아먹는 과수댁을 얻어

들이지 못해서 애를 쓰다니!'

택규의 모친은 가다가다 이러한 생각을 하며, 머리에 떠오르는 것은 부산의 국제시장이라는 데선가, 미군 물자를 뱃속에 차고 우글거리는 장터 속을 비비대고 하던 꼴이었다. 그러나 명희를 거기에다 비하는 것은 가엾었다. 나이 보아서는 젊고 예쁜 모습이라든지 조촐한 차림차리가 양반 장사꾼이지, 하는 귀여운 생각이 한편에 있었다.

말복도 아직 안 지나고 한참 더운 때지마는, 택규 모친은 아침결엔 선들바람이 불기에 행기 삼아 시장에나 나가 보리라 하고 나섰다.

"에그, 여길 어떻게 나오셨에요. 좀 올라앉으세요. 한 번두 못 가 뵙구……."

점방에 앉았던 명희 모녀는 일어나 맞았다. 개시만 하였지, 이때껏 흥정은 없어 쓸쓸하던 판이다.

"바쁘신데 웬 날 찾기 바라겠수? 한가한 내나 놀러 나와야지."

택규 모친은 명희를 오랜만에 보니 역시 반가웠다. 전등불 밑에서보다도 환한 햇빛에 보니, 눈, 코, 입매가 하나하나가 예쁘고 귀염성스러운 데다가, 얼굴 전체가 장사치처럼 상스럽거나 오닥져 보이지 않고 상냥스러워서 좋았다.

"저번엔 젊은것들처럼 체면 없이 불쑥 껄려가서 죄송했습니다."

명희 모친의 인사였다.

"천만에요 틈틈이 좀 놀러 와 주시구려. 난 당신 모녀 분보다두 외로운 사람이라우. 딸두 없구 다만 하나 아들 내외를 둔 것이, 메누리나마 잃구 쓸쓸해 못 견디겠어요"

315

하며 노마님은 마음에 먹은 대로 쏟아 놓았다.

"그러시겠죠 터전은 좁지만 심심하신 때 행기 삼아 늘 놀러 나오세요"

"괜히 와서 쌩이질을 하면 되겠수. 그리 머지않으니 매일 점심이라두 우리 집에 와서 자시게 하면 어때요?"

그동안 공상에 그리던 생각을 하는 것이었다.

"어이 고마운 말씀입니다. 하지만 어찌 그렇게 되나요, 점방을 벌이구 앉아서."

명희 모녀는 그 친절한 말만은 감사하였다.

"아니, 뭐 내가 점심을 차려 놓게 하구 돌려 가며 와서 자시면 좋지 않을까. 이 따님 아씨가 내 쉬영[收養] 딸 노릇이라두 해 준다면 밥값두 안 받을 거야. 호호호."

명희 모녀도 인사로 따라 웃었다.

"아이, 한 어머니두 잘 못 모시는데 어떻게 두 어머니를 모시겠어요"

명희도 웃으며 대거리를 하였다.

"뭐, 여자란 다 그런 건데. 두 부모 모시란 마련 아닌가."

실없은 말 같으면서도 택규 모친의 말은 좀 살가웠다.

그러자 손님이 와서 명희는 거기에 대거리하기에 바빴다.

"아주머니! 이번엔 뭘 들여가시렵쇼?"

명희는 손님을 보내 놓고 돌아앉으며 택규 모친에게 딴전을 하고 웃었다.

'이 마님까지 졸르러 다니나?'

하는 생각에 일부러 물건 사러 온 손님 대접을 하는 것이었다.

"아니, 난 올 여름철 건 더 살 거 없어. 추풍이나 나면 무어 아이들 것 부탁할까."

마님은 이런 수작을 하면서도 며느리가 되는 날에는 서로 웃을 일이라고 생각하였다.

2

점심 먹여 줄 테니 수양딸 노릇을 하라는가 하면 또 딴청으로 여자란 두 부모 섬기기로 마련이라고 수수께끼 같은 소리를 슬쩍 비치고 하는 이 마님의 배짱이 무엇인가를 안 명희는 어른 대접을 해서 '네, 네' 해 두었을 뿐이지, 속으로는 코대답을 하는 것이었다. 그러나 코대답이면서도 한편으로는 택규의 모친까지 친숙히 하여 주는 것이 싫은 것은 결코 아니었다.

택규 모친이 두 번째 들렀을 때는

"아, 그렇게두 무심하단 말씀유. 가게를 들이구 가시는 길에라두 하루 오세서 놉시다그려. 내 방에서 자면서 이야기두 하구……."
하고 아주 시비를 하려 들고 한 십 년 사건 사인 듯이 대하며 놀자고까지 하는 데는 이편이 도리어 무안할 지경이었다.

"네. 인제 틈타서 한번 가 뵙죠"

"그럼 어느 날쯤?"

진수성찬을 차리려는지 날짜까지 정하라는 것이었다.

"애, 노인네 대접을 해서라두 한번 가야 하지 않겠니?"

"어머니나 가세요. 난 물색없이 뭐 하러 가겠에요."

"정작 널 데려다가 얘기가 하구 싶어 그러는 건데!"

마님은 간 뒤에 모녀간에 이런 이야기도 하였다.

말복이 지나고 처서가 가까운 어느 날이었다. 아침 날씨가 매우 서늘하였다.

"애, 오늘은 하루 쉬자꾸나. 몸두 고단한데 요샌 흥정두 별루 없구⋯⋯."

벌써 부엌에 한차례 나갔다 들어온 모친은, 자리 속에서 눈을 뜬 딸에게 의논을 하였다.

환절머리라, 여름옷 팔던 남저지에 가을철 것을 벌여 왔어도, 아직 어중돼서 가게가 한산하여 재미가 없기도 하였다.

"다방굴 집 이사한 데 한번 집알이를 가 봐 줘야 하기두 하겠에요."

명희는 모친의 의향을 알아차리기도 하였지마는 겸사겸사 하루 놀러 다니고도 싶어서 반대는 아니하였다.

"내, 방 치구, 밥 차려 놀게 그동안에 넌 목욕이나 다녀오려무나. 머리두 좀 지지구."

명희도 하루 놀 작정이니 마음이 가벼워서 자리에 나와서 나갈 차비를 후딱 차렸다.

"어머니두 같이 가세요."

"아니다. 난 지쳐. 지치면 돌아다니기에 힘이 들어서."

모친은 딸을 선이나 보이러 가는 것처럼 곱게 꾸며 가지고 나가고 싶었다.

목욕 제구를 들고 나간 명희는 두어 시간이나 걸쳐서 돌아왔다. 머리는 미장원에 들러서 인두(고데)질만 하고 왔는데 어머니가 보기에도 산뜻하다.

"너 한 살이라두 젊어서 얼굴 간수를 잘 해야 한다."

아무 크림이나 찍어서 쑥쑥 바르는 딸에게, 시집보낼 어린 딸이나 데리고 하듯이, 어머니는 이런 총찰까지 하였다.

오늘은 아침이 늦었지마는 아침 뒤에 나서서 양과자 한 상자를 사 가지고 효제동 마님한테 문안부터 갔다.

"아, 이거 어려운 출입하시는구먼! 날 무시하는가 했더니 이렇게 찾아 주시는 것만 고마워요 하지만 점방을 아주 쉬구 나오신 모양이니 죄밑스러워 이를 어쩌나?"

택규 모친은 일변 반갑고 일변 미안해서 어쩔 줄을 몰라 했다.

"아녜요 오늘 노는 날이기에, 베르구 벨러서 잠깐 뵈려 왔죠"

명희는 절에 간 색시처럼 어머니 뒤만 따라 올라갔다.

3

"아니, 따님 애기는 볼수록 나날이 고와지니, 아마 돈 잘 벌구 마음이 편해서 그런 거죠?"

주인마님은 명희를 새색시나 되는 듯이 따님 애기라고 귀염성스럽게 불렀다. 자그마치 삼십이 넘은 사람이지마는 노인의 눈에는 귀엽고 어리게도 보이는 것이요, 아무래도 며느리를 삼으려는 욕기에 이 집에 시집올 처녀처럼 애□게 부르는 것이었다.

319

"뭘, 고생에 찌들어서요……."

하고 명희 모친도 웃었다.

명희는 한참 귀염을 받는 판이라, 정말 숫색시 적으로 돌아간 듯이 상긋이 웃고만 앉았다.

이야기나 하고 놀자고 청해 왔어야, 이렇게 성장을 하고 온 손이니 아무래도 시스러워서 툭 터놓고 이야기가 술술 나올 수는 없었다.

명희 모녀가 조금 앉았다가 가지고 온 과자상자를 보자기에서 풀어 내놓고

"입에 맞으실는지? 변변치 않은 겁니다만, 머리맡에 놓고 심심한 때 잡수세요"

하고 인사를 하며 그만 일어서려니까 마님은 그 과자상자에 좋아하면서

"이건 뭐 우리끼리 이런 인사 차리구 지내야 하겠나요"

하고 점심을 먹고 가라고 붙들었다.

"아녜요 인제야 아침을 먹구 나온 길인데요"

그러나 노마님이 지성껏 붙드는 것에 못 이겨서 주저앉았다.

처서 밑이라 해도 과일과 함께 나온 사이다도 좋았고, 아무 내용도 없는 이야기지마는 한가로이 노는 맛에 끌려 앉았었다. 마님은 심심한데 손님이 와 주었다는 것만으로도 어린애처럼 좋아서 놓치기를 아까워하였다.

"따님두 인젠 들어앉히셔야지. 난리통, 피난통에 먹구 살려니까 모두 거리로 나돌게 됐지만……아니, 그거 웬일요? 저번에 여기 와서 나두

만나봤지만, 저 집 이 과장 전실, 영애 생모 말요, 그 지체 있구 얌전한 사람이 술장수를 한다니!"

마님은 눈을 크게 뜨며 행세하는 집 딸들이 왜 모두 이 지경이 되었느냐고 탄식을 하였다.

"세상이 뒤집히구, 제 팔자들이 세서 그런 거죠"

명희 모친은 가벼이 웃으며 대꾸를 하였다. 자기 모녀의 걸어온 길을 돌아보아도 그렇거니 하는 생각이었다.

"그래, 하여튼 팔자소관이요. 하지만 연분이면 되는 거지."

노마님은 또 딴전으로 혼잣말처럼 중얼거리었다. 명희 모녀는 잠자코 말았다.

"난 살 만큼 살았으니까 언제 가두 좋지만, 눈 감기 전에 이 살림을 맡을 얌전한 메누리 하나만 보면 소원이 없겠는데, 마님 부탁합니다. 하나 진권해 주세요"

모처럼 놀러 오래 놓고 이런 말은 꺼내지 않으려던 것이나, 늙은이의 약한 마음에 노골적으로 실토를 해 버리고 말았다.

"저두 어디 발 널리 다니는 데가 있어야죠"

하고 명희 모친도 웃었다. 명희는 낯이 간지러웠다.

"나는 그저 이 따님 같은 메누리나 하나 얻어 놓구 가면 마음을 놓겠는데 호호호……."

냉면상이 들어오니까 마님은 다가앉으며 웃음엣소리처럼 아주 까놓고 말을 꺼냈다.

"이 애를 그렇게까지 탐탁히 봐 주시니 고맙습니다."

명희 모친도 그저 웃음엣소리처럼 대꾸하였다.

"아니, 기위 당자끼리 이야기가 있었던 끝이라니 나두 이렇게 흉허물 없이 떼를 써 보는 거예요"

노마님은 이러한 소리도 하였다. 떼를 쓴다는 말은 이 경우에 여간한 겸사가 아니다.

"아마 이렇게 혼인 이르는 것두 전고에 없을 걸요"

당자야 무어라 할 수 없고, 명희 모친은 딸의 의향을 몰라서 그저 웃기만 하며 잠자코 있으니, 주인마님이 좀 머쓱해져서 하는 말이었다. 그러나 마님은 이런 말이라도 시원히 하고 나니 신기가 좋았다.

'이렇게 찾아온 것만 봐두 일은 십중팔구 된 거 아닌가!'

마님은 또 속으로 이런 생각을 하며 자신도 생기고 기뻐하는 것이었다.

아이들은 학교에 다 가고 식모와 단둘이 소리 없이 집을 지키고 있는 이러한 절간 같은 집에 앉았으니, 날마다 지내는 장거리의 잡담을 생각하면 선경에 온 것도 같다. 이러한 조용한 집 속에서 자미다랗게 살림을 해 보고 싶기도 하다.

"안녕합쇼? 어떻게 여길 다 오셨에요?"

책가방을 들고 툭 튀어 들어오는 정진이의 인사에,

"응, 잘 있었나?"

하고 대꾸를 하며 명희 모녀는 그 사품에 일어섰다.

"왜 일어나세요. 전, 모시러 온 건 아닙니다."

하고 정진이는 껄껄대었다.

명희는 마님까지 따라 나오며 배웅을 해 주는 것에 옹위가 되어서 문밖으로 나서며, 전에 없이 흡족한 듯한 기쁜 기분에 잠겼다. 그것은 처녀 적 혼인을 이룰 때에 느끼던 거와 같은 달콤한 감정이었다.

명희 모녀는 그 길로 무교동 선도의 새집을 더듬더듬 물어 가며 찾아갔다. 그만하면 자리를 잡았으려니 하였더니, 마당에선 놋그릇을 닦고 있고 대청에서는 여편네들이 북적거리면서 새로 사 들여온 세간을 자리 잡아 놓느라고 법석이다.

"집알이가 좀 일렀구면요. 집 다 치운 뒤에 내일쯤 다시 올까."

명희는 웃음엣소리를 하며 금방 사 들고 들어온 엿과 성냥통을 내어 밀었다.

"어이, 어떻게 오세요. 이건, 세수두 못한 고쟁이 바람의 색시를 보러 오신 셈이지. 부끄러워 어쩌나."

선도는 술집 마담의 입심이나 연습하듯이 수다를 떨며 맞아들였다. 그래도 깨끗이 도배를 한 안방에는 세간을 꼭꼭 들여놓고 체경을 걸고 여름 보료를 깔고 하여 환하였다.

"이만큼 차리기에두 수월치 않겠구려?"

"그저 그렇죠."

모친이 마루로 다시 나선 동안에 명희는 샐없이

"개시가 언제지? 나두 영감 껄구 한 잔하러 와야지."

하고 웃었다. 아까 택규의 집에서 새색시처럼 얌전을 빼던 것과는 딴판이었다.

"뭐, 좀 있으면 영감이 오실 텐데, 한 상 개시루 차려드리죠."

하고 깔깔 웃었다.

그것은 장난의 소리이기도 하지마는 엷은 질투가 없지 않은 것이다.

"딴소리! 이 댁 영감야 들어오시던 나가시던 내 아랑곳 있다구! 호호호."

두 여자는 깔깔대며 집 구경을 나선 명희의 모친을 따라 마루로 나갔다.

5

좀 있으면 오리라던 영감이, 딴은 쑥 들어섰다.

"하하……이거 웬일예요? 남, 한 살림 뒷구멍으루 배포하려는데 금시루 들켰습니다그려? 개업이나 하건 오시죠."

마당에 들어선 택규는 껄껄 웃었다.

심심하면 점방에 들러서, 선도가 이사를 하게 되었다느니, 어느 날 집을 들었다느니, 차집이며 식모며 개업도 하기 전에 군식구를 세 식구씩 끌어들이고 손은 커서 떠벌여 놓은 모양이나 뒷갈망이 걱정이라느니 하는 이야기를 하며, 집을 가르쳐 주었기에 명희 모녀는 나온 길에 구경 삼아 온 것인데, 택규는 이런 실없은 소리를 하는 것이었다.

"좋군요 이만하면 삼대 사대두 거느리구 사시겠군요."

명희 모친이 웃음엣소리를 하였다. 사실 뜰이 널따라니 아랫방이 둘, 바깥방이 하나, 간살이 널찍널찍하니 생각하였더니보다는 큰 집이었다.

"여긴가요?"

"응, 이리 들여와."

문밖에서 인부의 목소리가 나며 마대를 메고 들어온다.

"어서 이 발기대루 잘 왔나 세어 받구 부대는 내주세요."

하고 택규가 선도에게 종이쪽을 내어주니까, 마루에서 일을 하던 아낙네들이 벌써 알아차리고들 마룻전에 곱게 내려놓는 부대를 에워싸고 둘러앉았다. 부대에서 나오는 것은 크고 작은 양접시들이며 요릿집에서 쓰는 잔 사기들이었다. 둘째 번에 메고 들어 온 부대가 덜커덕 하고 마룻전에 떨어지는 것은 소리만 들어도 놋그릇이었다. 구자틀(신선로)이 다섯 대에 주발대접들……그리 녹도 슬지 않은 번질대는 것을 끌어내서 쭉 늘어놓았다.

여편네들은 두 번 세 번씩 세이기에 떠들썩하며 분주하였다.

"맞죠?"

옆에서 지키고 섰던 택규가, 물건을 세어서 받는 여자들 뒤에 발기를 들고 섰는 선도를 치어다보았다. 명희 모녀는 옆에서 구경만 하고 섰다.

"네, 맞습니다. 수고하셨습니다, 어서 좀 올러와 쉬세요."

하고 선도는 마음으로 미안해하는 눈치였다.

택규는 거기에는 대꾸도 않고 바지 뒤 포켓에서 백 환 한 장을 쓱 꺼내서 마대 조각을 들고 나가는 인부에게 주며

"수고했수. 운전수더러 조금만 더 기다려 달라구 해 줘요."

하고 부탁을 하였다. 본점의 스리쿼터를 교섭해서 물건을 동구 밖에까

지 운반해 온 것이었다.

영업에 필요한 기명을 처음에는 차집마님이 소개해서 싸게 넘겨 오려던 것이 틀리고, 택규가 은행 식당에 부탁해서 문 닫는 사람의 것을 물려 오게 된 것이었다.

"어서 좀 올라가세요 점심은 잡수셨에요?"
하고 주인댁이 인제야 인사로 내려선다.

"어서 가 봐야죠. 거간꾼이 한가롭게 방 속에 들어앉았을 새가 있나요."

택규는 웃으며 마루 위에 섰는 명희 모녀에게 인사를 하였다.

"그럼 이따 파해 가실 때 오세요 손님두 기다리시게 할 거니, 꼭 오시죠?"

선도의 신신당부이었다. 택규는 잠자코 문간으로 나갔다. 마루에 섰던 명희도 인사로 신발을 찾아 신고 선도를 따라서 배웅을 나왔다.

두 여자가 동구 밖에까지 따라 나와서 자동차에 오르자 꼬박 인사를 하는 것을 보고 택규는 벙글하였다.

6

"어머니, 고만 가시지 않겠에요?"

동구 밖까지 배웅을 나갔다가 들어온 명희는 안방 문 앞에 앉은 어머니를 바라보며 말을 꺼냈다.

"가는 게 다 뭐요? 다섯 시만 되면 영감 온다구 하지 않았나!"
하며 선도는 펄쩍 뛰며 어서 올라가라고 떼어 민다.

"호호호. 남이 들으면 창피스럽게! 왜 내가 남의 집 영감, 몇 시에 들어오거나 기다리구 앉았으란 말예요"

하고 명희가 웃는데 다른 여자들도 따라서 깔깔대었다. 그러나 그 말이 우스워서 웃는 것이지 딴 의미는 없었다. 도리어 이 집 영감이거니 생각하였더니, 와서 자는 일도 없고 같이 놀러나가는 일도 없이 간혹 들리면 술잔이나 대작하고 헤어지는 것이 이상할 지경이었던 것이다.

"자, 이렇게 되니 수수께끼 아닌가? 모두들 맞춰 보라구. 지금 그 영감이 어느 댁 영감일 듯싶은가?"

여자들은 또 한 차례 웃어대었다. 그것은 결코 난잡히 들리는 말은 아니었다. 아마 서로 겯고트는 새가 아니라, 서로 좋은 사이니 서로 양보를 하는 것이리라는 눈치들이었다.

"아주머니, 좀 맞춰 보세요"

선도는, 명희 모친과 이야기를 하고 앉았는 차집마님에게 웃으며 말을 걸었다.

"응, 내 점괘로는 아무 댁 영감두 아니구먼."

늙은 마님이 예사로 대꾸를 하니까 젊은이들은 또 깔깔대었다.

그러나, 선도나 명희나 얼굴의 웃음빛같이 마음으로도 웃는 것은 아니었다. 서로 시새는 것은 아니면서도 어쩐지 얼굴빛, 말끝 하나에서도 눈치를 보려 들기는 피차일반이었다.

"그래 내 말이 옳지 뭐유?"

차집마님이 다시 웃으며 다진다.

"알아맞히셨에요 보시다시피 지체 있겠다, 사람 좋겠다, 어느 집 영감 노릇이라두 하겠지만, 은행의 버젓한 자리에 앉은 이를 술집 영감으로 들어앉히겠에요. 게다가 이 색시가 도리질을 하구 퇴짜를 한 자리니 누구나 체면이 있죠"

선도는 노골로 쏟아 놓고 마루 끝에 마주앉은 명희와 웃고 말았다.

그래도 다른 사람의 귀에는 웃음엣소리로 무심히 들렸으나 당자끼리는 공연히 눈치를 보기에 바빴다.

명희는 모친의 말마따나 괜히 시앗 하나를 본 것이나 아닌가? 하는 의심이요, 선도는 그 좋은 사람을 놓치는 것이 아깝다고 끙끙 앓는 것이었다.

"아니, 그런데 저 집, 다방골집은 어떻겠수?"

명희는 여기에 모인 여자들이 모두 초면인 데에 의심이 나서 물었었다.

"그대루 두었지. 나 있던 안방에 틀을 두 대 더 들여놔서 확장을 해 놓구."

피차의 말투가 그전같이 깍듯하지 않은 것은 서로 그만치 친해진 탓인 것이다.

"잘 됐구면, 우리 집 일은 전부 맡아 가 주슈."

명희 모친이 반색을 하였다.

"그러세요. 낮에는 다방골 출근하랴. 밤에는 여기 시중들랴, 저만 죽어날 판이죠."

"그거, 하루 이틀 아니요, 허구한 날 될 일요 무엇하면 저기 감독으루 내나 데려가우."

명희 모친이 웃음엣소리로 이렇게 대꾸를 하였다.

7

"그러세요. 그래 주신다면 작히나 좋겠습니까."

선도는 의외로 선뜻 반색을 한다. 젊은것들을 넷이나 몰아 놓고 일이 제대로 잘 될지 염려가 되는 터라, 이러한 마님이 들어가서 채를 잡아 주면 얼마나 좋을까 하는 생각이다.

"그럼 난 어쩌라구요? 방이나 하나 내주면 어머니 모시구 가지 만……."

명희가 탄한다.

"이건 무슨 소리요? 그만하면 어머니 젖꼭지 놓구, 영감 해 갈 생각 을 해야지. 호호호"

놋그릇을 닦고, 마루세간을 매만지고 하는 젊은이들은 또 깔깔대었 다.

"터놓구 말하면 주인댁 말이 옳지 뭐냐. 어머니 모시구 다니는 것두 다 성이 가시다. 날만 쫓아다니다가 나마저 훌쩍 넘어가는 날이면 누구 를 믿구 살겠다는 요량인지?"

명희 모친은 자기 때문에 명희의 의사와 생활이 구속되어 앞길을 막 아주느니보다는 차라리 자기가 떨어져 나가겠다는 것이다.

"마님 말씀두 그러시겠지만, 또 따님야 자식 된 도리에 어떻게 그렇 게 하겠어요 두 분 말씀이 다 옳으시죠"

차집마님의 말이었다.

"게다가 난 그 우글거리는 시장 속에 등신처럼 나가 앉았기가 싫어서."

모친은 늘 하는 말을 또 뇌었다.

"에그, 어머니는! 그럼 재봉틀이 네 대나 도는 귀가 아픈 속에서 젊은것들이 시할머니나 되는 듯이 민주를 대는 속에서 눈칫밥을 잡수시겠어요? 식모살이처럼 일꾼들의 밥 시중이나 들어주시겠에요?"

명희는 퐁퐁 들이대는 소리를 하였다.

"어머님을 모셔 가기루 밥시중을 드시라 할까. 점방 일을 생각하면 어떻게 내 사정만 생각하구, 어머님을 모셔갈 수두 없지만……."

선도가 휘갑을 쳤다.

다섯 시가 넘어서 택규가 약속대로 왔다. 세금을 안 내고 허가 없이 숨어서 하는 술집을 내어주느라고 발바투 쫓아다니는 것이, 택규에게는 창피스러운 생각도 드나, 지금 와서는 새삼스레 발을 빼는 수도 없었다. 숨어서 하는 외입같이 한 재미이기도 하였다.

"오늘, 우리 댁에 갔었죠"

택규가 안방에 들어와 앉자 명희 모친이 말을 꺼냈다.

"네, 그러세요? 어머니께서 또 좋아하셨겠군요. 허허허."

하고 택규는 웃으며 자기 집에 또 갔다 왔다는 명희에게 고맙다는 듯이 웃는 낯을 쳐들어 보였다. 방문 밖 문설주에 기대어 서서 방 안을 들여다보던 명희도 무심코 샐쭉 웃어 보이며 외면을 하였다. 그것은 전에 보지 못하던 어린 색시 같은 교태(嬌態)이었다.

"아, 들어와요. 별안간 색시가 된 것 같구려."

선도가 끌어들이려니까 명희는 도리어 열적어서 젊은네들이 쉬러 들어간 건넌방으로 발길을 돌렸다. 택규는 그 눈치에 마음이 금시로 설레이며 빙긋이 웃었다.

안방에서는 차집마님을 중심으로 개업할 준비회의가 벌어졌다.

여자들뿐이니 장에도 다니고 힘드는 일을 할 남정이 하나 있어야 할 것이라는 말이 나왔으나 선도는 고개를 내돌렸다. 차집마님이 끌고 온 음식 솜씨 있는 중치 마누라가 있고 그 아래에 젊은 식모와 어린 심부름할 계집애가 있으니 장에 흥정하러 다니는 것쯤야 걱정이 없다는 것이었다.

[8]

선도 집에서 개업피로(開業被露)를 하던 날 명희 모친은

"너두 가자꾸나."

하고 딸을 끌어보았으나

"난 싫어요. 술꾼들 꼬이는 데를 뭣 하러 가요."

하고 마다는 명희의 말도 그럴 듯해서 저녁때 딸이 싸 주는 돈 봉투를 가지고 혼자 나섰다. 돈 봉투는 개업 축하로 내놓을 것이었다.

명희 모친은 가는 길에 아직 해가 높다라니, 혹시 효제동 마님도 구경삼아 가지나 않을까 하고 들러보았다.

"아구, 바쁘신데 또 주세서 고맙군요. 그러지 않아두 좀 뵙구 의논할 말씀이 있건마는 오시랄 수도 없구 어떡해야 종용히 만나 뵐까 하구 궁리하던 터인데……."

택규 모친은 반색을 하였다.

"뭐, 부르시기만 하면 언제든지 와 뵙죠마는, 오늘 다방골네가 새 집 들고 요리점 낸다구 청하는데 안 가 보시렵니까?"

하고 끌어보았다.

"내야 뭐 그리 자별하니 인사루라두 가 봐 줘야 할 처지두 아니요 그만두겠소이다. 그런데 그보다두 더 긴한 이야기나 좀 하십시다. ……"

벌써 명희 모친도 무슨 말이 나올 것이라는 것은 짐작이 들었다.

"마님, 사직굴 꼭대기에 사신대죠 같은 셋방이면야 이쪽으로 떠나오시죠 겨울 같은 땐 멀어서 어떻게 다니세요"

주인마님의 입에서는 딴전의 소리가 나온다.

"글쎄올시다. 거긴 전부터 같이 살던 사람이 구해서 믿음직해서 그대루 있는 건데 어디 좋은 자리가 있에요?"

명희 모친은 의아한 눈으로 쳐다보며, 대꾸를 한다.

"좋은 자리라구 장담은 못 하겠죠. 비어 놓고 다녀두 믿을 만한 데기는 해요"

주인마님은 웃어 보였다.

"어디쯤 되는데요?"

"아니, 바루 저 사랑채가 비어있는데 일 년 열두 달 누가 쓰기를 하나. 이왕이면 마님이 나와 계셨으면 점방이 가깝구 좋겠다는 생각인데요?"

"호호호……고마우신 생각이십니다만, 온 망녕의 말씀이세요"

명희 모친은 어쩐 뜻인지를 알아들을 듯하면서 웃어 버렸다.

"남, 애를 써 말씀하는데 망녕이라니, 난 아직 망녕은 안 났어요, 어쨌든 우리 한데 살어 보십시다. 뭐 긴 잔사설할 것 없이 사둔마님으루 모세 오구 싶다는 생각인데 그만하면 짐작하시겠죠?"

안방에만 들어앉았는 이 노마님의 수작이 엉뚱한 데에 명희 모친이 놀라며 깔깔 웃었다.

"아니, 웃을 일이 아니라, 난 메누리를 봐야 하겠구, 마님까지 모셔 와야 하겠으니 말이지. 무슨 그 색시의 술집을 열어 준다구 체면두 없이 저리구 다니는 걸 보면, 갓 장가를 보내는 어린애는 아니지만 애가 씌우는구먼요 설마 술장수 메누리를 우리 집에 들어앉힐까요 그러니 우리 함께 사시잔 말예요. 어머니 모실 집 한 채가 마련될 때까지는 시집을 안 간다니 말야 옳지만 졸연한 일인가요"

명희 모친은 정색을 하고 가만히 앉아서 선뜻 대꾸가 아니 나왔다.

"사실은 내가 보기에 딱하구 급해서 절을 하며 청을 드리는 겁니다. 아무려면 내 자식이 저만큼 돼 가지구 술에미 서방으루 지체가 떨어지는 걸 이 눈으루 보구 죽겠어요?"

노마님은 화를 버럭 내었다.

9

"염려 마세요. 젊은 애들이니 무슨 실수가 있겠습니까. 가만 두구 보세요"

마님이 너무 서둘러대니 명희 모친은 얼떨해서 이런 어정쩡한 대답밖에 할 수 없었다.

"가만 두구 보다니 우리가 나서서 엉구어 노십시다요. 마님은 반대는 아니시지?"

"반대가 무업니까! 하지만 아무리 달래구 타일러두 안 듣는 걸요."

"그럼 우리끼리만이라두 우선 약조를 해 놓습시다. 우리 함께 사는 것두 싫으실 건 없겠죠?"

"내 걱정은 마세요. 재주껏 데려오시기만 하세요. 난 뒤를 밀어드릴 테니."

하며 명희 모친은 웃었다.

"그러면 다 된 일 아닌가요. 나까지 나서서 모자가 껄구, 친정어머니는 뒤에서 밀구 하면!"

택규 모친도 얼마쯤 마음이 놓인다는 듯이 좋아하였다.

"난 몰라요. 마님만 믿으니까……."

택규 모친은 헤어질 제 또 한 번 이런 떼를 썼다.

무교동 집에는 사내 손님은 눈에 안 띄우고 주인댁의 동무들이 대여섯이 건넌방을 차지하고 질번질번히 잔칫집 같았다. 오락가락하는 젊은 여자들은 술집 갈보나 아닌가도 싶었다. 명희 모친은 무슨 생일 집에나 오는 듯한 생각으로 왔으나 와 보니 괜히 왔다는 후회도 났다. 방방이 꽃병이 놓이고 대청에 차려 놓은 교자상에도 화병들을 화려하게 장식해 놓은 것은 신랑을 맞아들이는 혼인집 같기도 하였다. 동무들이 사 가지고 온 꽃일 것이다.

'손님을 이렇게 청해 놓구 마냥 먹여 보낸다면 장사 밑천 다 들어가지 않을까.'

명희 모친은 이러한 걱정도 속으로 하였다. 그래도 해질 머리가 되니까 우선 한패 들어섰다. 이 사람들은 전남편의 친구들이었다. 죽은 남편이 다니던 광산회사의 기정이니 기사니 과장이니 하는 점잖은 축들이었다.

"어구 이렇게들 와 주셔서 고맙습니다."

선도는 젊은 색시를 하나 데리고 안방의 식탁부터 꾸미기에 분주하다가 뛰어내려오며 반가이 맞아들였다.

"새집 드시구 집알이 오라시니 왔습니다만."

앞선 여름양복의 저고리까지 입은 공무과장의 인사였다. 자주 만나는 말눈치였다.

"아, 오래간만입니다. 그동안 어떻게 지내셨에요?"

어쩌고 하며 차례차례 인사를 하며 선도는 연달아 웃음이 터져 나왔다.

손님들은 안방으로 몰려 들어갔다.

"아주머니, 내일부터는 외상술을 먹으러 올지 몰라두, 어디 오늘야 그렇습니까. 약소하나마 이거 축하하는 의미루……."

하며 공무과장이 두둑한 양봉투를 꺼내어 준다.

"온, 이건 뭐예요! 이러실 줄 알았더라면 오시라구두 안했을걸."

선도의 입은 벌어졌다.

건넌방에서들은 선도가 남자들과 능란히 수작을 하며 깔깔대고 하는 것을 멀리 바라보며

"그만하면 요릿집 마담으로 급제야. 헌데 저 속에서 어느 게 봉인

구?"

하고 실없은 소리를 하는 늙은 동무가 있었다.

"지금 세상에 젊은것이 쎄구 벌였는데 우리 또래 사십 넘은 늙은 과부를 누가 먹여 살리겠다기에!"

옆에서 또 한 동무가 코웃음을 친다.

10

건넌방에 두리기상이 들어올 때 택규가 앞을 서서 은행축들이 와짝 들어섰다.

"아 오셨군요 혼자 오셨에요?"

아랫목 창턱에 앉은 명희 모친을 보고 택규는 반색을 하며 혹시나 명희가 왔을까 하여 방 안을 슬쩍 둘러보는 눈치였다.

뒤미처서 필원이가 들어서며

"아주머니 어떻게 오셨에요?"

하고 굽실한다.

"그래 네 처두 잘 있니?"

네 처란 희숙이 말이다. 아이가 있는 지 벌써 넉 달인지 댓 달 되기에 묻는 말이다.

이 축은 떼서리가 더 많았다. 그래서 언뜻 보기에도 동재는 끼워 오지 않았다. 마님은 그럴 것이라고 생각하였다.

'아무러면 체면이 있지 헤어진 전취가 술장수 하는 데를 어슬렁어슬렁 기어들까!'

이 마님은 동재가 이러한 데 발을 들여 놓을까 봐 애를 쓰고나 있던 듯이 혼자 생각하는 것이다.

일행이 마루에 차려 놓은 상에 좌정하고 나니까 필원이가 바삐 돌아다니는 선도를 붙들어 앉히고 양봉투 하나를 꺼내 준다. 은행 축들이라 한 만 환 수표를 넣어 가지고 온 모양이다.

"이건 뭐예요"

하고 순도가 사양을 하니까

"아저씨 사랑편지!"

하며 껄껄들 웃었다.

"다 저런 수가 있으니까 피로연이니 뭐니 떠벌이는 게지!"

건넌방 여자 축들은 그런 것도 부러웠다.

"이거 봐. 선도! 인젠 운 틔웠구나! 자 한 잔 들라구."

건넌방 동무가 불러들여 가지고 술을 권하려 하니까 선도는

"에구 손님을 저렇게 기다리게 하구 술이 뭐야."

하며 질색을 하였다.

"그건 그렇다 하구, 우린 빈손으루 왔다 해서 이렇게 푸대접인가. 상이 쓸쓸하니 맛있는 건 모두 빼놓구 가져온 게지?"

하고 트집을 부리는 축도 있었다. 아닌 게 아니라 얼쭘얼쭘 차린 상이니 여자들 먹성에 금시로 접시가 텅텅 비었다.

명희 모친은 국수 한 그릇만 먹고 좀 앉았다가 마침 선도가 들어온 김에 잘 되었다 하고 일어서며 봉투를 내밀었다.

"아이, 이건 망녕이시지……. 섭섭하니 따님 좀 잠깐만이라두 왔다

가라구 하세요"

하고 인사를 하였다.

명희 모친은 헤어져 나오면서

'설마 명희를 이런 데 드나들게 할까.'

하며 코웃음을 쳤다.

점방에 와 보니 효제동 마님이 와서 앉았는 것이 의외였다.

"어떻게 나오셨에요?"

"바람 쐬러 나왔죠 어머니 안 계실 동안에 따님애가 혼자 손에 바쁠 것 같기두 하구 혼자 심심해할까 봐서……."

"아이 고마우셔라."

명희 모친은 나들이옷을 벗으려 휘장 뒤로 들어갔다. 명희도 이 마님의 입에서 이러한 친절한 말을 듣기는 의외이었다. 맘을 사려고 그렇겠지마는 어쨌든 고마운 말이었다. 그러나 마님은 명희가 어머니를 따라가지나 않았나? 그것이 애가 씌어서 슬쩍 보러 나온 것이기도 하였다.

이날 밤에 이 마님은 밤이 이슥토록 아들이 안 들어와서 걱정을 하였다. 평생 나가 자는 법이 없는 택규가 안 들어오고 말았다.

제이세들

1

택규는 막 계동에 돌아왔다. 마님은 안방에서 옷을 주섬주섬 입으며

"그 웬일이냐?"

하고 알은체를 하였다.

"벌써 일어나셨에요. 거기서 일헌 사람끼리 또 한 잔 하자고 해서 그만 늦어졌습니다. 아직도 여름 날씨라 금시로 밝아 버리는군요."

모친이 어떻게 알까 보아서 날을 그대로 밝히고 왔다는 변명 같았다. 사실 필원이와 그 외 몇몇이 다시 붙들려서 밤을 새고 만 것이었다.

택규는 눈을 좀 붙이고 나서 세수를 하려 나오다가 뜰에 섰는 정진이를 보고

"너 오늘 낮에 저기 가 보런? 꼭 보내라구 신신당부더라."

하고 똥긴다.

"가 보죠. 어젠 손님 많았에요?"

한때라도 영애 모친 선도의 집에를 부자가 드나들게 된 것을 서로 꺼리던 터이라 택규의 생각에는 지금도 아무렇지 않으니 마음 놓고 놀러 다녀도 좋다는 뜻도 있는 것이었다.

"정진아 거긴 가 뭘 허니."

할머니가 마루로 나앉으며 탄한다. 아직 어린것을 그런 술집에 드나들게 하고 싶지 않아서 말리려는 것이다.

"아녜요 낮에는 절간같이 조용한데 좀 놀러 보내기로 어때요?"

모친은 더 말리려고는 하지 않았다. 선도가 보통 술장수 마누라면 모르지마는 손주 며느리가 될지 모르는 영애의 어머니고 보니 정진이가 전같이 놀러 다니는 것을 막을 수도 없었다.

정진이가 열두 시를 대어 무교동 집에 가 보니 보지 못하던 제 또래의 남녀들이 모여 앉아 있었다.

"어서 와요."

하고 뜰에 섰던 선도가 알은체를 하는 소리에 방에서 영애가 반색을 하며 마중을 나왔다. 선도는 정진이를 끌고 안방으로 들어가서 이상근이 남매와 인사를 시켰다. 상근이는 스물댓쯤, 상옥이는 스물두엇쯤 되었을 것이다. 어제 안방 차지를 하고 가던 광산회사 공무과장 이석현의 아들딸이다. 선도는 남편이 죽은 뒤에도 이 과장집과 연신을 끊지 않고 늘 드나들며 각별하게 지내거니와, 오늘 마침 공일이니 집알이 삼아 와서 영애하구 놀다가 가라, 해서 온 것이다. 선도는 이 집 저 집 젊은 애들이 불쑥불쑥 집알이 온다고 제각기 찾아들면 성이 가시기도 하고 저의끼리 한번 만나 놀게 하고도 싶어서 어제 잔치 끝에 이렇게 모아 놓고 하루 때워 버리자는 것이었다.

"애는 내 친정 조카야."

하고 다음에 소개한 것은 선도의 작은오라버니의 맏아들 원룡이었다. 옆에 앉은 수득이라는 나이 지긋한 청년은 원룡이가 끌고 온 친구였다. 저의 고모 닮았다 할지, 원룡이가 걱실걱실하고 푼더분한 데 비해서 친구라는 수득이는 오종종하니 약은 축같이 보였다. 아랫목으로 나란히 앉게 된 정진이와 상근이는 초면에 할 이야기가 없으니, 자연 학교 이야기로부터 어디 가서나 이런 나쎄의 젊은 애들의 첫 인사인 병역 문제로, 주거니 받거니 신들이 나서 떠들어대었다.

"아니 실례지만 이 형은 이중호적은 아니시겠지?"

하고 정진이가 허허거리니까

"그 어떻게 길이 있으면 나두 한 다리 꼈으면 하지만 그나마 길이 있어야죠."

하며 상근이도 껄껄 웃는다. 상근이는 내년 봄에 학교를 나오면 자기 아버지 회사에 취직하기로 결정되어 있었다.

2

"가호적(假戶籍) 신청은 여기서 언제든지 받아들이니 염려 마세요"

원룡이가 옆의 수득이를 돌아다보며 불쑥 이런 소리를 하고 웃는다.

"아, 그러세요? 나두 한 대리 낍시다그려."

정진이가 대꾸를 하며 웃자니까 수득이는

"이 사람, 잔칫집에 데리구 다니기 알맞군. 이런 소개란 눈치 있게 해

341

야 하는 거야."

하며 야죽야죽 웃는다.

"하여튼 우리 좀 사귀어 둡시다."

상근이가 농쳐 버리려니까 수득이가 되받아서

"아, 댁에서야 빽 좋겠다, 실력 있겠다, 노스웨스트는 언제든지 대령하고 있겠다 무슨 걱정이슈."

하고 초면이건마는 부러운 듯이 꼬집는 소리를 한다.

"딴은 그래. 그러구 보니 가호적 신청을 할 사람은 나뿐일세그려. 하하하."

원룡이가 이죽이죽 수득이를 놀린다. 윗목께로 상옥이와 속살거리고 앉았던 영애가

"아, 난 무슨 쑥덕공론들을 허시나 했더니 비행기 타구 뺑소니 칠 경륜과 호적을 두 동강이 내 가지고 다닐 음모시구먼! 왜들 이러세요!"

하고 깔깔대며 마루로 나서려니까 마당으로 화개동 이모가 인숙이를 앞세우고 들어온다.

"아, 아주머니 어서 오세요"

찬간에서도 모친이 나와 맞는다.

"얼마나 바쁘세요? 좀 와 거들어 드리지도 못허구……."

동생의 남편은 중학교 교장으로 퍽 엄격한 집안이다. 술장수를 한다는 말만 들어도 눈이 뚱그래서 펄쩍 뛸 터인데 일을 도우러 온다는 것은 당치도 않은 첫 인사이다. 오늘도 형이 음식점 냈다는 말은 쑥 빼고 잠깐 다녀오마 하고 나선 것이다. 뜰에서 형제가 맞붙들고 이야기하는

동안에 인숙이는 대청으로 올라섰다.

"야! 환하구나!"

미닫이로 내어다 보고 앉았던 원룡이가 내종사촌 누이동생인 인숙이에게 인사 대신 한마디 걸고 껄껄 웃는다. 인숙이는 영애에게 끌려서 안방으로 들어가려다 말고 마루 한가운데에 놓인 둥근 테이블 앞에 가서 앉아 버렸다.

"미인은 어딜 가나 생색이야."

정진이가 한마디 하니까

"그래야 헷생색!"

하고 수득이가 코웃음을 친다.

"이 사람. 남의 누이한테 이건 무슨 실없은 소리야. 자네두 삼십이 넘었거든 그만한 에티켓쯤 알아야지."

원룡이가 옆에서 핀잔을 주니까 삼십이 넘었다는 말에 모두들 껄껄대었다.

"여보게, 옛날 세상 모양으루 어른 노릇이 해 보구 싶어서 나이를 좀 더 꺼리질을 했기루 이렇게 폭로를 해서 무안을 준단 말인가. 두구 보세."

좌중은 또 한 번 허허거렸다.

"허지만 웃을 일이 아냐. 피차에 생각해 볼 일이야."

정진이가 정색으로 이런 말을 하니까 누구나 동감이라는 표정이면서도 침울한 빛이 가벼이 떠올랐다.

윗목에 있던 상옥이도 어느 틈에 마루로 나가서 세 여학생들이 어울

려 놓고 있으려니까 선도가 마루에 올라왔던 길에

"상근이 이리 좀 나와 한 집안 속 같은데 서로 알구 지내야지."

하고 상근이를 불러내서 인숙이와 인사를 시켰다.

"졸업예정자 축에도 못 낀 이상근이올시다."

상근이는 한다는 소리가 이렇게 어색하게 나왔다.

3

인사를 하는 상근이의 수작이 누구를 웃기려는 듯이 점잖지 않은 데에 인숙이는 되받아넘기는 자세로 딱 버티며 깔끔한 눈치를 보였다. 이것을 저만치 건넌방 문 앞에서 바라보던 인숙이 모친은 자기 딸의 의젓한 태도가 마음에 들기도 하였지마는 상근이가 수줍은 것을 얼버무리려고 하는 양이 우습기도 하였다. 인숙이 모친은 전부터 형에게서 들은 말이 있는지라 눈여겨본 것이었다. 속은 몰라도 모인 중에 신수가 제일 낫다고도 생각하였다. 마루에 식탁이 벌어지니까 안방 쪽으로 인숙이 어머니 알라서 여자들 넷, 이편으로 남학생들 넷이 쫙 둘러앉고, 주인아주머니는 안방 문을 등지고 손님들을 향해 앉았다.

"아니, 저 호랑 아주머니가 누가 더 먹나 감시를 하구 앉으셨으니 젓가락을 놀릴 수가 있어야지."

원룡이가 식탁을 휘둘러보며 군침을 삼키다가 한마디 하고는 고개를 꿈찔한다.

"더 달란 소리나 말구 어서들 들어요. 원룡이 술 좀 따라라."

주인아주머니가 웃으려니까

"정가 붙은 음식인데 어서 맘 놓구 먹읍시다."

하며 정진이가 술 주전자를 들고

"자 향당은 막여치[鄕黨莫如齒]니까 김 형부터 한 잔 드세요."

하고 권한다.

"허, 음식 상에서두 가호적이 막 행세하는구먼."

수득이는 껄껄 웃으며 한 잔 받았다. 그 외에는 원룡이만 받고 상근이와 정진이는 못 한다고 사양하면서 받았다. 실상은 먹을 줄 모르는 것은 아니나 낮에 얼굴이 붉을까 보아 그러는 것이요, 상근이는 아무래도 인숙이가 마음에 키어서 얌전을 떠는지도 모르겠다.

이편에서도 동생 한 잔 허지, 형님부터 드세요, 하고 서로 권하기 시작이다.

"에그, 어머니 대낮에 약주를 잡숫구 어쩌세요?"

인숙이가 첫 잔부터 모친을 말린다.

"뭐 한 잔쯤 어떠냐? 너만 고자질 말면 설마 쫓겨나겠니."

인숙이 모친의 대꾸에 계집애들은 깔깔대었다.

먹성 좋은 젊은 애들이라 벌써 배반이 낭자해지고 선도는 일어나 남학생 편으로 가서 끼워 앉으며

"내 술 한 잔 먹어야지."

하고 차례차례 권한다. 권하는 반배(返杯)를 받고 하는 동안에 선도는 벌써 얼쩡히 기분이 좋아졌다.

"실상은 내가 큰 호강하는군. 풍류남자라면 팔선녀를 꾸미는 셈이었다! 호호호."

그래도 선도는 오늘부터 직업의식이 생겨서 이따가 술손님이 꼬여 들 것을 생각하고 취하지는 않았다.

"주인아주머니 대관절 밥 한 상엔 얼마에요?"

상근이가 불쑥 묻는다.

"왜 그건 알아 뭐 해? 오늘은 특별 서비스니깐 손님 처분대루구요, 보통 백반은 글쎄 얼마나 받으면 될까?"

하고 선도가 웃으려니까, 상근이는 안 먹는다던 술에 얼쩡하여 벌떡 일 어나더니

"자, 외상을 먹구 몽 때릴 수는 없으니깐 난 단 하나의 밑천이나 털 어 놓겠습니다."

하고 별안간 한마디 뽑아낸다. 요새 한참 유행인지 '시크릿 러브'를 그 럴 듯이 부르고 나니까 좌중은 박장대소를 하였다. 더구나 여자들은 얼 굴이 빨개지며 신이 나서들 한다. 그러나 상근이는

"다음은 조인숙 양!"

하고 시치미를 딱 떼며 주저앉아 버린다.

4

인숙이는 거들떠보지도 않고 저 먹을 것만 먹고 앉았다. 모친이 있어 서 선뜻 일어서기가 어렵기도 하였지만, 노래에는 자신이 없기도 하였 다.

재촉하는 박수소리가 또 났다. 모친이 웃으며 딸의 거동만 바라보려 니까, 인숙이는 입가를 손수건으로 잠깐 씻으며 상긋 남자 편을 웃어

보이고는 사뭇 일어섰다.

"천안삼거리……흥……."

가벼이 간드러지게 뽑아냈다. 신기한 노래는 아니나, 목청이 생긴 것처럼 맑고 부드럽고 제법 멋을 아는 멜로디요 몸짓이었다.

국문학자요, 교육가인 부친 밑에서 역시 국문학을 연구하고 있는 인숙이는 집안일에서도 유행가를 함부로 부른다든지 하는 그런 취미도 아니요, 그러한 여유도 없는 생활을 하는 것이었다. 생긴 것이 화려한 것 보아서는 집안의 빈틈없는 생활의 선두에, 모친과 같이 나서서 바지런히 부엌일까지 거드는 가정적인 일면도 있는 여성이다.

"다음은 원룡 오빠!"

박수와 웃음소리가 잦기를 기다려서 인숙이는 이름 모르는 다른 남자보다 부르기 쉬우니 외사촌 오빠를 지목하고 앉았다.

"애 아서라! 내 입은 긁어 들일 줄만 알지 내놓을 줄은 모르는 건 너두 번연히 알면서."

하고 원룡이는 인숙이를 장난으로 흘겨보며

"다음은 미스 리."

하고 시치미 떼고 상근이 누이 상옥이에게로 밀어 버렸다. 상옥이는 잠깐 치어다보고는 생글대며 고개를 쩔끔하였다. 피아노가 전문이니 노래라면 자신만만이겠지마는, 남자들 앞에서는 역시 수줍고 애교가 있었다.

"안돼요 안돼."

상근이가 채를 잡고 막았다.

"질그릇 깨뜨리는 소리루 파흥이 되는 것보다는……. 그럼 인숙아 네 노래 하나 꾸자꾸나. 자 내 대신 하나 더 하라구!"

소리에 손방인 원룡이는 사실 빌었다.

"나두 밑천이 단 하난걸! 호호호."

인숙이가 예쁜 눈찌로 웃어 보이는 데에 모두를 껄껄대었다.

상옥이의 간단한 노래의 뒤이어, 정진이가 지목 여부 없이 유행가를 한마디 뽑고 나서 수득이를 지목하니까 서슴지 않고 신유행인 '방랑시인 김삿갓'을 콧노래로 흥얼거리고는 모른 척하고 혼자 술잔을 든다. 술은 모두들 얼굴에 배어날 것이 무서워서 한두 잔씩에 멈추고 음식에 달려들었으나, 수득이만 에누리한 나잇값을 하느라고 그런지 상당한 주량이었다.

회두리로 영애의 자장가는 아직 대학에 못 간 고등여학생답게 퍽 앳된 인상을 주면서 생색이 났다.

식탁에서 물러나서 뜰로 방으로 끼리끼리 헤어져 놀며 안방에서 흘러나오는 전축(電蓄)에도 젊은 남녀들은 기분이 점점 더 욱신욱신하는 것을 깨달았다. 학생시대의 남녀들이 이렇게 모여 놀 자리도 기회도 없느니만치, 이것은 의외의 좋은 파티였다고 생각하는 것이었다. 더구나 낯 서투른 남녀들이 서로 마음 놓고 가정적으로 모인 것을 좋아들 하였다.

"우리 이대루 헤져 버리긴 좀 아까운데, 요담 일요일엔 주인아주머니께 인사루 '아주머니데이'나 개최해 보시지 않으시려우?"

뜰에서 담배를 피우며 어정거리던 상근이가 정진이에게 발론을 하였다. 이 두 청년은 초면서부터 어딘지 서로 뜻이 맞는 데가 있었다.

5

이 두 청년의 어른들도 어제 이 집에서 만나서 일면이 여구[一面如舊]로 친숙해졌었다.

"좋은 말씀이군요 이대루 뿔뿔이 헤지긴 누구나 아까워할 거니까."

정진이도 찬성이었다.

"다방 아니구, 숨어다니는 댄스홀 아니구……그렇다구 집안에서 모여 놀면 변괴루 알구, 성이 가셔 하는, 어디를 가나 내대는, 거리로나 헤매라는 신세가 우리 신세인데……."

상근이가 이런 소리를 하니까 무심결에 뒤에서

"내 신세가 꼭 그 신세야."

하고 수득이의 술 취한, 목이 잠긴 소리가 난다. 웃으며 돌려다보니 수득이는 트집구니처럼 뾰로통히 붕어눈 같은 눈을 이리로 내민다.

"하지만 여긴들, 바른대루 말이지 저녁때만 되면 중늙은이들이 모여서 술추렴이나 하러 꼬여들 데지, 우리 젊은 사람의 기분에는……."

정진이의 말에 상근이도 내 말이 그 말이란 듯이

"쥔아주머니한텐 미안한 말이지만, 탈세한 숨은 술집이거니 하는 그런 생각은 애초에 잊어버려야죠"

하고 하하하 웃어 버렸다.

친척이거나 친지요, 올 만한 사람들이 왔거니 하면 그만이지마는, 술집이라는 명토를 박고서, 이러한 산뜻한 처녀들, 더구나 여학생들을 바라보면 그 몸에서 풍기는 신선한 분위기까지 흐려지는 것 같아서 청년들에게는 이러한 속에 젊은 여성들을 넣어 놓고 보기가 고통이기도 하였다. 좀 더 맑은 공기 속에서 놀고 싶었다.

그래도 이리들 모이라니까, 남녀 학생들은 기분들이 좋아서, 무슨 일이 났나? 하고 팔딱팔딱 뛰며 축대 위로 꼬여 들어서 내주일에 '아주머니데이' 개최의 건을 평의 일결하고 쫙 헤어졌다. 다음날의 행락이 또 남았거니 하는 희망에 희색이 만면들 하였다.

"아주머니, 잘 놀구 갑니다."

"왜 좀 더 놀다 가지 않구 이렇게 서둘러."

"차차 영업시간이 닥쳐올 텐데 터전을 내어드려야죠. 돈 안 나오는 애송이들 치다꺼리만 해 주시렵니까, 허허허."

상근이는 사패를 보아주는 듯 점잖게 한마디 대놓았다.

"하하하. 인젠 아주 이골이 난 술장수루 밀어붙이니 이런 서툴 데가……."

하며 선도는 웃었다. 지체가 떨어져 가는 것이 설다는 말눈치였다.

인사로 마룻전에 나와 섰는 인숙이 모친도 웃음을 머금고, 가는 젊은 애들을 내려다보고 섰다. 이 총중에서 상근이가 제일 틀거지가 있고 우두머리 노릇을 하는 것이 인숙이 모친에게는 좋아 보였다. 정진이도 사람됨이 분명하고 틀거지가 있기는 하다. 그러나 상근이에 비하면 아직 숫보기로 어린 데가 있었다.

다음 일요일이었다.

상근이는 아침결에 한가로이 담배를 피우며 마루 끝에 나와 앉았는

부친더러

"아버니, 오늘은 저기 가시나요?"

하고 결코 무람없는 것이 아니라, 지나는 웃음엣소리처럼 물었다.

"저기가 어디냐?"

"아주머니 집 말씀예요."지

"응! 근 왜 묻니?"

"오늘은 저의가 놀러갈 차렌데요?"

"거긴 또 가 뭘 해. 하이킹을 한다든지, 하다못해 창경원에나 갈 일이지, 그런 데 저무두룩 갈 거 아냐."

이런 점은 택규와 달랐다.

6

그래도 부친은 상근이가

"얻어만 먹구 가만있을 수 있에요"

하는 말에 잠자코 말았다. 차라리 자기가 선도의 집에를 개업한 지 불과 일주일에 서너 차례나 간 것을 실답지 않다고 후회도 하는 것이었다. 아내가 앓아누웠기에 망정이지, 선도 집에 가서 술을 먹는 것을 알았다가는 야단이 났을 것이다.

선도가 홀로 된 뒤로도 가끔 만나야 그저 그렇던 것이, 사람이란 자주 만나면 그러한 것이지마는, 며칠 아닌 그동안에 차차 마음이 끌리는 것을 어쩌는 수가 없었다. 저녁때만 되면 출출하니 발길이 저절로 그리로 향하는 것이었다. 날마다는 좀 심하다고 마음을 누르고 안 가는 날은 무엇을 한손에 놓친 것같이 서운하였다. 마누라가 심장이 약해서 끌 끌하는 데다가 이 여름을 치르는 동안에 위장병이 덧들여나서 거진 자리보전을 하게 된 뒤로는 집안이 어째 쓸쓸해져 가는 듯도 싶지마는, 중년 고비를 넘어서려는 종철이에게도 인생의 적막이 차츰 자취 없이 기어드는 것을 느끼는 것이었다.

그러나 실제가인 그는, 적막을 느끼고 음미할 새도 없이 그 적막을 깨뜨리고 헤어 나가기에 바빠서, 지난날의 화려하던 청춘의 꿈을 다시 한 번 꾸기 시작한 것인지도 모른다.

상근이 남매가 나가는 것을 보며, 종철이는 저만 때 자기는 엄친시하에 기죽을 못 펴고 집에 들어오면 찍소리도 못 내고 지내던 생각이 나서, 지금 아이들이 부럽기도 하고 어리둥절히 헛보낸 자기의 청춘이 아까운 생각도 들었다.

'아주머니데이'는 서로 맞추기나 한 듯이 모여드는 세 계집애들이 꽃을 사다가 마루방을 꾸며 놓는 데서부터 생기가 돌았다. 화병을 들고 너른 마루에서 오락가락하는 계집애들의 아담한 모습이 상글한 가을빛에 청초하고도 화려하게 보였다.

"어서 오세요"

"안녕하셨에요?"

하고 반기며 맞는 젊은 남녀의 낯빛에도 저번과는 다른 친숙한 웃음이 떠올랐다.

건넌방으로 잠깐 모여서들 회비를 걷는 것을 보면, 무슨 동창회나 모인 것 같다.

"모두들 모였구먼!"

인숙이 모친도 언니를 대접하는 날이라 하여 일찍이 와서 뒤의 찬간에서 거들다가 마루로 나와 인사를 한다.

"안녕합쇼"

상근이가 나서며 대표 격으로 인사를 하였지마는, 이 마님의 눈도 상근이에게로 먼저 갔다. 상근이는 이 마님과 수작을 하며 인숙이가 어디 있나? 하고 넌지시 둘러보았다. 안방 서창 턱에서 원룡이와 이야기를 하고 섰고, 옆에는 수득이가 창밖을 바라보며 멀거니 섰다.

상근이는 아까 들어올 제도 인숙이부터 눈여겨보았으나 화병을 만지기에 골몰이었고, 회비를 거둘 때도 영애를 시켜서 함께 보냈기 때문에 이때껏 만나지를 못하였다. 상근이는 인숙이 모친과 인사가 끝나자 떨어져서 안방으로 들어갔다.

인숙이는 하던 이야기를 끊고 이리로 고개를 돌리며 다가오는 상근이에게 눈으로만 알은체를 하였다. 웃어 보이지도 않고 침착한 낯빛이었다. 도리어 상근 편에서 웃어 보이며,

"일주일이 후딱 간 것 같은데, 픽 오래간만에 뵙는 것 같군요"

하고 말을 걸었다.

"그 말씀 반갑습니다. 나두 그래요"

이때껏 실신한 사람처럼 창밖으로 보이는 푸른 하늘만 치어다보고 섰던 수득이가 어릿광대같이 지어 하는 목소리로 대신 대꾸를 하며 둘려다 보고 껄껄 웃는다.

"참, 왜 그리 일주일이 빨리 가는지 모르겠에요 자꾸 새면 똑같은 일에 얽매서 그렇겠지만……"

인숙이는 상근이의 말대꾸 삼아 한마디 하고는, 비로소 웃음을 아끼는 듯이 입귀만 상긋하여 보였다.

"그걸 보면 우리 남학생들은 게을러 빠져서 지루한 시간을 주체를 못 하는 게지."

상근이가 두 남자친구의 동의를 구하려는 듯이 번갈아보며 웃는다.

"그건 내게 두고 할 말이지만, 또 하나의 경우는 무엇을 골똘히 기다리는 때, 쉽게 말하면 저번 주일에서부터 오늘 여기에 올 시간까지 기다리기란 지루 여부가 있나! 감옥에 들어앉은 놈이 왜 나올 때만 기다리는 셈이지."

수득이는 빙긋 빙퉁그러진 웃음을 입귀에 보였다.

인숙이는 잠깐 짜붓한 눈초리를 이 남자에게 던지고, 살짝 자리를 피하여 마루로 나간다. 뒷모양을 바라보는 상근이는 매끈한 맵시가 복잡한 곡선미를 그려 내는 것이 눈에 스며드는 듯싶었다. 인숙이의 환해 보이는 인상은 그 얼굴에서보다도 몸 전체에서 빚어내는 분위기 같기도 하였다. 나와서 식탁이 벌어지니까 마루로들 모여 나와서 저번처럼 둘러앉았다.

"아주머니께부터 약주 한 잔."

하며 상근이가 주전자를 들고 선도에게로 오니까,

"오늘도 내가 무슨 복에 이런 호강을 하누."

하고 선도는 잔을 내밀었다.

이편에서는 정진이가 주전자를 들고 수득이가 술을 받더니 무슨 생각이 들었던지 별안간 입을 벌려 나지막이 콧노래처럼,

"죽장에 삿갓 쓰고 방랑 삼천리……"

하고 노래를 꺼낸다.

"그따위 권주가 집어치라구."

마주앉은 원룡이가 무안을 주었다. 그러나 수득이는 제 혼자 흥에 겨워서 그런지, 제 혼자의 애수에 팔려서 그런지, 못 들은 척하고

"흰 구름 뜬 고개 넘어가는 객이 누구이냐. 열두 대문 문간방에 걸식을 하며 술 한 잔에 시 한 수……"

하고 노래를 마치고 술을 훌꺽 마신다.

"아이, 청승맞기두 하우. 김삿갓 선생께 술 한 잔 권해야 하겠군."

선도가 술을 받아서 마시고 난 빈 잔을 들고 이리로 온다.

"허지만, 김 형! 언제 들으나 마음의 고향을 찾아가듯이 듣기 좋아! 아마 지금 우리는 그런 니힐한 감정이나 무언지 모르게 '자유'를 모색하는 데서 공통하는 데가 있는가 봐!"

상근이의 비판이었다.

"하지만, 현실도피적이요 어딘지 퇴패적(頹敗的) 기분을 풍겨서 난 싫어!"

인숙이가 눈을 반짝이며 공격을 하듯이 한마디 쨍쨍 울리는 소리를 한다.

"하하하."

하고 남자들은 웃었으나 여자들에게는 잘 모를 소리였다.

"그거 봐! 이중호적(二重戶籍)에 앙화가 내렸구나!"

원룡이는 원룡이대로 또 한 번 커닿게 웃었다.

"자 그럼 인숙 씨의 비도피적(非逃避的)이요 비퇴패적(非頹敗的)인 노래부터 들어 볼까요?"

하고 상근이가 추켜댔다.

8

"매는 먼저 맞으라구. 단거리, '천안삼거리'나 또 허나? ……."

하며 인숙이가 놀리는 젓가락을 쉬지 않으며 이편을 건너다보고 웃으려니까, 술잔에만 고개를 틀어박고 앉았던 수득이가 조그만 하얀 얼굴을 반짝 들며

"아주먼넨 군가가 똑 알맞지 뭐요!"

하고 놀려 준다. 모두들 깔깔대는 속에서 인숙이는 어느 틈에 일어서서

"압박과 설움에서 해방된 민족 싸우고 싸워서 세운 이 나라 공산 오랑캐의 침략을 받아……."

하고 거리에서 아이들의 입에서 듣는 창가를 열심히 불러 젖힌다. 남자들은 다 듣지도 않고 허허거리며 손뼉을 쳤다.

노래보다도 그 태도와 목소리가 학예회에 나온 어린애처럼 열심이요 순진스러운 표정이 웃기는 것이었다. 인숙이는 자기도 우스운 생각이 들었는지 중간에 깔깔 웃고 주저앉아 버렸다.

박수가 또 나오는 속에서 수득이는

"수구하셨습니다."

하고 입을 삐쭉하며 웃었다.

가만히 눈치를 보고 있던 상근이는

'허허허. 네가?'

하고 속으로 코웃음을 쳤다. 상근이는 오늘에야 수득이가 인숙이에게 다른 눈치를 알아차렸다.

"노래 같지 않는 노래루 귀를 더럽혀드려서 미안합니다. 하지만 어디 김삿갓 선생! '공산 오랑캐의 침략을 받아'나 한번 용감하게 불러 보세요?"

인숙이는 또 한 번 공세(攻勢)를 취하였다. 수득은 속으로만 웃고 말았으나, 남자들은 그 뜻을 알겠다는 듯이 김빠진 웃음을 껄껄대었다.

"허지만 저 아주먼넨 우리 기분을 아직 모르시는 거야."

정진이가 한마디 하였다. 일부러 수득이처럼 인숙이를 '아주먼네'라고 실없이 불렀다.

"알면 뭘 해요 모르는 게 좋지! 하지만 졸업기를 앞에 두구 준순방황(逡巡彷徨)하는 그 태도는 난 보기 안타까워요. 싫어요."

열심히 먹어 가며, 열렬한 기분을 죽여 가며 주고받는 수작들이었다.

"비겁해 뵈겠죠?"

정진이가 조심조심 탄했다.

"그러문요! 왜 좀 씩씩하게 뻣뻣하게 못 나가는지? 지금 남학생들을 보면 답답해요."

인숙이는 사정없이 깎아내리는 소리를 하였다.

"누가 그렇게 만들어 놨기에? 모르는 소리 말어."

하고 이때껏 젓가락질만 하고 있던 원룡이가, 핀잔주듯이 얼굴을 돌린다. 반감을 품은 기색이다.

"공산 오랑캐가 그렇게 만든 것이지!"

상근이가 휘갑을 채려는 듯이 불쑥 한마디 하는 바람에 모두들 웃고 말았다.

"아니, 옛날엔 총각 색시가 모이면 부끄럼이나 타는 줄 알았더니, 인제는 쌈짓거리들야?"

주인마님은 오락가락 시중을 들다가 자기자리에 와서 앉으며 좌중을 수습하려는 듯이 말을 새판으로 꺼냈다.

"아니, 아주머니 시절에는, 총각 색시가 모여 놀아 보시기나 하셨게 말씀예요? 지금 세대에는 싸우다가 이기는 놈이 제 차지가 된답니다. 허허허."

하고 원룡이가 대꾸를 하였다.

9

"기껏 재주들이 그것뿐야? 여기서 술이 누가 제일 센구?"

노래가 또 한 차례 끝나니까 주인아주머니가 젊은 애들을 충동이듯이 말을 꺼낸다.

"여기 김삿갓 선생 계시지 않습니까."

하고 정진이가 웃었다.

"왜? 상급을 내리시렵니까?"

수득이가 해쓱한 얼굴을 이리로 돌렸다. 술이 들어가면 해쓱해지는 얼굴이었다. 눈은 반짝하며 날카롭게 인숙이의 얼굴을 스쳐갔다.

"힘은 누가 센구?"

꺼낸 말끝이니 웃음엣소리로 또 묻는 것이었다.

"역도선수를 뽑으시렵니까. 서반아 투우사, 예 있습니다."

이번에는 수득이가 자천을 하고 나섰다.

"뭐? 힘은 봐 하니, 이 형을 못 당할걸?"

원룡이가 슬쩍 상근이를 끌어댄다. 상근이는 싱긋 웃었다. 몸집은 없으나, 얼굴과 몸집이 실팍한 편이었다.

"응? 그래? 어디 팔씨름이나 해 봅시다."

상근이는 처음에는 웃고만 말았으나 수득이가 두 번 세 번 걸어오니 하는 수 없이

"꽤 넘봤나 보다. 그래 어디……."

하고 마루 끝으로 나섰다.

식탁에서 우으들 일어나서 팔씨름 판을 에워쌌다.

깍지를 끼고 서로 팔목을 괴고서 힘줄이 불끈 솟으며 얼굴들이 벌개서 씨근거리기 시작이다.

"세다, 세다! 우리 투우사 장하다!"

"플레이 플레이, 이, 상, 근!"

응원이 두 패로 갈려서 껄껄대며 계집아이들을 웃겼다.

"으아!"

승부가 났다. 투우사가 이겼다.

"김삿갓 선생님, 시만 잘 읊으는 줄 알았더니, 역도 시합에도 나갈 만하군."

주인아주머니의 칭찬이었다.

"자, 다시 한 번!"

상근이가 분연히 또 달려들었다. 첫 번에 수득이가 힘을 너무 써서 그런지, 이번에는 상근이가 단연 우세(優勢)이다.

"조금만 더! 조금만 더! 됐다, 됐다! 으아! 하하하……"

주홍빛이 되어서 일어나 앉는 상근이는 득의만면으로 껄껄 웃었다. 그러나 삼세번에 가서, 결국 수득이가 이기고 말았다.

인숙이의 입가에는 선웃음이 떠올랐다. 다른 계집애들의 얼굴도 섭섭한 기색이었다.

상으로 다시 와서 둘러앉으려니까, 수득이가 주인아주머니 옆에 와서 넙죽 앉으며

"자, 상급을 주세야죠"

하고 손을 내민다.

"이건 잔이 작어. 애, 거기 큰 잔 하나 가져오너라."

하고 주인아주머니가 서두르려니까

"이번엔 또 무슨 취재를 보시렵니까? 물구나무라두 서 뵈 드릴까요?"

하며 수득이는 신기가 좋아서 허허거리면서도 어딘지 쓸쓸히 애원하는 빛이 떠올랐다.

"땅재주는 어릿광대짓이요, 남자란 구변이 좋아야 하는 거야. 입심 없는 총각은 장가두 못 가는 거야."

모두들 깔깔대었다.

"이번에는 구두시험입니다그려. 어디 태생인 것부터 주어 섬겨 볼까요. 허허허."

하고 수득이가 술잔을 받으려니까, 저편에서 정진이와 수군거리던 상근이가 고개를 이리로 돌리며 말을 꺼낸다.

"요담 일요일에는 창경원에서 씨름대회를 열 계획인데 여러분 찬성이십니까?"

"아, 찬성이다마다! 가자 가."

하고 주인아주머니부터 대찬성이다.

그들의 교유

1

　다음 일요일이었다. 정진이가 여름 지내고는 처음 입는 춘추복을 말쑥히 입고 나서는 것을 보고, 마루의 안락의자에 파묻혀 앉아서 멀거니 담배를 피우고 있던 부친은, 새 철에 새로 꺼내 입는 양복의 산뜻한 맛을 생각하며

　"애, 나두 오늘 가을 양복 입구 나가겠다. 회색양복을 꺼내서 손질 좀 해 놔라."

하고 딸에게 이르고 나서 정진이에게

　"너 오늘 창경원 가지?"

하고 웃으며 말을 붙였다.

　"그건 어떻게 아세요?"

　정진이도 구두를 신고 뜰로 내려서며 웃었다.

　"나두 청자 받았단다. 이따 가마."

"거긴 뭣하러 오세요 젊은 애들 노는데."

정진이는 좀 실쭉한 낯빛이었다.

"왜? 젊은 애들 노는 데는 못 끼워 논다든! 나 아직 그렇게 늙진 않았다. 하하하."

"부전부전한 마님이! 노인넨 노인네대루 따루 모실 일이지."

정진이는 저의들이 발론한 놀이인데, 자기네한테는 의논도 없이 기분 안 맞는 어른들을 청한 것이 못마땅했다.

"애, 노인네 노인네 하지 마라. 우린 우리대루 놀면 그만 아니냐."

택규도 창경원에 놀러간다 해서 그런지 신기가 매우 좋다.

창경원 앞에는, 무교동 아주머니의 분부로 원룡이가 입장권을 미리 사 가지고 서서 일행에게 한 장씩 주어서 들여보내고 있었다.

"모두들 왔에요?"

"네. 마님 패 영감님 축만 안 오시구 미인 패는 다들 들어갔에요. 어서 들어가 보슈."

"허허허. 미인 팬 난 아랑곳두 없으니, 그 표 이리 주구 홍 형이나 어서 들어가 보시지."

한데 혼자 섰는 원룡이를 그대로 두고 들어가기가 안 되어서 정진이는 바꾸자고 하였으나 결국 둘이 같이 서서 오는 사람을 기다리기로 하였다.

무교동 패가 택시로 달려들었다. 선도 형제가 인숙이를 앞세우고 내리고 낯 서투른 부인이 하나 따랐다. 원룡이 모친이었다. 차림차리는 잘사는 집 부인 같지 않으나 떡거머리 원룡이 모친으로는 자그마하니 얌전한 점잖은 집 젊은 마님이었다.

"우리 어머니, ······우리 친구예요"

원룡이는 사람이 북적대고 총총한 가운데서도 어머니 자랑, 친구 자랑이나 하듯이 정진이를 모친에게 소개하였다.

"또 올 손님두 있지만, 언제 올지두 모르는데 인제 들어가자구."

정진이는 부친 생각도 났지마는, 손에 가진 입장권도 다 되었고, 되도록은 안 왔으면 하는 생각이니 더 기다리고 섰을 효성까지는 나지를 않았다.

연못 앞에서 기다리고 있던 상근이 남매와 영애, 수득이들은 반색을 하며 맞이하였다.

"아이, 우리가 늦었군요. 벌써 오셨어요"

하고 선도가 인사를 하는 것은 명희 모녀이었다.

'아, 저 마님들두 왔으니 우리 집 영감님은 으레 오시구 말겠군.'

정진이는 혀를 찰 것까지는 없으나, 젊은 애들은 젊은 애들대로 생각이 있어 모인 것인데, 그 길에 늙은이들도 한몫 끼워서 연애판을 차리려나? 하는 생각으로 아무래도 기분에 맞지 않는 것이었다.

"아, 저기들 오시는군. 마침 잘됐다."

젊은이들이 자리를 잡아 놓고 짐을 옮겨 가고, 한참 부산을 떠는 판인데, 저기서 두 영감이 어슬렁어슬렁 오는 것을 보고 선도가 반색을 하며 소리를 친다.

2

어디서 맞추고 만나서 오는지 택규가 상근이 부친 종철이 영감과 나란히 어슬렁어슬렁 온다.

"난, 안 오시는 줄 알았지. 젊은 애들 놀이에 무엇하러 오셨어요?"

선도는 택규가 명희 모녀와 인사하기를 기다려서 두 영감에게 일부러 핀잔을 주었다.

"젊은 앤 젊은 애요, 늙은인 늙은이지, 말만 들어두 설구먼요. 우리는 우리끼리 따루 노십시다그려."

하고 종철이가 껄껄 웃었다. 종철이는 오늘 선도가 일러주는 대로 며느릿감을 선도 볼 겸 놀러 나온 것이었다.

이만침 떨어져 서 가지고 온 자리를 깔고 두 영감이 좌정을 하니까, 역시 젊은 애들은 우두커니 마주앉았기도 거북해서 어디론지 가 버리고, 화개동아주머니가 설도를 하여 계집애들은 음식을 차리기에 분주하였다.

"저기 투피스 입은 재예요. 댁의 따님만은 못하지만 어때요? 똑똑하죠?"

선도가 종철이의 옆에 앉아서 소곤소곤 인숙이를 가르쳐 주었다.

"응 나이 몇이랬죠? 얌전하군요."

"스물 둘, 내년이 졸업예요. 여학교 선생감이죠"

세 계집 아이 중에 제일 눈에 띄우고 돋보인다고 생각하였다.

"조선옷 입은 애가 이 영감 따님, 흰 블라우스에 스프링을 입은 애가 저 영감 댁 큰 따님……."

하고 좌중에 소개를 하다가 선도는 오라범댁을 돌려다 보며,

"형님, 잘 봐 둬요 원룡이두 인제는 장가 보내달라구 떼거지를 쓸 때가 됐으니까."

하고 깔깔 웃었다. 원룡이 모친은 종철이 딸 상옥이를 보러 온 것이었다.

이것도 선도가 충동여서 끌어낸 것이지마는 원룡이 모친의 눈에는 그저 그러하였다. 키가 호리호리하고 콧대가 상큼하니 똑똑은 해 보이지마는, 피아노를 치는 음악가 며느리는 자기 집 격에 어울리지 않는다고 생각하였다.

"누님 솜씨에 이왕이면 색시를 좀 더 몰이를 해 오실 일이지."

작은오라범댁이 이런 소리를 소곤거리니까 선도가

"욕심이, 얼마나 잘난 아들을 두었다구 기껏 골라 보시려는구려."

하고 커닿게 웃었다. 이 말에 두 영감은 좀 선뜻한 생각도 들었다. 자기도 남의 딸을 넌지시 선을 보러왔지마는, 자기들의 딸도 당자는 모르게 이 사람 저 사람에게 선을 보이고 뒷구멍으로 퇴짜를 맞고 하는가 싶어서 싫었다.

젊은 애들이 모여들자 두 패로 음식이 벌어졌다. 영애와 상옥이는 제각기 아버지 시중을 드느라고 분주히 오락가락하고, 인숙이만은 어머니와 함께 여기서 음식을 차리기에 골똘이다. 젊은 애들은, 그중에도 상근이와 수득이는 인숙이가 이편 자리에 남아 준 것이 고맙고 기분이 좋았다.

그러나 자리는 떨어졌어도 마음대로 떠들고 기죽을 펴고 놀지 못하

는 것이 젊은 애들에게는 불평이었다.

"어쩌다가 이런 때 효도를 하게 된 것두 좋구, 노인네들두 연애는 해야 하겠지만……."

늙은이 축에서 이편은 거들떠보지도 않고 한바탕 껄껄대며 유쾌히 노는 데에 역시 심사가 나는 듯이 상근이는 옆에 앉은 정진이에게 수군거렸다.

그래도 늙은이 축도 젊은 애들에게 마음이 사리긴 하였다.

"낮술이 취해서야 되나. 그만 일어나십시다. 젊은 애들 마음 놓구 놀라구."

3

의외로 영감님들이 일찍 자리를 뜨니까, 젊은 애들은 어깨가 가벼워진 듯이 제판이라고 노래를 뽑아내며 법석들이었다.

"자, 이 형, 씨름대회라면서 씨름 한판 해야지."

수득이가 선손을 걸었다.

"허허허. 팔씨름과는 달러요. 하지만 김 형 양복바지가 아까운데."

상근이가 걱정하도록 수득이의 양복은 풀밭에 뒹굴어서 아까울 그런 신건은 아니었다.

"양복바지 하나쯤 찢어지기루 부자 아버지 두었다 뭣하자구."

수득이는 한 잔 김이라

"얏……."

하고 덤벼들어 어울렸다.

"아이 저기 신사들이 점잖지 않게 뭐야. 옷 버리려구."

선도가 소리를 칠 새도 없이 와이셔츠 바람인 두 젊은 애가 맞붙더니 눈 깜짝할 새에 쾅 하고 수득이가 나동그라졌다.

상근이는 그래도 힘이 들었던지 포켓에서 손수건을 꺼내서 이마를 훔치며 딱 버티고 빙그레 웃는다.

"야, 스페니아의 투우사, 졸떡이로구나."

원룡이가 껄껄대었다. 둘러섰던 젊은 남녀들은 어느 편을 들 수가 없어서 눈치만 보다가 원룡이의 농담에 깔깔대었다.

"이게 어디 씨름야. 딴죽에 넘어간 거지. 다시 한 번……."

수득이는 툭툭 털고 일어나서 열적은 웃음을 여자들 편에 던지고는 다시 대들었다.

"태껸두, 딴죽두 아니라니까."

상근이는 자신도 만만하지마는 저번에 팔씨름에 진 것이 역시 분해서 두서너 판 해치우고 싶었다.

이번에는 꼭 어울려서 밀락 밀릴락 딴은 씨름답게 한참 실랑이를 하였다.

"그까짓 것 이기면 뭘 하구, 지면 어떻다는 거야. 이리 와 술이나 한 잔 먹구 놀라구."

그러나 둘이 맞걸린 젊은 아이들에게는 그까짓 소리는 귓가로도 아니 들렸다.

"하하하……."

둘러싸고 섰는 젊은 애들의 박장대소가 또 터져 나왔다. 이번에도 수득이가 보기 좋게 나둥그라졌다. 상근이는 얼른 가서 패전의 친구를 붙들어 일으키고 수건을 꺼내서 바지에 묻은 먼지를 털어 주었다.

"야! 코리아의 투우사! 됐어 됐어. 그만하면 솜씨두 알겠구."

정진이가 상근이를 치켜세워 주었다.

"자, 이리들 와서 애들 썼으니 술이나 한 잔씩들 해요."

선도는 얼른 뛰어가서 두 청년을 좌우로 얼싸안고 인제야 아낙네들이 한 박 먹자고 둘러앉은 데로 끌고 왔다.

"자, 승리의 효장에게는 축배를 올리구, 시불리혜(時不利兮)여. 패운에 우는 이 용사에게는 다음날의 승리를 빌면서 한 잔 드사이다."

영감들과 전작이 있는 선도는 술을 각각 따르며 노랫가락 하듯이 권하였다.

"오늘은 팔씨름의 보복을 단단히 받았지만, 내가 술을 먹어 그렇지, 어디 두구 보자구."

하며 수득이는 껄껄 웃었으나 분해서 씨근벌떡하였다.

상근이는 술 한 잔을 마시고 나서 윗저고리를 집어 입으며, 정진이에게 산보 가자고 눈짓을 하였다.

정진이는 따라 나서다가 인숙이 앞을 지나치며

"거닐어 보시지 않겠어요?"

하고 넌지시 끌었다.

4

인숙이는 또 다시 음식 곁에 끼어 앉기도 싫어서 어름어름하는 판인데 잘되었다고 선뜻 나서서, 상근이와 정진이 사이에 끼어서 쓱쓱 걸어 언덕을 넘어간다. 인숙이 모친은 대견한 듯이 그 모양들을 바라보았으나, 어쩌다가 선도에게 붙들려 앉아서 대작을 하게 된 수득이는 인숙이를 데리고 의기양양하게 언덕길을 올라가서 차차 차차 스러져가는 두 남자를 부러운 듯이 한참이나 멀거니 바라보고 있었다. 뾰로통한 수득이는 씨름에 연거푸 두 번이나 졌다는 분한 생각만이 아니다.

'내가 먼저 발견한 건데.'

유치한 말이나 수득이는 속으로 투덜대며 씨근벌떡하였다.

"오빠, 우리두 동물원에 가 볼까?"

영애가 원룡이를 끄니까 원룡이는 좋다구나 하고 나섰다. 상옥이도 영애가 끄는 대로 따라섰다.

자연히 앞선 일행을 뒤따라가게 되었다.

"아니, 그런데 이중호적이란 어떻게 하는 거예요?"

앞서 가는 인숙이의 질문이었다.

"하하하. 나두 스페니아 투우사한테 한 장 부탁해 놨는데 만들거든 보여드리죠"

정진이가 웃음엣소리로 대꾸를 하였다.

"기피자가 가지구 다니는 어음조각 같은 것인 줄은 나두 어렴풋이 짐작하지만, 그래 두 분 선생두 그런 것 가지구 다니시겠세요?"

인숙이는 두 남자를 좌우로 둘러보았다.

"우리 따위가 웬 그런 재주나 있기에요"

하고 상근이가 픽 웃으려니까, 뒤따라오던 원룡이가

"인숙이두 아마 차차 그런 어음을 가진 남자가 필요하게 될 거라!"
하고 뒤에서 커다랗게 껄껄 웃었다.

"어머나! 깜짝야."
하고 인숙이는 뒤를 돌려다보며

"난 그런 위조 어음 쪽 소용없어."
하고 외사촌 오라비에게 핀잔을 준다. 앞뒤의 두 일행은 합솔이 되어 나란히 걷는다.

"넌 여자니까 소용없을지 모르지만, 그런 든든한 문서를 가진 남자 두?"

"일 없어! 그따위 꽁무니나 슬슬 빼는 위조문서가 아니, 위조 남자 무엇에 쓰겠기에!"

인숙이는 어린애처럼 쾌쾌히 뿌리치는 소리를 하였다.

"넌 요새 계집애 아니로구나. 그러다간 시집 못 갈걸!"

"염려 말아요. 내 걱정까지는 말아요."

모두들 깔깔대었다.

"넌 큰소리두 칠지 모르지만, 가짜거나 진짜거나 너두 머리를 박박 깎구, 되지 않은 신사복 쪼가리나마 입구 나서 보렴."

원룡이는 수득이의 경우를 생각하면서 될 수 있으면 변명을 하여 주고 싶었다. 늙은 아버지가 번대야 별수 없고, 손아랫누이가 백화점에 다녀서 사는 처지였다.

"나서라면 나서지 못 나설 게 어디 있누."

"히여, 히여!"

상근이가 맞장구를 치며

"나, 입영할 때는 깃대라두 하나 들구 나와 주시겠죠?"

하고 다정히 묻는다.

"나가다 뿐예요. 앞장서 나가죠."

인숙이의 말은 혀끝에서 톡톡 튀어 나오는 것 같았다.

"믿습니다. 부탁합니다. 면회두 와 주시겠죠!"

상근이는 추근추근히 충동여댔다.

"곧 들어가시는 것 같구면. 염려 마세요"

인숙이는 명랑히 하하거렸다.

"그럼 맘 놓구 언제든지 들어가죠."

5

"이 형, 말솜씨 좋은데!"

정진이가 놀리며 웃으니까 또 한바탕 모두들 껄껄대었다.

"오빠 쑥스런 소리만 해! 여자 면회 오는 바람에 입대(入隊)를 하려
남."

하고 상옥이가 비꼬아준다.

"넌 다 모르는 소리야. 넌 아랑곳 말어."

상근이가 점잖이 누이동생을 나무랐다.

"머리에는 장가갈 생각만 잔뜩 들었으면서 군대는 어떻게 가누! 애국
에 위조문서나 한 장 만들어 가지구 다니지."

누이가 또 놀렸다.

"요 아가씨, 말씀 들어 보소"

상근이는 기가 차다는 듯이 껄껄 웃었다.

"아니 직언(直言)은 직언야. 옳은 말씀 하셨습니다."

원룡이가 빙글빙글 웃는다.

"무슨 딴소리들예요. 세 분이 논산이구 광주에구 가시면 우리 셋이 소풍 삼아 뵈러 가죠. 호호호."

인숙이가 샐없이 웃으며 휘갑을 치려 했다.

"다른 사람은 다 와두, 입이 험한 이 아씨만은 안 오서두 좋아."

상근이가 제 누이를 가리키며 이런 소리를 하자, 원룡이도

"나두 일없어. 면회 올 사람은 수두룩하니까."

하고 도리질을 하였다. 모두들 의미 없이 껄껄대었으나, 상옥이에게는 좀 듣기에 안되기도 하였다. 원룡이쯤 별로 눈여겨보았던 것도 아니지마는 상옥이는 자기가 무시나 당한 것 같아서 불쾌하였다.

"우리두 삼팔선이나 터져야, 공부도 제대루 하구 연애두 연애답게 하게 되려는지?"

정진이가 멍하니 무슨 생각에 팔렸다가 이런 탄식을 한다. 상근이는 그 말이 얼뜨고 어리석기도 하다는 생각이 들었으나, 또 한편으로는 다시 말할 것 있느냐는 듯이

"아무렴! 우리 세대가 걸머진 짐인데 아무리 바당겨 보았자, 불행의 연장 아닌가요! 다음 세대나 기죽을 펴고 큰소리치며 살게 해 주어야지."

하고 심각한 표정으로 말을 받는다.

"옳은 말씀예요. 우리 여자들두 가만있진 않습니다. 한몫 거들죠"
하고 인숙이가 열렬한 애국심을 어떻게 표현할지 몰라서 하는 듯이 흥분해졌다.

"한몫 거든다는 게 겨우 입대하면 위문이나 다니겠다는 거야? 하하하."

원룡이가 하하거리고 웃지만 않았더면 비꼬는 수작으로 오해를 샀을지 몰랐다.

한 바퀴 삥 돌아서 놀이터로 오니까 선도가

"늙은이들은 내버리구 다니구! 나두 한번 다시 젊어 봤으면……"
하고 젊은 애들을 놀려 준다.

"딴소리 맙쇼. 한참 신세타령들을 하구 왔습니다."

상근이의 대꾸였다.

"뭐? 신세타령은 왜?"

"할 일은 많구 힘은 부치구 하니까 말이죠"

상근이가 웃으려니까, 수득이가

"뭐 힘이 부쳐? 그럼 됐다! 한판 하자구."
하며 팔을 걷어붙이고 나선다.

"에이, 옷들 버려요. 그만둬."

선도는 질색을 하였다. 또 한 차례들 먹으며 떠들다가 자리를 걷어 가지고 나섰다. 밖으로 나오니까 선도는 또다시 자기 집으로 가자고 끄는 것을, 부인네들만 택시에 태워 보내고 남자들은 걸었다.

"홍 형, 우리 집 좀 안 들러 가시려우. 아무 건 없어두 따뜻한 차나 한 잔 합시다."

상근이는 원룡이에게부터 말을 걸었다.

6

누구보다도 원룡이를 먼저 끄는 것은 상근이와 친하자는 의사표시다. 말할 것도 없이 원룡이와 인숙이와는 내외종간이다. 인숙이와 가까이하는 길은 원룡이와 자주 접촉하는 것밖에 없다.

'너두 현금주의로구나.'

하고 수득이는 속으로 코웃음을 쳤다.

어쨌든 인숙이가 일행에서 빠진 것은 수득이에게도 상근이만큼 서운하였다.

"김 형두 우리 집 좀 알아 두시라구. 나두 형 댁에 놀러 가겠지만……."

정진이에게 하는 말이었다. 상근이 집은 큰길 하나 건너서 바로 원남동 초입이었다. 영애는 돈암동 가는 전차를 타려다가 정진이와 헤어져 가기가 아깝기도 하고 상옥이의 권에 못 이겨서 따라섰다.

구옥이기는 하나 사랑도 큼직한 모양이요 안채는 축대가 드높으니 크낙한 집이었다.

"놀이가 파장이 된 모양이구먼. 어서들 올라와요"

안방에서 나와 맞아 주는 상근이의 모친은, 파마를 하고 검정 빌로드 치마를 입고 한 품이 젊게 차렸으나 사십은 훨씬 넘은 안존한 부인이었다. 상근이 남매만 보아도 짐작이 들지마는, 인숙이가 이 집에 들어온다면 좋은 시어머니를 만날 것이라고 원룡이는 이 마님의 선부터 보았다.

건넌방으로 몰려들 들어가서 안락의자에 파묻혀 앉았다. 상근이의 방은 아니요 부친의 응접실인 모양이었다. 수득이는 자기 집 형편을 생각하고 기가 눌리었다.

안방, 건넌방밖에 없는 집에서 남매가 자라다가 대가리들이 커지니 서너 평밖에 안 되는 부엌 뒤의 터전에 방을 들이고 떨어져 나가 있는 것이 수득이의 신세다. 그것을 생각하면 인숙이 같은 여성을 얼러 본다는 것은 분수 모르는 꿈이라고 제풀에 제 신세를 코웃음도 쳤다.

'하지만 집 보구 시집가나!'

수득이는 그래도 아직 낙심은 아니하였다.

"그래 김 형 댁은 어디예요? 한번 순례를 해야지."

상근이는 정진이와 원룡이 집을 차례차례 배우고 나서 수득이에게로 말을 돌렸다.

"이런 고대광실에서 사시는 분은 오실 데가 못 돼요. 나 같은 작은 키에두 기어 나고 기어들기에 가끔 이마에 혹을 붙이는데! 허허허."

수득이의 주기가 스러진 얼굴에는 쓸쓸한 웃음이 떠올랐다. 더욱이 이 남자 앞에서 인숙이를 생각하면 저절로 무안쩍은 생각이 앞을 서는 것이었다.

상옥이가 다반을 날라 들이고 커피를 닳는 동안 모친이 들여다보며

"잘 잡숫구들 오는 손님이니 무얼 대접할 게 있어야지."

하고 인사를 하였다.

"무어든지 줍쇼. 점심 먹으면 저녁 안 먹습니까."

아들의 대꾸였다. 기회가 좋으니 한턱내고 싶었다.

"뭐, 우린 곧 일어서요. 그런 걱정 마십쇼."

정진이가 말렸다.

"우린 저리 가실까?"

남자들의 차를 다 딿고 상옥이는 영애에게 눈짓을 하였다. 아무래도 자리가 거북하던 영애는 선뜻 일어나서 안방으로 따라갔다.

"한데 참, 김 형은 정말 병역관계는 염려 없이 됐나요?"

왜 그런지 상근이의 관심이 수득이에게 연해 가는 모양이었다.

"그건 다 내가 실없이 한 말이구, 터놓구 얘기가 지금 김 형은 아르바이트 자리를 구하기가 급한데, 이 형두 좋은 데 아시는 것 있건 소개해 주슈."

원룡이가 앞질러 대꾸를 한다.

7

"자식은! 누가 널더러 그런 부탁해 달랬어?"

하고 한마디하고 싶은 것을 수득이는 꾹 참았다. 그러나 자존심이 깎인 것이 분하였다. 아르바이트가 천한 직업이라고는 생각지 않지만, 이 경우에 부탁할 사람이 아무리 없기로 상근이에게 그 말을 꺼낸다는 것은 여간 불쾌하지가 않았다.

"미국 같은 데서는 있는 집 자식두 제 학비는 제가 벌어 쓴다지만, 여기선 고작해야 얼마나 될지? 하여튼 아쉰 대루 우리 아버지 회사에

나 여쭈어 볼까."

상근이는 수득이가 듣기 좋도록 이런 소리를 하며 의외로 손쉽게 맡는다.

"그럼 꼭 부탁합니다. 나두 한자리 있었으면 떼를 써 보겠지만, 걸물 병행으로두 그건 너무 욕심이 과한 것 같애서……"

하고 정작 수득이보다도 원룡이가 열심으로 부탁을 하였다.

저녁을 먹고 가라고 붙드는 것을 누구보다도 수득이가 싫다고 사양을 하고 나섰다. 전찻길에 나와서는 돈암동으로 가는 영애를 데려다 주려는 정진이와 함께 두 남자와 헤어졌다.

"그만큼 살구 볼 거야. 그 학생 방에 가 보니까 피아노가 방 반은 차지하구 으리으리하게 차려 났겠지!"

영애의 부러워하는 말이 정진이에게는 듣기 싫어서

"아, 전문인데 피아노 없을까."

하고 신통치 않게 대꾸를 하다가

"피아노는 사면 있는 것이지만, 영애 씬 졸업하면 어떡헐 테요?"

하고 따진다. 이때껏 없던 이야기다.

"글쎄…… 뭘 했으면 좋겠어요?"

이 남자와 확실히 결혼을 한다면 이 남자의 의향도 존중해야 하겠으니 망설이는 것이었다.

"영애 씨한텐 가사과가 똑 알맞겠지만, 사 년 동안 애를 써 해선 무얼 해요. 집에서 실지 연구하면 그만이지."

정진이는 웃음엣소리처럼 한 말이나, 영애에게는 비웃는 말같이도 들려서 속으로 좀 아웅하였다. 인숙이가 나타나고 상옥이의 피아노와 사는 양을 본 뒤로 영애는 자기의 존재가 금시로 조그매진 것같이 기가 눌렸다. 더구나 아직 고등여학교도 못 나왔으니 그들 틈에 싸이지를 않았다. 오늘은 학생복을 입고 나올 수도 없고, 봄에 무교동 어머니가 새로 해준 양복도 대학생들 앞에서는 어떨까 싶어서 조선옷을 입고 나왔더니, 그것도 몸에 척 배지가 않고 어색하여서 온종일 기분이 좋지 않았었다.

'조인숙인가한테 어디다 댈라구. 피아니스트는 또 그런 대루 세련된 품이 닦아세운 대리석상 같구……'

정진이는 차차 눈이 높아가니까 몸에 어울리지 않는 영애의 조선옷 입은 몸매를 다시 한 번 보며 격이 뚝 떨어지는 것같이 보여서 불만이었다.

"미국 안 가세요? 지금 거기서 누이동생한테 들으니까, 그이는 벌써 수속 다 됐다는데! 남들은 다 꿍꿍이속이 있거든요"

"음……그렇대?"

정진이는 부러운 듯이, 무엇에 속아 넘어간 듯이 눈이 뚱그래졌다.

"정진 씨만 미국 간다면, 나두 대학 들어가지만……"

대학 다니면서 미국서 나오기를 기다리겠다는 말이다.

"호호호 내 주제에 웬 미국! 하지만 미국 유학과 대학 가는 게 무슨 아랑곳이람."

정진이는 웃어 버렸다.

"안 들어갔다 가세요 오랜만에 어머니 아버지 좀 뵙구 가세야죠"

걸어서 오는 것이 영애 집 동구에까지 왔었다.

8

동재 부인 화순이가 어쩐지 자기에게 설면히 구는 눈치인 것은 정진이도 짐작 못 하는 것이 아니지마는, 여기까지 올 때는 잠깐 들어가서 인사나 하고 가려던 생각이었다.

"어서 오게. 요새는 어째 그리 보기가 드문드문한가?"

화순이가 마루로 나서며 알은체를 한다. 신통치 않은 기색이었다.

"개학하자 학교가 바뻐서 자연 그랬죠."

"말은 그럴듯하구먼! 오늘은 창경원 놀이, 내일은 무교동 잔치에 헤어날 새가 없어 그런 줄은 알지만, 참 큰 걱정야. 남의 집 젊은 애들 사람 버리겠어."

하며 화순이는 눈살을 찌푸린다.

"별걱정을 다하십니다그려. 누군 생각 없나요."

영애가 옷 벗으러 제 방으로 들어간 사이에, 정진이는 방문 밑에 앉은 화순이와 비스듬히 마루 끝에 걸터앉았다.

"생각하면 무서워. 철없는 계집애들이 물이 들면 어쩌라구. 순애만 해두 형이 뺄뺄거리구 놀러 다니니까 맘이 듬성거려서 나만 못살게 굴기에, 이왕이면 피아노라두 사 줘서 거기나 취미를 붙이게 하자구, 우선 개인교수나 가 보구 오라 해서 떼어내 보냈지."

장황한 설명은, 순애에게 피아노를 사 줄 작정이라는 큰딸에 대한 변명이기도 하였다. 영애는 귀가 반짝 뜨이는 것 같았다.

"아니, 큰 따님부터 사 주셔야지, 차례가 있죠. 그러지 않아두 지금 동무 집에 가서 피아노가 있는 걸 보구 몸살을 내며 왔는데요"

하고 정진이는 껄껄 웃었으나, 영애는 누구를 부화나 올리려고 마침 준비하여 두었다가 들려주는 것 같아서 속으로 바르를 하였다.

"임자만 나서면 어련히 사 줄까. 그동안 어서 배우는 게 급하지만, 너는 벌써 나이 있어서……"

첫마디는 자기에게 짐을 들씌워 주는 것이라고 정진이는 생각하였으나, 벌써 나이 있다고 하는 말에 영애는 또 샐쭉하였다. 시집도 안 간 고등여학교를 다니는 어린애를, 피아노에는 늙은이로 돌리는 것이 분하였다.

"지금 피아노 한 대라면 중고품이라두 오륙십만 환은 할 걸요 이왕이면 좀 참으셨다가 순애두 임자가 나서거든 사 주라시죠. 허허허."

정진이는 안 해도 좋은 밉둥스러운 소리를 하였다.

"뭘, 하두 소원이니 세간내는 셈 치구 한 대 사 주자지."

하고 화순이도 이 청년의 말눈치가 자기 집 형세에 부치는 일을 하지 말라는 것 같아서 듣기 싫었으나, 말을 돌려서

"그건 그렇다 하구, 정진이한테 나 하나 부탁이 있어?"

하고 이때껏 실쭉해 하던 기색과는 딴판으로 탐탁히 웃어 보인다,

"무엇니까? 피아노를 구해 오라시면 벌잇속두 단단히 되구 어렵지 않죠"

"아니, 그런 게 아니라, 애 영어 공부를 좀 시켜 주었으면 하는데……
내년엔 고등학교에 올라가지! 아무래두 영어하구 수학이 실력이 부족

해서 걱정야."

화순이는 연해 웃으며 부득부득 부탁이다.

"어구 제가 뭘 압니까. 게다가 시간이 있어야죠. 학교에 나가랴, 저두 미국 갈 운동을 하러 다녀야는 하겠구요."

정진이는 영애의 눈치가 보여서도 순애의 공부를 시켜 주마고 얼른 승낙하고 나설 수는 없었다.

"응? 미국 갈 준비를 해? ……그럼 더 좋지."

9

실없은 말로라도 미국을 간다면 반색을 하거나 부러워하는 것은 그럴 거라 하더라도 그것이 지금 부탁하는 순애의 영어 공부와 무슨 관련이 있기에, 화순이는 더 좋다고 반색을 하며 덤비는지 알 수 없었다. 그러나 영애는 어머니의 마음을 빤히 알았다. 옷을 갈아입고 마루로 나섰던 영애는 뽀로통해서 제 방으로 다시 들어갔다.

'뭐야. 나하고 떼 놓구 순애하고 교제를 시키지 못해 하니 그것도 부모가 할 일야!'

영애는 혼자 발끈하였다. 이때껏 그런 눈치를 알면서도 정진이에게는 입 밖에 내지도 않았지마는, 정진이가 멍텅구리처럼 아무것도 모를 것이 안타깝기도 하고, 물들까 봐서 걱정이라면서 그런 물은 들여도 좋은 일이냐고 분을 참기에 바르를 하였다.

영어를 가르치는 동안에 둘이 친해졌다가, 이삼 년 떨어져서 미국에 다녀오는 동안에, 순애는 고등학교나 졸업하면 똑 알맞은 짝이 되리라

는 생각이 분명하거니, 영애는 골똘히 생각하는 것이었다. 올여름에 언
젠가 자기 친정붙이라면서, 전에 다닌 일도 없고 코빼기도 보지 못하던
나이 지긋한 청년이 왔을 제 굳이 자기를 끌어내서 대면을 시키던 것
이 영애에게는 언제나 이상하고 불쾌하였지마는, 인제 생각하니 그 뜻
을 알겠다고 짐작이 분명히 나서는 것 같았다. 생각할수록 분통이 터진
다.

'한 동기면서 왜 어머니가 달랐던고? 그러기로 세상엔 별일도 다 많
지!'

순애만은 서로 뜻도 맞고 은근히 정이 들어왔더니만치 이런 일로 서
로 의가 상할 것이 걱정도 되고 애가 씌우는 것이었다.

"왜 이리 늦었니? 마침 잘 왔다."

순애가 들어오며 정진이에게 인사를 하는 기척이더니, 모친은 말을
돌려서

"정진 오빠가 네 소원대루 영어, 수학을 보아주만댄다. 오늘은 네 일
진이 좋은 게야!"

하며 정진이에게 아주 뒤집어씌우는 소리를 하며 웃다가

"그래 피아노 선생은 만났니?"

하고 묻는다.

"네. 그 선생님한테루 가기루 했에요. 피아노두 마땅한 것 나는 대루
골라잡아 주마구 하셨에요."

순애는 신기가 좋았다. 순애는 하필 정진이에게 배우자는 생각은 아
니지마는, 낯 서투른 가정교사 따위보다는 흉허물 없으니 정진이를 택

383

한 것이었다.

"아구, 정진 오빠한테 신세를 지게 돼서 어쩌나!"

순애는 마루로 올라오며 좋아하였다.

"딴소리! 어머닌 괜한 소리셔. 내가 순애를 가르쳐 줄 자격이 있으면 벌써 중학교 선생이 됐었게!"

하고 정진이는 웃으며 마루에 올라선 순애를 다시 치어다보았다. 얼마 동안 못 보아서 그런지 여름내로 키가 부쩍 자라고 퍽 점잖아진 것 같았다.

"전 갑니다. 안녕히 곕쇼"

정진이는 더 앉아서 졸리고 있을 맛이 없어서 일어서려니까,

"그럼 내일부터라두 보낼 테야. 바쁘신 선생님을 오시랄 수는 없으니까……."

하며 화순이는 뒤를 다지며 시간을 정하라고 조른다.

"에그, 천만에! 똑 알맞은 제 친구를 하나 진권해 드리죠"

정진이의 머릿속에는 무심코 아르바이트를 구한다는 수득이의 생각이 떠올랐지마는, 그보다도 영애의 의사를 모르겠으니 분명한 대답을 할 수는 없었다.

그러자 대문간에서 큰 기침소리가 나며 영감이 들어온다.

10

"응, 왜 그리 볼 수 없나? 아버니두 요샌 만나기가 어렵구."

동재는 모든 소식을 모르는 것은 아니나 일부러 하는 말이었다.

"정진이가 순애 공부를 좀 봐 주기루 됐는데요."

아내의 말에 동재도 반색을 하며

"잘 됐군. 무어 서너 달만 봐 주면 될 거야. 수고 좀 해 주렴."

하고 신기가 좋았다. 영애는 부친까지 좋아하는 것이 더 싫었다.

"제가 무슨 실력 있에요. 전 모르겠습니다."

정진이는 웃음엣소리처럼 못 하겠다고는 하였으나, 이튿날부터 학교를 파해 오다가 들르는 순애를 데리고 두 시간씩 어둘 때까지 공부를 시켜 보냈다. 일요일에도 아침 열 시부터 달겨드니, 정진이는 마음대로 놀러 나가지도 못하고 한 짐이 되었다.

순애의 복습을 시킨 후 첫 공일이었다.

"김 형, ……정진 씨!"

하고 문간에서 부르는 소리가 벌써 상근인 성싶어서 공부를 시키다가 말고 일어서 아랫방 마루 끝으로 나서니 똑 마주치는 대문 밖에 상근이가 섰다.

한번 놀러가마고 집을 배우더니 벌써 찾아온 것이다. 정진이는 고무신짝을 끌고 뜰로 내려서며

"들어오슈. 아무두 없어요. 상관없어……."

하고 소리를 쳤으나, 문밖에 선 사람은 주인의 고무신과 나란히 여자의 구두가 놓인 것을 보았기에

"손님이 계신 모양인데! 난 가겠어요."

하며 주저주저하였다.

"손님은 무슨 손님. 영어 공부하러 오는 애예요."

"영어 개인교수두 하시는군요. 남은 아르바이트를 구하지 못해서 애를 쓰는데, 고르지두 못한 세상이로군."

하고 상근이는 웃었다.

"아니. 왜, 이 형두 잘 아는 이영애 양의 동생인데."

문간에서 이런 수작을 하는 것을, 기다리다가 갸웃이 내다보는 순애와, 상근이는 얼굴이 마주쳤다. 원광에도 예쁘장하니 퍽 점잖은 학생이라고 생각하였다.

"일전에 이야기가 났던 김수득 군의 일자리가 마침 하나 날 듯싶기에 그걸 일러 주러 가는 길인데요"

"어, 그거 잘됐구먼요. 어쨌든 잠깐 들어오세요. 조금만 하면 끝날 거니까."

하고 정진이는 붙들었으나

"아니, 그건 나 혼자 가두 되니까. 댁을 배웠으니 언제 또 놀러오죠. 김 형두 산보하시는 길에 들러 주세요"

하고 상근이는 무교동 집에 가서 원룡이에게 연신을 부탁할 작정이라면서 헤어져 갔다. 사실은 인제야 공부를 시작시켰으니 더 붙들 것까지도 없었고, 아침결부터 무교동으로 어디로 붙어 다니기도 싫어서 그대로 보냈다.

'약혼까지라도 할 것 같은 말눈치던데……말하자면 처젠데 커다란 계집애를 데리구 공부를 시킨다는 건……글쎄 어떨누?'

상근이는 길을 걸으며 무심코 이런 생각이 떠올랐다. 선도가 영애의 난 어머니라는 것도 잘 아는 상근이었다. 그렇다고 걱정이 될 일은 조

금도 없지마는, 어떻게 돼서 부모가 형제를 함께 내놓아서 교제를 시키
는가 싶었다.

'하지만 김정진 군이 그만큼 신뢰를 받는다는 것이 도리어 좋은 일이
기도 하지.'

상근이는 까닭도 없는 일에 무심히 이런 생각을 하며 직접 원룡이
집을 삼청동으로 찾아가리라 하고 전차를 탔다.

11

동회로, 반장 집으로 더듬기에 힘은 좀 들었으나, 상근이는 번지수만
적어 준 것을 가지고 원룡이 집을 비교적 힘 안 들이고 쉽사리 찾았다.
저의 할아버지가 일제시대에 도지사도 지내고 행세하던 집안이라 하여
그렇기도 하겠지마는, 자그마하나마 문전부터 조용한 얌전한 집이었다.

"야아, 이 형! 정말 여기를 찾아왔구려. 들어와요. 들어와."

조용한 이 집이 주는 침착한 기분 보아서는 뛰어나와서 서두는 원룡
이는 덜렁대는 편이었다.

"아니, 김수득 형한테루 갑시다."

"왜? 왜 됐어?"

원룡이는 눈이 번해 한다.

"글쎄 될 듯한 자국이 있기에……."

상근이는 침착히 웃어만 보였다.

"응 그거 잘됐군. 우리 집엔 들어가야 차 한 잔 나올 것 같지 않은데
저리 건너가서 찻집에 들어가 앉았어요 내 곧 데리구 갈게요"

원룡이는 아무렇게나 입은 채 고무신을 낀 대로 나섰다. 그 말이 솔직해서 상근이는 깔깔 웃으며 따라섰다.

"자, 그보다두 요기 넘어서면 우리 둘째 고모댁! 인숙이 집이 되는데 뭐 급한 일이 있다구, 거기부터 들어갑시다. 싫을 건 없겠지?"
하고 원룡이는 껄껄 웃는다.

"아무려나 합시다."

싫기는커녕, 인숙이의 집이 화개동인 것을 짐작하는 상근이는 은근히 바라던 것이다.

이 골짜기를 빠져나가면 화개동이다. 상근이는 가는 대로 끌려가면서도 길을 잘 보아 두었다.

재동으로 넘어가는 조붓한 신작로로 들어서자 초입에 큼직한 서대문집 앞에를 왔다.

"오빠, 어서 오우. ……한데, 어이 저 선생님이 여기를 다 어떻게 오셨어요?"

꼭 닫은 문을 찌걱찌걱하니까, 바루 인숙이가 나와서 문을 열다가, 앞에 선 원룡이의 등 너머로 상근이를 내다보고 놀라는 소리를 친다. 상근이가 오리라는 것은 생각지도 못한 일이요, 반갑고 놀랍기까지 하였다.

"계셔? 안 계셔?"

원룡이는 단판씨름이나 하듯이 발을 들여놓기 전에 묻는다. 고모부말이다.

"어서 들어와요. 계셨더면 큰일이게. 호호호."

인숙이의 웃는 눈은 뒤에 섰는 상근이에게로 갔다.

"큰일은 무슨 큰일!"

원룡이는 상근이를 끌어서 떠다밀 듯이 하고 껄껄대며 들어섰다.

"누구냐? 왜 왔느냐? 무엇하는 사람이냐? ……계셨더라면, 남 무안스럽게 꼬치꼬치 물으시기에 진을 빼셨을걸! 호호호"

인숙이는 깔깔대며 눈에 새 영채가 돌았다.

"어서 오우. 난 누구라구."

인숙이 모친도 반색을 하였다.

"아니, 원룡이는 어쩌다 저 사람을 다 데리구 올 생각이 났니?"

하며 마님은 퍽이나 신기해한다.

"누가 뭣 하자구 데리구 와요. 무에 끄는 게 있는지 제 발루 걸어왔죠."

아직 상근이와 그렇게까지 농할 계제는 아니지마는, 원룡이는 제멋대로 떠들어댔다.

"어서들 올라와요"

"아녜요. 요기 친구의 집에 가는 길인데……그 김삿갓 노래 잘하는 사람 있죠? ……"

하고 상근이가 올라가려도 않고 사양을 하니까,

"이런 생색 없는 소리만 하는 사람 봐! 기껏 지낼 결에 들렀단 말야?"

하고 원룡이가 껄껄 웃었다.

12

"아, 그이 집 바루 조 넘어 동리 아녜요 날마다 이 앞을 지나다니는 걸 만나는데."

인숙이가 무슨 신기한 이야기라서가 아니라, 예사로이 대꾸를 하니까, 원룡이가 또 실없이 껄껄 웃으며,

"그 날마다 이 앞을 오락가락한다는 것이 수상쩍다! 보지 않아두, 눈살을 잔득 찌푸린 상을 외루 꼬아 박구, 이 집 문전을 힐끔힐끔 보며 도망구니처럼 빠져 달아 나렸다. 하하하."

하고 놀린다.

"자기가 그래 본 경험이 많으니까 아주 그럴듯하구면."

인숙이도 명랑히 웃어 버렸다.

"넌 객설이 심해. 요새 애들은 어른 앞에서두 왜 이리 시룽거리는지?"

하며 고모가 웃으며 나무라려니까, 인숙이가 어머니의 말을 얼른 뒤받아서

"해방 뒤 버릇이 나뻐져서 그런 게죠. 민주주의를 반추하여야 할 텐데, 그 반추작용을 하게 되기까지만두 꽤 시일이 걸릴걸요!"

하고 냉연히 원룡이의 낯을 때리는 소리를 한다.

"이 꼬마 선생님, 맹랑한 소리를 곧잘 하신다."

두 남자는 껄껄 웃으며 문밖으로 나왔다.

"차 한 잔두 못 드리구 듣기 싫은 소리만 해서 미안합니다. 하지만 이 선생님, 우리 오빠 교육 좀 잘 해 주세요."

문간까지 따라 나온 인숙이는 깔깔대며 인사 대신에 이런 소리를 하였다. 마주 웃는 상근이는 자기에게 그런 웃음엣소리를 걸어 주는 것만 고마웠다.

"다녀올게 어디 놀러나가시지 않겠에요?"

상근이는 문밖에 나선 인숙이에게 넌지시 말을 붙여보았다. 뒤에 모친이 섰는 데서 끌어낼 귓속을 한다는 것은 아직 숫보기인 상근이에게는 여간 용기를 낸 것이 아니었다. 그러나 인숙이가, 으응……하고 도리질을 하며

"그동안 너무 놀러 다녀서 인젠 좀 근신을 해야 하겠어요. 오늘은 어머니 모시구 집에 들어앉았기루 했는데요"

하고 커단 소리를 내는 데는 상근이가 도리어 깜짝 놀랄 지경이었다.

으응……하고 도리질을 하는 그 어린 티에도 상근이는 귀여운 맛을 느끼었다지만, 모든 것에 숨김이 없고 자신만만한 태도가 좋았다.

수득이는 집에 들어앉았었다. 아직 점심때도 아니건마는 낮잠을 자다가 일어나서 나온 찌뿌드드한 상이었다.

"아, 여길 어떻게 오셨수?"

수득이는 상근이가 찾아온 데에 속으로 놀라면서 찌그러져 가는 자기 집 문전부터 창피한 생각이 들었다.

"이 형이 아르바이트 자리가 있다구 일부러 와 주셨는데."

원룡이의 이 말에도 그리 반기는 기색은 없이 마지못해

"그 미안하군요."

하고 인사를 하고 나섰다. 이 사람의 소개로 일자리를 얻어 간다는 것

이, 인숙이를 생각하면 수치스러운 생각이 드는 데다가 당장 갈 데가 없으니 큰길거리의 다방으로나 데리고 가야 할 텐데, 그 다방이나마 외상값 때문에 오랫동안 발길을 끊었던 터에 나서기가 쭈뼛거려져서 풀이 죽는 것이었다.

"하여간 이력서 한 장만 써다 주슈. 우리 아버지께서 맡았다구 하신 다음에는 큰소리 같지만 빈틈없으니까."

수득이가 실쭉해하는 눈치가 의아하면서도 상근이 편에서 도리어 부탁을 하였다.

13

"봄날같이 이렇게 화창한 날, 그 침침한 다방 속엔 들어가 뭘 해. 홍형 우리 놀러 나갑시다. 댁에 가서 옷 입구 나오슈."

상근이는 다방이 싫다고 고무신짝을 끌고 나온 원룡이를 추겨서, 수득이와 함께 다시 삼청동 집으로 끌고 나섰다.

"그두 그래!"

하고 원룡이는 앞장을 서 가다가, 인숙이 집께를 오니까 대문을 후딱 밀치고 들어간다. 따라가던 두 청년은 멀거니 섰는 수밖에 없었다.

"아주머니, 이런 좋은 날씨에, 아무리 귀한 따님이지만 왜 잔뜩 끼구만 계세요. 좀 훨훨 나가 놀라구 내놓으세요."

원룡이는 인숙이 집에 툭 튀어 들면서 시비조다.

"왜 또 얌전히 들어앉았는 애를 들쑤셔 꼘어내 가려는 거냐?"

인숙이 모친은 가을 차림으로 푸지를 하며 조카를 웃음 섞인 소리로 나무랐다.

"아주머닌! 날 아주 불량으루 보시는군."

"모른다! 제가 들어앉았었지, 내가 붙들어 앉힌 건 아니니까."

인숙이 모친은 또 웃었다. 상근이와 또 같이 와서 불러내는 것이려니 하는 눈치를 채고, 놀러 나가도 좋다는 기색이었다. 상근이와는 교제를 시키고 싶어 하는 모친이었다.

"어머닌! 가만히 들어앉아서 공부나 하는 게 아니라, 왜 이렇게 싸지르구, 남까지 맘이 달뜨게 하느냐구, 좀 야단을 치세요"

인숙이는 입으로는 이런 소리를 하면서도 후딱 학교에 입고 다니는 곤색 투피스를 입고 나섰다. 인숙이는 밖에 수득이도 와 기다리려니 하는 짐작부터는 못 하였으나 상근이가 왔거니 하는 생각에 마음이 들먹거리고 몸이 가벼웠다.

"응, 인제는 아저씨두 항복을 하셨군! 나이롱 양말을 다 신게 하시구."

하며 원룡이는 발이 비치는 나일론 양말을 신고 나서는 인숙이를 놀려주었다.

"잔소리 말구 어서 나갑시다. 문간에서 들어오시는 영감님을 만났다간 어쩔라구."

사실 부친과 마주칠까 보아서 인숙이는 애가 부등부등 쐬었다. 나일론 양말도 국산품보다는 실제에 이익이 된다는 바람에 간신히 허락을 해 준 그런 어려운 부친이다.

"안녕하세요?"

문밖에를 나서자 맞은편 담에 기대서 우두커니 섰는 두 남자를 보고, 인숙이는 명랑히 인사를 하였다. 아까 본 상근이에게가 아니라 뾰로통히 섰는 수득이에게이었다. 수득이는 인사대답을 하는 둥 마는 둥이었다. 인숙이는 그것이 싫기도 하였으나, 한편으로는 가엾은 생각도 들었다.

그는 고사하고 아니나 다를까. 저만치서 부친이 온다.

"어디들 가는 거냐?"

인숙이 부친은 길 한가운데 딱 섰다.

"오늘 저의 집에서 동창회를 합니다. 점심들이나 먹구 곧 헤질 겁니다."

원룡이는 임시응변으로 선뜻 대답을 하고서는 상근이부터 끌어대어서 인사를 시켰다. 이것은 원룡이로서는 큰 생색을 내려는 것인데 인숙이 부친은

"응!"

하며 고개만 끄떡 하고 나서

"일찍 들어와."

하고 딸에게 이르는 것이었다. 그것이 꾸짖는 것 같아서 세 청년에게 불쾌한 느낌을 주었다.

작품 해설

양문규(강릉원주대)

일상의 전경화와 숨겨진 정치성

1. 머리말

해방 이후부터 자신이 타계하기 이전까지의 염상섭 소설은, 식민지 시기 그가 성취해 낸 근대사실주의 문학의 성과를 제대로 계승하지 못한다고 본다. 이 시기 염상섭 소설은 리얼리즘으로부터 후퇴해 시정세태를 흥미 위주로 그리는 통속적 성격의 소설에 불과하다는 것이다. 그러나 이들이 과연 그러한지에 대한 반론들은 오래전부터 있어 왔다. 예컨대 「양과자갑」(1948), 「두 파산」(1949) 등의 세태소설들은 쇄말한 가족문제만을 그린 것이 아니라 이를 통해 한 시대의 본질에 예각적으로 다가서는 염상섭 문학의 특장이 여전히 발휘되고 있음을 확인케 해 준다고 본다.[1]

더욱이 해방 후 신문을 통해 연재된 『효풍』(1948) 같은 장편소설이 새롭게 발굴되면서 염상섭은 역시 우리 근대작가들 중에서 민족문제를 심층적으로 탐구한 대표적 작가 중의 하나라는 점을 새삼 환기시켰다. 일제

---

1) 최원식, 「한국 근대단편의 정립과정」, 『한국현대단편소설선 1』, 창작과비평사, 1996.

하 염상섭의 작품들 중 문학적 성취를 보였던 작품들은 예외가 없이 민족문제에 관한 것이었다. 염상섭은 해방 이후 분단을 막고 통일된 민족국가의 수립을 위해 보여 주는 몇몇의 행적들을 보여 주었다. 당시 그의 작품들 역시 여건이 허락하는 한 이 민족문제에 달라붙는데 『효풍』은 바로 이를 보여 주는 좋은 예라는 것이다.[2]

그러나 해방 후 염상섭의 문학적 성과도 딱 여기까지만이고 1950년대 그의 문학은 아무래도 종래의 부정적 평가를 크게 넘어서지 못하는 것처럼 보였다. 그런데 최근 『젊은 세대』(《서울신문》, 1955.7.1.~11.21)와 그의 연작 격인 『대를 물려서』(《자유공론》, 1958.12~1959.12)가, 일상성의 생활 세계의 묘사이면서도 동시에 강한 정치적 역사성을 배경에 두고 있음을 새롭게 부각시켰다. 염상섭은 이들 작품을 통해 한국전쟁 직후 한국사회의 풍경을 진단하고 그 비전을 내리면서, 해방직후 『효풍』에서 보여 준 민족적 입장을 다시 은밀히 드러낸다고 본다.[3] 이 글은 이러한 새로운 평가들을 참고하면서 『젊은 세대』에서 전경화된 일상의 의미와 그에 숨겨진 정치성을 다시 한 번 따져보고, 이와 관련해 변화된 염상섭의 젠더 의식을 살펴보고자 한다.

---

2) 이러한 관점에서 『효풍』은 식민지 시대의 『삼대』와 더불어 한국근대문학사에서 중요한 의의를 갖는 작품으로 새롭게 평가된다.(김재용, 「8·15직후 염상섭의 활동과 <효풍>의 문학사적 의미, 『한국문학평론』, 1997년 여름호.)
3) 정종현, 「1950년대 염상섭 소설에 나타난 정치와 윤리-『젊은 세대』, 『대를 물려서』를 중심으로」, 『동악어문학』 '62, 2014.

2. 중산층의 물욕의 세계

『젊은 세대』를 소개하기에 앞서 나의 개인적인 얘기 하나를 해 보고자한다. 나는 『젊은 세대』가 발표된 바로 다음 해에 출생했다. 한국전쟁 직후 사회가 겨우 안정을 찾아 가기 시작하면서 출산 붐이 일어나기 시작하던 바로 그 시기에 태어난 셈이다. 부친은 당시로서는 서른 살의 만혼이었으니, 이 시기 부친의 연치는 『젊은 세대』에 나오는 젊은 세대와 중년층 세대의 사이쯤에 놓여 있다고 보아야 할 것이다. 그래서 그런지 『젊은 세대』에서 펼쳐지는 일상의 세계가 나에게는 낯설지 않고 아주 익숙하다.

작품에도 등장하는 치열한 중학교 입시 열풍, 봄에는 창경원, 여름에는 북한산, 세검정 계곡으로의 피서, 미군부대서 흘러나온 물건들에 감탄했던 일들이 아직도 기억에 새롭다. 더욱이 나의 외가는 포목상을 했고, 외숙 중에는 은행원도 있고 부친은 중학교 교사였으니 당시 중산층적인 우리 집안의 분위기가 『젊은 세대』의 그것과 얼추 들어맞는 셈이다. 염상섭 문학의 동시대성은 널리 알려져 있다. 그는 철저하게 동시대를 배경으로 한 작품만 썼는데 『젊은 세대』 역시 이에 아주 충실하여 이 시기의 풍속사를 읽어내는 데도 이 작품은 조금도 부족함이 없으리라 생각한다.

『젊은 세대』는 전쟁 이후 차츰 안정을 찾아가기 시작하는 서울 중산층 집안의 이야기이기에, 전쟁을 겪고 난 직후 한국의 어둡고 심각한 현실은 작품 전면에서 사라져 있다. 하기는 염상섭은 전쟁 당시 적 치하의 서울을 그린 『취우』(1952)에서조차도 고통스러운 전쟁의 모습을 보여 주지 않는다. 전쟁은 전쟁일 뿐이고 이러한 상황에서도 어떻게든 이해관계를 좇아 현실을 영위해가는 중상층 세계의 일상만이 있을 뿐이다. 1950년대 장용학, 손창섭의 소설들에 나타난 전후의 현실이 너무도 비정상적으로 심각하고 우울하여 인물들이나 상황이 비현실적인 느낌마저 들게 하지만, 『젊은 세대』는 그러기는커녕 밝고 경쾌한 느낌마저 준다. 식민지 시기에도 염상섭은 「만세전」(1923)에서 삼일 운동 직전 식민지 조선사회의 우울하고 암담한 현실을 고통스럽게 보여 주지만, 「전화」(1925)에서는 마치 아무 일도 없다는 듯이 서울 중산층의 세계를 경쾌하게 펼쳐 보여 주었는데, 『젊은 세대』에서 우리는 이에 대한 기시감을 느끼게 된다.

『젊은 세대』는 작품 제목이 '젊은 세대'이지만, 작품의 주요 플롯은 상부(또는 상처)하거나, 이혼한 사오십 중년 남녀들의 재혼을 둘러싸고 벌어지는 이야기로 일정 부분 연애서사의 성격을 갖고 있다. 그러나 염상섭은 남녀의 관계를 그릴 때 그것은 연애, 또는 사랑이라기보다는 대부분 치정의 양상을 띤다. 물론 『젊은 세대』가 주인공들의 치정을 그린 것은 아니지만, 그렇다고 그것이 결코 로맨스그레이의 낭만적 사랑을 그리고 있는 것도 아니다. 이렇게 되는 가장 큰 이유 중의 하나는 염상섭 소설의 남녀의 사랑과 결혼 등이 지극히 물질적 이해관계들과 결속되어 있기 때문이다.

『젊은 세대』는 염상섭 소설 거개가 그러하듯이 줄거리의 많은 부분이 세세한 돈의 액수와 그것이 빚어내는 사건의 얽힘에 집착한다. 앞서 「전화」는, 옷가지를 전당 잡혀 삼백 원에 놓은 전화가 며칠 새로 오백 원, 칠팔백 원으로 올라가면서 일어나는, 이른바 수요 초과로 인한 프리미엄의 발생에서 빚어지는 상황들이 희극적으로 펼쳐진다. 돈이라는 이해관계, 경제적 요인에 의해 인간의 생각과 행동이 좌우되는 인간의 모습을 보여 주는 것이다. 그런데 그것은 돈 때문에 빚어지는 인간의 타락이라기보다는 돈이라는 이해관계에 얽힌 흥미로운 인간들의 모습을 보여 주는 것으로 이는 염상섭 소설의 한 매력이기도 하다.

우리 근대소설사에서 염상섭 소설만큼 작품 안에서 직접 돈의 액수를 상세하게 명시하는 경우도 없을 듯싶다. 가난을 소재로 삼고 있는 소설들조차 오히려 그렇게 하지 못한다. 『젊은 세대』는 이러한 염상섭 문학의 특징을 역시 유감없이 드러낸다. 『젊은 세대』의 남자주인공들은 은행원이고 상대역 여자들은 동대문 시장에서 포목상을 하거나, 세금을 피해 술집(요릿집)을 차리고자 하는 이들이다. 은행사람들이란, 이 작품에서 그러한 점이 크게 부각된 것은 아니지만, "해가 쨍쨍할 때 우산을 빌려주고는 비가 내릴 때 우산을 거두어 가는 인간"(마크 트웨인)이라는 우스갯말처럼 잇속에 철두철미한 이들이다. 또 『젊은 세대』에 등장하는 동대문 시장의 포목상을 하는 여성 인물은, 1970년대 박완서 소설 『도시의 흉년』과 『휘청거리는 오후』 등에서 등장하는 단골 인물들로, 이들은 이해에도 당연히 밝고 억척스럽기 그지없는 이들이다.

이러한 인물들을 중심으로 펼쳐지는 애정사에 낭만적 사랑이 개입될 여지가 없는 셈이다. 작품 초반부 '간선'이라는 제목의 장은 바로 이들이 선을 보는 사건으로 이뤄져 있다. 여기서 염상섭은 재혼을 둘러싸고 벌이는 중년남녀의 모습들이 얼마나 철저히 금전적 이해관계에 긴박돼 있는지를 가감 없이 보여 준다. 이것이 어둡게는 아니고 희극적 필치로 그려진다. 이러한 희극적 분위기는 이들 주인공들이 처한 경제적 현실이 비록 녹녹한 것은 아닐지언정 그들이 근본적으로 중산층의 안정된 세계 안에 놓여 있기 때문이기도 하다.

상처한 은행 지점 차장 '김택규'는, 동대문서 포목점을 하는 이혼녀 '명희'와 중국음식점서 선을 보게 된다. 택규는 선보러 가기 전만 해도 명희를 '장돌뱅이'로 무시하며 자기 신분에 가당찮은 여자로 생각한다. 그러나 음식 값이 예상외로 많이 나오고 명희가 대신 이를 치르는 난처한 경우를 당하게 된다. 택규는 다음 날 이천 환의 식대 빚도 갚을 겸 명희의 시장 가게를 찾아 가 데이트를 신청하나 보기 좋게 거절당한다.

> "미안합니다. 이천 환 빚 받으러 나간 동안에 만 환 벌 것 못 벌면 어쩝니까!" 하며 비로소 상긋 웃어 보인다. 어디까지나 장사꾼의 말이다."(41쪽)

이후 혼삿말이 진행되면서 명희가, 재혼을 하게 되면 남자 쪽에서 군에서 제대하는 친정 남동생의 집 한 칸이라도 마련해 줘야 한다며, 넌지시 '흥정'을 한다. 이러한 명희의 태도에 택규는 혼자 속으로, "아무래도 집 한 채를 조건으로 붙이는구나 싶어서 불쾌"(55쪽)해 하면서 역시 이를 타산적으로 재 본다.

> "문제는 집 한 채에 걸렸는데, 그 색시(필자 주 - 명희) 얼마나 벌어 놨대요? 지금 시세로 조그마한 집 한 채라두 오륙십만 환은 할 텐데 내가 절반만 대마죠. 어떻게 그렇게 해서 낙착을 짓는 수밖에! ……."(86쪽)

이러한 택규의 생각을 매파에게 전해들은 명희는 "뭐요? 돈 이삼십만 환에 이 몸을 사자는 거지! 언니두 왜 이렇게 어림없우."(87쪽) 하며 코웃음을 친다. 결국 택규는, "장돌뱅이 년한테 장가를 가려는 생각을 한 내가 못생긴 놈야. 돈만 알았지, 사람을 알아 봐야지……."(94쪽) "연애가 무슨 아니꼬운 연앤가. 늙게 어떡허면 편히 살까 하는 이해타산으루 뎀비는 게 잘못이라 할 수는 없지만."(231쪽) 하며 물러선다. 낭만적 연애는 고사하고 인물들은 철저히 물질적 이해관계에 따라 움직이는 것이다.

택규가 두 번째로 선을 보는, 이혼 전력도 있고 두 번째 남편과는 사별한 '선도'의 경우도 마찬가지다. 부산 피난 시절 양재점을 하던 선도는 택규와 교제하면서 그의 조언과 도움으로 집을 얻고 은행대부를 받아 요릿집을 개업한다. 택규와 선도 두 사람의 감정은 "처음 만난 남녀라는 호기심에 벗어나서 물주와 거간이거나 뒷배를 보아 주는 차인(差人) 비슷한 사이"(290쪽) 같은 것이다.『젊은 세대』에선 연애와 관련된 낭만, 환상 등은 끼어들 여지가 없는 것이다. 단지 이 작품에는 당대 시정인들의 인정 기미를 읽는 재미와, 우울하고 어둡기만 해서 잘 시야에 드러나지 않던 1950년대의 또 다른 일상의 세태를 읽는 쏠쏠한 재미가 있다. 특히 이 작품이 흥미롭게 읽혀지는 이유가 기본적으로 리얼리스트인 염상섭이 시정의 이들 남녀 누구를 특정하게 비난하거나 흉보려 하지 않고 아주 담담하게 그리고 있기 때문이다. 1950년대 대부분의 소설들에서는 이런 중산층들이 잘 등장하지도 않지만, 설령 등장하더라도 대부분의 작가들은 이들을 부정적 속물들로 보며 얼마나 비분강개해 하는가?

그런데 염상섭은 이러한 물욕으로서의 인간을 그리며 그 시대의 현실을 있는 그대로 인정하며 받아들인다. 그것이 가능한 것은 이 작품의 시야에는 중산층의 세계밖에 들어와 있지 않기 때문이다.『젊은 세대』에는 한국전쟁 직후 극도의 빈한한 삶을 살았던 민중들의 생활은 없다. 어떠한 계급적 갈등 또는 사회적 모순의 본질도 나타나지를 않는다. 사오십 대 중산층들은 자식들의 입학시험 합격을 걱정하며 "그래, 이런 놈의 교육제도가 어디 있더람!"(65쪽)하고 사회를 비난하는 것이 고작이다. 그러나 이 작품의 제목은 '젊은 세대'이다. 염상섭은 비록 도중에 연재를 그만 두면서 미처 다 얘기하지 못했지만 젊은 세대를 등장시켜 욕망과 이해관계에 얽매인 사람들이 살아가는 현실만을 그리려고 하지는 않았던 것 같다.

3. 숨겨진 정치성

『젊은 세대』와 『대를 물려서』가 발표되던 시기는 1950년대 중·후반이다. 1950년대 한국문학은 1955년을 고비로 50년대 전반기와는 그 양상이 달라진다. 한국전쟁 직후의 실존주의와 모더니즘 일변도의 문학에서 벗어나, 50년대 후반엔 현실사회의 모순을 비판적으로 고발하는 사실주의 계열의 소설들이 다시 등장하기 시작하는 것이다.4) 이는 1950년대 후반부터 국제·국내적 상황에서 일련의 변화가 나타나는 것과 관련된다. 1955년 인도네시아 반둥에서 개최된 반둥 회의는 국제적인 비동맹운동의 연원이 된다. 이로부터 국제적으로 반(反)냉전운동이 시작된다. 이러한 흐름에 영향을 받아 국내에서도 반(反)자유당 운동 등 혁신계 정당이 출현하는데, 조봉암의 진보당은 기존의 북진통일론에 반해 평화통일론을 주창한다. 이렇게 1950년 후반부터 국제적으로는 냉전체제가 미약하게 균열을 일으키고 국내적으로는 이와 연관돼 자유당 독재체제가 흔들리기 시작한 것이다.

『젊은 세대』의 연작이 이의 직접적 영향에 놓였다고 보기는 어렵다. 그러나 잠시 후 진보당이 등장하고 자유당 독재에 대한 불만이 팽배하면서 염상섭도 이와 무관할 수는 없었으리라는 짐작을 하게 된다. 염상섭은 해방 직후 『효풍』을 연재한 이후로 적잖은 정치적 격변을 겪었다. 『효풍』

---

4) 이범선의 「사망보류」(1958), 「오발탄」(1959), 오상원의 「부동기」(1958), 송병수의 「쇼리 킴」(1957), 하근찬의 「수난이대」(1957), 「흰 종이 수염」(1959), 박연희의 「증인」(1956)

이 연재되던 시기 이미 남한 단독정부 수립에 반대했던 세력들은 다양한 형태의 탄압을 받는다. 염상섭 역시 당시 ≪신민일보≫의 편집국장으로 있으면서 단선반대를 하다가 구류를 산다. 남한의 단독정부가 수립된 다음해인 1949년 중반 이후에는 국가보안법이 만들어져 그 이전에 유례가 없던 사상적 탄압이 가해지면서 염상섭과 같은 지식인이 발언할 공간은 더욱 좁아졌다. 특히 해방 직후 좌파조직에 참여했던 사람들 중에서 월북하지 않고 남아 있던 사람들은 국민보도연맹에 강제로 참여하게 되는데, 염상섭 역시 이에 껴들어간다. 한국전쟁 당시 보도연맹원 등 부역자들이 마구 불법으로 처형된 상황을 볼 때, 염상섭은 자칫하면 생명이 왔다 갔다 할 수도 있는 판국에 이르게도 된 것이다. 그러나 염상섭은 한국전쟁 당시 해군 정훈장교로 복무하면서 남한 체제에 적극적으로 타협, 적응해 나가게 된다.

실제 염상섭은 남한의 단독정부가 수립된 이후로는 어떠한 한 줄의 비판적 사회발언도 삼간다. 단지 1950년대 말이나 돼서야, 자유당 말기에 자행된 경향신문 폐간에 대해서, "일제 강점기에도 전쟁 말기에나 있었던 폭거"라 하며 자유당 정권을 강하게 비판한다.5) 염상섭이 이런 비판을 간만에 할 수 있었던 것은, 아마도 민심과 유리된 자유당 정권 붕괴의 조짐이 보이기 시작한 당대의 상황과 관련되었을 것이다. 이 시기 염상섭의 생각들도 이러한 상황과 관련되어 미세한 변화들을 일으키며 『젊은 세대』 연작들에도 이러한 것들이 의식적·무의식적으로 스며들었으리라는 짐작을 해 보게 된다.

물론 『젊은 세대』의 사회정치적 문제의식은 『효풍』의 그것과 많이 달라

---

5) 염상섭, 「여론의 단일화냐」, 『동아일보』, 1959.5.9.

져 있었다. 『효풍』만 해도 분단극복, 남북통합의 문제가 중심이었다. 『효풍』은 실제 분단 직전 즉 남한 단독정부가 수립되기 전에 연재가 시작됐다가 단정이 수립된 이후 연재를 마친다. 해방 직후부터 줄곧 남북의 통합을 염원한 염상섭은 남북에 국가가 각각 들어서는 상황을 맞이하여 강한 위기의식을 느꼈고, 『효풍』은 이러한 위기의식에서 비롯된 작품이었다. 해방 전 『삼대』가 있다면 해방 후 『효풍』이 있다고 할 수 있다. 『삼대』의 시대적 배경이 좌우합작을 위한 신간회 결성이 논의되던 1926년 말과 1927년 초로 추정되듯이6), 염상섭의 걸작은 사회주의자들을 포용하는 좌우합작운동 또는 민족통일전선을 향한 진지한 정신과 노력을 보여줄 때 탄생했다.

이에 비해 『젊은 세대』가 연재될 당시 우리 사회의 분단현실은, 한국전쟁을 거치면서 정치적 분단을 넘어 민족적 분단으로 접어들며 공고해졌다. 남북통합은 이제 현실적으로 어려운 문제가 되어 버렸고 그런 탓으로 어떻게 보면 『젊은 세대』는 분단 또는 전쟁에 무관한 척 아무 일도 없다는 듯싶은 평온을 보여 준다. 전쟁이니, 분단이니 하는 심각한 그늘은 사라져 버린다. 오히려 당시의 분단된 현실 그대로를 수락하고 있다는 인상을 준다. 실제 1948년 남한 단정 수립 이후 염상섭의 발언이나 행적들을 일견하면, 그는 남한 정부를 전폭적으로 지지하며 북쪽에 대한 맹렬한 적대의식을 갖는 등 전형적인 냉전적 사고의 틀 안에 놓이게 된다.

그러나 문학가들은 자신의 작품 안에서 모순적 현실과 역사를 살아내기 위한 자신의 '정치적 무의식'을 드러내기 마련이다. 『젊은 세대』에서 애초 작가는 중년세대와 그들의 이세인 젊은 세대를 설정하여 당시 사회

---

6) 김재용, 「염상섭의 민족의식」, 『염상섭 선생 탄생 100주년 기념 학술대회 발제문』, 문학사와비평연구회, 1997.9.

의 여러 모습을 보여 주려 했다고 한다. 그러나 작품이 중단됐기에 정작 젊은이들의 얘기는 제대로 펼쳐지지 못한다. 아마도 염상섭의 정치적 무의식은 바로 이 젊은이들의 모습과 생각을 통해 드러내려 한 것이 아닌지 하는 생각이 드는데 그것이 그만 도중하차가 돼 버리고 만 것이다.

염상섭은 분단과 전쟁을 거치면서 남이든 북이든 국가가 행한 횡포에 절망한 듯싶다. 그러나 그러한 절망감을 분노보다는 냉소적인 태도를 통해 보여 준다. 『취우』 등에서 한국전 당시 한강 다리를 폭파하고 달아난 정부나 국가를 비난하나 그 비난은 의례적인 것이고, 애초 그로부터 뭔 기대를 할 수 있겠느냐 하는 냉소적 태도가 주조를 이룬다.

> "정부가, 국회가 입으로만 사수하고 내버리고 간 서울에서 파출소를 사수한 경찰관을 찾아보기란 솔밭에 가서 고기 낚으려기다. (…중략…) 국가의 보호에서 완전히 떨어져서 외따른 섬에 갇힌 것 같은 서울 시민은 난리 통에 부모를 잃은 천애의 고아나 다름없는 신세고 보니, (미국) 비행기 소리나마 반갑지 않을 수 없었다.[7]

인용문에서 보듯이 정부에 대한 분개보다는 그냥 체념적인 자세가 농후하다. 오히려 정부나 국가는 그러한 것이고, 저마다 개인 시민들은 알아서 제 살 길을 찾아야 하는 것이라는 또 그렇게 될 수밖에 없는 현실을 좀 더 강조하는 것 같다. 염상섭은 이제 국가, 정부에 대한 기대 자체를 무의미한 것으로 보는 기운이 팽배해졌다. 당연히 식민지 시기 일제에 대항한 민족의 열정과 논리도 희박해진다. 『젊은 세대』에서도 이러한 생각들은 여기저기서 나타나고 있다. 어린것을 끼고 "전쟁미망인을 두엇 데리

---

7) 『취우』, 『염상섭전집』 7권, 민음사, 1987, 29, 38쪽.

고 바느질품팔이를 하고 있는 신세"(223~224쪽)의 현실을 보고 "국회는 무얼 하구, 정부는 무얼 하는 거예요?"(224쪽)라는 한탄을 한다.

젊은이들은 근본적으로 이러한 국가를 우습게 보고 희화화하는 태도를 드러낸다. 당시 젊은이들이 만나면 나누게 되는 주요 화제 중의 하나가 병역기피다. "이중호적"이니 "가호적(假戶籍) 신청"이니 하는 말들은 이와 관련된 것들로 이를 통해 은연중 애국이니 하는 것들을 우스꽝스러운 것으로 보이게 한다. 대학생들은 병역을 기피하기 위해 "(미국으로) 비행기 타구 뺑소니 칠 경륜과 호적을 두 동강이 내 가지고 다닐 음모"(342쪽)를 꾸미며 또 그러한 것을 창피스럽게 생각하지도 않는다.

당시 하층민들에게 병역기피는 가족을 부양해야 하는 절박한 생존의 문제와 관련된 것이다. 권태응의 「기피자」(1959)는 가족을 부양하기 위해 병역을 기피하고 탄광촌 생활을 하면서 겪게 되는 이야기다. 오영수의 「제비」(1957)는 아내는 죽고 노모와 자식들을 남겨 둔 채, '기피자'로 징병되어 가는 주인공을 통해 마치 어미를 잃은 제비 가족과도 같은 처지를 그린다. 아애 비해 『젊은 세대』는 비참한 현실을 그리기보다는 병역의무라는 것이 신성한 것도 의무도 아닌 단지 젊은이의 이상과 꿈의 장애가 되는 것에 초점을 맞춰 그린다.

당시 대학을 졸업하고도 취업이 어려웠던 사정은 병역기피 문제와 함께 젊은이들을 더 우울하게 만든다. "옛날에는 첩지를 팔았다더구먼마는 대학엘 간댔자 돈만 쳐들이구 졸업장 한 장 사 들구 나올 거요"(54쪽)라든지, "대학 졸업장이 술 먹는 면허장"(105쪽)이라든지 하는 얘기들이 작품 안에서 다반사로 이뤄진다. 그래서 상대적으로 형편이 낫거나 부유한 계층의 젊은이들은 "미국 갈 운동"을 하거나 준비를 한다. 그러나 이들은 미국이 문제를 해결해 줄 것이라고 믿지도 못한다.

"선생님, 영어를 그렇게 잘하시면서 미국 바람이라두 쐬구 오세야 하지 않겠습니까."

(…중략…)

"바람이나 쏘이려 간대서야, 그야말로 바람이나 나서 오게!"

(…중략…)

"참말 그런가 봐요. 주마간산(走馬看山)으루 구경만 하구 오면 눈만 높아졌지 별수 있에요."

(…중략…)

"사실이 그렇지. 지금 저 사람들의 원조로 데려간대야, 견학이나 단기 유학 정도이지, 기본적 연구를 시키는 게 급한 게 아니라구 생각할 거니까. 그러니 뭐, 미국 가서 고생해 가며 간판만 얻어 와서 뭘 하나!"(113쪽)

등장인물들은 대부분 미국을 선망하나, 그렇다고 미국을 갔다 왔다고 해서 무슨 뚜렷한 전망이 있는 것도 아니라는 점에서 회의적이다. 더욱이 염상섭이 보기에 미국은 "빽 좋겠다 (…중략…) 노스웨스트(항공―옮긴이 주)는 언제든지 대령"하는(342쪽) 부유한 계층의 사람들이 기회를 얻어 갈 수 있는 곳이며, 미국이 선이라는 것에 대한 리얼리스트로서의 회의적 시선도 줄곧 드러낸다. 이는 미국을 상징한다는 소위 자유주의와 민주주의라는 것에 대한 중년층들의 못마땅해 하는 발언에서 엿보인다.

"요새 애들은 어른 앞에서두 왜 이리 시룽거리는지?"

하며 고모가 웃으며 나무라려니까, 인숙이가 어머니의 말을 얼른 뒤받아서

"해방 뒤 버릇이 나빠져서 그런 게죠. 민주주의를 반추하여야 할 텐데, 그 반추작용을 하게 되기까지만두 꽤 시일이 걸릴걸요!"(390쪽)

이러한 현실 아래 작품 안의 남녀 대학생들은 '탈세한 숨은 술집'의 술자리에 모여 그들의 생각과 불만을 토로한다. 그 중 수득이라는 가난한 청년이 술자리서 '방랑시인 김삿갓' 노래를 부르고 나자 각자들의 소회를 나눈다. 상근이라는 부르주아 대학생은 수득의 김삿갓 노래가 '니힐'(허무)하기는 하지만 무언지 모르게 '자유'를 모색하는 것 같아 좋다고 얘기한다. 그러자 부잣집 여학생 인숙은 김삿갓 노래가 "현실도피적이요 어딘지 퇴패적(頹敗的) 기분을 풍겨서"(355쪽) 싫다고 한다. 그래서 그를 대신하는 노래를 부르겠다면서, "압박과 설움에서 해방된 민족 싸우고 싸워서 세운 이 나라 공산 오랑캐의 침략을 받아……."(356쪽) 운운하는 '반공 창가'를 부른다.

인숙은 요즘 젊은이들이 '준순방황'하고 "씩씩하게 뻣뻣하게 못 나가는지"를 실망스럽다는 어조로 힐난한다. 그러나 이러한 부잣집 딸 인숙의 비판이 순진하게 느껴지게 되는 것은 술판 분위기에 맞지 않게 '공산 오랑캐' 노래를 부르는 희극적 장면도 그렇지만, 젊은이들이 시시덕거리며 자신들의 무기력함은, 결국은 모두 "공산 오랑캐" 때문이라고 되받아 능치는 태도 때문이다. 모든 문제를 공산 오랑캐로 돌리려 하는 것은 국가에 대한 우회적 조롱인 셈이며 이러한 젊은이들의 발언은 염상섭 나름의 복화술로 판단된다.

하근찬의 「나룻배 이야기」(1959)의 나룻배 사공 '삼바우'는, 징병관이 나타나 마을 청년들을 징집해 가려 하자 나룻배에 그들을 태우지 않고 도망을 치면서 강 길을 끊어 버린다. 다소 희극적인 설정이기는 하지만, 삼바우는 "마을에서 나룻배를 만들 때는 마을 사람들 편리하라고 만들었지 누가 저거 자식 잡아가라고 만든 줄 아나?"라고 반문한다. 징집돼가는 젊은이들은 "무명지 깨물어서 / 붉은 피를 흘려서 / 태극기 그려 놓고 (…중략…)/ 대한민국 국군 되기 / 소원합니다."라고 외쳐 부르지만 실은 "그들은 모두 우는 상판"인 것이다. 이 작품은 나루터를 경계로 평화로운 삶을 영위해 가던 마을 공동체와 이를 파괴하는 폭력적인 국가의 실체를 대비시켜 보여 준다.

우리는 이 시기 장용학이나 손창섭의 소설들에서 전쟁을 야기하게 된 이념에 대한 고발과 이러한 이념적 주술로부터 벗어나려는 주인공들의 실존과 자주 마주친다. 그리고 그들이 말하는 이념의 주술이란 바로 다름 아닌 공산주의의 이념이라는 사실을 발견하게 된다. 그런데 염상섭이나 하근찬과 같은 리얼리스트는 대체로 특정 이념이 아니라 궁극적으로 전쟁을 야기한 국가, 사회의 횡포를 지적한다. 물론 『젊은 세대』가 이를 명확하게 발언을 하는 것은 아니나, 적어도 그의 소설 안에서만큼은 특정 이념에 대한 혐오, 경멸이 주된 관심 대상이 아니다. 오히려 일상을 바탕으로 그 일상을 위협하는 국가, 사회에 대한 불신이 주조를 이룬다. 『취우』조차 국가, 전쟁에 대한 대항으로 불신에 찬 시민의 모습을 도도한 일상으로 텍스트화하려 했던 것은 아닐까? 『젊은 세대』의 젊은이들은 국가에 대한 불신 끝에 다음과 같은 결론을 내리게 된다.

"우리두 삼팔선이나 터져야, 공부도 제대루 하구 연애두 연애답게 하게 되려는지?"

(…중략…)

"아무렴! 우리 세대가 걸머진 짐인데 아무리 바둥겨 보았자, 불행의 연장 아닌가요! 다음 세대나 기죽을 펴고 큰소리치며 살게 해 주어야지."(373쪽)

『젊은 세대』에서 정치적 역사성을 찾고자 하는 논의에서는, 인용문의

"삼팔선이 터져야"라는 젊은이들의 발언을 두고 역시 염상섭이 당대의 문제의 핵심을 분단에 두고 있다는 점을 확인할 수 있다고 본다. 물론 염상섭의 통일이라는 것이 이승만 정권의 북진통일론을 말함인지, 아니면 평화통일론인지는 가늠하기 어렵다. 그렇지만 『젊은 세대』 이전 『효풍』에서 주인공 인물 격인 병직이 "대포소리 없이" "삼팔선이 터지는" 공부를 통해 주체적 민주국가 건설의 일원으로 참여하고자 한다는 비슷한 표현 내용이 나타나는 것으로 미뤄 보건대 분단 전 협상파로서의 염상섭의 생각이 『젊은 세대』에서 다시 한 번 더 표출된 것이 아닌가라고 보기도 한다.[8]

그러나 이 시기에 오면 분단 또는 통일과 관련된 염상섭의 민족적 문제의식은 예전과 같지 않고 보수화돼 가고 있다는 생각이다. 염상섭은, 4·19 이후 제기된 대학생들의 통일방안, 협상 또는 민주화 운동 등에 대해 그 시기 일각에서 그렇게 보았듯이 마땅찮은 태도를 드러낸다. 급기야 5·16 이후에는 이러한 대학생들의 행동을 '난동'으로 간주한다.

> 근본문제인 통일방안에까지는 아니 가도 그리 아쉬운 일도 없고 우리 보기에는 급히 서두를 이유는 없을 성싶은데 무슨 교류니 하여 북문(北門)을 조금 터보자는 (…중략…) 북문을 방긋이나마 열어놓고 물자와 우편물을 교환한다든가 또는 사람이 오락가락 드나든다는 것은 물론 엄중한 감시 하에 될 것이지마는 기술상으로만도 매우 주밀한 연구와 계획이 있은 뒤의 일일 것이요, 염려가 되는 일이 한두 가지가 아닐 것이다. 방침이 선다 하더라도 국내의 혼란이 가라앉고 우리가 내부적으로 든든하여갈 때까지 착수될 것 같지 않아 보여서 우선 이 문제는 보류하여두는 것이 좋을 성싶다. (…중략…) 남북교류는 원칙적으로, 또 부분적으로 필

---

8) 정종현, 앞의 글, 135쪽.

요를 느끼겠으나, 대관절 어떤 종류의 문화교류라는지 우편물 교환 같은 것은 엄밀한 감시에 될 수 있을 것이나, 그 외에는 하나도 아쉬울 것이 없다. 우리가 서두를 일은 아니다.9)

학생의 일부가 4·19를 앞세워서, 부려서는 안 된다는 만심(漫心)과 객기(客氣)를 거침없이 부리고, 데모 하나면 만사가 즉결(卽決)이요, 제각기 소원성취가 되는 줄만 알고 난동했기 (…중략…) 4·19 이후에 날뛰던 사람들이 잠잠하여진 것은, 이 침착과 반성과 실천의 길을 찾아든 까닭일 것이리라.10)

『젊은 세대』는 젊은이들을 중심으로 한 이야기들이 본격적으로 제기되려 하는 시점에서 중단되고 그 못 다한 얘기들을 『대를 이어서』로 넘긴다. 『대를 이어서』는 남한 단독정부 수립 당시 협상(남북통합)파로 활동하다 납북된 국회의원과 남한에 남았지만 무소속으로 자유당 입당을 거부하는 그의 동료 의원, 그리고 이들을 아버지로 둔 이세 젊은이들의 문제의식을 연결하여(그래서 제목이 '대를 이어서'이리라!) 염상섭이 마음속 담아놓은 정치적 견해를 내비친다. 아마도 『대를 이어서』가 발표되던 시기가 1950년대 후반 즉 자유당 정권의 말기로 치달아가고 있던 때이니 이 작품은 4·19를 예비하고 있는 시대적 격변의 상황과 관련이 돼 있을 듯싶다.

---

9) 염상섭, 「빚은 성과 있이 쓰려나」, 『평화신문』, 1961.1.16. 『염상섭문장전집』 3권, 소명출판, 2013 재인용, 544·548쪽.
10) 염상섭, 「혁명과 문인」, 『현대문학』, 1961.9. 『염상섭문장전집』 3권, 소명출판, 2013 재인용, 579~580쪽.

4. 젠더의식의 작은 변화

식민지 시기 염상섭 문학의 여성에 대한 보수주의적 태도는 소문나 있다. 염상섭은 1920년대 초기 그의 문학에서 근대적 개인의 개체 독립 및 개성의 자유를 부르짖지만 여성과 관련되어서는 그렇지 않다. 염상섭은 이 시기 개성의 자유를 주장하는 신여성을 경박하기 짝이 없다고 간주하고 그에 대한 뿌리 깊은 반감을 보여 준다. 「표본실의 청개구리」·「암야」와 더불어 초기 삼부작 중의 하나인 「제야」(1922년)에서는 당대의 인습적 혼인, 도덕적 권위에 반발하여, '주관과 자율'을 최고 신념으로 내세우며, 성적 자유를 구가하는 한 신여성이 주인공으로 등장한다. 그러나 성적 자유를 넘어 방종을 일삼은 주인공은 끝내 삶의 파탄을 맞게 되며 회한에 빠진 나머지 자살하기에 이른다. 작가는 이러한 신여성의 모습을 "사이비 데카당스"로 치부하고 경멸한다. 나혜석을 모델로 한 「해바라기」(1922년) 역시, 인습의 해방을 내세우는 나혜석 같은 당대 신여성들의 행동이 얼마나 철부지 같으며 치기만만한 것인가를 조소한다. 「너희들은 무엇을 얻었느냐」(1923)에서는 개성의 자유를 주창하던 신여성을 고작 근대라는 미명 아래 탈선을 일삼던 부류로 간주한다. 염상섭의 이러한 여성에 대한 보수주의적 태도는 그의 문학 전반에서 관철되고 있는 편이다.

『젊은 세대』에서는 염상섭의 이러한 젠더의식으로부터 미세한 변화들이 나타난다. 이는 분단과 한국전쟁을 겪고 또 미국의 문화 등이 수입되면서 여성의 위치, 역할들이 변화하는 세태를 리얼리스트로서 반영한 것이기는 하다. "전쟁 후에 여자가 사태가 나서"(50~51쪽)고, "여자가 장사를 한다는 것을 흠으로 여기기커녕 생활력이 왕성하다는 자랑도 되는"(31쪽)

새로운 시대가 온 것이다. 이를 반영하듯이 염상섭 소설에는 생활력이 강한 전쟁과부, 이혼녀 등이 많이 등장한다. 같은 시기 박경리의 「계산」(1955), 「전도(剪刀)」・「영주와 고양이」(1957) 등에서는, 남자와의 관계에서 실패하거나, 과부가 된 자존심 강한 여주인공들이 등장한다. 여성으로서의 자존(自尊)을 중시하며 결벽성이 강한 이들은, 남성들 그리고 허위적 사회 현실과 부닥치면서 좌절을 겪는다. 박경리의 이러한 소설들은 1950년대 페미니즘 소설의 싹을 보여 준다. 물론『젊은 세대』의 여주인공들이 박경리 소설과 같이 혼자 된 여성의 실존적 문제에 관심을 두는 것은 아니다. 단지 이들을 대하는 염상섭의 태도가 상당히 우호적이 된다는 점에서 이전 소설과는 많이 달라진 모습을 발견하게 된다.

『젊은 세대』의 스토리를 열어 가는 매파 '화순'은 이혼한 남자의 뒷자리로 들어간 후취 댁이나 매사에 적극적이고 쾌활하다. 그리고 그녀가 중신을 서는 '명희'는, 아이를 못 낳는다는 핑계로 첩 놀음을 하는 남편의 꼴이 보기 싫어 이혼하고 위자료로 시작한 장사에 차차 눈이 트이고 재미를 붙여 동대문서 포목상을 하게 된 인물이다. 명희는 재혼도 시큰둥해 하며 이혼녀라는 신분에 개의치 않고 당당한 처신을 하며 살아간다. 오히려 재취 자리를 찾는 상대역 남자인 은행 차장 '택규'는 소극적이고 왜소한 인물로 그려진다.

이전 염상섭은 자신의 소설 안에서 '잘나가는' 여인들을 그리 호의적으로 그리지 않았다. 특히 공적 영역에 등장했던 신여성들의 사회활동은 호기심과 거부감이라는 상반된 감정을 보여 주면서 궁극적으로는 비난이나 혐오의 시선을 드러냈다. 『젊은 세대』의 여성인물들은 물론 지식인 여성은 아니다. 단지 그녀들은 남자에게 의지하지 않고 나름의 경제적 자립능력을 갖고 능동적으로 살아가는 이들이다. 염상섭이 이들을 비난하려는

혐의가 아주 없는 것은 아니다. 단지 이런 발언들은 늙은 세대들을 통해 간접적으로 이뤄진다. 가령 "행세하는 집 딸들이 왜 모두 이 지경이 되었느냐고 탄식"도 하고, "세상이 뒤집히구, 제 팔자들이 세서 그런 거죠."(321쪽)라고 하는 식이다.

그러나 플롯 상으로는, 멀쩡한 중년의 은행원 남성이, 자신이 '장돌뱅이'로 우스꽝스럽게 봤던 명희를 일방적으로 쫓아다니다가 결국은 바람을 맞는 것으로 얘기가 전개된다. 그리고 중요한 것은 이러한 과정에서 남자는 오히려 상대적으로 옹졸하고 무능력한 인물로 그려진다. 택규는 이후, 또 다른 이혼녀 '선도'와 사귀면서 그녀가 술집을 개업하는 데 은행 대출 등의 일을 돕지만, 그와 선도의 관계는 "물주와 거간이거나 뒷배를 보아 주는 차인"으로 그려지며, 결코 남녀의 관계가 어느 쪽으로도 일방적이지가 않다. 『대를 이어서』에서는 젊은 세대의 여교사가 등장하는데, 그녀는 애인에게 혼인 전에 몸을 허락하고 약혼식이 지연됨에도 불구하고 남자에게 매달리지 않고 온전한 애정의 회복을 약혼과 결혼의 전제로 제시하기도 하는 것이다.

염상섭이 여성의 지위와 역할을 나름 인정하고 이를 긍정적으로 그리게 되는 변화는 단순히 세태만을 반영하는 것은 아닌 것 같다. 앞서 말했듯이 식민지 시대의 염상섭 소설은 근대의식을 드러내지만 여성에 대해서는 보수적이었다. 그의 문학은 다 알다시피 늘 민족에 관심을 둬 왔다. 어떤 경우에는 일본인과 조선인의 혼혈아 등을 등장시켜 민족정체성의 문제를 제기하기도 한다.[11] 「남충서」(1927)의 '충서'나 『사랑의 죄』(1927)의 '류진'은 혼혈아로서의 정체성의 갈등을 겪지만 최후에는 그 갈등을

---

11) 이하 이혜령, 「인종과 젠더, 그리고 민족 동일성의 역학-1920~30년대 염상섭 소설에 나타난 혼혈아의 정체성-」, 『현대소설연구』 18, 2003, 참조.

극복하고 민족정체성을 회복한다. 하지만 「만세전」의 혼혈소녀나 『모란꽃 필 때』(1934)의 '문자'는 다르다. '혼혈'의 정체성은 여자들에게는 퇴폐적이고 방탕한 성의 문제로 드러난다. 혼혈은 비정상적인 성과 결부돼 여성 혼혈아는 최종적으로 '더럽혀진 피'로 낙인찍힌다. 유독 여성들만이 민족적 정체성을 상실한 존재로 그려지며 민족에서 배제되는 양상을 보여 준다. 이는 염상섭 문학에서 노골적으로 드러나는 여성 혐오주의의 연장선상에 놓여 있는 것이기도 하다.

염상섭 소설에서 여성혼혈아, 또는 서구화된 신여성이 비민족의 범주로 설정되는 것은, 이들을 타자화함으로써 제국주의-식민 관계에서 상실된 자기정체성을 회복하려 하는 남성 엘리트, 지식인의 열등감의 발로로 해석되기도 한다. 그러나 해방 이후 식민지 제국주의에 대항하는 민족주의는 사라지고, 염상섭은 앞서 『효풍』서 보았듯이 계급을 넘어선 민족주의를 매개로 분단된 국가의 통일을 염원한다. 그러나 이후 분단은 고착되며 염상섭은 남한을 선택할 수밖에 없었고 전쟁과 국가의 소용돌이 안에서 개인-시민으로서의 무력함을 체험한다. 『취우』에서 전쟁의 의미를 애써 무시하며 시정인들의 잇속의 일상에 집착하는 염상섭의 태도는 어떻게 보면 전쟁과 국가의 희화화를 바탕에 깔고 있다. 가부장-국가 또는 국가본위에 대한 리얼리스트로서의 뼈저린 무력감과 인식은, 국가-남성-권력에 대한 비판, 내부 시민의 민주주의 문제로 관심을 선회하며 남녀평등에 대하여 나름의 민주적 태도를 갖게 한 것으로 판단한다. 여성을 상대적으로 하나의 주체로 생각하게 된 것은 국가, 민족이라는 대타자가 약화되면서 나타난 남성 주체의 의식변화에 기인하는 것은 아닐까?

5. 맺음말

『젊은 세대』는 전쟁 직후인 1950년대 중산층의 물욕의 세계를 보여 준다. 전쟁을 겪고 난 직후임에도 불구하고 전쟁 이후 점차 안정을 찾아가기 시작한 서울 중산층 집안의 이야기이기에 어둡고 심각한 현실은 작품 전면에서 사라져 있다. 염상섭은 이러한 시대의 현실을 있는 그대로 받아들이고 있는데, 그것이 가능한 것은 이 작품의 시야에는 전쟁 직후 극도의 빈한한 삶을 살았던 민중들의 생활은 들어와 있지 않기 때문이다.

그런데 현실은 과연 그렇기만 한 것일까? 염상섭은 그렇지 않음을 젊은 세대를 통해 보여 주려고 했는데, 이는 분단과 전쟁, 국가의 소용돌이와 횡포 앞에서 무력해진 젊은이들의 냉소와 허무를 통해 보여 주려 했다. 어쩌면 『취우』와 함께 이 시기 염상섭 소설이 대부분 중산층의 물욕의 일상에 집착하는 것은 전쟁, 국가를 애써 무시하고 이를 희화화하려는 저의를 갖고 있었기 때문은 아닐까? 그러나 아쉽게도 작품은 중단됐다. 끝으로 『젊은 세대』는 젠더 의식에서도 약간의 변화를 일으키는데, 작가는 예전과 달리 여성의 지위와 역할을 나름 인정하고 이에 대한 긍정적 태도를 드러낸다. 이러한 변화는 단순히 여성에 대한 인식이 변화된 당대의 세태만을 반영하는 것은 아닌 것 같다. 역시 분단, 전쟁을 거치며 가부장-국가 또는 국가본위에 대한 리얼리스트로서의 뼈저린 무력감과 인식은, 국가-남성-권력에 대한 비판, 내부 시민의 민주주의 문제로 관심을 선회하며 남녀평등에 대하여 나름의 민주적 태도를 갖게 한 것으로 판단한다.

염상섭(1897~1963)

한국근대문학이 계몽주의적 성격을 벗어나기 시작한 1920년대에 처녀작을 발표한 염상섭은 분단된 남한 사회에서 1963년에 작고하기 전까지 동시대 삶을 증언하면서 내일을 꿈꾸었던 탁월한 산문정신의 소유자였다. 식민지 현실과 분단 현실의 한복판에서 생의 기미를 포착하면서도 세계 속의 한반도를 읽었기에 우리의 삶을 이상화시키지도 세태화시키지도 않았다. 처녀작 「표본실의 청개구리」를 비롯하여 「만세전」, 「삼대」, 「효풍」 등은 이러한 성취의 산물로서 우리 근대 문학의 고전으로 자리 잡은 지 오래다. 제국주의적 자국화의 과정에서 동아시아 및 비서구가 겪는 다양한 문제를 천착하여 보편성을 얻었던 그의 문학세계는 이제 더 이상 한국인만의 것은 아니다.

작품 해설 양문규

강릉원주대학교 국어국문학과 교수.
저서로는 『한국근대소설사 연구』, 『한국근대소설과 현실인식의 역사』, 『한국근대소설의 구어전통과 문체형성』 등이 있음.

젊은 세대

초판 1쇄 인쇄 2017년 12월 20일
초판 1쇄 발행 2017년 12월 28일

지 은 이 염상섭
펴 낸 이 최종숙
펴 낸 곳 글누림출판사

책임편집 문선희
편   집 이태곤 권분옥 홍혜정 박윤정
디 자 인 안혜진 최기윤 홍성권
마 케 팅 박태훈 안현진 이승혜

주 소 서울시 서초구 동광로46길 6-6(반포4동 577-25) 문창빌딩 2층(우06589)
전 화 02-3409-2055(대표), 2058(영업), 2060(편집)
팩 스 02-3409-2059
전자메일 nurim3888@hanmail.net
홈페이지 www.geulnurim.co.kr
등록번호 제303-2005-000038호(2005.10.5)

정 가 25,000원
ISBN 978-89-6327-500-0 04810
     978-89-6327-327-3(세트)

출력 / 인쇄 · 성환C&P 제책 · 동신제책사 용지 · 에스에이치페이퍼

* 이 도서의 국립중앙도서관 출판예정도서목록(CIP)은 서지정보유통지원시스템 홈페이지(http://seoji.nl.go.kr)와
  국가자료공동목록시스템(http://www.nl.go.kr/kolisnet)에서 이용하실 수 있습니다. (CIP제어번호: CIP2017033532)